Diogenes Taschenbuch 24281

CLAUS-ULRICH BIELEFELD, geboren 1947 in Bad Schwalbach, studierte Germanistik, Soziologie und Philosophie und war Literaturredakteur beim Rundfunk Berlin-Brandenburg (RBB) sowie Literaturkritiker für diverse Zeitungen. Er lebt in Berlin.

PETRA HARTLIEB, geboren 1967 in München, ist in Oberösterreich aufgewachsen. Sie studierte in Wien Psychologie und Geschichte und arbeitete danach als Pressefrau und Literaturkritikerin in Wien und Hamburg. Seit 2004 betreibt sie mit ihrem Mann eine Buchhandlung in Wien.

Claus-Ulrich Bielefeld
Petra Hartlieb

Bis zur Neige

Ein Fall für
Berlin und Wien

ROMAN

Diogenes

Die Erstausgabe
erschien 2012 im Diogenes Verlag
Covermotiv: Foto von Matthias Ott

Veröffentlicht als Diogenes Taschenbuch, 2014

www.diogenes.ch
20/17/44/2
ISBN 978 3 257 24281 2

1

Seit Tagen lag Berlin unter einer Hitzeglocke. Die Temperaturen schwankten zwischen 35 und 38 Grad. Die Zeitung mit den großen Buchstaben teilte ihren Lesern mit, dass seit Beginn der Wetteraufzeichnungen Ende des 19. Jahrhunderts im Juli nicht solche Zahlen gemessen worden seien. Und ein Ende sei nicht abzusehen. Der Senat plane, kurzfristig öffentliche Kühlräume einzurichten, wo sich herzschwache Personen tagsüber erholen könnten. Der Geheimtipp der Zeitung: Am besten längere Zeit in U-Bahnhöfen bleiben, dort sei es zehn Grad kühler als draußen, und der Fahrtwind der einfahrenden Züge sorge zusätzlich für Abkühlung. Oder einfach in die klimatisierten Kaufhäuser gehen. Und natürlich: viel trinken.

Thomas Bernhardt hatte seinen Spaß daran, all diese Ratschläge seinen Kollegen vorzulesen. »Die spinnen, oder? Ein richtig heißer Sommer, das ist doch klasse.« Es war Freitagnachmittag, die Stimmung im Kommissariat war schon ziemlich gelöst.

Katia Sulimma gab ihm recht und ging kurz danach auf die Toilette. Sie verschwand oft für ein paar Minuten mit einem Täschchen. Thomas Bernhardt hatte irgendwann begriffen, dass sie sich kalt abwusch. Wenn sie zurückkam, wirkte sie erstaunlich frisch, duftete nach einem zitronigen Deo und stöckelte munter in ihrem dünnen Blümchenkleid durch den stickigen Büroraum. Auch Cellarius, sein junger, dynamischer Mitarbeiter, widerstand der Hitze erstaunlich gut. Er trug helle Leinenanzüge und weiße Leinenhemden, die wie maßgeschneidert wirkten und es wohl auch waren. Auch Thomas Bernhardt hatte sich für weiße Leinenhemden entschieden. Sie passten zu diesem südlichen Sommer. Und der angenehme Nebeneffekt: Man konnte keine Schweißflecken sehen.

Am meisten litt offensichtlich Cornelia Karsunke unter der Hitze. Ihr Gesicht wirkte leicht aufgequollen, alles schien ihr schwerzufallen. Als Katia Sulimma sie fragte, was los sei, zuckte sie mit den Schultern.

»Die Kita hat Sommerferien. Ich muss mir jeden Tag neu überlegen, wo ich die beiden Mädchen hintue.«

»Du hast doch 'n Mann.«

»Nicht wirklich. Das ist der Vater von der Jüngeren, aber der muss mal langsam mit seinem Studium zu Ende kommen. Demnächst hat er seine Prüfungen. Und der Vater von der Älteren ist sowieso längst vom Acker.«

»Wie schaffst du das denn auf Dauer?«

»Ich jonglier halt so rum.«

Lange Gespräche entwickelten sich an diesem späten, hitzedurchtränkten Nachmittag nicht mehr. Alle wollten ins Wochenende und hofften inständig, dass sie nicht noch zu irgendeinem Mordfall gerufen würden. Und da das Telefon wirklich nicht klingelte, schlossen die Kollegen der 9. Mordkommission des Dezernats »Delikte am Menschen« ihre Schreibtische ab und machten sich auf den Weg.

Cellarius murmelte etwas von einer Gartenparty, zu der seine Frau in ihre Villa in Dahlem eingeladen hatte: hauptsächlich Geschäftsfreunde, wie er hinzufügte. Sein Schwiegervater und seine Frau betrieben Immobiliengeschäfte in ziemlich großem Stil. Ab und zu las Bernhardt von ihren Aktivitäten in der Zeitung. Katia Sulimma wollte mit ihrem neuen Freund auf die Insel Usedom und paradierte in ihrer Vorfreude wie ein wunderschöner zwitschernder Paradiesvogel auf und ab.

Cornelia Karsunke schaute melancholisch auf die schon in Auflösung befindliche Gruppe.

»Na, für mich bleibt immerhin noch die Hasenheide oder der Körnerpark. Bisschen Tai-Chi, bisschen mit den Kindern spielen.«

Thomas Bernhardt war überrascht.

»Du machst Tai-Chi?«

»Nee, ich tu nur so.«

Seit sie gemeinsam mit der Wiener Kollegin Anna Habel die Morde an einem talentierten Schriftsteller und dessen Agenten aufgeklärt hatten, war die Stimmung zwischen den beiden immer mal wieder leicht gereizt. Bernhardt spürte, dass ihm Cornelia vorwarf, sie zugunsten der Wienerin aus dem Fall gedrängt zu haben. Jetzt schaute sie ihn ironisch an.

»Und, Thomas, was machst du mit deiner Woche Urlaub? Bisschen Wiener Schmäh, bisschen Wiener Blut?«

»Weder noch. Ich weiß nicht. Bisschen rausfahren, an irgendeinen See, schwimmen.«

»Mit wem?«

»Mit niemandem.«

»Was Besseres fällt dir für eine Woche Urlaub nicht ein?«

»Nee, Urlaub ist sowieso eine blöde Erfindung.«

»Genieß ihn trotzdem, alter protestantischer Leistungsethiker.«

Als die vier aus dem Gebäude in der Keithstraße traten, schlug ihnen die heiße, trockene Luft wie eine Faust ins Gesicht. Katia Sulimma sprang lachend in das rote Mercedes Cabrio eines Typen, der wie ein Schlagerproduzent aussah. Cellarius startete seinen Audi TT. Thomas Bernhardt schloss die Kette auf, mit der er sein Fahrrad an einen Laternenpfahl angeschlossen hatte, und blickte Cornelia Karsunke nach, die auf ihren verbeulten Kleinwagen zuging.

»Ey.«

»Selber ey.«

Sie blieb stehen und schaute ihn aus ihren schräggeschnittenen Augen an, die ihr in diesem Moment wieder ein ausgesprochen tatarisches Aussehen gaben, wie er fand. Er wollte sie nicht gehen lassen, einfach so.

»Hast du schon was vor heute Abend?«

»Ja.«

»Schade.«

»Findest du?«

»Ja, finde ich. Wir könnten aber morgen zusammen an einen See fahren, das wär doch was?«

»Geht nicht. Ich hab Besuch, die Eltern von meinem Freund. Die sind zum Geburtstag der Kleinen gekommen. Wollen halt ihre Großelternfreude genießen.«

»Ja, klar. Schade.«

Sie ging auf ihn zu, schaute ihn an und legte ihm leicht eine Hand auf die Schulter.

»Wirklich? Schade? Na, wenn du tatsächlich in der Stadt bleibst, können wir uns ja nächste Woche sehen, wenn du willst. Ein bisschen was gibt's schon zu besprechen, finde ich. Findest du doch auch, oder?«

»Ja, klar, wir können über alles reden.«

Sie lachte, drehte sich um und ging zu ihrem Auto, wandte sich ihm im Weggehen dann aber noch einmal kurz zu.

»Über alles? Ein Viertel reicht schon.«

2

Auf der Autobahn verspürte Anna dieses Hochgefühl, das sie immer dann befiel, wenn sie mehr als vierundzwanzig Stunden am Stück freihatte. Ihr siebzehnjähriger Sohn saß neben ihr, und da sie sich nicht auf eine CD einigen konnten, hörten sie FM4 – ein Kompromiss. Eigentlich wollte Anna nichts als Ruhe und versuchte, das Hämmern der Musik auszublenden. Nur keinen Konflikt, dachte sie. Selten genug, dass Florian freiwillig mit ihr das Wochenende verbrachte.

Es war noch nicht lange her, da konnte er nicht genug kriegen vom Leben auf dem Land, von Ausflügen mit dem Mountainbike, unzähligen Tischtennismatches, und wenn Anna zusammenzuzählen versuchte, wie oft sie gemeinsam den kleinen Bach aufgestaut hatten, sah sie einen riesigen Stausee vor ihrem geistigen Auge. Dann kam bald die Ich-igle-mich-lieber-in-meinem-Zimmer-ein-Phase, und seit er samstagabends ausging, war er vielleicht noch zweimal mitgefahren.

Als sie den Knoten Stockerau mit dem ländlichen Einkaufsparadies hinter sich gelassen hatte, sah sie die flirrende Hitze über der Ebene. Florian setzte seine lächerliche verspiegelte Pilotenbrille auf.

»Was essen wir?«

»Was willst du essen?«

»Grillen?«

»Wenn du den Grillmeister machst?«

»Verstehe. Grillen ist Männersache.«

»Ja. Genauso wie Rasenmähen und Heckenschneiden.«

»Verschone mich. Ich hab ganz viel zum Lesen mit. Keine Gartenarbeit.«

»Schon gut, ich mach's ja gerne.«

Das kleine Haus im Weinviertel war gut in Schuss. Seit Anna es vor über zehn Jahren von ihrer Großtante überraschend geerbt hatte, versuchte sie, alle notwendigen Reparaturen immer sofort erledigen zu lassen. Und auch wenn sie es nicht sehr oft nach Salchenberg schaffte, hätte sie das Häuschen nie verkaufen wollen. Manchmal reichte ihr alleine das Gefühl, einen Ort zu haben, an den sie jederzeit fahren konnte, wenn ihr alles zu viel wurde.

Ihr Job als Chefinspektorin der Wiener Mordkommission erlaubte ihr nicht oft, am Freitagmittag das Wochenende einzuläuten, doch die Stadt war durch die Julihitze wie gelähmt: Die ganze Woche kein Einsatz, der Schreibtisch war aufgeräumt, alle Fallberichte abgelegt. Und ihr Kollege Robert Kolonja übernahm den Bereitschaftsdienst.

Sie hielten noch am großen Supermarkt an der Bundesstraße, denn in Salchenberg gab es außer drei Heurigen und einem Gasthaus keinerlei Einkaufsmöglichkeiten. Lediglich unter der Woche versorgte ein mobiler Bäcker die Leute mit dem Notwendigsten, doch den hatte Anna bis jetzt immer verschlafen.

Als sie in die kleine Ortschaft einbogen, kam ihnen der Nachbar auf dem Traktor entgegen. Er tippte lässig an den Hut, und Anna winkte zurück. Als sie vor ihrem Haus parkte, öffnete Frau Haidinger von gegenüber sofort das Küchenfenster.

»Frau Habel. Sind S' auch mal wieder hier! Ich hab schon glaubt, sie kommen nimma.«

»Tja, Frau Haidinger, leider viel zu selten. Die Arbeit ist doch immer wichtiger.«

»Ja, und der Florian! Mein Gott, bist du groß geworden.«

Florian grüßte kurz und machte sich daran, die Einkäufe aus dem Kofferraum zu holen.

»Ham S' scho ghört? Jetzt hamma auch a Leich.«

»Oje, wer ist denn gestorben?«

Obwohl Anna seit zehn Jahren nach Salchenberg kam, kannte sie nur wenige Bewohner des kleinen Ortes. Dass regelmäßig jemand starb, war nicht verwunderlich, eine überwiegende Mehrheit der Einwohner war weit über sechzig.

»Der Bachmüller von oben rechts in der Kellergasse.«

»Den kannte ich gar nicht. Wie alt ist er denn geworden?«

»Na, ein junger Bursch war das. Dreiundfünfzig. So ein Unglück!«

»Was ist denn passiert?«

»Man weiß es nicht genau. Der Sieberer hat ihn im Weinkeller gfunden. Angeblich sah er aus, als würd er schlafen. War aber bewusstlos, oder – wie sagt man – im Koma.«

»Mein Gott, das ist ja furchtbar. Und dann?«

»Na, der Sieberer hat die Rettung angrufen. Die sind gleich nach Wien gfahren mit ihm, aber im Spital is er gstorbn.«

»Wann ist das denn passiert?«

»Gestern Abend, ich wollt grad Nachrichten schauen, da is hier der Wirbel losgangen.«

»Ich muss dann mal ...«

Anna deutete mit dem Kopf auf ihr Auto. Frau Haidinger verabschiedete sich sichtlich ungern und beobachtete vom Küchenfenster aus, wie Anna die restlichen Sachen ins Haus trug.

Nachdem sie das große Tor zur Straße wieder geschlossen hatte, überfiel Anna sofort die Ruhe, die sie immer zwischen diesen alten Mauern verspürte. Das Gras war viel zu hoch, die halbherzig angelegten Gemüsebeete vom Unkraut überwuchert. Und auch die Wühlmäuse hatten wieder ganze Arbeit geleistet. Doch sosehr sie Hausarbeit hasste, im Garten machte Anna die ewige Pusselei nichts aus.

Florian hatte inzwischen alle Fenster geöffnet und die Lebensmittel im Kühlschrank verstaut. Anna ging durch alle Räume und versuchte, die schmutzigen Glasscheiben und die Wollmäuse in den Ecken zu ignorieren.

»Kleine Planänderung: Du musst nicht grillen.«

»Okay. Warum, was gibt's denn?«

»Wir gehen zum Heurigen.«

»Wieso das denn?«

»Ich muss mich mal ein wenig unter die Leut mischen.«

»Du willst was über den Toten erfahren?«

»Nein. Ja. Vielleicht. Man kann sich ja ein wenig umhören.«

»Mama, du hast frei. Und außerdem bist du hier gar nicht zuständig.«

»Ich ermittle ja nicht, ich will doch nur wissen, an was der arme Weinbauer gestorben ist.«

»Wenn du meinst. Und bis dahin?«

»Keine Ahnung. – Ich mach auf jeden Fall Mittagsschlaf.«

Anna spannte die Hängematte zwischen die beiden Apfelbäume und bewaffnete sich mit Sonnenbrille, Mineralwasser, einem Kissen und dem neuen Roman von John Irving.

Doch sie konnte sich nicht recht konzentrieren, immer wieder schweiften ihre Gedanken ab, sie lauschte den Stimmen hinter der Gartenmauer, und als sie sich vergewissert hatte, dass Florian über seinem Buch eingeschlafen war, machte sie sich auf zu einem kleinen Spaziergang. Sie ging die große Kellergasse hoch, eine breite Straße, die links und rechts von alten Weinkellern gesäumt war. Vor einigen standen Tische und Bänke. In der nachmittäglichen Hitze war es menschenleer, doch am Abend, wenn es kühler wurde, würde sich hier das halbe Dorf versammeln.

Oben rechts, hatte die alte Haidinger gesagt – schauen ist ja noch nicht ermitteln. Bachmüllers Keller war einer der wenigen, an denen das alte Portal stilvoll renoviert war, kein neumodisch-praktischer Schnickschnack, selbst die Fenster und das Dach hatte der Besitzer im

Original nachbauen lassen. An der Seite ein kleines Messingschild: *Biodynamischer Weinbau Bachmüller.* Das breite Tor stand offen, und Anna warf einen Blick hinein. Ein paar Regale mit Flaschen, ein Tisch mit zwei Stühlen, eine kleine Presse, mehr war nicht zu sehen. Der Raum erstreckte sich weit nach hinten, und Anna konnte im diffusen Licht eine weitere Tür erkennen. Sie wusste, dass manche dieser Keller bis zu fünfzig Meter tief in den Hang hineinführten, und steuerte auf die verschlossene Tür zu, ein paar Schritte nur wollte sie sich reinwagen, einen Blick nach hinten werfen. Anna tastete die feuchten Wände nach einem Lichtschalter ab, konnte aber keinen finden. Inzwischen hatten sich ihre Augen ein wenig an die Dunkelheit gewöhnt, sie öffnete die Tür und wagte sich tiefer in den Stollen. Von der sommerlichen Hitze war hier nichts mehr zu spüren, und der typische Weinkellergeruch schlug ihr entgegen: feucht, moosig und leicht säuerlich.

»Wer ist da?!«

Anna drehte sich so abrupt um, dass sie über ein paar leere Weinflaschen stolperte, und schrie auf. Nun war kein Ton mehr zu hören, und Anna steuerte langsam auf den vorderen Teil des Kellers zu. Wie peinlich, wie schrecklich peinlich, dachte sie und überlegte fieberhaft eine gute Ausrede. Neben dem Tisch stand eine schmale, blonde Frau und starrte Anna angsterfüllt entgegen. Ihre Hände umklammerten einen alten Reisigbesen, der im Ernstfall als Waffe wohl in tausend Stücke zersplittert wäre.

»Nicht erschrecken! Ich bin von der Polizei.«

»Was tun Sie hier in unserem Keller? Sie dürfen doch nicht einfach so hier rein!«

Die Stimme der Frau klang verunsichert, sie ließ den Besen sinken und war sichtlich erleichtert, einer Frau gegenüberzustehen.

»Entschuldigen Sie bitte. Ich wollte Sie nicht erschrecken. Ich bin hier vorbeigekommen, und die Tür stand offen. Ich hab ein Geräusch gehört, und da wollt ich nachschauen.«

»Sie lügen doch! Sie sind überhaupt nicht von der Polizei. Sie sind einfach nur neugierig und sind hier eingedrungen!«

Ihre Stimme wurde schrill, und sie schien den Tränen nahe.

»Ich bin wirklich von der Polizei, glauben Sie mir. Ich hab nur meine Dienstmarke nicht dabei, weil ich im Wochenende bin. Entschuldigen Sie, ich habe mich gar nicht vorgestellt. Anna Habel, ich hab da unten an der Austraße ein kleines Häuschen.«

»Uschi Mader.«

Sämtliche Energie schien nun aus der schmalen Person entwichen zu sein. Sie sank kraftlos auf einen der Stühle und vergrub das Gesicht in den Händen.

Anna zog den zweiten Stuhl näher und setzte sich ihr gegenüber.

»Sind Sie die Frau vom Bachmüller?«

»Freundin. Heiraten wollt er ja nie. Und jetzt steh ich da. Mit nichts!«

»Das tut mir leid, aber vielleicht ist ja alles geregelt. Wie lange waren Sie denn schon zusammen?«

»Fünf Jahre.«

»Vielleicht hat er Sie ja in seinem Testament bedacht.«

»Ha, da sieht man, Sie kannten ihn nicht. Der Freddy hätte nie ein Testament gemacht. Der hat doch immer getan, als wär er zwanzig.«

»Woran ist er denn gestorben?«

»Ich weiß es nicht. Er lag da. Hat sich nicht mehr gerührt. Der Nachbar von nebenan hat ihn gefunden. Ich weiß gar nicht, was der hier drin gewollt hat, die waren doch seit Monaten zerstritten.«

»Warum denn?«

»Männer halt. Es ging um irgendwelche Grundstücksgrenzen. Der Freddy wollte einen Weinberg vom Sieberer kaufen, doch der wollte nicht verkaufen, obwohl der da seit Jahren nichts anbaut.«

»Hatte Ihr Freund denn irgendwelche Beschwerden?«

»Für seine 53 Jahre war der fit wie ein Turnschuh. Lief jeden Tag fünf Kilometer, trank nichts, aß nur Bio.«

»Wie kann man als Weinbauer nichts trinken?«

»Da schaun Sie, was? Er hat sich immer lustig gemacht über die ganzen Saufköpfe, wie er sie genannt hat, hier im Dorf. Nein, er hat immer nur genippt.«

»Wissen Sie denn, in welches Spital sie ihn gebracht haben?«

»Ja, erst nach Korneuburg. Aber dann brauchten sie eine Herzintensivstation und haben ihn ins Wilhelminenspital gebracht. Aber die haben auch nichts mehr tun können. Als ich hingekommen bin, war er schon tot.«

Uschi Mader tupfte sich mit einem Taschentuch die Augen.

»Kommen Sie. Soll ich Sie nach Hause bringen? Haben Sie denn jemanden, der sich um Sie kümmert?«

Bevor Uschi Mader antworten konnte, hielt ein Auto mit quietschenden Bremsen vor dem Weinkeller. Flankiert von zwei Polizisten, betrat ein Mann in zerknittertem Leinenanzug den dunklen Raum, ignorierte Uschi Mader und fixierte Anna mit finsterem Blick.

»Was haben Sie hier zu suchen?«

»Grüß Gott, Herr Kollege Kronenburger, wie geht es Ihnen denn?«

Anna streckte ihm die Hand entgegen, doch ihr Gegenüber trat einen Schritt zurück und verschränkte die Arme vor der Brust. Die beiden kannten sich von früher, ein Autor war im Schlafwagen ermordet worden. Und da die Leiche in Niederösterreich entdeckt worden war, hatte man erst einmal die örtliche Polizei verständigt. Als Anna damals dazukam, war sie mit dem »Provinzkollegen« rasch aneinandergeraten.

»Kronberger, Frau Habel. Ich heiße immer noch Kronberger. Und würden Sie freundlicherweise meine Frage beantworten: Was suchen Sie hier?«

»Ich suche gar nichts. Ich habe hier ein kleines Häuschen im Ort und bin rein privat hier.«

»Und jetzt wollten Sie bei Herrn Bachmüller Wein kaufen, und ganz zufällig ist er tot.«

»Ja, so ungefähr. Ich habe mich ein wenig mit Frau Mader unterhalten.«

»Na wunderbar, dann brauchen wir das ja nicht

mehr tun, wenn Sie eh die ganze Arbeit erledigt haben.«

»Ist denn Herr Bachmüller keines natürlichen Todes gestorben?«

»Das wissen wir noch nicht.«

»Wie auch immer, Kollege Kronenburger, soviel ich weiß, ist er ja in Wien gestorben. Das heißt, wenn es ein Fall ist, dann ist es ohnehin mein Fall. Und falls Sie hier schon irgendwelche Untersuchungsergebnisse haben, dann bitte ich Sie, mir diese weiterzuleiten. Und jetzt sperren wir erst mal den Tatort ab, bevor hier noch mehr Leute durchtrampeln. Sie haben doch sicher Absperrband und ein Polizeisiegel dabei, Herr Kollege?«

Kronberger erwiderte nichts und drehte sich auf dem Absatz um. Die beiden Uniformierten standen unschlüssig herum, und auch Uschi Mader schien nicht recht zu wissen, was nun zu tun sei.

»Frau Mader, seine Unterlagen, die Auftragsbücher und die Abrechnungen, hatte die Herr Bachmüller hier oder in seinem Wohnhaus?«

»Nein, hier ist nichts. Das ist alles in seinem Büro.«

»Die Adresse?«

»Salchenberg 78. Das ist das gelbe Haus hinter dem Bahnhof.«

Als sie aus dem Weinkeller traten, blieb Anna vor Hitze fast die Luft weg, obwohl es inzwischen später Nachmittag war. Sie sperrte eigenhändig den Weinkeller ab und kontrollierte, ob Kronberger die Tür korrekt versiegelte. Der große altmodische Schlüssel passte nicht in ihre Hosentasche, und sie hielt ihn in der Hand wie ein zu großes Kinderspielzeug.

»Ich komme dann später kurz vorbei und bringe Ihnen meine Karte. Wir haben sicher auch noch ein paar Fragen, bitte geben Sie mir doch Ihre Telefonnummer.«

Uschi Mader war sichtlich schockiert über die Entwicklung der Dinge und blickte misstrauisch von Anna zu Kronberger. »Wer ist denn nun zuständig? Und warum braucht man überhaupt die Polizei?«

Kronberger hatte keine Chance, auch nur den Mund aufzumachen.

»Zuständig bin ich. Und die Polizei braucht man, weil man ausschließen muss, dass Herr Bachmüller unter Fremdeinwirkung verstorben ist. Schließlich war er nicht neunzig oder schwer krank.«

Uschi Mader hielt sich die Hand vor den Mund. »Fremdeinwirkung? Was soll das heißen?«

»Erst mal heißt das gar nichts. Eine reine Routineangelegenheit. «

3

Bernhardt hatte keine Lust, in seine Wohnung zu gehen, und so war er schlecht gelaunt und schwitzend mit seinem Fahrrad zum Schlosspark Charlottenburg gefahren. Dort legte er sich in den Schatten einer riesigen Eiche. Gegen neun Uhr abends spürte er, wie die Blätter des Baums Kühle abzugeben begannen. Er stand erst auf, als es dunkel geworden war. Die kleine Sauerstoffdusche hatte ihm gutgetan. Er fuhr die Schlossstraße runter und hielt an der *Kastanie*. Unter einem ausladenden Kastanienbaum standen Bänke und Tische, an denen sich Leute unterhielten und ihr Bier tranken. Er setzte sich in das milde Licht einer Laterne und blickte auf das beleuchtete Schild mit der Bierreklame, das über dem Eingang zur Kneipe angebracht war. Auf gelbem Grund war ein großes Bierglas zu sehen, aus dem pfiffig ein Kindergesicht blickte: Dieses Bier hatte ihm schon immer besser geschmeckt als das andere Berliner Traditionsbier, auf dessen Wirtshausschildern ein Mann in mittelalterlichem Ornat prangte.

Doch die Berliner Proletenbiere wurden hier schon längst nicht mehr ausgeschenkt, und Soleier, Gurken und Buletten, die früher auf der Theke jeder Berliner Eckkneipe gestanden hatten, waren nur ferne Erinnerung, wenn überhaupt. Jetzt gab's Jever Pils, Lammsbräu mit dem Biosiegel, Memminger Weißbier, dazu Schwäbische Maultaschen, Münchner Weißwürste und Fränkischen Wurstsalat. Am Nebentisch unterhielten sich ein paar verschwitzte Boulespieler, die auf dem Fußgängerweg in der Mitte der Straße an einem Turnier teilgenommen hatten, am »34. Kastanienturnier«, das sich ganz bescheiden »Grand Prix d'Allemagne« nannte, wie Thomas Bernhardt verblüfft auf einem Plakat an der Kneipentür las.

Als er sein zweites großes Jever intus hatte, verschwamm die Wirklichkeit langsam zu einem großen impressionistischen Gemälde. Er spürte, wie sich die Härte und Depression, die der letzte Fall in ihm produziert hatte, auflösten. Er wusste genau, dass dieses gute Gefühl nur kurze Zeit dauern würde, aber er genoss es trotzdem. Morgen würde er wieder an das vierzehnjährige Mädchen denken, das täglich brav ins Gymnasium gegangen war und abends mit irgendwelchen Typen Drogenpartys in Neukölln gefeiert hatte. Und dann umgebracht, in einen Koffer gesteckt und verbrannt worden war. Weil sie zu viel wusste? Weil sie eine Überdosis genommen hatte? Es war ihnen bis jetzt nicht gelungen, den Fall aufzuklären. Cornelia Karsunke hatten die Untersuchungen stark mitgenommen. »Ich müsste mit den Kindern umziehen«, sagte sie, »aber wohin? In irgend so'n Spießerdorf in Brandenburg?« Aus dem Rollberg-Kiez, wo ihre Großeltern schon gewohnt hatten, die Anfang des 20. Jahrhunderts aus den Tiefen des Ostens gekommen waren, würde sie schwer wegkommen. »Is so was wie meine Heimat«, hatte sie zu Thomas Bernhardt einmal in ihrer lakonischen Art gesagt.

Als eine Latino-Band zu spielen anfing, zahlte er, griff sich sein Fahrrad und schob es die Schlossstraße runter und dann die Suarezstraße, wo aus der Feuerwache ein paar Wagen preschten. Sirenengeheul, Blaulicht. Selbst als die Wagen schon längst verschwunden waren, vibrierte die heiße Luft noch, die plötzlich ausgebrochene Energie verebbte nur langsam. Er ging über den Amtsgerichtsplatz, der von alten gusseisernen Gaslampen beleuchtet wurde, und näherte sich über die Leonhardtstraße dem Stuttgarter Platz.

Dicht an dicht saßen die Leute vor den Kneipen, ihr Gerede lag wie eine summende Wolke über dem Platz. Hier war Charlottenburg ganz bei sich selbst, die Architekten und Rechtsanwälte, die Lehrer und Professoren, die Senatsangestellten und Redakteure lebten in diesem kleinen Soziotop ihre gesicherte Existenz, gut versorgt von italienischen Restaurants und Feinschmeckerläden. Ihre Kinder hatten sich längst nach Prenzlauerberg, Friedrichshain, Kreuzberg und neuerdings Neukölln aufgemacht, so dass der Altersdurchschnitt relativ hoch war. Aber das Lebensgefühl der Leute war über die Jahrzehnte unverändert geblieben: Links ist gut, wir sind gut. Diese bräsige Selbstgewissheit missfiel Thomas Bernhardt, wobei er sich in stillen Momenten eingestand, dass er selbst nicht ganz frei davon war.

4

Anna betrat durch die hintere Tür den ummauerten Hof ihres Häuschens. Florian lag in der Hängematte, einen Strohhut tief ins Gesicht gezogen, nackter Oberkörper, knielange Boxershorts.

»Wo warst du?«

»Ein wenig spazieren.«

»Bei der Hitze?«

»Ja, ich war in einem Weinkeller, da war es schön kühl.«

»Warst du bei dem Toten?«

»Ja, aber der ist längst nicht mehr da. Nur eine Hinterbliebene, die ist aber relativ gefasst.«

»Mama, hast du nicht frei dieses Wochenende?«

»Ja, eh. Ich hab ja nur mal geschaut. Magst du ein Cola? Und ich glaube, wir haben auch noch Eis im Gefrierschrank.«

»Ja. Und gehen wir zum Heurigen?«

»Ich muss. Mich ein wenig umhören. Irgendwas ist komisch mit dem Tod von diesem Freddy Bachmüller.«

»Mein Gott, der war halt alt und ist gestorben. Du siehst überall nur Verbrechen.«

»Wir werden sehen, vielleicht hast du ja recht, aber alt war der nicht.«

Der Rest des Nachmittags wurde mit Eisessen und Dösen verbracht. Anna versuchte immer wieder den Faden ihres Buches aufzunehmen, doch ihre Gedanken waren woanders.

Sie suchte ihr Handy und wählte Kolonjas Nummer.

»Was gibt's? Hast du Sehnsucht?« Kolonja war sichtlich verwundert, Annas Stimme zu hören.

»Nicht direkt. Kolonja, hör zu. Kannst du bitte im Wilhelminenspital anrufen, auf der Pathologie, und etwas rausfinden?«

»Jetzt? Am Freitagabend? Du glaubst doch nicht, dass da noch irgendwer ist!«

»Bitte versuch es. Da ist heute einer gestorben, gestern Abend eingeliefert. Ein gewisser Freddy Bachmüller, 53 Jahre alt, Adresse Salchenberg 78.«

»Moment mal. Salchenberg? Ist da nicht dein Häusl? Anna, was hast du angestellt?«

»Nichts, gar nichts. Reine Routineüberprüfung.«

»Leg dich nicht mit den niederösterreichischen Kollegen an.«

»Leider schon zu spät. Aber dieser Kronenburger hasst mich ja sowieso. Da muss ich gar nichts mehr machen.«

»Und irgendwann wird er Innenminister, und du kannst in Frühpension gehen.«

»Wenn der Innenminister wird, dann werd ich Finanzministerin. Obwohl – in diesem Land ist wohl alles möglich.«

»Also gut. Ich ruf an. Kennst du da jemanden?«

»Nein, ich glaube nicht.«

»Gut, was willst du wissen?«

»An was der Bachmüller gestorben ist, natürlich. Ob es schon Ergebnisse gibt, ob er schon obduziert ist.«

»Anna, es gibt auch natürliche Tode.«

»Ja, aber angeblich war der topfit und pumperlgsund, und dann plötzlich: Herzintensiv und tot. Ich will nur sichergehen.«

»Alles klar. Ich meld mich.«

Nachdem sie geduscht und sich umgezogen hatten, machten sich Anna und Florian auf den Weg in die Kellergasse. Vor dem größten Heurigen standen unter einem riesigen Nussbaum mehrere Tische mit Bänken, die inzwischen gut besetzt waren. Sie fanden noch zwei Plätze an der Hausmauer, und der dicke Hund der Wirtsleute begrüßte sie träge.

»Servus. Lange nicht gesehen! Und der Bub ist groß geworden.«

Die Wirtin Elfi – im klassischen Dirndl – stellte ein Tablett leerer Gläser ab und wischte über die klebrige Tischplatte.

»Ja, weißt eh. Immer zu viel Arbeit. Und der Florian hat auch Besseres zu tun, als mit seiner alten Mutter aufs Land zu fahren.«

»Was wollt's denn trinken?«

»Ich hätt gern einen Veltliner und eine Flasche Mineralwasser. Und Florian Traubensaft?«

Der nickte nur und studierte die Karte.

Während sie aufs Essen warteten, blickte sich Anna ein wenig um. Sie kannte die meisten Leute nur vom Sehen, ein paar nickten ihr zu.

Kurz darauf brachte die Wirtin zwei riesige Speckbrote auf runden Holztellern und setzte sich kurz auf die äußerste Kante der Holzbank. Sie beugte sich vertraulich vor, und Florian starrte in ihr beachtliches Dekolleté.

»Ist ja ein Zufall, dass du gerade da bist, wo einer stirbt.«

»Ja, aber ich war's nicht, ehrlich.«

»Komisch ist das ja schon, am Mittwoch war der noch völlig g'sund, und am Freitag fällt er einfach um.«

»Glaubst, da hat jemand nachgeholfen?«

»Ich weiß es nicht. Mögen hat ihn ja niemand so richtig im Ort, aber umbringen tut man deswegen doch keinen.«

»War der von hier?«

»Nein, der ist hier plötzlich aufgetaucht, so vor zehn Jahren. Hat das Haus oben am Bahnhof gekauft und den alten Keller mit ein paar Weinbergen. Angeblich alles gleich bezahlt, ohne Kredit. Sagte zumindest der Pechböck von der Bank.«

»Wer kannte ihn denn näher?«

»Gekannt haben wir ihn alle. Schließlich hat er ja hier gewohnt. Nicht so einer, der alle heiligen Zeiten aus der Stadt kommt und ein bisschen auf rustikal macht.« Sie grinste Anna schief an. »Mit dem Pfarrer war er befreundet. Hat im Kirchenchor gesungen und im Pfarrblatt geschrieben.«

»Und der Sieberer?«

»Ja, der ist auch ein sturer Hund. Wollt ihm ums Verrecken ein Stück Grund nicht verkaufen, obwohl das seit Jahren brachliegt. Aber der sitzt eh da drüben, den kannst ja selber fragen. – Geh, Sieberer, komm einmal her!«

Ein schmales Männchen in speckiger Lederweste hob fragend den Kopf.

»Was gibt's?«

Elfi stand auf und ging zu ihm.

»Das ist die Anna, die arbeitet bei der Polizei in Wien. Der gehört das Haus unten am Bach. Sie wollt was wissen wegen dem Bachmüller.«

»Ich weiß nix.«

Anna war dazugetreten und gab Sieberer die Hand. Der stand nicht auf und starrte mürrisch in sein Weinglas.

»Sie haben den Bachmüller gefunden?«

»Ja.«

»Was wollten Sie denn von ihm?«

»Er hatte mich eingeladen. Wollt noch mal reden mit mir wegen dem Hang.«

»Und da lag er dann.«

»Ja. Hat sich nicht mehr gerührt. Und ganz blau war er.«

»Was haben Sie dann gemacht?«

»Ich hab die Rettung angerufen.«

»Haben Sie nicht versucht, Erste Hilfe zu leisten?«

»Der hat so tot ausgeschaut, den wollt ich nimmer anfassen.«

»Ist Ihnen sonst was aufgefallen?«

»Nein.« Sieberer biss sich auf die Zunge und wurde noch ein wenig kleiner.

»Warum habt ihr denn so gestritten?«

»Schikaniert hat er mich. Hat sich immer aufgeregt, dass ich ihm seinen Wein versau, nur weil ich daneben ein wenig gegen das Ungeziefer gespritzt hab. Aber er, er war ja *biologisch-dynamisch.*«

Er sprach das Wort mit Verachtung aus und nahm – wie zur Bestätigung – einen großen Schluck aus seinem Glas.

»Und warum haben Sie ihm das Stück Hang nicht verkauft?«

»Aus Prinzip. Weil ich das nicht einsehe. Kommt da so ein aufgeblasener Piefke daher und will uns erklären, wie man einen ordentlichen Wein macht.«

»Der Bachmüller war Deutscher?«

»Ja, man hat es aber kaum mehr gehört. Magst noch ein Vierterl, Sieberer?« Elfi schob Anna sanft, aber bestimmt in Richtung ihres Tisches. »Jetzt lass ihn in Ruh. Der ist sowieso schon fertig. Der lauft dir nicht davon.«

Florian hatte inzwischen sein ganzes Speckbrot verdrückt und war sichtlich genervt. Bevor er sich beschwerte, nahm Anna seine Hand und zwang ihn, sie anzusehen.

»Entschuldigung.«

»Was denn? Ist doch wie immer.«

»Ich habe ›Entschuldigung‹ gesagt.«

»Ich hab's gehört.«

»Magst noch was trinken?«

»Warum bin ich eigentlich mitgefahren?«

»Ja, ist schon gut. Ich hör auf. Ich ess jetzt mein Brot, und dann gehen wir nach Hause. Ich rede mit niemandem mehr, okay?«

»Heute, meinst du?«

»Ja, heute.«

»Glaubst du wirklich, dass den einer umgebracht hat?«

»Ich weiß es nicht. Aber es ist nicht ganz unwahrscheinlich. Man stirbt nur in den seltensten Fällen einfach so.«

Den Rest des Abends verbrachten sie am Küchentisch und spielten zwei Partien Scrabble. Die Zeiten, in denen sie Florian absichtlich hatte gewinnen lassen, waren längst vorbei, er war ihr haushoch überlegen. Anna hoffte, dass Florian ihre Unkonzentriertheit nicht bemerken würde.

5

Vor dem Lentz setzte sich Thomas Bernhardt neben einen graubärtigen Mann, der trübsinnig in sein Bier starrte. Er spürte Abwehr, als er den Typen verstohlen musterte. Irgendwoher kannte er den. Nur woher? Etwas Vergangenes war das, etwas Unangenehmes. Er grub in seinem Gedächtnis. Und dann ging ihm ein Licht auf. O Gott, das war … ihm fiel der Name nicht ein. Vor seinem inneren Auge entfaltete sich ein Sommer in der oberhessischen Provinz. Wie alt war er damals gewesen? Sechzehn Jahre, vielleicht siebzehn. In jenen Ferientagen war er jeden Tag mit Freunden ins Schwimmbad gegangen. Sie hatten Fußball gespielt, sich wie junge Hunde gegenseitig angerempelt und miteinander gekämpft. Abends war er müde und sonnenverbrannt nach Hause gegangen. Dann stellte seine Mutter Grießbrei mit Himbeersoße oder Zimtreis und kalten Nudelsalat auf den Tisch. Der Vater war selten da, hatte anderes zu tun. Die Mutter stand vor dem offenen Fenster im Gegenlicht, fragte, wie's gewesen war. Aber er hatte nicht viel zu erzählen und ging noch einmal auf die Straße, wo die Freunde warteten. Wunderbare, endlos sich dehnende Abende und noch mal Fußballspiel, bis die Dämmerung kam und die Laternen angingen. In der Nachbarschaft war eine Familie in ein neuerbautes Haus eingezogen. Zwei ältere Söhne hatten die und drei Mädchen, die mehr oder weniger in seinem Alter waren. In die mittlere hatte er sich verliebt und sich ganz und gar schutzlos dieser Liebe hingegeben. Aber er hatte einen Konkurrenten, ein bisschen älter als er selbst – und der saß jetzt hier, wie ein Gespenst aus der Vergangenheit, als seien die verflossenen Jahrzehnte nur ein paar Tage gewesen.

Bernhardt wollte aufstehen, aber es war zu spät. Der andere grinste schief.

»Thomas?«

»Wie bitte?«

»Komm, ich seh dir an, dass du mich auch erkannt hast, musst dich nicht verstellen.«

»Liegt mir fern.«

»Wegen damals musst du doch nicht mehr sauer sein.«

Bernhardt merkte, dass er mit den Zähnen knirschte. »Ich bin nicht sauer. Ich kann mich noch nicht mal an deinen Namen erinnern.«

»Mann, wir waren in dasselbe Mädchen verliebt, in die Freya. Ich bin der Paul, der Tannert.«

Bernhardt spürte ein schmerzliches Ziehen, das sich flutend vom Magen zum Brustkorb ausdehnte. Das hatte er so zum letzten Mal in jener längst vergangenen Zeit erlebt, wenn er das Mädchen angeschaut hatte. Freya, die ihn verzaubert, ihn in einen seltsamen Schwindel getrieben hatte. Die ihn anlachte, manchmal mit wehendem Rock auf dem Gepäckträger seines Fahrrades mitfuhr. Er fühlte sich ihr so nah, dass es schmerzte. Bei jeder schüchternen Berührung gab es einen elektrischen Schlag.

Und dann war dieser Typ gekommen, an dessen Namen er sich nicht erinnern wollte und der ihn jetzt aus blutunterlaufenen Augen anstarrte.

»Mann, ich hatte bei der Freya einfach mehr Erfolg, weil ich schon ein Moped hatte. Du weißt doch, wie die Frauen sind. Die schauen auf so was, auch wenn sie das Gegenteil behaupten. Obwohl, ich glaub, die war mehr in dich verliebt als in mich. Aber du warst einfach zu strange, weißt du, was ich damit meine?«

»Nee.«

»Du warst zu stark in die Freya verliebt. Die hat das nicht ausgehalten, wie du die angeschmachtet hast. Die hat irgendwie gemerkt, dass sie schwach werden könnte.«

Bernhardt konnte nur mit Mühe sein Verlangen unterdrücken, dem Typen einen Kinnhaken zu verpassen. Er schwieg, während der andere einfach nicht lockerließ.

»Und ihr Vater, der hatte Angst, dass du ihr die Unschuld raubst. Wirklich. Und bei mir, so komisch das klingt, bestand da keine Gefahr. Hab ich aber erst viel später begriffen, ich hab die vor dir gerettet. So war das, und so sind wir beide nicht zum Schuss gekommen. Mann, wenn man sich das überlegt, mit Bumsen war damals ja überhaupt nichts. Da hat sich zum Glück einiges geändert.«

Bernhardt ballte die Faust und schaute sein Gegenüber an: Hatte der vielleicht sogar den Punkt getroffen?

»Und du bist jetzt Bulle, hat mir Freya erzählt.«

Bernhardt schaute auf sein Gegenüber: Was sagte der?

»Ja, wir treffen uns gelegentlich, sie ist ja unverheiratet geblieben, anders als ihre Schwestern. Sie hat dich mal im Fernsehen gesehen, Mordkommission. Finde ich ja klasse.«

Tannert lachte. Bernhardt schwieg und überlegte: Hatte er diesen Typen nicht später noch mal kurz erlebt, in einer dieser Kapital-AGs? Genau: Er war in der Gruppe der Radikalste von allen gewesen. Nicht in der Theorie steckenbleiben, war seine Devise, die Revolution muss bewaffnet sein, die Macht kommt aus den Gewehrläufen. Vieles hatte Bernhardt inzwischen vergessen, aber noch immer war er froh, dass er sich nicht auf den Weg der Gewalt begeben hatte. Nun also dieses Gespenst aus der Vergangenheit, das sich offensichtlich freute, ihn wiederzusehen.

»Was meinst du, was ich jetzt mache?«

»Keine Ahnung, vielleicht bist du Autor einer Zeitschrift, die *Der dritte Weg* heißt?«

»Nee, ich bin Beamter wie du.«

»Na, wunderbar.«

»Ja, stell dir vor, Professor an der Fachhochschule für Verwaltungswissenschaften. Und außerdem bin ich bei der SPD noch so eine Art Parteihistoriker.«

»Brauchen die denn so was noch?«

Tannert schaute jetzt ziemlich verbissen aus seinem Lacoste-Hemd. Und Bernhardt wollte es gut sein lassen. Aber die Hitze, der halbe Mond über dem Platz, das kühle Bier, das in seinen Kopf eine erstaunliche Helligkeit gezaubert hatte, kurzum: die Magie der Sommernacht sorgte dafür, dass Bernhardt den Platz nicht verlassen konnte.

Als es langsam leer wurde vor den Kneipen, zog er mit Tannert, den er gar nicht mehr loswurde, vom guten Teil des »Stuttis« zum weniger guten in Richtung Kaiser-Friedrich-Straße. Innerhalb weniger Meter änderte sich das Bild. Unvermittelt neben dem gutbürgerlichen Areal existierte das Rotlichtmilieu: Puffs und Stripteasebars in runtergewirtschafteten bürgerlichen Häusern. Im Café Voltaire, das Tag und Nacht geöffnet hatte und sozusagen das Bindeglied zwischen den beiden Milieus war, trafen sich nun die etwas bunteren Gestalten.

Bernhardt saß mit Tannert draußen an einem verschmierten Tisch und schaute auf das gegenüberliegende Viadukt, wo die S-Bahnen vorbeiratterten. Tannert faselte etwas vom bewaffneten Kampf und verhaspelte sich immer mehr in seiner Abwägung des Für und Wider. Am Nebentisch erklärte ein dicker schwuler Modeschöpfer einer müden, vielleicht sechzehn-, siebzehnjährigen Prostituierten, dass sie mit seiner Hilfe das Abitur machen und studieren könne, dass er sie bis zum Dr. phil. führen werde, sie müsse ihm halt nur vertrauen. Irgendwann setzten sich ein paar sehr junge, sehr blonde russische Prostituierte mit einer Flasche Prosecco zu ihnen. Sie lachten: Nein, keine Angst, sie hätten Dienstschluss, sie müssten ihnen nichts ausgeben. Bernhardt hörte ihnen zerstreut zu, er hatte den Eindruck, dass er ein bisschen über der Erde schwebte. Der Singsang der Stimmen: Ja, Sibirien, sie seien alle aus Sibirien, und natürlich würden sie zurückgehen, nach Tschita, da sollten sie dann mal vorbeikommen.

Wie Bernhardt es geschafft hatte, mit seinem Fahrrad in die Merseburger Straße zu gelangen, war ihm später nicht ganz klar. Den unablässig quasselnden Tannert hatte er unterwegs verloren. Als die Sonne aufging, stand er auf seinem kleinen Balkon. Die Vögel in der Kastanie im Hinterhof fingen an zu lärmen. Ein neuer heißer Tag begann, als sich Bernhardt endlich auf seine Matratze fallen ließ.

Er hatte sich ein paar Stunden hin- und hergewälzt und war nicht richtig eingeschlafen. Der kalte Strahl aus der Dusche, den er lange auf sich niederprasseln ließ, weckte ihn brutal, der Kopfschmerz trat widerwillig den Rückzug an. Es war schon elf Uhr. Er zog sich schnell an, warf die Badesachen in eine Tasche und verließ, bevor ihm der Schweiß wieder ausbrach, seine Wohnung.

Als er aus dem Dämmer des Treppenhauses hinaus ins Freie trat, traf ihn die Gewalt der Sonne unerwartet. Hinter seiner Stirn begann es wieder stärker zu pochen. Im Auto öffnete er das Schiebedach. Von oben wirbelte jetzt heiße Luft herein. Nach wenigen Minuten fühlte sich Bernhardt ganz wohl, er freute sich auf das schöne seidige Wasser des Sees, auf die Stunden, die er unter einem Baum verdösen würde. Keine Zeitungen, keine Bücher, nichts.

Er spürte, dass es ein guter Tag werden konnte. Die Fahrt durch die Stadt war problemlos, keine Staus. Im Wedding saßen die ersten Trinker vor den Kneipen, vor einem Hochhaus liefen Kinder durch den Wasserstrahl eines Rasensprengers. Die Autobahn Richtung Norden war frei. Und als er die Abfahrt »Lanke« nahm und durch schmale Alleen fuhr, deren Baumdächer sich über ihm wölbten und sonnengesprenkelten Schatten spendeten, fühlte er diesen winzigen Moment Glück, der ihm so lange gefehlt hatte.

Er kam gerade rechtzeitig, um die kleine Fähre zur Insel, die mitten im Liepnitzsee lag, zu erreichen. Das asthmatische Gefährt, das nur mühsam Fahrt aufnahm, wurde noch immer von dem Mann gesteuert, mit dem er sich im vergangenen Jahr unterhalten hatte und der auch diesmal wieder von seinen dreißig Jahren Fährdienst sprach. Demnächst würde er ja nun endlich in Ruhestand gehen. Wer das dann machen würde? Ja, wer denn? Der müsse im Sommer täglich von 8 bis 19 Uhr ständig hin- und herfahren. Der müsse ja Spaß daran haben, so wie er. Und mit jedem Fahrgast gut auskommen. Selbst mit so ’nem Typen wie Honecker. Den habe er auch mal gefahren. Für die Jüngeren an Bord: Der war mal ’n großes Tier. Generalsekretär und noch ’n paar Titel. Er schaute einen älteren Mann mit kurzen Hosen, grauen Sandalen und grellfarbig gestreiftem Hemd an: Na, Sie erinnern sich aber noch, oder? Der Mann nickte: Allerdings. Thomas Bernhardt hatte den Eindruck, dass der griesgrämige Ältere sich wohl ein bisschen mehr Respekt gegenüber dem Generalsekretär erwartet hätte. Vor dreißig Jahren war der wahrscheinlich in der mittleren SED-Kulturbürokratie angesiedelt, schätzte er.

Nach wenigen Minuten hatten sie die Anlegestelle

auf der Insel erreicht. Er hätte ein Ruderboot mieten können, was er sich vor Jahren einmal gegönnt hatte. Den ganzen Tag hatte er sich damals auf dem See treiben lassen, ab und zu ein paar Schläge gemacht, um nicht ans Land getrieben zu werden. Abends war er mit einem satten Sonnenbrand wieder in die Stadt gefahren. Unvergesslich. Jetzt ging er über sandige Wege zur Badestelle der Insel. Die Kneipe in der Mitte der Insel, die wie eine Westernstadt mit rohen, nachlässig zusammengefügten Holzbohlen eingefriedet war, ließ er rechts liegen, folgte dem Weg mit seinen kurzen An- und Abstiegen, schaute nicht ohne eine gewisse Ablehnung auf die großen Zelte, die unter den Fichten standen. Sie wirkten behelfsmäßig, als sei der Krieg noch nicht zu Ende, als hätten Flüchtlinge kurzfristig Aufnahme gefunden und kochten sich in ihrem Blechgeschirr eine karge Mahlzeit. Aber da er versöhnlich gestimmt war, sagte er sich, dass man das alles sicher auch schön finden könne, die Nähe zur Natur, das Gemeinschaftsgefühl der Zeltenden, der Verzicht auf Zivilisation.

Bald öffnete sich der Blick auf die sanft abfallende Badestelle. Viele Menschen, aber nicht zu viele, stellte er fest. Er sah, dass am Ufer noch ein schattiges Plätzchen frei war, von dem man aufs Wasser und auf die Badestelle am gegenüberliegenden Ufer schauen konnte. Er breitete sein Handtuch aus, platzierte sich so, dass ihm niemand zu nahe kommen konnte, steckte die große Plastikwasserflasche zwischen zwei Astgabeln, so dass sie halb im Wasser hing, zog dann die Badehose an und ging ins warme Wasser. Mit schnellen Zügen entfernte er sich vom Ufer, in der Mitte des Sees schwamm er im Kreis oder trat Wasser. Gedämpft drangen die Stimmen von den beiden Badestränden zu ihm, ab und zu dümpelte jemand auf einer Luftmatratze oder einem kleinen Gummiboot an ihm vorbei.

Er machte sich schwer, ließ sich langsam sinken und in die Tiefe des Sees ziehen. Grün strudelte das Wasser vor seinen Augen, kleine Fische flitzten hin und her – Stille und doch von ferne her blubbernde und glucksende Geräusche, als gäbe es eine unterirdische Sprache. Er versuchte, möglichst lange unter Wasser zu bleiben, hielt die Luft an und schoss erst dann nach oben, als er eine kleine Panik verspürte. Nach Luft japsend, hielt er sein Gesicht in die Sonne, drehte sich dann auf den Rücken und trieb ein paar Minuten auf dem Wasser, das Absinken durch leichte Bewegungen der Arme und Beine verhindernd. Als sein Atem wieder normal ging, schwamm er langsam auf das Ufer der Insel zu.

Jetzt war er schön abgekühlt, im Baumschatten fröstelte er sogar ein bisschen.

Die Stunden vergingen. Thomas Bernhardt döste im Schatten vor sich hin, das Gemurmel der Menschen, die Stimmen der im Wasser planschenden Kinder und die Schreie der Jungs, die sich von einem Seil, das um den Ast eines Baumes gebunden war, in den See schleuderten, erreichten nur den Rand seines Bewusstseins. Flüchtige Bilder kamen und verzogen sich schnell wieder: Was Cornelia jetzt wohl machte? Oder Anna Habel, die hyperaktive Kollegin aus Wien? Schade, dass sie sich nach ihrer gemeinsamen Untersuchung des »Eisenbahnfalles«, wie er das nannte, nicht mehr getroffen hatten. Ein Märchen hatte er ihr erzählt. Wie ging das noch mal?

Er richtete sich auf. Er merkte, dass sich seine Sinne geschärft hatten. Er hörte, wie die Wellen leise glucksend auf dem sandigen Uferstück ausliefen, das matte Grün des Sees wirkte geheimnisvoll und verführerisch, durch das milchige Blau des Himmels segelten ein paar weiße Wölkchen, das Licht verlor jetzt am frühen Nachmittag langsam seine grelle Schärfe. Mitten im Juli an einem märkischen See.

Als hielte er die Magie dieses Augenblicks nicht aus, griff er zu seinem Handy. Er schickte an Cornelia eine SMS: »Schade, dass du nicht hier bist. Irgendwann in diesem Sommer…« Und dann noch eine SMS an ›die‹ Anna. Kaum waren die Zeilen losgeschickt, ärgerte er sich. Die Zeitlosigkeit dieses verträumten Nachmittags war vorbei, er war wieder in der Welt.

6

Obwohl Anna schlecht geschlafen hatte und der Hahn der Nachbarn sie im Morgengrauen das erste Mal aus dem Schlaf gerissen hatte, war es schließlich doch halb zehn, als sie schweißgebadet hochschreckte. Ihr altmodisches Telefon im Vorzimmer klingelte durchdringend, und Anna nahm den Hörer von der Gabel.

»Ja bitte?«

Es gab nur wenige, die diese Nummer hatten, ihr alter Vater und Florian, aber der war ja im Nebenzimmer und schlief.

»Guten Morgen, hier ist Robert. Hab ich dich geweckt?«

»Du bist das! Woher hast du denn die Nummer?«

»Hast du mir mal gegeben, vor einigen Jahren, weißt du nicht mehr?«

»Warum rufst du denn nicht am Handy an?«

»Hab ich ja, geht aber keiner ran.«

»Na gut. Ich hoffe, du hast einen guten Grund, mich am Samstagvormittag hier aufzuscheuchen.«

»Du hast mir gestern einen Auftrag erteilt. Schon vergessen?«

»Stimmt. Und? Was erreicht?«

»Na ja, gestern hab ich nur mit einem Prosekturgehilfen gesprochen. Der meinte lediglich, dass der Tote nicht freigegeben ist, sprich: im Kühlfach liegt. Und heute Morgen hatte ich einen übellaunigen Pathologen dran, der da Wochenenddienst schiebt und wohl nicht übermäßig Lust hat, eine Leiche aufzuschneiden. Andererseits hat er mit bebender Stimme über einen interessanten Fall gesprochen und dass irgendwas daran sicher faul sei.«

»Na wunderbar. Ein wenig präziser?«

»Anna, es ist Wochenende, es hat jetzt schon 29 Grad, und wir sind in Wien.«

»Okay, ein Verdacht reicht erst mal, um hier offiziell ein paar Leute zu befragen. Du hältst mich auf dem Laufenden, und ich schau mich noch ein wenig um. Am Montag bin ich wieder da, und dann wird es hoffentlich Ergebnisse aus dem Wilhelminenspital geben.«

»Jetzt mach doch auch mal ein wenig frei.«

»Ich muss ja auch noch Rasen mähen und Unkraut jäten. Ich geh am Nachmittag nur ein bisserl spazieren und schau mich um.«

»Na gut, tu, was du nicht lassen kannst, aber beschwer dich nachher nicht, dass du nie freihast.«

»Würde ich nie tun, schönes Wochenende.«

Anna machte rasch Kaffee und holte sich einen Joghurt aus dem Kühlschrank. Mit dem Rasenmähen musste sie sich beeilen, ab zwölf Uhr war Mittagsruhe im Ort, und dann sollte sie mit den 300 Quadratmetern fertig sein. Als sie den Motor starten wollte, machte der nur gurgelnde Geräusche, immer wieder zog sie die Anlassschnur, aber da war nichts zu machen, kein Benzin.

So wie sie war, in Shorts und T-Shirt, packte Anna den

leeren Plastikkanister ins Auto und fuhr zur Tankstelle, die etwas außerhalb Salchenbergs lag. Wie in einem amerikanischen Film lehnte der alte Tankwart mit dem Stuhl an der Hausmauer und starrte träge in die Hitze. *Irgendwo in Iowa*, Anna hatte den Film nie gesehen, aber so stellte sie ihn sich vor. Sie füllte fünf Liter in den gelben Kanister, der Tankwart schob lediglich die Schirmmütze in den Nacken, ansonsten bewegte er sich nicht. Als sie zur Kasse ging, erhob er sich ächzend und schlurfte hinter ihr in den Laden.

»Sechs Euro.«

»Vier Semmeln krieg ich noch, bitte.«

Mit seinen klobigen Händen schaffte er es kaum, die Zange für das Gebäck zu bedienen, und am liebsten hätte Anna ihm das Werkzeug aus der Hand genommen. Sie zahlte und verließ das Tankstellenhäuschen, murmelte ein »Auf Wiedersehen«, das nicht erwidert wurde.

Florian saß mit einem Becher Kaffee auf der Bank vor dem Küchenfenster.

»Du hättest ja mal den Frühstückstisch decken können.« Anna schwenkte die Tüte mit den Semmeln.

»Wusste ich denn, ob du wiederkommst?«

»Jetzt sei doch nicht so, dir ist doch sonst auch egal, wo ich bin und wann ich komm.«

Florian murmelte etwas in seine Tasse.

»Ich muss den Rasen mähen, bevor hier die Mittagsruhe eingeläutet wird, wir frühstücken danach ausgiebig, ja?«

»Gut, ich deck schon mal den Tisch.«

Nach einer Dreiviertelstunde war die Wiese einigermaßen gleichmäßig gemäht, die meterhohen Brennnesseln an der Nachbarmauer hatte Anna wieder mal geflissentlich übersehen. Sie war schweißüberströmt, und an ihren Beinen klebten kleine Grashalme.

»Du kannst die Eier ins Wasser geben, ich geh schnell unter die Dusche.«

Gerade hatte sie den Wasserhahn aufgedreht, da vibrierte ihr Handy auf der Waschmaschine. Zweimal hintereinander das SMS-Zeichen. Anna holte sich frische Shorts und ein Tanktop aus dem Schrank und las ganz schnell ihre Kurzmitteilungen: Thomas Bernhardt. »Bin ein paar Tage im Urlaub, hoffe, es geht dir gut.« Zweite Nachricht: »FALLS du mich anrufen willst, bitte mobil. LG Th. B.« Anna musste lachen. Seit sie letztes Jahr bei einem gemeinsamen Fall den Berliner Kommissar kennengelernt hatte, zeichnete er sich durch eine gewisse Anhänglichkeit aus. Regelmäßig bekam sie Kurzmitteilungen aus Berlin, hin und wieder telefonierten sie. Einmal, als Anna ihn fragte, warum er ihr immer mitteilte, wo er gerade war, lachte er nur und meinte: »Wer weiß, vielleicht brauchst du mich ja mal ganz dringend, da ist doch gut, wenn du immer meine aktuellen Koordinaten hast. »Bin in meinem Häuschen im Weinviertel. Leider nur bis morgen. Meld mich am Montag. Schönen Urlaub«, schrieb sie ihm zurück.

Nach dem späten Frühstück mit Florian und einer kleinen Mittagsruhe schnappte sich Anna ihren riesigen alten Strohhut, bewaffnete sich mit Gartenwerkzeug und begann den aussichtslosen Kampf gegen das Unkraut. Doch ihre Gedanken waren nicht wirklich bei

Brennnesseln, Disteln und Löwenzahn, immer wieder musste sie an den toten Weinbauern denken und an die gar nicht so trauernde Witwe.

»Florian, heute Abend bist du der Grillmeister, ich mach einen Salat. Aber ich geh vorher noch mal kurz weg, ich muss mich noch ein wenig um unseren Toten kümmern.«

Wider Erwarten machte Florian keine spitze Bemerkung, sondern fragte nur, wann sie denn essen wolle. Sie verabredeten sich für in zwei Stunden, Anna zog sich rasch ein etwas seriöseres Sommerkleid an und verließ durch die Hintertür den Garten. Nach dem steilen Anstieg zum Bahnhof war sie völlig verschwitzt und verschnaufte kurz vor dem gelben Haus. Noch bevor sie klingeln konnte, öffnete sich die Haustür, und Uschi Mader trat ins grelle Licht. Erst heute fiel ihr auf, dass Frau Mader wohl ein wenig jünger sein musste als ihr verstorbener Lebensgefährte, Anna schätzte sie auf Mitte vierzig.

»Guten Tag. Ich dachte schon, dass Sie kommen würden.«

»Hallo, entschuldigen Sie noch mal, dass ich gestern einfach so in den Weinkeller gegangen bin, ich wollte Sie auch nicht erschrecken.«

»Kein Problem, die Tür stand ja offen. Sie sind doch wirklich von der Polizei?«

»Ja, heute hab ich sogar meinen Dienstausweis dabei, wollen Sie ihn sehen?«

»Nein, nein, ich glaub Ihnen schon. Wollen Sie was trinken?«

»Ja, gerne, ein Glas Wasser.«

Anna folgte Uschi Mader ins Innere des Hauses, das geschmackvoll eingerichtet war. Obwohl es von außen wie ein echtes Winzerhaus wirkte, fehlte der Inneneinrichtung jegliches rustikale Flair. Honigfarbene Dielen, ein großer alter Esstisch, weiße Vorhänge, die sich im Sommerwind leicht bauschten, kein überflüssiges Detail verunzierte den Raum. Anna nahm am Tisch Platz, und Frau Mader brachte einen Krug Wasser, in dem eine Zitronenscheibe und Minzeblätter schwammen. Jetzt erst bemerkte Anna die schlafende Katze auf dem Fensterbrett und fühlte sich ein wenig wie auf einem Fotoset von *Schöner Wohnen*.

»Wie geht es Ihnen denn?«

»Ich weiß nicht so recht, es geht schon. Ich glaube, ich habe noch nicht wirklich realisiert, dass Freddy nie wieder hier bei der Tür reinkommen wird.«

»Wem gehört denn das Haus hier? Und der Weinkeller und alles?«

»Mir gehört hier gar nichts. Muss ich jetzt ausziehen?«

»Das kommt darauf an. Sind Sie denn sicher, dass es kein Testament gibt?«

»Bestimmt nicht.«

»Hatte Herr Bachmüller Familie? Kinder, Eltern, Geschwister?«

»Ich habe in den fünf Jahren unserer Beziehung niemanden kennengelernt.«

»Aber ihr müsst doch irgendwie über Vergangenes geredet haben!«

»Er sagte immer: Ich lebe im Hier und Jetzt. Was vorher war, gibt es nicht mehr, und was kommt, werden wir sehen.«

»Und in den ganzen Jahren hat er nie etwas über sich erzählt? Über sein Leben vor Ihnen?«

»Nein. Doch, halt. Einmal haben wir in Wien im Theater eine Ex von ihm getroffen. Es war ihm aber ganz unangenehm, und er wollte nichts mit ihr reden. Und erzählt hat er auch nichts. – Aber warum fragen Sie denn so viel? Mir hat man im Krankenhaus gesagt, es war ein Herzinfarkt.«

»Ja, ein Herzinfarkt. Obwohl Sie sagen, er war so fit?«

»Das kommt mir auch seltsam vor, aber der Arzt hat gemeint, das kommt vor.«

»Ja, vielleicht. Ich möchte nur alles andere ausschließen. Und deswegen ist es gut, wenn ich so viel wie möglich von ihm weiß.«

Anna sah, dass Uschi Mader nur mit Mühe ihre Fassung bewahrte. Ihre Hände zitterten, sie hatte Ringe unter den Augen, immer wieder traten ihr Tränen in die Augen. Ihre Bewegungen wirkten verlangsamt, Anna vermutete, dass sie Beruhigungsmittel genommen hatte.

»Hatte Herr Bachmüller so etwas wie ein Büro?«

»Ja, gleich nebenan. Wollen Sie es sehen?«

»Das wäre nett. Sie müssen mir das nicht zeigen, ich habe keinen Durchsuchungsbefehl.«

»Ja, ich weiß. Aber wem schadet das denn, wenn Sie einen Blick auf seinen Schreibtisch werfen?«

Das Büro war ähnlich wie das Wohnzimmer eingerichtet, wenn auch nicht ganz so aufgeräumt. Ein alter Schreibtisch, darauf ein kleines weißes Laptop, eine Lampe mit grünem Schirm und ein alter Rollladenschrank. Auch der Schreibtischstuhl war nicht von Ikea, Anna wusste nicht, wie der Designer hieß, doch sie erinnerte sich, das Ding schon mal in einem Inneneinrichtungsbuch gesehen zu haben. Auf der Tischplatte stapelten sich Papiere. Anna blätterte sie rasch durch: Lieferscheine, Rechnungen, Briefe von verschiedenen Restaurants, vor allem aus Deutschland und der Schweiz.

»Was soll ich nur mit all dem machen? Ich habe ja überhaupt keine Ahnung vom Wein, und mit Buchhaltung und so einem Zeug steh ich sowieso auf Kriegsfuß.«

Uschi Mader lehnte am Türrahmen und sah Anna hilfesuchend an. Die hatte inzwischen einen Ordner mit der Aufschrift »Ausgangsrechnungen 2009« aus dem Schrank genommen und blätterte ihn durch.

»Jetzt warten Sie erst mal ab. Das findet sich schon alles«, antwortete sie abwesend und bemerkte, dass die meisten Rechnungen an drei Restaurants ausgestellt waren. Eines mit Berliner Adresse, eines in Salzburg und ein kleines Weinlokal in Wien, das sie vom Hörensagen kannte, in dem sie aber noch nie war, obwohl es bei ihr um die Ecke lag.

Schließlich bedankte Anna sich noch mal bei Frau Mader für ihr Entgegenkommen und drückte ihr die Karte mit Dienst- und Handynummer in die Hand.

»Rufen Sie mich an, wenn Ihnen noch was einfällt. Ich rede am Montag mit dem zuständigen Arzt und melde mich dann bei Ihnen. Eine Frage noch: Hatte Herr Bachmüller Freunde im Ort?«

»Ja, den Herrn Wieser, das ist der Pfarrer. Der war eigentlich der Einzige, mit dem er mehr geredet hat. Freddy war zwar gar nicht gläubig, aber die zwei haben immer endlose Gespräche geführt. Und im Chor hat er ja auch gesungen, obwohl er gar nicht Kirchenmitglied ist, äh, war.«

»Okay, vielen Dank, Frau Mader. Machen Sie sich mal keine Sorgen, es wird sich alles finden.«

»Nehmen Sie sich doch noch eine Flasche Wein mit! Was trinken Sie denn gern?«

»Ach, ich bin da nicht so anspruchsvoll. Wenn es so heiß ist, einen Trockenen.«

»Ich hab hier einen schönen Veltliner, das ist zwar keiner von den prämierten, also eher ein unkomplizierter Alltagswein, wie Freddy sagen würde, aber der ist schön gekühlt, den können Sie heute Abend trinken.«

Uschi Mader hielt ihr eine schlanke Flasche mit stilvollem Etikett entgegen.

»Danke schön.«

»Gerne.«

Anna ging in Richtung Kirche, die für so einen kleinen Ort überdimensioniert wirkte. Als sie eintrat, umfing sie sofort der Geruch, den sie seit ihrer Kindheit so liebte. Es war dämmrig und kühl, und die Blumen links und rechts neben dem Altar sahen trotz der Hitze erstaunlich frisch aus. Anna setzte sich in die hinterste Reihe und versuchte sich das Gotteshaus voller Menschen vorzustellen. Es gelang ihr nicht so richtig. Plötzlich setzte laute Orgelmusik ein, und Anna fuhr zusammen. Jemand spielte völlig unvermittelt und mit großer Inbrunst Bachs *Toccata und Fuge in d-Moll*, und Anna Habel saß einfach nur da und hörte zu. Als das Stück zu Ende war, stand sie auf, ging zur Mitte der Kirche und blickte zur Empore hoch.

»Hallo! Hallo! Entschuldigung, Herr Pfarrer Wieser?«

Es kam ihr seltsam vor, in einer Kirche laut zu rufen, doch zu ihrer Überraschung war die Antwort von oben geradezu dröhnend.

»Ja. Ich bin hier oben. Möchten Sie mich sprechen? Moment, ich komme runter.«

Laut polternd kam jemand die schmale Treppe herunter, und wenige Augenblicke später stand ein großgewachsener, beleibter älterer Herr vor ihr.

»Grüß Gott. Ich bin Norbert Wieser, der Pfarrer hier. Wollen Sie die Beichte ablegen?«

»Warum? Seh ich so sündenbeladen aus?«

»Nein, nein, nur Messe ist jetzt keine, und warum sollte eine schöne junge Frau an einem perfekten Sommertag den alten Pfarrer sprechen wollen.«

Anna schenkte dem Pfarrer ein breites Lächeln, einen flirtenden Diener Gottes fand sie amüsant.

»Ich bin hier wegen dem Toten. Freddy Bachmüller. Sie kannten ihn doch, oder?«

»Ja, ich kannte ihn sogar ganz gut.« Der Pfarrer wurde schlagartig ernst, eine tiefe Falte zeigte sich auf seiner Stirn.

»Sie waren befreundet?«

»Das kann man so sagen. Obwohl Freddy nicht gläubig war und auch kein Geheimnis daraus gemacht hat, dass ihn die katholische Kirche zutiefst anwiderte.«

»Aber er hat doch im Kirchenchor gesungen?«

»Ja, in der Tat. Aber nur um der Kunst willen, nicht wegen des Glaubens. Aber wer sind Sie eigentlich?«

»Entschuldigen Sie, ich habe mich noch gar nicht vorgestellt. Anna Habel. Ich hab ein Wochenendhaus in Salchenberg, unten an der Austraße. Und ich bin Kriminalbeamtin in Wien.«

»So, so, ein Wochenendhaus. Sie waren aber noch nie hier im Gottesdienst!«

»Ich halt's eher so wie Herr Bachmüller. Die Musik find ich schön, aber deswegen muss ich ja nicht in die Kirche gehen.«

»Und warum sind Sie heute hier? Was hat die Kriminalpolizei mit Freddys Tod zu tun? Der hatte doch einen Herzinfarkt.«

»Hatte er wahrscheinlich auch. Ich kam eher zufällig dazu und hab mich mit seiner Lebensgefährtin unterhalten. Und die erzählte mir von Ihrer Freundschaft, da bin ich neugierig geworden. Berufskrankheit.«

Anscheinend reichte das dem Pfarrer als Erklärung, denn er wies Anna einen Platz in einer Kirchenbank zu, setzte sich neben sie und begann ausufernd von Freddy Bachmüller zu erzählen. Von seiner Intelligenz, seinem Händchen für Wein und Antiquitäten und natürlich von seiner herausragenden Stimme, die für so einen mickrigen Kirchenchor eigentlich viel zu schade gewesen sei.

»Wie lange lebte Herr Bachmüller denn schon in Salchenberg? Er stammte ja nicht von hier, oder?«

»Nein, ich glaube, ursprünglich ist er Deutscher. Kein typischer. Ruhig, zurückhaltend. Aber die Leute am Land sind halt engstirnig. Zehn Jahre lebte er hier, aber als ein Unsriger wurde er nie betrachtet.«

»Wo lebte er denn vorher?«

»Ich habe keine Ahnung. Eines Tages war er einfach da, kaufte Haus und Weinkeller, und wenn man ihn fragte, meinte er immer nur, sein Leben beginne hier und jetzt. Alles davor sei komplett unwichtig.«

»Fanden Sie das nicht seltsam?«

»Was ist schon seltsam? Gottes Wege und auch seine Kinder sind unergründlich. Ich akzeptiere alle so, wie sie sind.«

Als Anna ihre Plauderstunde mit dem Pfarrer beendet hatte und aus der Kirche trat, tauchte die Abendsonne den Platz vor der Kirche in ein mildes Licht. Sie lief die – wie immer menschenleere – Hauptstraße entlang, und in ihrem Garten überraschte sie der Geruch von Holzkohle. Florian sagte nichts über ihre lange Abwesenheit und warf die Bratwürste auf den Grill. Es folgte ein entspanntes Abendessen, Themen des Gesprächs: Schule, Matura, Urlaubspläne – Florian wollte unbedingt mit Freunden nach Griechenland trampen – und Reinhard, Florians Vater, mit dem Anna seit Jahren nichts mehr zu tun hatte und auch der Sohn immer weniger. Anna befreite Florian vom Küchendienst, und gerade als sie fertig war und Bachmüllers Wein öffnen wollte, klingelte das Handy. Unbekannter Teilnehmer.

»Habel.«

»Guten Tag, Frau Habel, Doktor Hans Friedelhofer. Ich bin Pathologe am Wilhelminenspital.«

Anna stellte die Flasche zurück in den Kühlschrank.

»Ja?«

»Ich ruf an wegen dem Toten. Alfred Bachmüller. Sie wissen, der Herzinfarkt.«

»Ja, was ist mit dem?«

»Ich hab mir den gründlich angesehen, und irgendwie kommt mir da was komisch vor.«

»War es gar kein Herzinfarkt?«

»Doch schon, aber nachdem mein Prosekturgehilfe mir erzählt hat, dass ihr schon angerufen habt, denk ich mir, das war vielleicht kein normaler Herzinfarkt. Ich hab mir sein Herz schon mal angesehen.«

»Und? Was haben Sie gesehen? Jetzt machen Sie es doch nicht so spannend. Woran ist er denn jetzt gestorben?«

»Na ja, schon an einem Infarkt. Aber eben nicht so einfach. Müssen wir das am Telefon besprechen? Ich würde es Ihnen gerne zeigen.«

»Aber es ist Wochenende, und ich bin gar nicht in Wien.«

»Wann können Sie denn da sein?«

Anna hörte sich selbst »morgen Mittag« sagen und verfluchte sich innerlich dafür. Warum konnte sie nicht einmal ihr Wochenende genießen? Bachmüller war schließlich schon tot und in der Kühlkammer der Pathologie gut aufgehoben. Gleichzeitig wusste sie, wenn sie hierbleiben würde, könnte sie ohnehin an nichts anderes denken als an den neuen »Fall«, der zwar offiziell noch keiner war, doch in Annas Kopf hatte es längst zu rattern begonnen.

Sie verabredete sich also für Sonntag um zwölf Uhr mit Dr. Friedelhofer im Wilhelminenspital und setzte sich mit einem Glas Wein auf die Gartenbank. Nach dem ersten Schluck zog sie die Augenbrauen nach oben: Sie konnte sich nicht erinnern, schon jemals so einen leckeren Wein getrunken zu haben. Zehn Minuten später kam Florian aus dem Haus und setzte sich dazu. Er nahm das Weinglas und nippte. Anna zog die Augenbrauen hoch.

»Hey, kein Alkohol unter meiner Aufsicht.«

»Schmeckt mir eh nicht. Bin mehr der Bier-Typ.«

»Das ist biodynamischer Edelwein, du Banause. Hab ich von unserem Toten.«

»Wohl bekomm's. Was ist jetzt eigentlich mit dem?«

»Ich fürchte, ich hatte recht. Der ist wohl keines natürlichen Todes gestorben. Deswegen muss ich leider auch morgen schon zurück. Du kannst aber gerne noch hierbleiben und dann mit dem Zug nachkommen.«

»Nein danke, und das Haus aufräumen und alles dichtmachen, da fahr ich doch lieber mit dir mit. Ich muss ja am Montag auch arbeiten.« Florian seufzte. Er hatte vor einer Woche seinen ersten Ferialjob angetreten: Regale befüllen im Supermarkt.

»Also, dann: Abfahrt um zehn.«

»Yes, Ma'am. Ich geh noch ein bisschen lesen. Gute Nacht.«

»Gute Nacht.«

Inzwischen war es dunkel geworden, über Anna

spannte sich ein spektakulärer Sternenhimmel, es war immer noch warm, und die Grillen zirpten, als ginge es um ihr Leben. Anna schenkte sich noch ein Glas ein. Ein wirklich gutes Tröpfchen hatte er da fabriziert, dieser Bachmüller, und da er biodynamisch war, würde sich der Kopfschmerz am nächsten Morgen hoffentlich in Grenzen halten. Als Anna das zweite Glas geleert hatte, scrollte sie das Namensverzeichnis ihres Handys durch, und wie zufällig blieb ihr Daumen bei »Bernhardt« hängen. Er meldete sich nach dem zweiten Klingeln.

»Wie schön. Ich hab auch an dich gedacht.«

»Hey. Bist du noch an deinem See?«

»Ja, die Sonne geht langsam unter, ich mache mich jetzt mal auf den Weg und such mir was zum Übernachten. Und du?«

»Mein Wochenende ist schon wieder vorbei. Ich hab eine Leiche.«

»Wo?«

»Stell dir vor. In dem Kaff, in dem mein Wochenendhaus steht. Einen Weinbauern.«

»Na, der hat sich wahrscheinlich totgesoffen. Was hast du denn damit zu tun?«

Anna erzählte ihm die Geschichte in Kurzform, und als sie die kryptische Aussage des Pathologen wiedergab, meinte Bernhardt lakonisch: »Der will sich nur wichtig machen. Findet es wahrscheinlich ätzend, dass er Wochenenddienst schieben muss, und da trifft er sich lieber mit einer netten Kommissarin.«

»Die äußerst unnett wird, wenn sie da morgen umsonst hingeht. Der Typ – also dieser tote Winzer – hat übrigens auch Wein nach Berlin verkauft, in ziemlich großen Mengen.«

»Wieso weißt du das?«

»Hab mir ein paar seiner Rechnungen angeschaut. Ging alles an ein Lokal namens Weder-Noch in Berlin.«

»Hm, du hast seine Sachen schon durchsucht?«

»Nein, durchsucht ist übertrieben. Ich hab mich nur ein bisschen umgesehen. Mit Erlaubnis der trauernden Witwe.«

»Ihr Österreicher! Ein bisschen umgesehen, na, na.«

»Ich weiß, ihr seid ordentlich und korrekt, was sonst. Kennst du das Lokal?«

»Ja, vom Hörensagen. Angesagter Schuppen in der Nähe der Brunnenstraße, nur Weine vom Feinsten, Fingerfood, die *young creatives* gehen da ein und aus. Genau das, was wir uns mal gönnen sollten, falls du je nach Berlin kommst.«

»Na ja, du könntest ja mal hinfahren und schauen, ob jemand meinen Mann kennt. Er hieß Freddy Bachmüller, aber viel mehr weiß ich auch nicht über ihn.«

»Du schaust dir morgen erst mal schön den Toten an und lässt dir erzählen, an was der gestorben ist. Sei nicht immer so vorschnell! Ich fahr da sicher nicht hin und frag blöd rum, nur weil die auf ihrer Weinkarte einen Veltliner von so einem Ösi-Weinbauern mit schwachem Herzen stehen haben.«

»Jetzt reg dich doch nicht gleich so auf. War ja nur eine Idee.«

»Eine blöde.«

»Ach, lass mich doch in Ruhe, Mister Korrekt.«

»Ja, ja, Madame Vorschnell.«

»Wir haben halt manchmal etwas unorthodoxe Ermittlungsmethoden. Wenn man damit ans Ziel kommt!«

Sie versuchten ihr Gespräch wieder auf eine private Ebene zu lenken, was misslang. Anna wurde wortkarg, und bald darauf legte Thomas Bernhardt verschnupft auf. Nicht ohne ihr einen schönen Sonntag auf der Pathologie zu wünschen.

7

Wie schnell ein Tag in Missmut versacken konnte. Thomas Bernhardts kurz aufflackernde Freude über den Anruf von Anna Habel hatte sich schnell gelegt. Miss Marple aus Wien hatte einen neuen Fall, und schon hatte sie sich festgebissen. Ihre großspurige Art: Ja, da führt auch eine Spur nach Berlin, kannst du nicht mal? Freddy Bachmüller, ja, nur wenn du Lust hast. Du hast eine Woche Urlaub? Klar, nur wenn du Lust hast. Ja, ist doch deine Entscheidung. Wie du willst.

Und dann die Rückfahrt mit der Fähre: Zu viele Menschen, die zu laut waren. Der Versuch, in einer Pension an einem der vielen Seen zu übernachten: misslungen. Alle Zimmer waren schon belegt. Auf der Autobahn: Stau.

Thomas Bernhardt überlegte, was ihm an diesem Telefonat missfallen hatte. Kein persönliches Wort von ihrer Seite. Und dann hatte sie ihn auch noch zu ihrem Assistenten gemacht: Schau doch mal nach, wenn du Lust hast. Hatte er Lust? Nicht wirklich, andererseits verspürte er ein leichtes Pochen im detektivischen Teil seines Herzens. Weder-Noch, in der Tat. Weder konnte er den toten Winzer vergessen, noch ließ ihn die Sache kalt. Anna und er, sie waren eben doch ganz gut abgerichtete Spürhunde.

Als er wenig später durch die aufgeheizte Stadt in Richtung Brunnenstraße fuhr, fasste er noch einmal zusammen, was er aus diversen Zeitungsartikeln wusste. Das Weder-Noch war nur eines von mehreren angesagten Restaurants, die einem gewissen Ronald Otter gehörten. Seit dieser vor ein paar Jahren angefangen hatte, Restaurants zu eröffnen, war ihm alles gelungen. Aus stillgelegten S-Bahnhöfen, aus alten Lagerhallen, aus runtergekommenen Eckkneipen, aus trostlosen Gartenlokalen schuf er angesagte Orte, wo »man« sich einfach treffen »musste«. Das war alles sehr schick, aber durchaus nicht nur für die Reichen und Schönen. Otter schien darauf zu achten, dass das Publikum gemischt war, was er durch recht moderate Preise erreichte. »Keine Schwellenangst« laute Otters Motto, hatte Thomas Bernhardt einmal in einem der zahlreichen Zeitungsartikel über ihn und seine Lokale gelesen. Sein Ziel sei nicht eine hohe Profitrate, eher sehe er seine Kneipensammlung, so nannte er das, als eine Art Gesamtkunstwerk. Offenheit und Kreativität, das seien die Grundwerte Berlins, und er generiere Orte, wo sich das exemplarisch ausdrücke und wo man das genussvoll erleben könne. Wenn er sich selbst eine Berufsbezeichnung geben sollte, würde er sich nicht Gastronom, sondern Architekt nennen, Architekt dieses spezifischen Berlin-Gefühls.

Thomas Bernhardt fand das alles ziemlich prätentiös, dann aber auch wieder nicht schlecht formuliert: ironische Arroganz und Eleganz. Dann kam ihm ein anderer Artikel in den Sinn, dem er entnommen hatte, dass Otter Philosophie an der Freien Universität studiert und mehr als ein Jahrzehnt über einer Hegel-Dissertation gebrütet habe ... Jetzt dämmerte es ihm – er sah plötzlich das verwaschene Bild des jungen Otter vor sich. Das war dieser Junge, der egal zu welchem Thema in Seminaren brillant reden und die überraschendsten Gedankenverbindungen herstellen konnte und zudem noch ein ziemlich witziger Typ war, der samstags vor dem Reichstag in einer Freizeit-Fußballmannschaft mitkickte. Vor dem abrupten Abbruch seines Studiums hatte Thomas Bernhardt die Auftritte von Otter in diversen Seminaren erlebt und vorm Reichstag ein paarmal gegen ihn gespielt. Otter war in jeder Hinsicht ein Spielmacher, was Thomas Bernhardt wider Willen beeindruckt hatte.

Er war definitiv underdressed mit seiner verwaschenen Jeans, seinem verschwitzten Polohemd und den ausgelatschten Schuhen. Vor dem Weder-Noch standen in lockeren Gruppen demonstrativ lässige Menschen. Das ging von recht jung bis ziemlich alt, was sie einte, war eine gewisse Überzeugtheit von sich selbst. Dazu bedurfte es keiner teuren Kleider, keiner auffälligen Uhren. Hier war jeder ganz bewusst: Persönlichkeit. Wie viel Anstrengung es im Einzelfall bedurfte, diese überzeugende Selbstinszenierung herzustellen, ließ sich auf den ersten Blick schwer abschätzen. Das Licht vor dem Weder-Noch war hell und doch zugleich mild, geradezu schmeichelnd. Und der Blick durch die großen Glasscheiben ins Innere zeigte, dass auch dort das Licht den Besuchern wohlgesinnt war.

Thomas Bernhardt bestellte bei einer der jungen, schönen Kellnerinnen einen Wein.

»Was wollen Sie denn genau?«

»Hm, Weißwein.«

Er fühlte sich ein bisschen unsicher. Aber sie war nett, lachte. War das die neue Berliner Schule? Auch ein Werk Otters? Statt maulfauler Muffigkeit à la Berlin Freundlichkeit?

»Na ja, Deutschland, Europa, Übersee?«

»Sagen wir mal: Europa.«

»Haben Sie denn eine bestimmte Rebsorte im Auge?«

»Sagen wir mal: Grüner Veltliner.«

»Ach, das ist einfach, den gibt's nur in Österreich.«

»Sagen wir mal: Grüner Veltliner aus dem Weinviertel.«

Die Kellnerin lachte wieder und schaute ihn verschmitzt an.

»Das ist unfair, Sie kennen sich aus. Jetzt sagen Sie gleich, dass Sie einen Wein vom Bachmüller wollen. Der ist ja bei uns im Moment absolut Kult.«

»Warum denn das?«

»Na ja, der ist bio und wird nach selektiver Handlese in Spontanvergärung hergestellt.«

»Jetzt sagen Sie nur noch, dass Sie Winzerstochter sind oder vielleicht die Weinkönigin vom Weinviertel. Woher wissen Sie das denn so genau?«

»Das interessiert mich. Ich will mal Sommelière werden. Und übrigens war der Bachmüller mal hier und hat all seine Weine vorgestellt. Wir durften sogar die Trockenbeerenauslese vom Grünen Veltliner probieren. Ganz was Seltenes, kostet über 500 Euro die Flasche.«

»Ein normaler Grüner Veltliner würd's heute, glaube ich, auch tun.«

»Bin gleich wieder da.«

Er schaute der Kellnerin nach, die sich mit einem leichten Schwung von ihm abgewandt hatte. Dann schweifte sein Blick durchs Lokal. Bekannte Gesichter, gemischte Gefühle. Hinten an der Bar stand ein grauhaariger, älterer Mann, um den sich ein paar Gäste geschart hatten, darunter eine bekannte Fernsehmoderatorin, ein mittelbekannter Politiker, ein kaum bekannter Kolumnist.

Er bewegte sich langsam auf die Gruppe zu. Als er die Gesichter schon aus der Nähe sah und ihm klar wurde, dass der Grauhaarige niemand anderer sein konnte als Otter, kam die Kellnerin zurück und gab ihm ein Glas Wein in die Hand. Dann trat sie einen Schritt zurück, schüttelte mit einem kleinen Ruck ihre blonden Haare, zeigte eine Reihe gleichmäßiger weißer Zähne und lachte.

»Dass Sie mich für eine Weinkönigin halten …«

»Na, mindestens für die Weinkönigin des Jahrzehnts. Friederike die Erste, oder so ähnlich.«

»Gerlinde.«

»Ah, wunderbarer Name. Irgendwie altdeutsch. Ich glaube, ich trinke meinen Grünen Veltliner nur noch hier.«

»Das wär doch schön.«

Ronald Otter, der seit seinen Seminarauftritten ganz offensichtlich noch an Souveränität gewonnen hatte, richtete für eine Sekunde seinen Blick auf die Kellnerin. Ein abrupter Klimawechsel. Ohne dass er etwas gesagt hatte, war klar, dass sie zu lange mit Bernhardt gesprochen hatte. Sie begriff sofort.

»Also dann, noch einen schönen Abend.«

»Na, den Höhepunkt habe ich jetzt ja schon hinter mir.«

Sie lachte nicht mehr, drehte sich um und verschwand zwischen den Gästen. Bernhardt entfernte sich ein paar Schritte von der Gruppe um Otter, doch der hatte ihn im Visier. Bernhardt begriff, warum Otter so erfolgreich war. Die gelungene Innenarchitektur, der gute Wein, das geschulte Personal, das waren nur die notwendigen Grundvoraussetzungen. Der Mehrwert, so hätte Otter vielleicht gesagt, war er selbst. Seine Wachheit, seine Fähigkeit, zur selben Zeit das Verhalten der Kellnerin mit einem kurzen Blick zu korrigieren, das Gespräch mit seinen Gästen auf geistreiche Weise fortzuführen und zugleich wahrzunehmen, dass dieser Gast, der mit seiner Kellnerin zu flirten versucht hatte, seine Aufmerksamkeit verdiente. Es schien Bernhardt, als hätte Otter gewittert, dass sich ein besonderer Gast eingeschlichen hatte, dessen wahres Interesse er ergründen musste.

Bernhardt war beeindruckt, wie selbstverständlich alles lief. Otter nahm Blickkontakt mit ihm auf, näherte sich ihm auf ein paar Schritte, zog seine Gäste unmerklich mit, so dass er ihn wie nebenbei ansprechen konnte.

»Guter Grüner Veltliner, stimmt's?«

Kein besonders effektvoller Einstieg, fand Bernhardt. Er konzentrierte sich, weil er den Eindruck hatte, dass Otter wie ein Regisseur seine Fäden zog, quasi eine ihm genehme Choreographie herstellte. Die Blicke der Gäste richteten sich jetzt auf Bernhardt, was ihn ein bisschen aus dem Lot brachte. Er versuchte dagegenzuhalten.

»Na ja, geht so. Woran erkennen Sie eigentlich, dass das ein Grüner Veltliner ist?«

»Das sehe ich an der Farbe, an den grünlichen Reflexen. Aber schauen Sie einfach mal aufs Glas. Unten am Stiel, ganz klein, sehen Sie's? F.B., sprich Freddy Bachmüller. Macht absolut den besten Grünen Veltliner auf der Welt. Gibt's in Berlin nur hier. Ansonsten: London, New York, L. A., ist der Lieblingswein von Arnie Schwarzenegger. Ja, der Freddy, sitzt da in seinem kleinen Dorf im österreichischen Weinviertel und verwöhnt uns Großstadtbewohner. Aber haben Sie überhaupt schon getrunken?«

Ein Punkt für Otter. Thomas Bernhardt schaute auf das beschlagene Glas, das noch ganz jungfräulich war, ohne jeden Lippenabdruck. Er ärgerte sich, führte das Glas an den Mund, nahm einen Schluck. Und es passierte etwas, was er nicht erwartet hatte: eine kleine Geschmacksexplosion. Er war kein Weinkenner, sonst hätte er formulieren können: reife Südfrüchte, konterkariert von zitronigen Aromen, ein bisschen Pfeffer, und das Verblüffendste: Geschmack nach Landluft, Flieder, Bienengesumm, Nachmittagssonne.

Thomas Bernhardt schluckte und war einen Moment sprachlos. Otter lächelte ihn mit leicht schiefgelegtem Kopf an, was den kuriosen Effekt hatte, dass die Leute um ihn herum die gleiche Haltung und den gleichen Gesichtsausdruck annahmen.

»Erst trinken, dann urteilen, oder? Wer den Wein noch

nicht getrunken hat, der glaubt's einem ja nicht. Das ist doch nichts anderes als ein Wunder. Eigentlich viel zu schade, um den hier zu trinken. Obwohl gerade hier, wo so viel nervöse und, machen wir uns nichts vor, aggressive Energie zusammenfließt, muss man ihn trinken. Dann hat man wenigstens eine Ahnung davon, was Harmonie ist. *Et nos in Arcadia.* Wenn man den in Freddys Dorf trinkt, schmeckt der dort vielleicht ganz normal, und man nimmt ihn als das Selbstverständlichste von der Welt wahr.«

Thomas Bernhardt gewann langsam die Sprache wieder.

»Hm, tja, wirklich, der ist, also tatsächlich, der ist schon sehr gut, außergewöhnlich.«

Er ärgerte sich über seine Stammelei, nahm einen zweiten Schluck, der schon nicht mehr so sensationell schmeckte, an nichts gewöhnt man sich schneller als an das Außergewöhnliche, sagte er sich, und versuchte sich dann zusammenzureißen und einen geraden Satz zu sprechen.

»Kennen Sie denn diesen Winzer, diesen, äh, Bachmüller?«

»Natürlich, ich kenne jeden Winzer jeden Weines, den ich hier ausschenke.«

Und jetzt geschah wieder etwas Überraschendes. Innerhalb weniger Augenblicke gelang es Otter, die Gästegruppe, die er um sich geschart hatte, ganz selbstverständlich mit anderen Gästen ins Gespräch zu bringen. Geschmeidig, ohne den Hauch eines Affronts. Jetzt hatte er Zeit für Thomas Bernhardt, und der fühlte ein seltsames Unbehagen, als er merkte, wie konzentriert sich Otter auf ihn einließ.

»Nun, ich habe Sie hier noch nie gesehen. Aber mit Bachmüllers Wein einzusteigen ist genau das Richtige. Und dann von Gerlinde bedient zu werden steigert natürlich noch das Vergnügen.«

»Kennen Sie jeden Gast?«

»Ja, mehr oder weniger. Falls Sie wiederkommen, und davon gehe ich aus, werde ich Sie auch wiedererkennen. Das ist einfach so. Nur der, dem das gelingt, ist ein guter Wirt.«

»Aber Sie waren nicht immer Wirt.«

»Das ist nun nicht sehr originell: Wir alle waren irgendwann im Kindergarten, in der Schule, wir waren Lehrlinge oder Studenten. Und ich bin dann, durch Zufälle und weil ich's irgendwann wollte, Wirt geworden. Und was mir gefällt, jede meiner Kneipen hat einen anderen Charakter, und ich selbst verwandle mich, je nach der Kneipe, in der ich mich gerade befinde. Morgen Abend bin ich zum Beispiel in meinem Biergarten, es würde Sie überraschen, wenn Sie zufälligerweise auch da wären, dass ich dort ein ganz anderer bin.«

»Der Dr. Jekyll und Mr. Hyde des Berliner Gastronomiewesens.«

Über Otters Gesicht flog ein kleiner Schatten. Durch ein Augenblinzeln signalisierte er: zu plump. Und dann blitzte unausgesprochen eine kurze Frage auf: Was willst du eigentlich hier, in deinem schlabbrigen Outfit? Thomas Bernhardt konnte nicht einschätzen, warum sich Otter für ihn interessierte. Einfach so? Oder hatte er gewittert, dass Bernhardt aus gewissen Gründen und mit Hintergedanken gekommen war? Und wenn das so war, was hatte er gewittert? Wusste er vom Tod Bachmüllers? Warum hätte ihn nicht irgendjemand aus dem Dorf im Weinviertel, Bachmüllers Frau, Bekannte oder Verwandte, anrufen sollen?

Daraus folgte eine schwierig abzuwägende Frage: Sollte er Otter über den Tod Bachmüllers informieren? Er war sich nicht sicher. Klar, der Überraschungsmoment war das Beste, was es überhaupt in jeder Untersuchung gab. Aber, sagte er sich, das ist ja gar keine Untersuchung. Dieser Bachmüller war an einem Herzinfarkt gestorben, Anna Habel hatte nur mal wieder einen Riesenwirbel entfacht, war ihrem berühmten Gespür gefolgt und hatte ihn reingezogen. Also: Was tun?

Selten war Thomas Bernhardt so unentschieden gewesen. Zudem ging der Wein mit den Resten des Bierexzesses der vergangenen Nacht eine ungute Verbindung ein. Plötzlich spürte er die Hitze. Der Schweiß brach ihm aus. Aber brach ihm nicht immer zu Beginn einer Untersuchung der Schweiß aus? Also gut, ermahnte er sich, dann ist das jetzt eine Untersuchung, und dann werde ich auch durchhalten. Er entschied sich für Attacke.

»Ich dachte immer, Sie würden Philosoph.«

»Ach.«

Gut, dachte Bernhardt. Der Schlag ging auf den Solarplexus, das reichte, um Otter bis fünf anzuzählen.

»Ich war immer stark beeindruckt von Ihren Analysen zur *Phänomenologie des Geistes* im Hegel-Seminar. Ich habe, glaube ich, deshalb das Studium aufgegeben, weil ich wusste, dass ich so gut nie werden kann. Und seitdem schaue ich in Buchhandlungen immer mal, ob Ihr großes Hegel-Buch rausgekommen ist.«

Kaum hatte er's ausgesprochen, hatte er das Gefühl: ein bisschen fett. Dann stellte er fest, dass sich auf Otters Gesicht wieder eine Verwandlung vollzogen hatte. Bernhardt war verblüfft. Erstaunlicherweise zeigte Otter freundliches Interesse.

»Mmh, schon ein bisschen fett, Ihr Hinweis auf ein wegweisendes Hegelbuch von mir, mit Verlaub. Ich meine übrigens, mich an Sie erinnern zu können. Der Mann aus der letzten Reihe, der immer widersprochen hat. Wir nannten Sie den ›Liebhaber des Widerspruchs‹. Gar kein schlechter Titel in einem Hegel-Seminar. Sie haben recht, Hegel hat lange mein Leben bestimmt. Er hat mich in die Paradiese der Abstraktion geführt, aber dann nach langen Wanderungen, nach Irrungen und Wirrungen, wieder in die Prosa des Alltags entlassen. Von der Theorie zur Praxis, oder mit seinen Worten: ›Was vernünftig ist, das ist wirklich, und was wirklich ist, das ist vernünftig.‹ Sie sehen mich ganz und gar im Einklang mit der Wirklichkeit und der Vernunft. Oder sagen wir's so: Das Setzen von Grenzen bedeutet bereits ihre Überschreitung. Wie sieht's bei Ihnen aus?«

»Bei mir liegen, wenn ich's richtig sehe, Wirklichkeit und Vernunft in einem ständigen Widerstreit. Ich versuche Ordnung, man könnte auch sagen: Grenzen, nach den Buchstaben des Gesetzes herzustellen.«

»Na, wunderbar. Klare Worte: Sie sind also Polizist. Und wofür beziehungsweise wogegen?«

»Ich verfolge ›Delikte am Menschen‹.

»Mordkommission also.«

»Genau.«

»Dann gestatten Sie die Frage: Sind Sie dienstlich oder privat hier?«

Bernhardt hatte langsam Betriebstemperatur und schaltete einen Gang hoch. »Letztlich bin ich immer dienstlich unterwegs.«

Otter wirkte plötzlich angespannt und wachsam.

»Also ermitteln Sie hier?«

»Nein, ich meine, ich bin einfach immer nur wachsam. Versuche jede Äußerung einzuordnen und zu interpretieren. Man könnte es professionelle Deformation nennen, aber vielleicht ist das nur die Hegel-Schulung.«

Otter wurde wieder lockerer.

»Na ja, könnte sein, dass wir uns ziemlich ähnlich sind. Vertreter einer Generation, nur an unterschiedlichen Plätzen. Freut mich jedenfalls, Sie kennengelernt zu haben. Wäre schön, wenn wir uns mal wiedersehen würden. Ach, ich bin ziemlich sicher, dass es so sein wird. Wie gesagt, ich wandere von einem meiner Lokale zum anderen. Morgen Abend bin ich im Biergarten an der Spree hinterm Kanzleramt.«

»Ist das eine Einladung?«

»Ja, warum nicht?«

»Und gibt's da auch den Wein vom Bachmüller?«

»Im Biergarten? Nein, das wäre Perlen ... Sie verstehen. Wir haben da einfache, saubere Weine. Ansonsten: Andechser, Augustiner, Markt-Oberdorfer. Auch feiner Stoff.«

»Noch eine Frage zum Bachmüller …«

»Nicht jetzt. Ich muss mich ein bisschen bewegen, Sie sehen ja, der Kanzleramtsminister. Wir sehen uns, demnächst, Hegel verbindet. Gerlinde, gibst du dem Herrn bitte noch einen Grünen Veltliner vom Freddy, auf Kosten des Hauses natürlich. Adieu, Herr … wie war noch Ihr Name?«

»Sorry, Bernhardt, Thomas Bernhardt.«

»Herr Thomas Bernhardt, nicht schlecht. ›Delikte am Menschen‹, auch nicht schlecht. Kennen Sie *Auslöschung. Ein Zerfall* von Ihrem Namensvetter? Sehr stark.«

Und wie ein Fisch im Wasser verschwand er zwischen den Gästen. Gerlinde war reserviert und ließ sich nicht mehr auf ein Gespräch ein, als sie ihm den Wein brachte. Thomas Bernhardt drehte das Glas mit Freddys Grünem Veltliner in der Hand. *Auslöschung. Ein Zerfall* – war das eine subtile Drohung oder nur eine kleine bildungsbürgerliche Demonstration seines Gastgebers und ehemaligen Kommilitonen?

Thomas Bernhardt stellte das Glas mit dem Wein, der jetzt unerwartet sauer schmeckte, auf einem Tisch ab und trat auf die Straße hinaus. Noch immer wurde geredet und getrunken. Als er die Brunnenstraße in Richtung Rosenthaler Platz hinunterging, spürte er die Hitze. Es war ihm, als schluckte er heißen, trockenen Staub. Als er aufblickte, sah er den halben Mond, der von einer Aureole umgeben war. »Glotz nicht so romantisch«, sagte er zu sich selbst und konnte doch nicht den Blick vom Berliner Himmel lassen, der sich über die Häuser spannte, in einem Blau, das von den vielen Lichtern der Stadt aufgehellt wurde und vielleicht auch schon von der Sonne, die bald aufgehen würde.

Er bog rechts in die Auguststraße ein, wo er sein Auto geparkt hatte, und blieb vor dem Hackbarth's stehen. War er hier nicht einmal mit Cornelia Karsunke gewesen? Er betrat das Hackbarth's, bestellte ein Bier und sandte Cornelia eine SMS. Das Bier ließ er stehen. Wie lang ein Tag sein konnte.

8

Am Sonntagmittag war es kein Problem, in der Nähe des Wilhelminenspitals einen Parkplatz zu finden. Das Gelände rund ums Krankenhaus war menschenleer, die Luft flirrte über dem Asphalt. Anna ging am Pförtnerhäuschen vorbei, ohne dass jemand Notiz von ihr nahm. Nach der Schranke wählte sie die Nummer, die Hans Friedelhofer ihr am Vormittag per SMS geschickt hatte.

»Friedelhofer.«

»Habel. Ich wär jetzt da.«

»Wo sind Sie denn?«

»Hinter dem Schranken, gleich vor der Direktion.«

Das Wilhelminenspital war eines jener Krankenhäuser, die im Pavillonstil erbaut worden waren. Anfang des 20. Jahrhunderts errichtet und immer wieder erweitert, wechselten sich auf einem riesigen Areal in einem wilden Mix verschiedenste Baustile ab.

»Okay, ich geh mal zum Fenster, ah ja, ich kann Sie schon sehen. Gehen Sie einfach geradeaus, hinter den Bäumen sehen Sie ein großes Gebäude.«

»Diesen alten, verfallenen Kasten?«

»Jawohl. Dieser alte, verfallene Kasten ist ein denkmalgeschützter Jugendstilbau.«

»Entschuldigung. Und jetzt?«

Anna stand vor einem großen braunen Gebäude mit abgeblättertem Verputz. Eingangstür sah sie keine, lediglich eine große Rampe, an deren Stirnseite in roten Buchstaben *Ladezone* gepinselt war.

»Ja, hier sind Sie richtig.« Die Stimme aus ihrem Handy bemerkte wohl ihr Zögern.

»Fahren Sie mit dem Aufzug in den dritten Stock, ich warte da auf Sie.«

Anna stieg in einen Lift, in dem man problemlos fünf Krankenbetten gleichzeitig hätte transportieren können, und war insgeheim froh, dass es sonntagmittags ruhig zuging auf der Pathologie. Im dritten Stock öffneten sich ächzend die Lifttüren, vor Anna stand ein kleiner, schmaler Mann, etwa in ihrem Alter, und die runde Brille, die er trug, verlieh ihm etwas Jungenhaftes.

»Guten Tag. Ich bin Hans Friedelhofer.«

»Schön. Ich hoffe, Sie haben wirklich was für mich! Bei dieser Hitze könnt ich mir schönere Aufenthaltsorte vorstellen.«

»Das kann ich mir denken, aber Sie werden es nicht bereuen. Wir gehen gleich an einen Ort, der Sie entschädigen wird.«

Anna folgte dem Arzt durch die menschenleeren Gänge, und sie kamen auf eine riesige Terrasse, auf der ein paar alte Tische und Stühle standen. Anna trat ans Geländer: Es bot sich ein atemberaubender Blick über das gesamte Krankenhausgelände und die halbe Stadt.

»Wow, was für ein Luxus.«

»Tja, das sind die kleinen Freuden des Alltags. So gut

könnte ein Jobangebot gar nicht sein, dass ich ins AKH wechseln würde. Hier verbring ich meine Mittagspausen.«

»Aber was macht die Pathologie mit einer solchen Terrasse?«

»Das hier war nicht immer die Pathologie. Hier waren früher die Lungenkranken untergebracht, und die Frischluftkur war damals das einzig wirklich Wirksame.«

Anna sah sofort vor ihrem geistigen Auge die Terrasse voller Liegestühle, in denen hohlwangige Kranke in Decken eingewickelt vor sich hin husteten. Vor mehr als zehn Jahren hatte sie die Verfilmung von Thomas Manns *Zauberberg* gesehen, und die Bilder dieses morbiden Ambientes hatten sich tief in ihr Gedächtnis eingegraben. Doch nun strahlte hier die Mittagssonne, ein eifriger Pathologe schenkte ihr ein Glas kaltes Wasser ein und legte voller Vorfreude ein paar Blätter vor sich auf den kleinen staubigen Tisch.

»Jetzt schießen Sie schon los.«

»Herr Freddy Bachmüller ist an einem Herzinfarkt gestorben.« Er sah Anna erwartungsvoll an.

»Ja, aber ich hoffe nicht, dass ich deswegen hier bin.«

»Ein Herzinfarkt bei einem völlig gesunden Herzen. Keinerlei Anzeichen von Arteriosklerose, das heißt: völlig intakte Gefäße, ein völlig gesunder Herzmuskel. Trotzdem ein Herzinfarkt. Das bedeutet?«

»Schlechtes Karma?«

»Nein, an so etwas glauben wir Mediziner nicht. Und deswegen habe ich ein paar Routinetests angeordnet, unter anderem ein Drogenscreening.«

»Bachmüller hat Drogen genommen?«

»Moment, hab ich noch nicht gesagt. Ich hab da nur eine interessante Parallele vor einem halben Jahr auf dem Tisch gehabt. Da hatte einer ein ähnlich gesundes Herz und trotzdem einen schönen Herzinfarkt.«

»Und was hatte der gemacht?« Anna war schon leicht ungeduldig.

»Der hatte eine Droge in sich. Und zwar in einer ziemlich ungesunden Dosierung und auch nicht so, wie man solche Drogen zu sich nehmen sollte.«

»Von was reden Sie?«

»Kokain.«

»Kokain?«

»Ja, und zwar fast zehn Gramm und nicht geschnupft, sondern verspeist. Einfach runtergeschluckt.«

»Und das führt zum Tod?«

»Ja. Und zwar zum Tod durch Herzinfarkt. Die Blutgefäße ziehen sich dadurch dermaßen schnell zusammen, dass es zu einem Myokardinfarkt kommt. Im Fall vor ein paar Monaten fiel der so heftig aus, dass selbst die Herzintensiv hier im Spital nichts mehr tun konnte.«

»Sie wollen mir sagen, dass Bachmüller Kokain *gegessen* haben und deswegen gestorben sein könnte?«

»Ja, könnte er. Und wenn dies der Fall gewesen wäre, könnte es natürlich sein, dass er Kokain in solch einer Menge nicht freiwillig zu sich genommen haben könnte. Aber das rauszufinden ist Ihr Job.«

»Was hatte er denn im Magen?«

»Brot, ein aufstrichartiges Milchprodukt, wahrscheinlich Liptauer, und ziemlich viel Flüssigkeit, süße, eventuell Holundersaft.«

»Wie sicher ist denn so ein Tod durch Kokaineinnahme?«

»Ziemlich sicher, wenn man die richtige Menge zu sich nimmt.«

»Und wie wahrscheinlich ist es, dass man dahinterkommt?«

»Eher unwahrscheinlich. Ein Herzinfarkt bei einem über Fünfzigjährigen ist ja nichts Unübliches.«

»Es sei denn, man trifft auf einen aufmerksamen Pathologen.«

»Oder auf eine aufmerksame Kriminalbeamtin.«

Die beiden lächelten einander an, standen wie auf ein geheimes Kommando gleichzeitig auf und traten wieder an die Brüstung. Anna blickte über das Krankenhausareal.

»Man könnte fast vergessen, dass es ein Krankenhaus ist. Echt toller Blick.«

Friedelhofer stützte sich auf das Geländer und nickte zufrieden wie ein Großgrundbesitzer.

»Sehen Sie mal, da drüben, diese kleinen Häuschen. Das waren die Kinderseuchenhäuser. Für jede Krankheit ein eigenes. Damit verringerte man die Ansteckungsgefahr. Und dahinter ist die Kardiologie, da ist Ihr Weinbauer verschieden. Sollten Sie sich übrigens auch mal anschauen, da hat man einen phantastischen Blick auf den Ottakringer Friedhof.«

»Kann ich ihn sehen?«

»Den Friedhof?«

»Nein, den Toten.«

»Klar, der liegt gut gekühlt im Eisfach. Kommen Sie! Die Leichen liegen in einem anderen Pavillon.«

Der Pathologe lief zum Aufzug, und knarrend ging es wieder drei Stockwerke nach unten. Sie durchquerten das Krankenhausgelände, eine alte Frau im offenen Schlafrock kam ihnen entgegen, zwei junge Krankenschwestern, jede eine Dose Cola in der Hand.

Wieder ein alter Pavillon, zwei Eingänge. Am linken Stiegenaufgang stand ein Schild »Kleiderabgabe für Angehörige von Verstorbenen«. Daneben noch ein Eingang: »Für Unbeschäftigte kein Zutritt«. Sie nahmen den rechten.

Als sie den großen Raum betraten, war Anna froh, dass er leer war. Drei blankgeputzte Edelstahltische auf weißem Fliesenboden, die Instrumente fein säuberlich in Vitrinen aufgereiht. Neben einer Spüle standen drei weiße Plastikeimer, in denen große Fleischstücke schwammen. Friedelhofer trat zu einer der Klappen an der Wand, öffnete sie und zog geräuschvoll eine Aluliege heraus. Anna atmete tief durch, und als der Arzt das Tuch nach unten zog, blickte sie dem Toten ins Gesicht. Vor ihr lag ein graumelierter Herr mit Dreitagebart, der trotz der Leichenblässe äußerst attraktiv wirkte. Man konnte erkennen, dass er sich viel im Freien aufgehalten hatte. Anna versuchte ihn sich an seinem schönen Schreibtisch in Salchenberg vorzustellen, und es gelang ihr mühelos. Friedelhofer unterbrach ihre Betrachtungen und zog das Tuch weiter runter. Der schlampig zusammengenähte Schnitt, der längs über den ganzen Brustkorb verlief, erinnerte Anna an einen gestopften Truthahn.

»Wollen Sie mehr sehen?«

»Nein, nein, danke. Ich wollte mir nur ein Bild von ihm machen.«

»Ja, wie gesagt, ein rundum gesunder Mann. Sportlich, durchtrainiert, attraktiv, der hätte noch viele schöne Jahre vor sich gehabt.«

»Bis wann haben wir die Laborergebnisse?«

»Morgen, sagen wir um neun. Ich ruf Sie an.«

»Ja, bitte. So schnell wie möglich.«

»So. Feierabend.« Friedelhofer zog das Tuch über den Leichnam, schob die Bahre zurück in das Fach und klappte geräuschvoll die Türe zu. »Sie müssen mich jetzt leider entschuldigen, ich habe noch eine Verabredung im Schafbergbad. Und Sie sollten auch froh sein, dass Sie heute noch keinen Fall haben.«

»Ja, natürlich. Vielen Dank, dass Sie sich an einem Sonntag die Zeit genommen haben. Sobald wir die Laborergebnisse haben, geht's los. Da ist was faul, das spür ich. Morgen Mittag kommt er sicher in die Gerichtsmedizin, dann sind Sie meinen Weinbauern los.«

»Dass der ein Weinbauer war, verblüfft mich schon sehr. Der sieht eher aus wie ein Journalist oder ein Schauspieler. Und getrunken hat er sicher auch nicht.«

»Er war ja auch ein biologisch-dynamischer Edelwinzer.«

»Na, also dann bis morgen.« Friedelhofer schien es plötzlich sehr eilig zu haben, Anna loszuwerden, und schob sie mit einem raschen Händedruck zur Tür.

9

Es war schon hell gewesen, als Thomas Bernhardt am frühen Morgen nach Hause gekommen war. Als er sich auf seine Matratze gelegt hatte, wusste er, dass es mit einem erholsamen Schlaf nichts werden würde. Ein paar Stunden hatte er sich hin- und hergewälzt, war immer wieder aufgestanden, hatte sich zweimal unter die kalte Dusche gestellt und danach nur noch mehr geschwitzt.

Jetzt stand er auf dem Balkon seiner Hinterhauswohnung im vierten Stock und wusste nicht so recht, was er mit dem Tag anfangen sollte. Die Hitze staute sich in seinem kleinen Ausguck, das Einatmen der heißen Luft war unangenehm und beinahe schmerzlich, es pochte hart hinter seiner Stirn. Einen »Sahara-Tag« mit 38 Grad hatten sie vorhin im Radio vorausgesagt. Er schirmte seine Augen mit der flachen Hand ab. Die riesige Kastanie im Hinterhof des gegenüberliegenden Hauses ließ die Blätter hängen. Kein Vogelzwitschern. Auf dem Spielplatz waren nur ein paar Kinder, ihre Bewegungen wirkten seltsam verlangsamt, als fehlte ihnen die Kraft zum Toben und Schreien. Eine Mutter saß träge unter einem Sonnenschirm. Das goldene Kreuz auf der Apostel-Paulus-Kirche gleißte unter der gnadenlos von einem tiefblauen Himmel knallenden Sonne.

Er ließ seinen Blick schweifen. Durch eine Lücke im Blätterwerk der Kastanie sah er gegenüber eine Frau, die nackt vor einem Kühlschrank stand und in langen Schlucken aus einer Mineralwasserflasche trank. Als hätte sie auf ihn gewartet, drehte sie sich plötzlich um und winkte ihm lachend zu. Wie in einem französischen Film, dachte er. Er kannte sie. Vor ein paar Jahren hatten sie sich bei einem Gemeinde- und Nachbarschaftsfest auf dem Platz vor der Kirche kennengelernt. Sie war Bildhauerin, arbeitete aber als Lehrerin an einer Grundschule in Neukölln. Nach ein paar Wochen war ihr Freund aus Italien zurückgekommen, wo er in irgendeiner Villa ein Aufenthaltsstipendium gehabt hatte. »Du hast dich zu wenig angestrengt«, hatte sie Thomas zum Abschied gesagt und nicht gelacht.

Im Winter war das Zimmer, aus dem sie ihm gerade zugewinkt hatte, bis tief in die Nacht in ein schönes, sanftes Licht getaucht. Sie selbst bewegte sich darin schnell und geschmeidig, war kaum mehr als ein hin- und hereilender Schatten. Auch jetzt verschwand sie geschwind aus dem Bild, doch vorher winkte sie ihm noch einmal zu. Er trat in die Wohnung, wo es noch heißer war als draußen. Er leckte sich über die Lippen und schmeckte Salz.

Er ärgerte sich, dass er gestern Abend doch tatsächlich für Anna Habel als Hobbydetektiv tätig geworden war. Damit sollte jetzt Schluss sein. Er würde nun ein paar ruhige Urlaubstage verbringen, und wenn ihre Nummer auf dem Display seines Handys blinken sollte, würde er einfach nicht rangehen. Zunächst allerdings musste er aus diesem Backofen raus. Er packte Sonnencreme, Sonnenbrille und eine Flasche Mineralwasser in einen Jutebeutel, auf dem ein Gummiknüppel schwingender Polizist abgebildet war, über dem eine Sprechblase prangte: »Die Polizei – Dein Freund und Helfer.«

Unten auf der Straße wurde ihm klar, dass er ein Problem hatte: Er wusste nicht, was er mit diesem und den folgenden freien Tagen anfangen sollte. Wieder an einen See? Eher nicht. Und dann sah er sie. Sie kam ihm auf roten Sandaletten mit hohen Absätzen entgegen. Leicht wehte ein dünnes cremefarbenes Kleid um sie. Sie lächelte.

»Wenn man sich überlegt, dass wir fünfzig oder siebzig Meter Luftlinie voneinander entfernt wohnen und uns so lange nicht gesehen haben.«

»Großstadtromantik.«

»Stimmt, du bist ja der große Romantiker.«

»Kommt man bei dir ja nicht weit.«

»Als wenn's daran gelegen hätte. Du bist einfach nicht alltagskompatibel. Obwohl ich's natürlich einfach ein bisschen länger hätte versuchen können, das stimmt schon.«

»Wie läuft's mit deiner Kunst?«

»Ach, ganz gut eigentlich.«

Zwölf Uhr, die Glocken läuteten. Sie schauten sich an.

»Na dann, mach's gut.«

»Du auch.«

Er blickte ihr nach und fragte sich, was es zu bedeuten hatte, dass seit Freitagabend mehrere Menschen aus seinem früheren Leben aufgetaucht waren, die er seit Jahren aus den Augen verloren hatte. Da er nicht an mystische Konstellationen glaubte, schob er's einfach auf den Zufall. Und ihr Name fiel ihm nun auch endlich ein: Sylvia Anderlecht.

Er fuhr mit dem Auto Richtung Kreuzberg. Er hatte sich fürs Schwimmbad entschieden. Seit dem Treffen mit Paul Tannert geisterten die alten Kindheitsbilder durch seinen Kopf, von jenem Sommer, als er jeden Tag mit seinen Freunden im Schwimmbad der kleinen Stadt Fußball spielte, Arschbomben machte, den Mädchen nachschaute.

Die nostalgischen Assoziationen zerstoben im Prinzenbad in Kreuzberg, in dem einfach zu viele Menschen waren. Der Geruch von schweißigen Leibern, das machohafte Gehabe der türkischen und arabischen Jugendlichen, das Stolzieren und Gegackere der Mädchen gingen ihm schnell auf die Nerven. Toller Großstadtfilm, aber ich will nicht mitspielen, befand er.

Schnell war er wieder draußen, lief am Landwehrkanal entlang, ging über die Admiralsbrücke und setzte sich ins Casolare. Die Kellner und Kellnerinnen, die meisten tätowiert und in der Regel unfreundlich, gaben dem Lokal ein gewisses süditalienisches Flair. Er setzte sich in den Schatten der Bäume, bestellte eine Pizza Margherita und ein Viertel Weißwein. Er fragte sich, ob das die richtige Entscheidung war. Aber dann tat ihm das doch ganz gut. Beim dritten Espresso hatte er das Gefühl, dass er mit dem Sommer in Berlin und dem trägen Schweifen durch die Stadt für die nächsten Tage gut leben könnte. Aber ständig allein? Er griff zum Handy.

»Ja, hallo. Was gibt's?« Cornelia Karsunke klang wie immer: Als sei sie in einem tiefen, rätselhaften Traum gefangen.

»Ich wollte mal hören, wie's dir geht.«

»Ist ja nett, dass du mir frühmorgens eine SMS aus dem Hackbarth's geschickt hast. Aber ich hab dir doch gesagt, dass es heute nicht geht.«

»Vielleicht heute Abend? Ich lade dich auf ein kühles Bier ein in den Biergarten hinter dem Kanzleramt.«

Schweigen.

»Was ist?«

»Fühlst du dich einsam?«

»Warum fragst du? Ein bisschen, ja.«

»Und da rufst du mich an?«

»Ja. Du tust, als sei das schlimm.«

»Du könntest doch auch nach Wien fahren, zu Anna Haferl.«

»Habel.«

»Sag ich doch.«

Jetzt schwieg er.

»Heute ist 'ne Art Familientreffen, hab ich dir doch gesagt. Ich weiß nicht, ob ich das mit den Kindern hinkriege. Wenn du nichts mehr von mir hörst, kannst du so um halb acht mit deinem Auto zum Boddinplatz kommen. Vor dem Biertrinken muss ich aber noch mal in irgendeinen See springen oder in ein Schwimmbad gehen.«

»Kein Schwimmbad, wär dann ja sowieso zu spät.«

»Okay, dann lass dir was einfallen.«

Jetzt hatte er Zeit, viel Zeit. Aber das machte nichts: Zwei, drei Stunden unter den Bäumen würden ihm guttun. Er bestellte eine große Flasche Wasser und noch einen Espresso. Nach einiger Zeit spürte er, wie er sich beruhigte und wie sein Kopf sich langsam leerte. Eine Art Halbschlaf überkam ihn, er dachte an nichts, und doch bildete sich langsam ein träger Strom von Bildern und Gedanken. Er nahm das einfach hin, versuchte nichts zu steuern: Als Erstes tauchte Tannert auf, dubioser Typ, damals in der Kapital-AG, der wollte immer Aktion, kannte sich bei Marx gar nicht aus, sinkende Profitrate bei steigendem Mehrwert, oder war's umgekehrt?, aber Aktion, »die Revolution in Blut waschen«, der »Genickschuss als humanistische Tat«, das waren so seine Sprüche, und jetzt war er Professor an irgendeiner Verwaltungsfachhochschule, Parteihistoriker der SPD, gibt's denn so was überhaupt, oder hatte er sich das ausgedacht, war doch eher so 'ne Art Hochstapler. Anders Otter, Ronnie Otter, der hatte wirklich was drauf, ungeheuer belesen, jetzt Besitzer eines Restaurant-Imperiums, der hätte doch wirklich ein guter Philosoph werden können.

Er rückte seinen Stuhl an eine schattigere Stelle. Wenn man sich ruhig verhielt, konnte man die Hitze ganz gut ertragen.

»Noch 'ne Flasche Wasser und 'n Espresso?« Die Kellnerin stand vor ihm und schaute ihn mit schiefgelegtem Kopf und einem leichten Lächeln an.

»Äh, tja …«

»Mach mal. Tut dir gut. Hast doch Zeit, oder?«

»Im Prinzip ja.«

»Im Prinzip? Sonst haste keine Zeit, sieht man dir an.«

»Sind Sie … bist du Psychologin?«

Sie lachte und warf ihre schwarzen Locken nach hinten.

»Ja, Universität von Neapel. Da sind wir etwas lockerer, als du es bist.«

»Dafür habt ihr die Camorra und Müllberge auf den Straßen.«

»Stimmt, gleicht sich alles aus. Aber du brauchst mehr freie Zeit, so wie jetzt. Sag ich dir.«

Als sie zur Theke ging, schaute er ihr nicht nach. Sie hatte ihn gestört bei seiner Suche nach der verlorenen Zeit. Wie war er darauf gekommen? All das Vergangene, die siebziger und achtziger Jahre, das war doch abgelebt. Wieso flossen seine Gedanken in diese Richtung, fragte er sich. Was hatte ihn dazu gebracht? Dieser Winzer im Weinviertel … Aber das war doch eine ganz andere Sache, andere Sache …

»Ey, nicht einschlafen. *Lotta continua.*«

Die Kellnerin stellte Wasser und Espresso vor ihn hin.

»Du musst lockerer werden, sag ich dir.«

Er schaute sie verärgert an.

»Wenn du so laut bist, kann ich nicht lockerer werden.«

»Na, dann lässte's halt.«

Gut, die war er los.

Und wieder fing das kleine Assoziationsmaschinchen

an zu surren. Otter. Wie hatte der eigentlich angefangen? Anschubfinanzierung von der Sparkasse? Erbschaft? Einfach so, aus dem Stand? Ganz, ganz klein am Horizont seiner Gedanken tauchte dann wieder dieser Winzer auf. Teure biodynamische Weine produzierte der, er erinnerte sich an die kleine Geschmacksexplosion, die er beim ersten Schluck erlebt hatte.

Er hörte das Lachen von Anna Habel. Haferl, hatte Cornelia gesagt. Er driftete langsam ab, ein sommerliches Summen machte sich in seinem Kopf breit. Schlief er?

10

Als Anna das Krankenhausgelände verließ, war es früher Nachmittag. In einem Café trank sie eine süße Limonade, die ihren Durst mehr anfachte als stillte. Sie wäre gerne ins Gänsehäufel schwimmen gegangen, stattdessen setzte sie sich in das völlig überhitzte Auto und fuhr Richtung Polizeikommissariat. Das war wie ausgestorben, der Portier grüßte sie träge, die Gänge waren leer. Anna fuhr den PC hoch und gab in die interne Datenbank den Namen »Alfred Bachmüller« ein. Kein Treffer. Nichts. Keine Verkehrsstrafe, keine Steuergeschichte, kein Nachbarschaftsstreit. Sie loggte sich in die Datei des Meldeamtes ein und fand schließlich einen Eintrag. Alfred Bachmüller, geboren am 19.11.1956 in Innsbruck. Seit 1.10.1999 wohnhaft in Salchenberg 78, 3245, Nebenwohnsitz seit 2005: Florianigasse 45, 1080 Wien. Bei Google sah die Sache etwas anders aus. Mehrere tausend Einträge, ganz oben eine schicke, dezente Webseite: »Weingut Bachmüller«. Der Betrieb hatte ungefähr fünf Hektar Grund und produzierte 50 000 Flaschen Wein im Jahr. Ausschließlich Weißweine, und fast jedes Jahr gewann Bachmüller mit seinen Weinen internationale Preise. Auf den Bildern sah man lediglich den Keller und ein paar Weinstöcke, Bachmüller selbst war auf keinem Foto zu sehen. Als Anna auf den Menüpunkt »Vertrieb« klickte, öffnete sich eine überschaubare Liste. Ganz oben standen die Weinhandlung am Wiener Gürtel und das Berliner Lokal mit dem seltsamen Namen Weder-Noch, das ihr schon in Bachmüllers Rechnungsbuch aufgefallen war. Ansonsten präsentierte sich die Liste eindrucksvoll international: Salzburg, London, Los Angeles, Paris. Am Ende der Seite stand unübersehbar ein Satz, der Anna stutzig machte: »Unsere Weine können Sie nur an den angegebenen Adressen erwerben, kleine Mengen können Sie auch per E-Mail bestellen. Kein Ab-Hof-Verkauf!«

Tja, Bachmüller hatte es wohl gerne ruhig in seinem Weinviertler Dorf und keine Lust, sich von geschwätzigen Hobbysommeliers besuchen zu lassen.

Die weiteren Einträge in der Suchmaschine waren Beiträge über Bachmüllers Wein oder Texte, die Bachmüller selbst publiziert hatte. Wie der Pfarrer bereits erwähnte, hatte Bachmüller eine kleine Kolumne in der Salchenberger Kirchenzeitung, die zu Annas Verwunderung auch zur Gänze im World Wide Web veröffentlicht war. Anna überflog ein paar Artikel und fand sie mäßig interessant. Sehr schwülstig, viel zu viele Adjektive, er ließ sich über den Lauf der Jahreszeiten aus, über die Kraft der Natur, die braune Erde, die grünen Reben. Bachmüller hatte fast ein wenig etwas von einem Heimatdichter, nur ein wenig zu deutsch – ohne dass Anna sagen konnte, woran sie das festmachte. Danach las sie einen Artikel über Bachmüllers Weingut. Er war 2008 im *Standard-Rondo* erschienen, der Hochglanz-Wochenendbeilage der Tageszeitung für Intellektuelle. Sie überflog den Text rasch, stellte fest, dass er wieder kein Foto des Verstorbenen enthielt, und druckte ihn aus.

Sie trat ans Fenster und blickte auf die Rossauerlände hinunter. Die *Summerstage*, die Vergnügungsmeile am Donaukanal, lag verwaist in der nachmittäglichen Hitze, nicht mal die beliebten Trampolins waren besetzt. Es war noch zu früh – ab sieben kamen die Beachvolleyballer, und dann würden sich auch die Lokale, die sich hier aneinanderreihten, füllen. Anna verspürte eine seltsame Nervosität, gepaart mit großer Müdigkeit. Noch war Bachmüller an einem Herzinfarkt gestorben, noch gab es keinen offiziellen Arbeitsauftrag, noch konnte sie nach Hause fahren, sich ihr Buch schnappen und den Rest des Nachmittags auf dem Sofa verdösen. Anna checkte ihre privaten Mails, Urlaubsgrüße ihrer Freundin Andrea und eine Einladung zum Sommerspritzer-Trinken ihres alten Freundes und zeitweiligen Verhältnisses Harald, ansonsten nur Werbung und diverse Benachrichtigungen über Millionengewinne, diesmal vorwiegend aus dem asiatischen Raum. Sie fuhr den PC hinunter, steckte den *Standard*-Artikel über Bachmüller in die Tasche und machte sich auf den Weg nach Hause.

In der Währinger Straße gab es Parkplätze in Hülle und Fülle. Wer in diesen Wochen nicht ohnehin im Urlaub war, verbrachte den Sonntagnachmittag an der Alten Donau oder im Freibad. Anna kaufte sich am Kutschkermarkt ein Eis – »Wie immer, Frau Inspektor?« –, seit Signor Rocco irgendwie erfahren hatte, dass Anna Kriminalbeamtin war, ließ er es sich nicht nehmen, sie besonders zuvorkommend zu bedienen. Sie ging noch ein Stück die Straße stadtauswärts und betrachtete die Schaufenster ihrer Stammbuchhandlung. Doch selbst hier war ihnen nichts Kreativeres eingefallen, als die Auslage mit dem üblichen aufblasbaren Sommer-Sonne-Strand-Krokodil und leichter Lektüre zu dekorieren. Ich sollte mal wieder eine richtig schöne Liebesschnulze lesen, dachte sie und betrachtete skeptisch die kitschigen Cover.

Auch in der Wohnung war die Luft abgestanden und heiß. Am Küchentisch lag ein Zettel: »Bin in Bad. Flo«. ›Deutsche Sprache schwer‹, dachte Anna, nahm eine Flasche Wasser aus dem Kühlschrank und kramte den Artikel über Bachmüller aus ihrer Tasche.

Der schweigsame Winzer war die Überschrift der Geschichte, und Anna war wieder einmal fasziniert, mit wie viel heißer Luft man eine ganze Seite füllen konnte. Biodynamischer Weinbau, erfuhr sie, hatte etwas mit Anthroposophie zu tun, und auch wenn Anna alternativen Lebensweisen und biologischer Ernährung durchaus aufgeschlossen gegenüberstand, war ihr diese Weltanschauung schon immer etwas suspekt gewesen. Obwohl, die Dinge über Landwirtschaft und Weinbau, die in dem Beitrag erklärt wurden, fand sie durchaus plausibel. »Bodenpflege«, »Vielfalt statt Monokultur«, »Pferdemist«, »Pflanzentees« und was dann mit den perfekten Trauben im Keller passiert. Anna überflog den technisch gehaltenen Text und las erst wieder aufmerksamer, als es um Bachmüllers Weinproduktion ging. Doch sie erfuhr nichts Neues. Seit zehn Jahren war er in Salchenberg ansässig, vor vier Jahren hatte er umgestellt auf biologischen Weinbau, und ab 2008 durfte er sich gar biologisch-dynamisch nennen. Ein paar Zitate waren in den Text eingeflochten, in denen Bachmüller über die Ruhe und Erdverbundenheit im Weinviertel schwärmte, doch über ihn und seine Lebensgeschichte war nichts zu finden. Wie seltsam, dachte Anna, der ist ja schließlich nicht in eine Winzerfamilie hineingeboren worden, der muss doch vor seinem Leben als Bio-Weinbauer auch schon eines gehabt haben. Und aus den wenigen Dingen, die sie inzwischen über ihn wusste, vermutete Anna, dass er davor weder Versicherungen noch Staubsauger verkauft hatte.

Sie wunderte sich, dass sie Lust hatte, den Berliner anzurufen. Professionelles Interesse, ein bisschen Angeberei, einfach mal zeigen, was sie alles an einem Sonntag rausgekriegt hatte? Sie wusste es nicht so genau.

Es dauerte ziemlich lange, bis Thomas Bernhardt abhob.

»Ja?«

»Servus, was machst du gerade?«

»Ich sitze in einer Pizzeria am Landwehrkanal. Und: Geht's nicht ein bisschen netter, ein bisschen mit mehr Wiener Charme? Ich wollte eigentlich gar nicht abheben, hab mich über dein Miss-Marple-Getue gestern ein bisschen geärgert.«

»Na, komm. Tut mir leid. Ich kann nichts dagegen tun, wenn mein Jagdinstinkt angefacht wird.«

»Na, meinen hast du auch angefacht. Mich hat's dann doch noch ins Weder-Noch verschlagen.«

»Wie, du warst doch da? Erst rumzicken und dann hingehen?« Anna musste lachen.

»Ja, ich war da. Hat mich halt interessiert. Und dein toter Freddy hat wirklich einen hervorragenden Wein gemacht.«

»Und wie ist es da?«

»Na ja, Schickimicki in Mitte. Und das Beste ist: Ich kenn den Besitzer von früher. Haben zusammen studiert.«

»Das gibt's nicht. Hast du mit ihm geredet?«

»Ja, wir haben so hin- und hergeredet. Ich kann's nicht genau erklären, aber irgendwie hat sich eine seltsame Spannung aufgebaut. Na, ich warte drauf, was in Wien unter deiner straffen Führung passiert.«

»Ja, da brauchst du nicht mehr lange zu warten: Der Bachmüller ist ziemlich sicher keines natürlichen Todes gestorben.« Anna bemühte sich, ihre Stimme nicht allzu triumphierend klingen zu lassen. »Ich hab es noch nicht amtlich, aber es liegt die Vermutung nahe, dass ihm jemand eine ordentliche Dosis Kokain verabreicht hat, und das hält das stärkste Herz nicht aus.«

»Kann ja immer noch Eigenverschulden sein! Eine versehentliche Überdosierung, Selbstmord?«

»Kann ich mir ehrlich gesagt nicht vorstellen, wäre zumindest eine seltsame Art, oder?«

»Nicht sehr professionell, dass du dich da gleich festlegst.«

»Ja, ja, ist ja gut. Morgen wird er ganz offiziell obduziert, und dann werden wir sehen. Erhol du dich mal von deiner langen Nacht, vielleicht musst du bald wieder

Grünen Veltliner trinken. Ich halt dich auf dem Laufenden.«

»Kannst dir Zeit lassen, ich hab ja Urlaub die nächste Woche. Oder soll ich nach Wien kommen, und wir besichtigen gemeinsam die Weinkeller?«

»Wäre vielleicht gar nicht so schlecht, du würdest mir, glaube ich, guttun, aber eigentlich ist es auch ohne einen Deutschen schon kompliziert genug.«

»Rassistin.«

»Ja, ja. Mach's gut.«

»Mach's besser, und wenn sich was Aufregendes tut, ruf mich an. Die nächsten Tage werden vielleicht zu ruhig und langweilig.«

»Ach, wärst du mal in die Karibik geflogen oder so was Ähnliches. Was machst du denn heute Abend?«

»Ich treffe mich mit einer Frau.« Er musste unwillkürlich lächeln, als er die kurze Sekunde Schweigen wahrnahm, die diese Nachricht bei ihr hervorrief.

»Ist doch toll. Und wer ist sie?«

»Geht dich zwar nichts an, aber ich sag's dir trotzdem: eine Kollegin.«

»Ach, ich kann mir schon denken, welche. Die mit der verschatteten Stimme, stimmt's? Was Festes für dich wär doch gar nicht schlecht.«

»Na, komm.«

»Du, das wird ein Fall für Berlin und Wien. Spür ich. Lass dich überraschen.«

Thomas Bernhardt steckte das Handy in die Hosentasche, er hatte das Gefühl, als vibrierte Anna Habels Energie noch für einen Moment nach. Tja, jetzt in Wien.

Er richtete seinen Blick in die weitgespannte Krone des Baumes, in dessen Schatten er saß, und versuchte weiterzudösen.

Anna Habel stellte sich unter die Dusche und ließ minutenlang das eiskalte Wasser auf ihren Körper prasseln. Langsam kühlte sie ab. Sie trocknete sich nicht ab, nahm nur ein Handtuch und legte sich auf die Couch. Fast fröstelte sie. Sie beschloss, den Abend bei einem Glas Wein und einer Kleinigkeit zu essen ausklingen zu lassen. Und da könnte man doch auch gleich mal Bachmüllers Wein probieren, schließlich war das Lokal, in dem sein Veltliner ausgeschenkt wurde, in Fußnähe.

Sie rubbelte die Haare mit dem Handtuch trocken, cremte sich die frischrasierten Beine sorgfältig ein und wählte ein leichtes Sommerkleid. Als sie sich im Spiegel betrachtete, zog sie unwillkürlich den Bauch ein, obwohl sie sich für ihre fast vierzig Jahre eigentlich immer noch ganz passabel fand. Doch als Anna sich an die Sommerabende vor fünfzehn Jahren erinnerte, wurde sie ein wenig sentimental: Diese Stimmung nach einem langen Tag am Wasser, Florian gut aufgehoben bei der Oma, und Anna unterwegs zu einem Date oder einfach nur mit Freunden, um die Sommernacht zu genießen, das war wohl definitiv Vergangenheit. Sie wusste nicht, wann genau dieses Gefühl aufgehört hatte.

Wie bestellt signalisierte ihr Handy eine Nachricht von Harald: »Gehn wir noch was trinken?«

Anna rief zurück. »Gerade wollt ich dich anrufen.«

»Wie schön. Und, wie schaut's aus?«

»Ja, okay. Aber nicht zu lange. Ich habe das Gefühl, dass ich einen harten Tag vor mir habe.«

»Gut, ein Glas. Ich hol dich in fünf Minuten ab.«

Harald war Zahnarzt im Viertel und wohnte ein paar Straßen weiter, in der Martinstraße. Anna war seit vielen Jahren mit ihm befreundet, und seit sie nach einem Einbruch in ihrer Wohnung eine Nacht bei ihm verbracht hatte, hatte sich ihr Verhältnis ein wenig verändert. Harald wollte die kleine Affäre gerne verfestigen, und Anna ließ sich auch hin und wieder dazu überreden, bei ihm zu übernachten, aber irgendwie war er doch zu sehr *guter Freund* für eine ernsthafte Beziehung. Sie bemühten sich beide um ein freundschaftliches Verhältnis, und doch war oft eine gewisse Anspannung zu spüren.

Harald stand schon vor der Haustür, als Anna aus dem Stiegenhaus trat. Obwohl die Sonne fast schon untergegangen war, kühlten die aufgeheizten Straßen nicht ab.

»Ins Kutschker?« Harald nahm sie in den Arm und küsste sie beiläufig auf die Stirn.

»Nein, erstens hat es zu, die sind doch im Urlaub, und zweitens möchte ich gern in ein Lokal am Gürtel. Weinkontor, kennst du das?«

»Ja, ich war da mal mit einem Kollegen. Was willst du denn da? Das ist nicht unbedingt deine Preisklasse.«

»Du musst mir nicht unter die Nase reiben, wie wenig die Beamten in Österreich verdienen. Ich will da mal hin und basta.«

»Ist ja gut. Reg dich nicht schon wieder auf, ich lad dich gern auf ein Glas ein, Zahnärzte verdienen zwar auch nicht so viel, wie alle immer glauben, aber mehr als Polizisten auf jeden Fall.«

Eine Viertelstunde später betraten die beiden den gut klimatisierten Raum unter einem der Stadtbahnbögen. Obwohl die darüberfahrende Bahn seit den Achtzigern ins U-Bahn-Netz als U6 eingegliedert war, nannte jeder die Viadukte »Stadtbahnbögen«. In den letzten Jahren waren entlang dieser Linie mehrere Lokale eröffnet worden, kleine, schicke, sehr urbane Plätze, wo alle vier Minuten die Wände aufgrund der darüberfahrenden U-Bahn bebten, doch das schien niemanden zu stören – im Gegenteil, es waren die wenigen Orte Wiens, wo man aufgrund des ständigen Verkehrslärms ungestraft laute Musik bis spät in die Nacht spielen konnte.

An der Bar saß ein mittelalterliches Pärchen, hinter dem Tresen polierte ein Schnauzbart mit Brille Gläser und begrüßte sie freundlich. Anna und Harald gingen durch das kleine Lokal und traten auf der anderen Seite wieder hinaus: Auf dem breiten Gehweg standen ein paar Tische, ein üppiger Grünstreifen trennte den »Gastgarten« vom Autoverkehr. Das Ganze hatte einen erstaunlich idyllischen Charakter, wenn man bedachte, dass der sechsspurige Gürtel eine der meistbefahrenen Straßen Wiens war. Am äußersten Tisch nahm gerade eine junge, sehr hübsche Frau Platz. Sie war zu grell geschminkt.

Anna und Harald setzten sich, und da kam auch schon der Wirt und reichte ihnen mit einer kleinen Verbeugung zwei Speisekarten. Während sie die Karte studierten, brachte er ihnen eine Karaffe Wasser, in der ein paar Minzeblätter trieben, und schlichte Gläser. Der Dame vom Nebentisch stellte er unaufgefordert ein Glas Weißwein auf den Tisch und nickte ihr freundlich zu.

»Was darf ich bringen?«

»Ich hätte gerne einen kleinen Antipasti-Teller. Und ein Glas Grünen Veltliner.«

»Da hätte ich einen sehr guten aus der Wachau anzubieten, vom Redlhamer, oder aus der Steiermark vom Kaltenegger.«

»Ich hätte gerne ein Glas vom Bachmüller Veltliner.«

Der Wirt zog eine Augenbraue nach oben. Es war ihm anzusehen, dass er innerlich die Hacken zusammenschlug. »Und der Herr?«

»Ich nehm das Gleiche.«

»Jawohl, kommt sofort.«

Sobald der Wirt im Inneren des Lokals verschwunden war, beugte sich Harald vor und musterte Anna.

»Was ist denn mit dir los?«

»Was denn?« Anna grinste ihn an und trank einen Schluck Wasser.

»Na, das ist mit Abstand der teuerste Tropfen auf der ganzen Karte. Bist du jetzt unter die Weinkenner gegangen?

»Ich gönn mir halt auch mal ein bisschen was. Oder dürfen Polizisten immer nur weiße Spritzer trinken?«

»Nein, eh nicht. Gibt's was zu feiern?«

»Ja, Sommer, Sonne, Sonntag. Das reicht doch, oder?«

Zwei beschlagene Gläser Weißwein wurden vor ihnen abgestellt, und als sie anstießen, ertönte ein wohltuendes »Pling«.

»Wow.« Anna stellte ihr Glas zurück und schloss die

Augen. Alles, was sie heute über Weinanbau und -erzeugung gelesen hatte, wirbelte in ihrem Kopf herum, und plötzlich kamen ihr Vokabeln wie Dichte, Nachhall, komplexe Aromentextur nicht mehr lächerlich vor. Während sie auf ihr Essen warteten, legte die junge Frau das Geld abgezählt auf den Tisch, winkte dem Lokalbesitzer kurz zu und stöckelte gemächlich Richtung Gürtel. Anna blickte ihr nach, als sie die breite Straße vorschriftsmäßig bei Grün überquerte und in einem Eckhaus mit abgeblättertem Putz verschwand. Die Leuchtreklame der Silhouette einer Nackten mit spitzen Brüsten blinkte knallrot in den dämmrigen Abendhimmel, und Anna dachte mit Schaudern an ihr halbes Jahr bei der Sitte. Lieber jeden Tag einen Toten anstatt diese deprimierenden Visiten in diversen Etablissements, in denen jedes Polster tragische Lebensgeschichten auszudünsten schien. Und immer mindestens ein männlicher Kollege an ihrer Seite, bei dem sie sicher war, dass er diese Räumlichkeiten auch aus einer anderen Perspektive als der der Exekutive kannte.

»... gerade diesen Wein?« Harald nahm Annas Hand und holte sie wieder zurück ins schicke Weinkontor.

»Entschuldige, ich war gerade woanders. Was hast du gesagt?«

»Ja, das hab ich gemerkt. Ich will wissen, wie du jetzt plötzlich auf diese Edelweinnummer kommst. Seit wann kennst du dich mit Weinen aus, und woher sagt dir dieser Bachmüller was?«

»Mein Gott, du bist so neugierig. Also hör zu: Der Bachmüller war aus dem Dorf, in dem ich mein Häuschen habe. Das weiß ich aber auch erst seit vorgestern, da ist er nämlich gestorben.«

»Wie? Ermordet?«

»Wie kommst du denn darauf? Ich habe gesagt, *gestorben.*«

»Wenn einer stirbt und du interessierst dich dafür, dann ist es nicht völlig an den Haaren herbeigezogen, wenn man annimmt, dass es dabei nicht ganz natürlich hergegangen ist.«

»Ein wenig komisch ist sein Tod schon, und ich interessier mich für den Bachmüller sozusagen prophylaktisch.«

»An was ist er denn gestorben?«

»Herzinfarkt. Aber ziemlich unvermittelt. Mehr kann ich dir noch nicht erzählen.«

»Tja, das kommt vor. Ein Freund von mir hatte gerade einen Schlaganfall, aus dem Nichts. Fit wie ein Turnschuh und zack – halbe Seite gelähmt.«

Harald kannte sich erstaunlich gut aus beim Thema Wein, und Anna hörte mit Staunen, um wie viel Geld es in dieser Branche gehen konnte. Und nachdem es unmöglich war, nach diesem Veltliner etwas anderes zu trinken, bestellten sie beide noch ein Glas.

Harald begleitete sie noch bis zur Haustür, akzeptierte überraschend schnell Annas Ablehnung seiner Einladung, bei ihm zu nächtigen, und nahm sie kurz in den Arm.

Jedes Mal wenn Anna ihre Wohnungstür aufschloss, hielt sie unwillkürlich ein wenig den Atem an und dachte an jene Nacht, in der ihre Wohnung aufgebrochen und verwüstet worden war. Sie hatte in ihrer Karriere schon viele gefährliche Situationen erlebt – Waffen, die auf sie gerichtet waren, einmal hatte sie ein tschetschenischer Mafioso von hinten an den Haaren gepackt – doch nie hatte sie sich so ausgeliefert und schutzlos gefühlt, wie in jener Nacht, als sie nach Hause gekommen war und vor der Verwüstung ihres privaten Bereichs gestanden hatte.

Doch alles war ruhig, die Wohnung befand sich in einem halbwegs ordentlichen Zustand, und als sie leise in Florians Zimmer schaute, lag er friedlich im Bett und schlief. Anna putzte sich die Zähne, stellte sich noch einmal kurz unter die Dusche und schlüpfte nackt unter die Decke. Trotz ihrer Müdigkeit und den zwei Gläsern Wein nahm sie ein Buch in die Hand, doch mehr als drei Seiten schaffte sie nicht, dann fiel sie in einen tiefen, traumlosen Schlaf.

11

Thomas Bernhardt war zu früh am Boddinplatz angekommen. Er schlenderte ein bisschen auf und ab, schaute hierhin und dorthin. An diesem Sommerabend hatte der Platz einen ganz eigenen Reiz. Der herbe proletarische Charme der alten Zeiten hatte eine scharfe orientalische Beigabe erhalten, was ihm aber gut bekam. Die Gegend hier steht demnächst zur Gentrifizierung an, sagte er sich.

Als Cornelia Karsunke langsam auf ihn zuging, war er wie immer, wenn er sie außerhalb des Büros traf, irritiert und fasziniert. Sie trug ein blaues Sommerkleid und setzte ihre Füße in den Riemchenschuhen mit hohem Korkabsatz wie ein trotziges Kind auf das unebene Pflaster. Eine Aura des Fremdseins umhüllte sie, als gehörte sie nicht in die Wirklichkeit dieses Sonntagabends mitten in Berlin. Das rührte ihn, und seine Rührung verstärkte sich noch, als er ihre leise Stimme hörte.

»Schön, dass du gekommen bist.«

»Ja, ich freue mich auch.«

Er legte den Arm um sie und spürte ihre heiße Haut. Doch sie wand sich aus seiner Umarmung.

»Lass mal. Das war heute alles ein bisschen viel.«

»Ja, sollen wir …«

»Nein, nein. Du musst halt nur ein bisschen fürsorglich und geduldig sein und nicht böse werden, wenn ich wenig rede. Schaffen wir's denn noch an einen See?«

»Weit rausfahren, dafür ist's jetzt zu spät. Aber wir könnten an den Schlachtensee. Ist zwar nicht so richtig idyllisch, aber hat auch was.«

Sie fuhren über die Stadtautobahn in Richtung Zehlendorf. Als sie am stillgelegten Flughafen Tempelhof vorbeikamen, dachte Thomas Bernhardt an die nicht lange zurückliegende Zeit, als es hier noch Starts und Landungen gab. Am schönsten war es, wenn nachts auf dem hell erleuchteten Rollfeld kleine Flugzeuge einschwebten oder aufstiegen und er selbst in rasanter Autofahrt an dem Areal vorbeizog. Vorbei. Und neue Nutzungen hatte der Senat natürlich nicht geplant. Irgendwelche Konzerte fanden statt, Modeshows und anderer Schnickschnack, alles im Geiste des regierenden Bürgermeisters, der der Stadt den Slogan »Arm, aber sexy« aufgepresst hatte. Am Funkturm vorbei ging's dann bis zur Ausfahrt Wannsee.

Der See lag schon in der Halbdämmerung, die tiefstehende Sonne schoss noch ihre Blitze durch das Blätterwerk der Bäume, das sich im Wasser spiegelte. Ein paar Leute saßen noch am Ufer und sprachen leise miteinander, andere packten ihre Sachen zusammen und machten sich mit ihren Picknickkörben auf den Heimweg. Wenige gingen in die Villen und großzügigen Wohnhäuser in der Nähe, der größere Teil fuhr mit dem Auto über die Avus oder mit der S-Bahn zurück in die Stadt.

Cornelia trug einen schwarzen Badeanzug unter ihrem Kleid.

»Ich bin nicht so der Nacktbadetyp.«

»Ich auch nicht.«

»Wie schön, dann sind wir uns ja mal einig.«

Das Wasser war warm und weich. Eine Zeitlang schwammen sie nebeneinanderher, dann zog Cornelia mit starken Armzügen weg von Bernhardt in die Mitte des Sees. Er schwamm zurück, trocknete sich nicht ab und lehnte sich mit dem Rücken gegen einen Baumstamm. Mit dem Blick folgte er dem kleinen bewegten Punkt in der Mitte des Sees, der sich hin- und herbewegte, für längere Zeit abtauchte, dann plötzlich wieder hochschoss und Wasser um sich versprühte. Ein fast lautloses Schauspiel in dem dunkelnden See, das ihn nach einiger Zeit zu beunruhigen begann. Hatte sie denn genügend Kondition, um zurückzukommen?

Langsam, beinahe zögernd bewegte sie sich auf das Ufer zu, entfernte sich wieder, schwamm in kleinen Kreisen und tauchte immer wieder unter. Als wollte sie die Rückkehr ans Land vermeiden. Schließlich kam sie prustend auf ihn zu und wirkte verwandelt, sicherer, gelöster.

»Schau mal weg, wenn ich den Badeanzug ausziehe, ich mag das nicht, wenn mich jemand nackt sieht.«

»Jemand? Bin ich jemand? Und wie hast du überhaupt Kinder gekriegt?«

Sie schaute ihn streng an.

»Du bist einfach zu empfindlich, zu schnell beleidigt. Mach, was du willst.«

Er wandte sich ab und schaute auf den See. Als er

sich umdrehte, stand sie im Kleid vor ihm. »Darunter bist du jetzt nackt?«

»Ja, darf ich mich trotzdem zu dir setzen?«

»Klar.«

Sie rutschte neben ihn. Er spürte ihren angenehm kühlen Körper, der leicht nach Tang und Wasserpflanzen roch.

»Ich hab mir schon Sorgen gemacht, dass dich der Killerwels angreift.«

»Der was?«

»Der Killerwels. Ein Fisch, der angeblich über einen Meter lang ist und der, wenn's ihm Spaß macht, sich mal einen Schwimmer vornimmt.«

»Was macht er denn?«

»Ach, was weiß ich, er beißt dich. Aber wahrscheinlich will er ja nur spielen.«

Schweigen. Sie legte den Kopf auf seine Schulter.

»Schade, dass wir gar nichts mitgenommen haben. Jetzt ein Picknick, das wäre wunderbar. Weißes Brot, Wurst, Käse, kühler Weißwein. Es ist so schön hier. Denkst du manchmal daran, wie wir an diesem anderen See gesessen haben, damals, nachdem wir in dem Büro von dem Literaturagenten zusammengeschlagen worden waren und wir Angst hatten, dass es wieder passiert?«

»Ja, du hast mich an dem See geküsst.«

»Das klingt ja gerade, als wär's schlimm gewesen.«

»War's natürlich nicht.«

»Natürlich nicht. *Natürlich* nicht! Mann, du kannst einem Laune machen. Da kann man auch sagen: Das war toll, da denke ich immer wieder mal dran.«

»Ich denk da immer wieder mal dran. Könntest du mich *bitte* wieder mal küssen?«

Sie lachte, beugte sich über ihn, öffnete leicht die Lippen und legte sie auf seinen Mund. Eine sanfte, zarte Berührung, dann zog sie sich wieder zurück.

»Wenigstens schaust du nicht so entsetzt wie damals. Ist ja schon ein Fortschritt.«

»Das war aber sehr züchtig.«

»Mehr gibt's nicht. Starke Frauen kommen langsam, aber gewaltig. Solltest du wissen.«

»Freut mich, dass du dich erholt hast. War's denn heute so schlimm?«

»Ach, Kindergeburtstag, Großeltern, dann noch dies und das, das reicht.«

»Dies und das?«

»Müssen wir nicht drüber reden. Also, was machen wir jetzt? Ich hab Hunger und Durst.«

»Dann fahren wir jetzt in den Biergarten hinterm Kanzleramt.«

Im Auto erzählte Thomas Bernhardt von Bachmüller, von Wein und Kokain, von Otter, von Anna Habels Spürsinn, von ihrer Bitte, doch mal »rumzuhören«, weshalb sie jetzt zu dem Biergarten führen, der zu Otters Kneipenimperium gehörte. Sich mal einen Eindruck verschaffen, vielleicht mit Otter reden, mehr nicht.

Die Stimmung von Cornelia sank auf einen Schlag in den Keller.

»Das darf nicht wahr sein. Du hast Urlaub und mimst den Assistenten von dieser Haferl? In Berlin liegt überhaupt nichts vor, und du bist schon auf dem Weg zu einem Verdächtigen! Lässt dich von ihr da hinschicken! Ich fasse es nicht. Was ist denn an dieser Wiener Domina dran?«

»Gar nix. Aber irgendwie spüre ich, dass dieser Otter … ich weiß nicht … irgendwas tickt bei dem nicht ganz sauber.«

»Ach toll, Thomas Bernhardt, der große Intuitionskünstler, und ich darf da exklusiv mitgehen. Ich Trottel dachte, das sei unser Abend. Und dann hab ich mir auch noch eingeredet, du seist einsam und ich müsste mich um dich kümmern. Wie blöd bin ich denn?«

»Du bist nicht blöd. Ich hab dich sehr gern.«

»Wer's glaubt. Aber gut, tun wir, was du nicht lassen kannst. Und wenn's mir auf den Wecker geht, haue ich ab, das versprech ich dir.«

Der Biergarten an der Spree war nur halb gefüllt. Die Menschen saßen im milden Licht der Laternen vor ihren Gläsern unter den weit ausladenden Kastanien. Die Ausflugsschiffe trieben auf dem Wasser langsam dahin. Cornelia Karsunke war immer noch sauer und schaute missmutig in die Runde.

»Hier findest du's also schön?«

»So schön wie anderswo.«

Thomas Bernhardt wies mit ironischer Geste auf die schwachbeleuchtete klobige Rückfront des Kanzleramts, das wie eine Zwingburg in den hellblauen Nachthimmel ragte.

»Hat doch was.«

»Hat gar nichts. Da hätten wir auch mit einem Sixpack Beck's in den Körnerpark gehen können.«

»Hätten wir, aber da wäre die Chance gering gewesen, auf Otter zu treffen.«

Thomas Bernhardt gestikulierte wie ein Zauberer, der ein Kaninchen aus dem Hut zieht, und gab Cornelia mit einem leichten Kopfnicken zu verstehen, sie solle sich einmal umdrehen. Sie hob die Augenbrauen, als sie einen über den knirschenden Kies lässig heranschlendernden Mann sah, der an ihrem Tisch stehen blieb und sich mit gemessener Eleganz vor Cornelia verbeugte.

»Gestatten, Otter.«

Thomas Bernhardt nannte den Namen seiner Begleiterin und legte den Kopf schief, was bei ihm immer ein Zeichen der Konzentration war. Er stellte irritiert fest, dass Otter sich in Gestik und Mimik wie im Weder-Noch gab und doch ein anderer Typus an diesem Ort war. Eben der Wirt eines angesagten Biergartens.

Otter lächelte jovial wie ein Fürst, der seine Lehnsleute begrüßt.

»Freut mich sehr. Tja, Delikte am Menschen, Thomas Bernhardt, ich war sicher, dass wir uns heute wiedersehen würden. Das freut mich wirklich. Sie hatten wohl auch den Eindruck, dass wir noch nicht alles besprochen haben. Obwohl … sollten wir uns nicht duzen, so wie früher …«

Die süffisanten und sarkastischen Untertöne in Otters Stimme, ganz leicht und kaum wahrnehmbar, missfielen Thomas Bernhardt.

»Können wir machen, Genosse.«

»Genosse, komm, das ist nun schon sehr lange her. Deine junge Begleiterin weiß gar nicht, was das ist. Das war damals eine große Inszenierung, ›Revolution ist machbar, Herr Nachbar‹, nicht schlecht, aber heute hat das doch in etwa dieselbe Körnung wie ein alter Schwarzweißfilm.«

Thomas Bernhardt antwortete nicht sofort. Er überlegte kurz, was er Otter eigentlich fragen könnte. Wieso redete er sich überhaupt ein, bei dem was Illegales zu wittern? Hatte er sich von Anna Habel in eine Verfolgungsparanoia ziehen lassen? Professionelle Deformation? Das war doch einfach nur ein erfolgreicher Gastronom, ein bisschen selbstgefällig, ansonsten aber wahrscheinlich ganz in Ordnung. Wieso sollte ein Ösi-Winzer nicht 'ne ordentliche Portion Kokain zu sich nehmen? Allerdings hatte er es geschluckt. Dann war's halt Selbstmord, sagte er sich. Ist doch auch eine Option. Er entschied: Noch ein bisschen plaudern mit Otter, ohne große Hintergedanken, das reicht voll und ganz.

»Otter, sag mal, nach dem Hegel-Jahrzehnt und vor deiner Gastronomie-Karriere – was hast du da gemacht? Da war von dir nichts zu hören und nichts zu sehen. Oder hab ich da nicht aufgepasst?«

Flog da nicht ein ganz kleiner Schatten über das lächelnde Gesicht von Otter?

»Weißt du, Bernhardt, das war noch nie so meine Sache, eine Planstelle im öffentlichen Dienst, wie du sie ergattert hast. Ich bin ein Jahrzehnt durch die Welt gereist.«

»Als was, als Straßenmusiker oder Pflastermaler?«

»Du bist ein Witzbold, ich hatte genug Geld.«

»Geerbt oder was?«

»Ja, so ähnlich. Oder anders. Stell dir einfach was vor. Vielleicht zeig ich dir mal meinen alten Pass, wenn ich ihn noch finde. Macht's gut, ihr beiden.«

Er ging leichten Schrittes und ohne sich umzudrehen davon.

Cornelia und Thomas blieben noch eine Zeitlang sitzen. Die brennende, trockene Hitze des Tages hatte sich in eine klebrige, schweißtreibende Schwüle verwandelt. Cornelia wirkte erschöpft. Irgendwann legte sie die Arme um seinen Hals und presste ihre Stirn gegen seine. So verharrten sie eine Weile, ohne zu sprechen. Etwas änderte sich.

Sie gingen zu seinem Auto und fuhren zu seiner Wohnung, in der die Hitze stand. Sie war scheu und wollte nicht, dass er sie nackt sah. Erst als sie in seinem Bett unter der Decke lag, durfte er zu ihr kommen. Im Dämmerlicht des Zimmers lagen sie nebeneinander und sprachen und taten lange Zeit nichts. Dann streichelte er über ihre warme, mit einem Schweißfilm bedeckte Hüfte.

Als sie sich ihm zuwandte, schlug er die Decke zurück. Er sah die entzündeten Pickel auf ihrer Schulter, was ihn rührte. Sie beugte sich über ihn, er schaute gegen die Decke, wo der Schattenwurf der Kastanie zitterte. Sie redeten nicht, und er wunderte sich, wie wenig Wollust er empfand. Es schien, als sei das etwas Ernstes und Schwerwiegendes, was sie taten. Doch dann fing sie leise an zu seufzen und erhob die Hände wie in einer großen

Beschwörung. Er fühlte, dass er sich langsam vom Ufer entfernte. Sanfte Wellenbewegungen.

Sie flüsterte, dass sie ihm noch etwas sagen müsse, wenn Vollmond sei, bekomme sie ein Kind, wenn sie mit einem Mann schlafe. Er lachte und sagte, das glaube er nicht, und im Übrigen sei noch gar nicht Vollmond. Aber natürlich wäre es sinnvoll, ein Kondom zu nehmen. Sie lächelte ihn aus halbgeschlossenen Augen an. Ach, Liebe ohne Risiko gebe es sowieso nicht.

Im Morgengrauen fuhr er sie nach Hause. Vor ihrem Haus blieben sie noch eine Weile im Auto sitzen. Was sie gewundert habe, wie zärtlich er sei und, sie lächelte, dass er so zarte Fußsohlen habe, das hätte sie auch überrascht. Als sie durch die Haustür ging, drehte sie sich nicht um.

Halb fünf Uhr morgens, an einem Sommermorgen. Wie viele Menschen um diese Zeit schon unterwegs waren. Sie warteten auf die Doppeldeckerbusse, strebten auf die U-Bahn-Eingänge zu, ein Pärchen kam aus der Fichtestraße, umarmte und küsste sich und ging dann in unterschiedliche Richtungen in den Tag hinein. Gemächlich arbeitete sich ein orangefarbener Sprengwagen der Berliner Stadtreinigung an den geparkten Autos entlang und trieb mit seinem festen Wasserstrahl den Dreck der Nacht in die Gosse und die Gullis. Durch die offenen Fenster des Autos sprühte ein bisschen Nässe und Kühle ins Innere und benetzte Thomas Bernhardts Stirn.

Er atmete tief durch, dachte für ein paar Augenblicke an gar nichts. Ein paar Strahlen der aufgehenden Sonne trafen den Turm der Kirche am Südstern. An einer Currywurstbude standen die letzten oder die ersten Trinker. Am liebsten hätte er sich dazugestellt, aber dann würde, sagte er sich, der Zauber vielleicht gleich wieder verschwinden. Und so surfte er unter einem blassblauen Himmel durch die Stadt bis in die Merseburger Straße.

Er setzte sich mit einer Flasche Bier auf seinen Balkon, lauschte den lärmenden Vögeln in der Kastanie, blickte in die Wohnung gegenüber, wo sich noch nichts bewegte, dachte noch immer an nichts, wurde endlich aus seinem Traum von nichts und an nichts gerissen, als die Glocken der Apostel-Paulus-Kirche zu läuten begannen.

Als er sich auf die Matratze legte, erinnerte er sich an das, was vor ein paar Stunden gewesen war, an das Flüstern, an die Bewegungen, an das leise Lachen, an den Geruch, an all das, was nun schon in die Hitze des aufsteigenden Sommertages eingegangen war und in ihm verging.

12

Anna war pünktlich im Büro. Fünf Minuten später kam Kollege Kolonja im gestreiften Kurzarmhemd und stellte gutgelaunt einen Coffee-to-go auf Annas Schreibtisch.

Anna pustete auf ihren Milchschaum und lachte. »Guten Morgen, Robert! Du siehst aus, als hättest du Urlaub.«

»Urlaub nicht, aber alt werd ich hier heut nicht. Spätestens um zwei bin ich raus, und ab auf die Donauinsel.«

»Ich hoffe, du hast recht. Könnte sein, dass da heut was reinkommt.«

»Was?! Was weißt du schon wieder? Sag bloß, dein Weinbauer macht uns Kummer.«

»Ich weiß es noch nicht. Ich war gestern noch im Wilhelminen, und jetzt warten wir mal auf die Ergebnisse der Laboruntersuchung.«

»Ach, du hältst es nicht eine Woche ohne Arbeit aus. Bei dir kann keiner einfach so sterben.«

»Jetzt entspann dich mal und leg ein paar alte Akten ab, vielleicht ist ja eh nichts.«

Anna stellte sich vor, dass wirklich nichts wäre und sie gegen Mittag an die Alte Donau zum Schwimmen gehen würde. Doch da klingelte auch schon das Telefon.

»Landeskriminalamt Wien, Anna Habel.«

»Guten Morgen! Wilhelminenspital, Friedelhofer.«

Anna blickte auf die Uhr, es war fünf vor neun. »Mein Gott, sind Sie pünktlich.«

»Da schauen Sie, was? Und erfolgreich auf ganzer Linie. Im wahrsten Sinn des Wortes.« Er kicherte. »Eine ordentliche Linie hatte Ihr Nachbar da intus, genau wie ich's geahnt habe. Circa acht Gramm Kokain mit einem sehr süßen Holundersaft zu sich genommen. Das hält kein Herz aus, nicht das gesündeste. Bingo.«

Anna war kurz sprachlos, fasste sich jedoch rasch wieder. »Sehr gut, Herr Doktor. Und Sie haben das ja vorausgesehen. Wenn Sie kein Alibi hätten, würd ich Sie glatt verdächtigen.«

»Sehr witzig. Mir würden schon noch perfidere Todesarten einfallen, da würden Sie nie draufkommen.«

»Na, wollen wir's nicht drauf ankommen lassen. Aber Spaß beiseite. Ich beantrage gleich die Kommissionierung der Leiche, der Herr Dr. Schima wird sich dann melden, wohin ihr den Bachmüller überstellen sollt.«

»In Ordnung, ich richt ihn her und leg die Befunde dazu. Ah, und noch was: Unser Toxikologe meinte, der Herr hätte Viagra genommen, das verstärkt die Wirkung. Tja, das war's dann wohl mit uns zwei, Frau Chefinspektor. Vielleicht sieht man sich ja mal wieder?«

»Ja, vielleicht.« Anna war plötzlich verlegen. Ein flirtender Pathologe, warum nicht? »Sie haben ja meine Nummer.«

»Darf ich das als Aufforderung verstehen?«

»Es war eine reine Feststellung, Herr Doktor, und jetzt muss ich leider Schluss machen und an die Arbeit. Damit Sie den toten Weinbauern bald los sind.«

»Der stört mich nicht, dem geht's gut. Schön gekühlt bei der Affenhitze. Also, bis bald, Frau Inspektor.«

Anna meldete einen ungeklärten Todesfall beim Journalstaatsanwalt und beantragte die gerichtsmedizinische Obduktion. Dann verfasste sie einen ersten Bericht, und wie immer bei schriftlichen Aufgaben tat sie sich schwer, die richtigen Worte zu finden. Diesmal war es allerdings von der Sache her schon ein wenig speziell: zu erklären, warum sie einem ganz normalen Herzinfarkt nachgegangen war, noch dazu in dem Ort, in dem sie ihre Wochenenden verbrachte. Und sollte sie die Freundin und den Tatort schon reinbringen, oder würde ihr das wieder als Übereifer ausgelegt? Sie versuchte einen Mittelweg, war laut Bericht eben zufällig am »Unfallort« und hatte sich nebenbei mit der trauernden Witwe unterhalten. Und der aufmerksame Pathologe am Wilhelminenspital tat sein Übriges. Sie mailte das Dokument an den Staatsanwalt und griff zum Telefon.

»Robert, kannst du mal rüberkommen?«

Kolonja legte schweigend den Hörer auf und stand zehn Sekunden später in Annas Büro. »Jetzt sag nicht, dass wir einen Fall haben! Und was ist mit der Donauinsel?«

»Die muss warten. – Ah, Frau Schellander, wir haben einen neuen Fall, bitte setzen Sie sich.«

Die Kollegin blickte sich irritiert um, im ganzen Raum

gab es keinen Stuhl, der nicht als Ablage verwendet wurde. Schließlich setzte sie sich auf die äußere Kante des Beistelltischchens und legte ihre Hände in den Schoß. Anna lieferte die Eckdaten, fasste kurz zusammen, was sie über Freddy Bachmüller wusste, und beschrieb den Tatort.

»Also, Kolonja, du recherchierst noch mal ein bisschen in Bachmüllers Vergangenheit. Was hat er außer Weinanbauen und Singen noch gemacht? Wo hat er sein Geld her? Was hat er vor Salchenberg gemacht? Lies vor allem diese Artikel in der Kirchenzeitung und fass es kurz zusammen, wenn du da was Interessantes findest. Frau Schellander, bitte das übliche Procedere: Spurensicherung am Tatort und in der Wohnung in Wien beantragen, und bitte beschaffen Sie die Unterlagen von seinem Weinhandel, also die Rechnungsbücher und dergleichen. Ich werde wohl nach Salchenberg fahren und seine Verflossene befragen.«

»Machen die Niederösterreicher keine Schwierigkeiten?« Kolonja grinste gequält.

»Wahrscheinlich schon, aber ich geh jetzt gleich mal zum Staatsanwalt und stelle klar, dass das unser Fall ist. Schließlich ist Bachmüller in Wien gestorben.«

»Also, von mir aus können die den Fall ruhig haben. Wen interessiert denn so ein toter Weinbauer.«

Anna reagierte nicht auf diese Spitze und sah ihren schlechtgelaunten Kollegen scharf an.

»Ja, ja, schon gut. Ich geh ja schon.«

Als die beiden das Zimmer verlassen hatten, rief Anna Habel den zuständigen Staatsanwalt an. Der hatte ihren

Bericht bereits gelesen und übertrug ihr offiziell den Fall Bachmüller. »Versuchen Sie halt mit den Niederösterreichern zusammenzuarbeiten. Ich will diesmal keine Beschwerden über die chauvinistischen Wiener.«

»Aber die Befragungen in Niederösterreich darf ich schon selbst durchführen. Oder ist das auch schon zu viel?«

»Liebe Frau Kollegin. Jetzt seien Sie nicht immer so empfindlich. Ich habe lediglich gesagt, Sie sollen ein wenig Diplomatie an den Tag legen. Sie könnten die Niederösterreicher ja ein wenig einbinden in den Fall.«

»Ja, wie Sie meinen, Herr Staatsanwalt, ich gebe mein Bestes.«

»Davon gehe ich aus, Frau Chefinspektor.« Der Staatsanwalt legte grußlos auf.

Anna beantragte bei Hofrat Hromada Verstärkung aus einer anderen Abteilung, denn zwei ihrer Kollegen befanden sich im Urlaub. Und natürlich waren sie nicht an den Wörthersee gefahren, von wo man sie problemlos hätte zurückordern können. Der eine war auf Teneriffa, und der andere verbrachte seine Ferien mit Familie auf einem Schweizer Biobauernhof – ohne Handy-Empfang. Hromada versprach, die fähigsten Kollegen zu schicken, deutete aber bereits vorsichtig an, dass auch die anderen Abteilungen urlaubsmäßig stark dezimiert seien. ›Sollte ich das perfekte Verbrechen planen, dann sicher im Juli oder August‹, dachte Anna und suchte in ihrem Notizbuch die Telefonnummer von Uschi Mader.

Die meldete sich nach dem zweiten Klingeln. »Ja?« Ein zaghaftes Hauchen, es klang eher wie von einem Kind.

»Frau Mader?«

»Ja? Wer spricht da?«

»Entschuldigen Sie, ich bin's: Anna Habel, Landeskriminalamt Wien.«

»Ah, Frau Habel, gut, dass Sie anrufen.«

Diese Reaktion verwirrte Anna, doch sie ignorierte den Satz erst mal. »Frau Mader, ich muss Ihnen noch ein paar Fragen stellen, sind Sie denn heute Nachmittag zu Hause? Ich könnte so circa in einer Stunde bei Ihnen sein.«

»Ja, kommen Sie ruhig. Ich bin aber nicht in Salchenberg. Ich bin eh in Wien, bei meiner Schwester. Weyringergasse 25.«

»Das ist gut. Ich komm gleich vorbei, wenn Ihnen das passt.«

»Ja, ist recht. Bitte bei Hutter klingeln. Gibt es denn was Neues?«

»Ja schon, aber das erzähl ich Ihnen dann persönlich.«

Anna überlegte kurz, ob sie einen Kollegen zu Frau Mader mitnehmen sollte, entschied sich dann aber dagegen. Kolonja hatte sie mit Arbeit eingedeckt, Frau Schellander war nur im Innendienst tätig, und sie hatte keine Lust, sich von einem uniformierten Kollegen mit Profilierungsneurose vollquasseln zu lassen. ›Na, die beiden Schwestern werden mich schon nicht in einen Hinterhalt locken.‹

Wien war wie ausgestorben, am Franz-Josefs-Kai glitt sie durch eine grüne Welle, und selbst am Schwedenplatz nicht der geringste Stau. Anzeichen von Zivilisation sah sie lediglich beim berühmten Eisgeschäft, da bevölkerten kleine Menschengruppen die raren schattigen Plätze. Auf der Ringstraße kutschierten ein paar Fiaker japanische Touristen, die sich durch die Hitze nicht beeindrucken ließen und jedes Gebäude knipsten. Seit fast zwanzig Jahren lebte Anna jetzt in Wien, aber eine Fiakerfahrt hatte sie noch nie unternommen. Die ersten Jahre hätte sie sich das schlicht nicht leisten können, und außerdem spürte sie immer noch das Landkind in sich: Pferde gehörten auf eine Wiese und nicht in die Asphalthölle der Wiener Ringstraße.

Sie fand direkt vor der Nummer 25 einen Parkplatz, die Touristen, die das nahe Belvedere besichtigten, wurden mit Reisebussen angekarrt, und die Wiener waren wohl alle mit ihren Autos an die Adria gefahren. Anna drückte auf den Klingelknopf, und unmittelbar danach ertönte eine schnarrende Stimme: »Mit dem Aufzug. Dritter Stock.«

Oben stand Uschi Mader und spähte vorsichtig durch den Türspalt, schließlich ließ sie Anna eintreten. In der geräumigen Küche roch es nach frischem Kaffee, auf dem Esstisch standen Tassen und ein ganzer Gugelhupf. Frau Mader sah allerdings nicht ganz so aufgeräumt aus. Ringe unter den Augen, die fettigen Haare nachlässig hochgesteckt, und bekleidet war sie lediglich mit einem kimonoartigen Schlafrock. Sie schenkte Kaffee ein, lehnte sich zurück und blickte Anna erwartungsvoll an.

»Frau Mader, wir gehen von der Annahme aus, dass Herr Bachmüller keines natürlichen Todes gestorben ist.«

Keine Reaktion.

»Frau Mader? Haben Sie mich gehört? Wir glauben, dass Ihr Lebensgefährte ermordet wurde.«

Uschi Mader rührte hektisch in ihrer Kaffeetasse. »Und die Katze haben sie auch umgebracht«, stieß sie hervor.

»Warum, wer, welche Katze?« Anna versuchte sich ihre Verwirrung nicht anmerken zu lassen.

»Na, unsere Katze. Gestern Morgen lag sie vor der Tür. Tot. Das ist doch kein Zufall!«

»Wahrscheinlich nicht. Wo ist die Katze jetzt?«

»Die hab ich im Garten vergraben. Dann hab ich mein Zeug gepackt und bin hierher zu meiner Schwester gekommen. Ich bin doch nicht wahnsinnig und werd das nächste Opfer.«

»Frau Mader, haben Sie oder Herr Bachmüller irgendwelche Drohungen erhalten?«

»Also ich nicht. Ich mein, die Leut im Dorf haben kein Hehl daraus gemacht, dass sie mich nicht leiden können, sie haben mich halt geschnitten, aber das ist schon okay, ich mochte sie ja auch nicht.«

»Und Freddy?«

»Ja, der war besser akzeptiert. War ja auch schon länger da und außerdem ein Mann.«

»Haben Sie je Drogen genommen?«

»Was soll das denn jetzt? Sind Sie vom Drogendezernat? Ja, hab ich. Aber das ist lange her. Haben Sie denn nie ein bisschen Marihuana geraucht?«

»Das tut nichts zur Sache. Frau Mader, wir werden das Haus durchsuchen. Und wenn wir da Spuren von Kokain finden, dann haben Sie ein Problem.«

»Warum denn Kokain? Ich versteh gar nichts. Was hat das denn mit Freddys Tod zu tun?«

»Sein Herzinfarkt ist nicht von selber gekommen. Er wurde quasi künstlich herbeigeführt. Und dabei wurde Kokain verwendet.«

»Aber Sie glauben doch nicht, dass ich ... Nein, das ist ja absurd! Ich hab doch nur Nachteile von seinem Tod! Und ich ... ach, Sie sind ja grausam.« Uschi Mader war aufgesprungen und stellte sich ans offene Fenster. Ihre Schultern bebten, und fast hatte Anna ein schlechtes Gewissen. Eigentlich konnte sie sich nicht vorstellen, dass diese Person eine Mörderin war, aber wer weiß? Vielleicht war eine andere Frau im Spiel, und sie sah ihre Felle davonschwimmen.

»Jetzt beruhigen Sie sich bitte, ich überprüfe nur alle Möglichkeiten. Und wir wissen zurzeit so wenig über Herrn Bachmüller, dass wir jeder noch so kleinen Spur nachgehen müssen.«

»Aha, ich bin also eine Spur! Ich sag Ihnen mal, was ich bin. Ich bin die Frau, die ihn geliebt hat, die ihm den Rücken freigehalten hat, die ihm die letzten fünf Jahre geopfert hat, in diesem schrecklichen Kaff. Sie können sich das ja nicht vorstellen, wie das ist, da zu leben. Aber ich habe es getan! Aus Liebe zu Freddy. Und nun verdächtigen Sie mich?!«

»Wie gesagt, ich verdächtige jeden aus seinem Umfeld. Ich weiß nur, dass Herr Bachmüller eine tödliche Menge Kokain zu sich genommen hat, und die wird er sich nicht selber in den Hollersaft gerührt haben. Oder war er suizidgefährdet?«

»Ha! Er liebte das Leben! Den konnte nichts erschüttern. Wissen Sie, was das Faszinierende an Freddy war?« Uschi Mader setzte sich wieder an den Tisch, und ihre Stimme verlor den hysterischen Tonfall. »Er ruhte in sich. Nichts brachte ihn aus dem Gleichgewicht. Sie hätten ihn kennen sollen. Er war ein toller Mann.« Die letzten Sätze schluchzte sie kaum vernehmlich.

»Wie ist das denn nun mit Drogen? Gab es Drogen in Ihrem Leben?«

»In unserem gemeinsamen nicht. Freddy hat ja nicht einmal Wein getrunken. Ich habe früher schon das eine oder andere ausprobiert, aber das ist lange vorbei. Sie können sich gar nicht vorstellen, wie bieder wir in Salchenberg gelebt haben.«

»Ich glaube Ihnen ja, aber wie gesagt, wir werden das Haus durchsuchen, und wenn wir da Spuren von Kokain finden, dann haben Sie ein Problem.«

»Aber wer könnte das denn getan haben?«

»Ich sag's Ihnen ehrlich, Frau Mader, ich habe keine Ahnung. Wir brauchen Ihre Hilfe. Sie müssen mir alles erzählen, alles, was Ihnen einfällt. Wissen Sie, wo Herr Bachmüller vorher gelebt hat? Wissen Sie etwas über seine Exfrauen? Was hat er gearbeitet, bevor er nach Salchenberg gezogen ist? Mit wem außerhalb des Dorfes hatte er Kontakt? Ist er regelmäßig weggefahren? Hat er mit jemandem öfter telefoniert? Da muss es doch irgendetwas gegeben haben außer Wein produzieren und im Kirchenchor singen!«

»Ich weiß, das klingt komisch, aber ich weiß wirklich nichts über sein Leben davor. Er hat nie etwas erzählt, und er hat mir einmal unmissverständlich klargemacht, dass er mir keine Fragen beantworten wird. Und in den fünf Jahren, die wir gemeinsam im Weinviertel lebten, ist er genau zwei Mal weggefahren – ich meine, außer nach Wien, wenn wir im Theater waren oder bei einer Filmpremiere, dann haben wir in seiner Wohnung in der Florianigasse geschlafen. Aber zwei Mal war er alleine weg für ein paar Tage.«

»Wissen Sie, wo er da hingefahren ist?«

»Das erste Mal, das war im ersten Jahr unserer Beziehung, da meinte er nur, er hätte noch was zu erledigen, und ich solle schön brav auf ihn warten. Das zweite Mal, das war dieses Jahr im April, da war er in Berlin.«

»Und das hat er Ihnen erzählt?«

»Na ja, er hat nichts erzählt, aber das war ein Wochenende, da haben die Piloten oder Fluglotsen oder was weiß ich gestreikt. Und dann hat das mit dem Rückflug wohl nicht geklappt, und eine Mitarbeiterin der Fluglinie hat hier angerufen.«

»Haben Sie ihn gefragt, was er in Berlin gemacht hat?«

»Warum sollte ich das tun? Ich habe ihm nicht mal gesagt, dass ich wusste, dass er da war.«

»Vielleicht hatte er ja eine Geliebte in Berlin?«

»Und wenn? Er ist schließlich zurückgekommen, oder?«

»Das stimmt.« Anna seufzte und trank ihren Kaffee leer. »Frau Mader, ich glaube, ich habe momentan keine weiteren Fragen. Aber Sie müssen sich unbedingt zur Verfügung halten. Sobald wir das Haus durchsucht haben, werden wir uns sicher noch einmal unterhalten. Wo erreiche ich Sie denn?«

»Ich bleibe hier bei meiner Schwester. Keine zehn Pferde bringen mich nach Salchenberg zurück.«

»Okay, Ihre Sachen lassen Sie bitte auch draußen, ich gebe Ihnen Bescheid, wenn Sie das Haus wieder betreten dürfen.«

»Ich hab da nicht viel. Das meiste gehört Freddy, und meine paar Klamotten hab ich mitgenommen.«

An der Tür standen sich die beiden Frauen noch einmal unschlüssig gegenüber. Als Anna schließlich ihre Hand ausstreckte, ergriff Uschi Mader sie mit beiden Händen. »Sie glauben nicht wirklich, dass ich es war, oder?«, hauchte sie.

»Nein, Frau Mader. Eigentlich glaub ich es nicht. Aber was ich glaube, ist nicht relevant. Auf Wiedersehen.«

»Danke, Frau Habel, bis bald.«

13

Im Auto öffnete Anna alle Fenster und wählte Kolonjas Nummer. »Und? Was gefunden?«

»Das ist eher was für dich. Du bist doch die Belesene. Der schreibt vielleicht schwülstiges Zeug. Dein Weinbauer war ein richtiger Philosoph, aber dass das in dem Kaff verstanden wurde, kann ich mir nicht vorstellen. Ich versteh's jedenfalls nicht. Ah ja, und zwei Kollegen aus der Abteilung Straßenkriminalität sind schon im Anmarsch, die wurden als Vertretung geschickt.«

»Gut, da nehm ich gleich einen mit nach Salchenberg. Ist die Spurensicherung schon zugange?«

»Natürlich. Im Weinviertel dürfen die Niederösterreicher ran – viele liebe Grüße übrigens von deinem Freund Kronberger. Und in der Florianigasse haben unsere Kollegen vor ungefähr eineinhalb Stunden angefangen.«

»Gut, dann fahr ich da mal vorbei. Die ganzen Bürounterlagen vom Bachmüller, Rechnungsbücher, Korrespondenz, Bestellungen etc., hätte ich gerne so schnell wie möglich bei mir im Büro.«

»Jawohl. Glaubst du, es war ein geprellter Restaurantbesitzer?«

»Ich glaub gar nichts. Ich fürchte, ich hatte noch nie

so wenig Ahnung wie in diesem Fall. Kommt mir vor, als wäre dieser Bachmüller ein Phantom gewesen.«

Die Wohnung in der Florianigasse lag im Dachgeschoss eines stilvoll renovierten Altbaus. Als Anna aus dem Aufzug trat, fiel sie fast über den ausgeklappten Stahlkoffer der Spurensicherung. Daneben stand Martin Holzer und aß eine Wurstsemmel.

»Na, das sieht ja gemütlich aus. Fertig?«

»Fast. Schau da mal rein. Sieht aus wie eine Musterwohnung für einen Einrichtungskatalog. Da gibt es nicht viel zu untersuchen. Gewohnt hat da keiner.«

Anna ging einmal durch die lichtdurchflutete Dreizimmerwohnung und war beeindruckt. Eine gesamte Wohnzimmerwand war durch eine Glasfront ersetzt worden, der Blick von der dazugehörigen Dachterrasse war sensationell. Mitten im Raum ein wuchtiges graues Sofa, eine Leselampe und dahinter ein Bücherregal mit einer Heine-Gesamtausgabe und ein paar Bänden Thomas Bernhard, an der Wand ein Bild von Erwin Wurm, im Schlafzimmer ein großes Bett aus hellem Kirschholz mit weinroter Tagesdecke.

Anna öffnete den Schrank und hatte den Inhalt mit einem Blick erfasst: auf der einen Seite drei Anzüge mitsamt den dazu passenden Hemden, in einem Fach drei weiße T-Shirts, gebügelte Unterwäsche. Die andere Seite war wohl die weibliche im Haushalt Bachmüllers: Ein wenig bunter, ein wenig lebendiger, aber auch hier Outfits für nicht mehr als drei Gelegenheiten. Der Kollege von der Spurensicherung hatte recht, die Wohnung Bachmüllers sah aus wie ein Hotelzimmer, keinerlei persönliche Gegenstände, kein Foto, kein Stück Papier. Anna verabredete mit dem Kollegen, dass sie den Bericht noch am Nachmittag in ihrem Büro haben würde, und verabschiedete sich.

Im Präsidium zog sich Anna eine Cola aus dem Automaten und ging in ihr Büro. Kolonja saß an seinem Schreibtisch und blickte Anna mit gerunzelter Stirn an. »Ich sag's dir, der war ein kompletter Spinner, dieser Bachmüller. So ein Schwachsinn, was der da geschrieben hat! Das kann man auch nur in der Kirchenzeitung veröffentlichen. Magst ein paar Kostproben?«

»Schieß los.« Anna trat hinter Kolonja und blickte ihm über die Schulter auf den Bildschirm.

»Wenn sich die Blätter verfärben, der Himmel höher wird und die fruchtbare Erde schwärzer, dann verstehen wir, wie klein und unbedeutend wir hier sind und auch wie vergänglich. – Das ist doch totale Scheiße so was! Seit Stunden les ich so einen Schmarrn! – Oder hier: Da schreibt er über den Raubbau an der Natur im Allgemeinen und an der Weinrebe im Besonderen.«

»Mach doch mal eine Pause, hol dir einen Kaffee, ich les mal ein bisschen rein. Vielleicht versteh ich ja mehr davon.«

»Oho, Frau Habel, die Literaturprofessorin. Bitte schön. Also wenn du mich fragst, war der nicht ganz dicht.«

»Ja, aber daran stirbt man nicht. Wir haben keine Spur. Wir wissen nichts über ihn, aber da muss es was geben. Also, jetzt mach mal Pause.«

Anna öffnete das Dokument auf ihrem Bildschirm und begann unsystematisch in Bachmüllers Texten zu lesen. Sie scrollte sich durch die letzten Monate, las besonders genau die Artikel von März bis Mai, die Monate um Bachmüllers Aufenthalt in Berlin. Auch sie konnte mit den schwülstigen Naturbeschreibungen wenig anfangen und hatte dennoch das Gefühl, da sei irgendwas zwischen den Zeilen, was sie nicht fassen konnte. In der Online-Ausgabe einer deutschen Tageszeitung fand sie einen Artikel über den Streik der Fluglotsen Mitte April. An dem Tag waren mehrere Flüge gestrichen worden, und laut Uschi Mader saß Freddy Bachmüller in Berlin fest. Was hatte er da gemacht? Wo hatte er gewohnt? Wie war er wieder zurückgekommen? Warum hatte sie nur das Gefühl, dass es bei den Texten um mehr ging als um Naturbetrachtungen, da steckte doch irgendwie noch etwas anderes dahinter, etwas, das sie spürte, aber noch nicht begriff. Sie druckte die Seite aus, die Bachmüller unmittelbar nach seinem Berlin-Trip geschrieben hatte. Es ging um die Diskrepanz zwischen verdorbenem Stadtleben und unschuldigem Land.

Kolonja war inzwischen zurückgekehrt und grummelte etwas von »Donauinsel«, und Anna versuchte ihn zu ignorieren.

Die beiden jungen Menschen, die kurz darauf etwas unschlüssig vor ihrem Büro standen, mussten die angeforderten Kollegen von der Straßenkriminalität sein. Anna wunderte sich über ihr zartes Alter. Als sie aufstand und auf sie zuging, schlug der Bursche die Hacken zusammen, während die junge Frau ihre schlechte Haltung nur um Nuancen veränderte.

»Guten Tag, mein Name ist Habel. Anna Habel. Sie sind meine Verstärkung?«

»Ja, ich bin Helmut Motzko, und das ist meine Kollegin Gabi Kratochwil.« Der junge Mann stand kerzengerade vor ihr und reichte ihr beflissen die Hand.

»Freut mich, das ist ja unglaublich, wie jung man inzwischen als fertiger Beamter sein kann.«

»Fertig sind wir noch lange nicht, Frau Chefinspektor, wir müssen noch viel lernen, gell, Gabi?«

Gabi grinste säuerlich und gab Anna eine kleine verschwitzte Hand.

»Habel reicht völlig, wir wollen hier zusammen einen Mordfall aufklären und uns nicht in Formalitäten verlieren. Na, dann kommen Sie rein, ich stelle Ihnen mal meinen Kollegen Robert Kolonja vor, mit dem werden Sie ebenfalls eng zusammenarbeiten. Und dann schauen wir mal, wo wir euch einen Arbeitsplatz einrichten können.«

Kolonja telefonierte gerade und starrte dabei auf seinen Bildschirm. Als Anna ihm zuwinkte, machte er eine zerstreute Handbewegung und blickte kaum auf. Anna sah ihm über die Schulter. Google-Earth in stark gezoomter Ansicht, Anna glaubte Weinviertler Felder zu erkennen.

»Ja, Frau Hollensteiner, ja, ich glaub Ihnen ja. Ja, wir werden das überprüfen. Ja, danke für den Anruf, meine Kollegin, die Frau Habel, die kommt eh heut noch raus zu Ihnen, da schaut sie dann vorbei, und Sie können ihr alles erzählen. Ja, ich danke Ihnen, auf Wiedersehen, Frau Hollensteiner.«

Als Kolonja das Telefon auf den Tisch knallte, wischte er sich den Schweiß von der Stirn.

»Ja ja, Frau Hollensteiner weiß ganz genau, wer den Bachmüller vergiftet hat. – Und Sie sind?«

Die beiden stellten sich vor, diesmal konnte auch Frau Kratochwil sprechen, und Anna identifizierte an einem kurzen Satz eindeutig Kärntner Dialekt. Ihre Vorurteile verfestigten sich, und gleichzeitig schalt sie sich dafür. Sie hatte bis jetzt wenig gute Erfahrungen mit den Bewohnern des südlichsten Bundeslandes gehabt – das einzig Positive, das ihr dazu einfiel, war der Wörthersee und die Nähe zu Italien. Gib ihr eine Chance, dachte sie und sah belustigt, wie Kolonja die beiden musterte. Neue Situationen brachten ihn stets ein wenig in Stress, auch wenn es so eine Kleinigkeit wie ein paar Aushilfskollegen war.

»Ich hol mal Kaffee für alle, dann setzen wir uns zusammen und sprechen den Fall kurz durch. Wisst ihr schon irgendetwas, oder hat man euch einfach rübergeschickt?«

»Wir wissen gar nichts, außer dass bei Ihnen alle im Urlaub sind und wir jetzt ein wenig Mordluft schnuppern dürfen.« Kollege Motzko konnte seine Freude nur mühsam verbergen, ein paar Wochen in der Abteilung Leib und Leben war wohl einer seiner Bubenträume.

»Für mich keinen Kaffee, nur ein Glas Wasser, bitte.«

»Ui, da werden Sie es aber nicht weit bringen bei der Polizei, wenn Sie keinen Kaffee trinken.« Kolonja lächelte die junge Kollegin spöttisch an, die senkte den Blick, und ihre Wangen röteten sich.

»Ach, Kolonja, jetzt sei doch nicht so apodiktisch. Lass sie doch, müssen ja nicht alle so ungesund leben wie wir.«

Als Anna auf einem Tablett drei Tassen Kaffee und ein Wasser brachte, hatte Kolonja den Besprechungstisch leer geräumt, darauf lagen jetzt ein Foto von Bachmüller und ein Stapel Computerausdrucke. Anna skizzierte den Fall, und dabei merkte sie, wie wenig sie eigentlich wussten. Sie beschloss, mit dem jungen Kollegen nach Salchenberg zu fahren, die kleine Kärntnerin sollte bei Kolonja bleiben und auf Bachmüllers Unterlagen warten.

Als sie im Auto saßen, klingelte das Handy, und Anna erkannte die Nummer des Gerichtsmediziners.

»Schima! Guten Tag, Frau Habel. Da haben Sie mir aber ein Prachtstück auf den Tisch gelegt. Ein attraktiver Mann, kein Gramm Fett, eine Wonne für jeden Aufschneider.«

»Hallo, Herr Dr. Schima. Und? Haben Sie denn noch irgendetwas Auffälliges gefunden?«

»Na ja, der Kollege aus dem Wilhelminen hat ja vorzügliche Arbeit geleistet. Wenn wir lauter solche Pathologen hätten, könnte man ja leicht die gesamte Gerichtsmedizin einsparen.«

»Na, das versucht man doch, sagen Sie das nur nicht zu laut. Also, haben wir noch was?«

»Ja, was war der von Beruf?«

»Weinbauer. Besser gesagt: Edelwinzer. Wieso?«

»Und wie lange schon?«

»Zehn Jahre, glaub ich, wieso? Jetzt spannen Sie mich nicht so auf die Folter.«

»Also, er hat eine alte Schussverletzung. Im rechten Oberschenkel.«

»Interessant. Aber vielleicht war er ja Jäger. Mal schauen, ob ich eine Krankenakte finde. Wie alt ist die Verletzung, was würden Sie sagen?«

»Mindestens zehn Jahre. Und ich glaube nicht, dass es ein Jagdunfall war. Und ich glaube auch nicht, dass Sie eine Krankenakte finden.«

»Sind Sie jetzt noch auf der Gerichtsmedizin?«

»Ja, und die Getränke habe ich schon eingekühlt.«

»Bin unterwegs.«

Während des Telefonats saß Helmut Motzko unbeweglich auf dem Beifahrersitz. Jetzt sah er Anna erwartungsvoll an.

»Wir machen noch einen kleinen Umweg. Haben Sie schon mal einen Toten gesehen?«

»Ja, meinen Opa. Herzinfarkt.«

»Na, dann stellen Sie sich mal drauf ein, dass das jetzt ein wenig heftiger wird. Ich hoffe, Sie fallen mir nicht um.«

»Nein, ich bin hart im Nehmen. Ich komm ja vom Land. Bauernhof. Das Sauschlachten beim Nachbarn war auch eine ziemlich blutige Angelegenheit.«

Als Anna den Zündschlüssel drehte, dröhnte sofort laute Musik aus den Lautsprechern. Als sie die Musik leiser stellen wollte, blickte sie der junge Kollege schüchtern von der Seite an: »Mich stört's nicht.«

Anna war nicht sicher, ob sie ihre momentane Lieblings-CD mit einem unbekannten jungen Kollegen teilen wollte. Für sie bedeutete Musik meist etwas sehr Persönliches, fast Intimes, zumal sie die Angewohnheit hatte, CDs hundertmal hintereinander zu hören, bis sie jeden Gitarrenakkord und jedes Luftholen auswendig kannte. Und diesen Sommer war sie süchtig nach den Songs des Wiener Liedermachers Ernst Molden. Es verging keine Autofahrt, bei der sie sich nicht dem leicht depressiven Sound hingab. Außer wenn Florian dabei war, der reagierte allergisch auf jede Art von Wiener Lied. *I steh ibahaupt ned mea auf di. Es is aus, vorbei und a net gsund für mi. I bin wieda guat in Foam…*

Aus Helmut Motzkos Miene war nicht zu erkennen, was er vom Musikgeschmack seiner Interimsvorgesetzten hielt, und für Anna war es fast eine Qual, nicht laut mitzusingen. Sie lenkte das Auto zügig durch die Stadt. Motzko saß wie eine gespannte Feder aufrecht auf dem Beifahrersitz und wischte sich immer wieder die schwitzenden Hände an seiner Hose ab. Eigentlich sollte ich mich mit ihm unterhalten, dachte Anna, doch sie spürte eine große Trägheit, und ehe sie sich versah, waren sie in der Sensengasse, dem Sitz der Gerichtsmedizin, angekommen. Molden erstarb mitten im Wort, und Anna musste sich fast zwingen, die Autotür zu öffnen.

Dr. Schima kam ihnen schon entgegen und drückte Anna ein eiskaltes Wasser in die Hand. »Oh, ein neuer Kollege! Freut mich! Schima mein Name, warten Sie, ich hol Ihnen auch was zu trinken.«

»Nein, danke, ich hab keinen Durst. Helmut Motzko,

ich bin Frau Habel für den Fall zugeteilt.« In Motzkos Stimme schwang ein wenig Stolz mit.

»Na, Sie Glückspilz. Da können Sie was lernen. Also, kommt mit, ich zeig euch unser Prachtstück.«

Im Obduktionsraum war es kühl, Anna fröstelte. »Ganz schön was los hier.« Sie deutete auf die fünf mit weißen Tüchern abgedeckten Körper.

»Das sind alte Fälle, die wurden zum Üben aufgetaut. Wir haben einen kleinen Intensivkurs angesetzt. Wollen Sie sie sehen?«

»Nein, nein, danke. Lassen Sie die bloß zugedeckt. Ich will nur rasch einen Blick auf unseren Weinbauern werfen.«

Freddy Bachmüller war inzwischen jegliche Farbe aus dem Gesicht gewichen. Er lag da wie eine Wachspuppe, lediglich der zugenähte Schnitt am Brustkorb leuchtete rot. Schima zog das Tuch komplett von seinem Körper. Helmut Motzko betrachtete den Leichnam aufmerksam. Schima wies auf die Narbe am Oberschenkel und zeichnete mit einem schwarzen Edding den Kreis nach. »Da. Schauen Sie. Eindeutig eine Schussverletzung. Und sicher nicht von einem Jagdgewehr, außer er war zur Löwenjagd in Tansania. Ansonsten kann ich dem Kollegen aus dem Wilhelminen nur zustimmen. Tod durch Herzinfarkt. Und Herzinfarkt durch Kokain. Oral zugeführt, aufgelöst in Hollersaft. Viel Spaß.«

Als sie aus dem Gerichtsmedizinischen Institut traten, blickte Helmut Motzko verstohlen auf seine Armbanduhr.

»Müssen Sie schon nach Hause?«

Anna bereute den Satz sogleich, denn der arme junge Kerl lief knallrot an.

»Nein, natürlich nicht. Ich stehe zu Ihrer Verfügung, und wenn Sie mich brauchen, auch die ganze Nacht.«

»War ja nur Spaß. Wir fahren jetzt nach Salchenberg. Auf dem Weg dahin erzähl ich Ihnen alles, was ich über den Toten weiß.«

Sie hatten die Stadtgrenze noch nicht verlassen, da war das Gespräch bereits verstummt, es gab einfach viel zu wenig, was Anna über Bachmüller wusste. Nachdem sie zehn Minuten schweigend im Auto gesessen hatten, schaltete Motzko den CD-Player ein, und Anna grinste ihn an. »Gefällt Ihnen das?«

»Na ja. Ungewöhnlich. Ich hör ja sonst eher Radio Wien und Ö3, ist aber nicht schlecht.«

Vor Bachmüllers Weinkeller stand einsam eine schwarze Limousine, und als Anna den Wagen daneben parkte, erschien Kronbergers zerknittertes und leicht ausgebleichtes Hawaiihemd im Türrahmen des Kellers.

»Ah, die Kollegin aus der Stadt. Wiss'ma schon was?«

»Dasselbe wollt ich Sie auch gerade fragen.«

»Na ja, die Spurensicherung ist fertig, der Bericht dürft schon in Ihrer Mailbox sein. Fingerabdrücke gibt's hier ohne Ende, aber keine einschlägigen. Auf dem Glas und auf dem Teller waren jedenfalls nur die vom Bachmüller selber. Im Wohnhaus haben wir nichts Verdächtiges gefunden. Die ganzen Unterlagen, Rechnungsbücher und so, sind auch auf dem Weg nach Wien. Sind sicher bald auf Ihrem Schreibtisch. Die Mader ist ausgezogen, hat ein paar persönliche Sachen mitgenommen, dürfte aber nicht viel gewesen sein. Ah, und dann gibt es da noch eine ganz gscheite Nachbarin, Frau Hollensteiner. Die weiß, wie alles passiert ist und wer es war. Und was war jetzt mit dem Bachmüller?«

»Der Herzinfarkt wurde – sagen wir mal – herbeigeführt. Wo find ich denn die Frau Hollensteiner?«

»Die wohnt auch oben am Bahnhof, direkt gegenüber vom Wohnhaus des Opfers. Soll ich Sie begleiten?«

»Nein, nein, ich hab ja hier meinen Beschützer.« Sie deutete auf Helmut Motzko, der sich dezent im Hintergrund hielt. »Vielen Dank, ich glaube, das wäre dann alles. Ich melde mich, wenn ich noch was brauche, okay?«

Kronberger war sichtlich irritiert ob Anna Habels Freundlichkeit und grinste schief. »Rufen Sie mich nur an. Ich hab zwar ab Mittwoch zwei Wochen Urlaub, aber die verbringe ich eh zu Hause. Wir bauen einen Wintergarten.«

»Na, dann wünsch ich schönen Urlaub. Der nächste Winter kommt bestimmt. Ich werde mich hüten, Sie zu stören.«

Anna war sehr stolz auf sich. Dieses Gespräch gab wohl keinen Grund zu einer Beschwerde der niederösterreichischen Kollegen. Bei einem ihrer letzten Fälle war sie heftig mit dem Niederösterreicher aneinandergeraten, und da sie im Kommissariat ohnehin nicht gerade als Diplomatin galt, wurde sie ziemlich abgemahnt.

Kronberger tippte an seine nicht vorhandene Mütze, setzte sich in sein auf Hochglanz poliertes Auto und fuhr davon.

»Na, dann suchen wir uns mal die Nachbarin, die alles weiß. Motzko, Sie halten sich im Hintergrund, überlassen mir die Fragen. Aber hören Sie gut zu. Versuchen Sie sich jedes Detail zu merken. Auch wenn Frau Hollensteiner wahrscheinlich nur Hirngespinste erzählt, man weiß nie, ob nicht doch irgendwas dabei ist.«

Die Nachbarin saß unübersehbar auf der Bank vor ihrem Haus. Als Anna die kleine Gartentür öffnete, sprang ihnen ein kläffender Hund entgegen, so eine Art Schäfer auf Dackelbeinen. Dass er seinen Bauch fast über den Boden schleifte, tat seinem gefährlichen Aussehen keinen Abbruch. Frau Hollensteiner blickte ihnen neugierig entgegen, dachte jedoch nicht daran, ihren Wachhund zurückzupfeifen. Anna wich zurück und hörte neben sich ein kurzes »Aus!« Helmut Motzko schaute den Hund scharf an, sein Blick hatte plötzlich etwas Starres, Bestimmendes. Der Hund stellte die Ohren auf, wedelte mit dem Schwanz und strich dem jungen Beamten um die Beine. Anna hob die Augenbrauen.

»Ich sagte ja: Bauernkind.« Motzko lächelte schüchtern und führte Anna im großen Bogen an dem Hund vorbei. Der ließ sich hechelnd ins Gras fallen.

»Na, wird auch Zeit, dass ihr endlich kommts. Bis da einmal wer reagiert, sind die Täter ja über alle Berge.«

»Grüß Gott, Frau Hollensteiner. Ich bin Chefinspektorin Habel, und das ist mein Kollege Herr Motzko. Sie haben uns angerufen, weil Sie etwas im Todesfall Bachmüller beobachtet haben?«

»Na, beobachtet ist vielleicht zu viel gesagt. Ich mein, ich hab nicht gesehen, wie sie ihn umbracht hat. Aber ich wohn ja direkt gegenüber, da kriegt man scho einiges mit.«

»Meinen Sie mit sie seine Lebensgefährtin?«

»Ja freilich. Wen denn sonst? Die hat ihn auf dem Gewissen. Dabei war er ein wirklich freundlicher Mensch, obwohl er ein Deutscher war.«

»Und worauf begründet sich Ihr Verdacht?«

»Begründet … begründet. Jetzt reden S' nicht so gschwolln daher. Eine Schlampe war das, und das Leben hat sie ihm zur Hölle gemacht.«

»Ja, da müssen Sie schon ein bisschen genauer werden, Frau Hollensteiner. Wir reden hier von Mord.«

»Gestritten haben die da drüben, dass die Fetzen geflogen sind. Und immer hat man nur sie gehört. Die hat ja keinen Genierer. Im Garten, beim offenen Fenster, wenn die in Rage war, war ihr wurscht, ob's die Nachbarn hören oder nicht.«

»Haben Sie mitgekriegt, um was es dabei ging?«

»Angeblich war sie eifersüchtig. Dabei hat der nur Augen für seine Weinreben ghabt. Der hat sich für keine Weiber interessiert. In Wirklichkeit ist es ihr nur ums Geld gegangen. Heiraten hätt er sie sollen, damit sie abgesichert ist. Sie hat ja nix gehabt, wie sie hergekommen ist. Mit zwei Koffern ist sie eingezogen und hat sich hier breitgemacht. Hat so getan, als wär sie was Besseres. Aber die Arbeit, die hat ganz allein der Bachmüller gemacht.«

»Wissen Sie etwas über den Tod der Katze?«

»Ich weiß gar nichts. Nur, dass ich froh bin, dass sie weg ist, die Mader. Die hat hier keiner gebraucht.«

»Wann haben Sie denn den Bachmüller das letzte Mal gesehen?«

»Am Mittwochmittag. Wie ich das Küchenfenster aufgemacht hab, hat er mir von drüben zugewinkt.«

»Und wirkte er irgendwie anders?«

»Mei, so genau hab ich nicht aufgepasst. Aber er war immer freundlich und gut gelaunt. Ein echter Gentleman. Eigentlich war er viel zu fein für das Bauerndorf hier.«

»Frau Hollensteiner, geben Sie mir noch Ihre Telefonnummer, ich rufe Sie an, wenn ich noch Fragen habe.«

»Und was passiert jetzt mit dem Weib? Kommt die ins Gefängnis?«

»Na, so schnell geht das nicht. Sie müssen schon ein wenig vorsichtig sein mit Ihren Schlussfolgerungen, ein Streit ist noch kein Mord.«

Die Alte zuckte verächtlich mit den Schultern und stand auf. »Komm, Bertl, die wissen eh alles besser, da hilft man einmal mit, und keinen interessiert's.« Sie schlurfte, gefolgt vom dicken Hund, in ihr Häuschen und schloss lautstark die Tür.

Motzko starrte betreten auf seine Schuhspitzen, und Anna stupste ihn in die Seite. »Schönes Land, böse Leut.«

Der junge Kollege blickte sie ratlos an.

»Das hat mal einer über Südtirol geschrieben, aber es passt fast auf jede Provinz.«

Die beiden traten aus dem kleinen Vorgarten und standen mitten auf der ausgestorbenen, staubigen Straße.

»Ich glaube, hier werden wir nicht mehr viel erreichen,

wir schauen jetzt noch mal, ob der Pfarrer da ist, der war wohl der Einzige, der ihn besser kannte.«

Die Kirche war verschlossen, das kleine Pfarrhaus dahinter sah verlassen aus. Anna klingelte, und als niemand öffnete, drückte sie die Türklinke und trat in den dämmrigen Vorraum. »Herr Pfarrer? Herr Wieser? Sind Sie zu Hause?«

»Ja, ich bin hier hinten, kommen Sie ruhig herein!«

Die beiden Beamten gingen durch die Küche und traten in einen verwilderten Garten, aus dem ihnen der dicke Pfarrer in Bermudashorts und einem durchgeschwitzten Unterhemd entgegen kam. »Entschuldigen Sie meinen unchristlichen Aufzug, ich bin gerade im Gemüsebeet.«

Anna musste lachen, der Pfarrer sah eher aus wie ein Typ aus der Baumarktwerbung und nicht wie ein katholischer Seelsorger.

»Ah, die Frau Inspektor! Diesmal mit Verstärkung und ohne Sommerkleid, also dienstlich. Setzt euch doch.« Er deutete auf eine verschnörkelte Gartenbank unter einem ausladenden Sonnenschirm. »Also doch kein Herzinfarkt, sonst wären Sie wohl kaum noch mal hier?«

»Korrekt. Über die näheren Umstände kann ich Ihnen leider noch nichts sagen, aber Herr Bachmüller ist keines natürlichen Todes gestorben.«

Pfarrer Wieser schneuzte sich kurz in ein nicht ganz sauberes Taschentuch, faltete es sorgfältig und wischte sich damit über die Stirn. »Und jetzt wollen Sie wissen, ob ich was weiß. Ich weiß gar nichts. Ich hab Ihnen schon alles gesagt. Er war ein Einzelgänger, ein kluger Sturkopf, geachtet im Dorf, aber nicht wirklich beliebt. Wenn man hier nicht geboren ist, dann gehört man nie richtig dazu. Geht sogar mir so, und ich bin nur fünfzig Kilometer von hier aufgewachsen.«

»Die Nachbarin behauptet, Bachmüller und seine Freundin hätten gröbere Beziehungsprobleme gehabt?«

»Ach, das alte Tratschweib, das nehmen Sie doch hoffentlich nicht ernst?«

»Nein, nur interessant ist es ja schon. Wissen Sie, warum die so viel gestritten haben?«

»Nein, ich glaube, es war aber nicht so schlimm. Frauen halt.« Der Pfarrer grinste schief.

»Da scheinen Sie sich ja richtig gut auszukennen?«

»Entschuldigung. War nicht so gemeint. Also, ich glaube, dass die Beziehung nicht besser oder schlechter war als andere.«

»Wissen Sie, ob Bachmüller auch noch andere Beziehungen hatte?«

»Nein, dazu hatte der gar keine Zeit. Freddy war immer am Arbeiten.«

»Und vor Uschi Mader? Die gibt's doch erst ein paar Jahre.«

»Lassen Sie mich kurz nachdenken. Aber wollen Sie nicht was trinken? Einen weißen Spritzer vielleicht?«

»Nein, danke, wir sind im Dienst. Aber ein Glas Wasser wäre nicht schlecht.«

Der Pfarrer verschwand im Haus und kam mit drei Gläsern und einer leeren Karaffe zurück, die er an einem Brunnen an der Gartenmauer füllte. Anna Habel und Helmut Motzko leerten ihr Glas in einem Zug, und der

Pfarrer füllte es gleich wieder. Er fuhr gedankenverloren mit seinem erdverschmutzten Zeigefinger über den Rand seines Glases.

»Also, wie er nach Salchenberg gezogen ist, da war er ganz allein. Das hat die Männer im Dorf ein wenig nervös gemacht, so ein gutaussehender Vierziger ohne Frau. Da haben sich unsere Weiber schon ein wenig angedirndlt, wenn sie zum Heurigen gegangen sind. Alle waren froh, wie dann die Sabine bei ihm eingezogen ist.«

»Und diese Sabine … hatte die einen Nachnamen? Woher kam die? Wo ist sie hin?«

»Sabine … Sabine … warten S', ich hab's gleich. Ah ja! Sabine Hansen.«

»Hansen? Das klingt ja nicht sehr österreichisch.«

»Da haben Sie recht.« Der Pfarrer lachte auf. »Die war so was von nichtösterreichisch. Eine Norddeutsche wie aus dem Bilderbuch. Groß, blond, und wenn die hier mit fünf Leuten geredet hat, dann war's viel.«

»Und wohin ist sie verschwunden?«

»Keine Ahnung. Eines Tages war sie weg. Und zwar wirklich weg. Die zwei sind an einem Sonntagmorgen weggefahren, und am Abend ist er wiedergekommen, und zwar allein. Wir waren damals noch nicht befreundet, aber gefragt hab ich ihn schon.«

»Und? Was hat er gesagt?«

»Er hat nur gemeint: ›Man muss wissen, wann es genug ist. Das ist beim Wein nicht anders als bei den Frauen.‹«

»Sehr sympathisch.« Anna blickte zu Motzko, der sich eifrig Notizen in sein Notizbuch machte.

»Wie alt war die denn, die Sabine?«

»Kann ich schwer sagen. Ich schau die Frauen nicht so genau an.« Der Pfarrer grinste Anna keck ins Gesicht. »Ich schätz, sie war ein paar Jahre jünger als der Freddy. Also so Anfang, Mitte dreißig.«

»Wissen Sie noch, wann sie hier weg ist?«

»Ja, das weiß ich genau. Oktober 2005 war das. Eine Woche später hat es in Salchenberg einen schrecklichen Unfall gegeben, da hat der Gschwandtner Sepp seinen Buben mit dem Traktor überfahren. Das Datum werd ich nie vergessen.« Sein Gesicht verschattete sich. »Und in dieser Zeit haben wir uns auch angefreundet, der Freddy Bachmüller und ich. Das ist ihm ziemlich nahegegangen damals, obwohl er ja nie über eigene Kinder gesprochen hat – ich glaube, er hatte keine. Aber da haben wir halt viel geredet über den Sinn des Lebens und so, da hat er den Theologen in mir ganz schön gefordert, der Freddy. Ach, er wird mir schon fehlen.«

Plötzlich hatte Anna Angst, dass der mächtige Mann im Unterhemd vor ihr zu weinen beginnen würde, doch der Pfarrer atmete einmal tief durch, straffte die Schultern und blickte auf seinen Garten. »Manchmal fragt man sich doch selber, was das alles soll, oder?«

Anna erwiderte nichts, und Motzko schrieb in sein Heft, als gelte es, einen Kurzgeschichtenwettbewerb zu gewinnen.

»Haben Sie noch Fragen? Ich muss mich langsam für die Frauenrunde vorbereiten.«

»Ah ja, die Frauenrunde.« Anna tat, als wüsste sie, was das sein sollte, und erhob sich. »Da sollt ich vielleicht mitkommen.«

»Ich glaub, das wär keine gute Idee, aber Sie können sicher sein, wir werden heut über nichts anderes reden, und wenn mir eine mehr erzählt, als dass die Mader ein böses Weib war, dann erfahren Sie es als Erste, Frau Inspektor. Da fällt mir noch was ein: Die Veronika hat mal erzählt, dass sie noch Kontakt hat zu dieser Sabine Hansen – über so ein Computernetzwerk. Veronika Graf, aber die ist gestern weggefahren, zu ihrer Schwester nach Innsbruck. Kommt, glaub ich, übermorgen wieder zurück.«

Nachdem Anna noch die Toilette im Pfarrhaus besucht hatte, verabschiedeten sich die beiden von dem Pfarrer, und dieser versicherte Anna, sie könne ihn jederzeit anrufen oder besuchen, wenn sie was auf dem Herzen habe.

Als sie durch Salchenberg fuhren, hatte Anna das Gefühl, dass hinter jeder Gardine ein Gesicht vorlugte und ihre Abfahrt beobachtete. Sie tippte die Kurzwahl ins Mobiltelefon, und Kolonjas missmutige Stimme tönte aus der Freisprechanlage. »Wo steckst du? Bleibst du da draußen? Ist sicher angenehmer als hier in der Stadt.«

»Ja, ja, du bist ein ganz Armer. Und wir lassen es uns richtig gutgehen. Irgendwas Neues?«

»Der ganze Kram von diesem Toten ist hier eingetroffen. Haufenweise Buchhaltungsunterlagen, Bankbelege, Rechnungen. Alles ordentlich in Aktenordnern abgeheftet. Der hätte wahrscheinlich jede Steuerprüfung ohne Vorbereitung überstanden. Aber soviel ich auf die Schnelle gesehen habe, ist nichts Privates dabei, betrifft alles die Firma Bachmüller.

»Gut. Dann lass mal gut sein für heute. Geh irgendwo in einen schattigen Schanigarten und trink ein paar Sommerspritzer.«

»Das lass ich mir nicht zweimal sagen, aber ist das dein Ernst? Und du? Arbeitest du wieder die ganze Nacht durch?« Kolonja war zwar manchmal ein wenig bequem, aber nie unsolidarisch.

»Nein, keine Angst. Ich setz den jungen Kollegen hier noch wo ab, und dann reicht's mir auch für heute. Unser toter Weinbauer rennt uns nicht davon, und ich habe jetzt auch nicht das Gefühl, dass Gefahr im Verzug ist. Was macht denn die Kollegin Kratochwil?«

»Die hab ich vor einer halben Stunde nach Hause geschickt, nachdem sie schon ganz glasige Augen gehabt hat wegen diesen ganzen Bachmüller-Texten.«

»Irgendwelche Ergebnisse?«

»Ich glaube nicht. Ein echter Hobbydichter, aber ich glaube nicht, dass wir da eine Spur finden.«

»Gut. Also bis morgen.«

»Baba, bis morgen.«

Auf der Bundesstraße überfiel Anna eine große Müdigkeit. »Und was glauben Sie?« Sie nahm den Blick nicht von der Straße und spürte, wie der Kollege sich neben ihr aufrichtete.

»Ich weiß es nicht. Vielleicht doch die Frau?«

»Warum glauben Sie das?«

»Na ja, aus Eifersucht? Sie erbt doch alles, oder?«

»Das werden wir rasch rausfinden. Wenn nicht, gibt es keinen Grund. Im Gegenteil: Sie hat nichts von seinem Tod.«

»Das stimmt. Aber wer hatte was von seinem Tod?«

»Gute Frage. Ich glaube, die Lösung liegt nicht in Salchenberg.«

Sie überholte einen Traktor, dachte kurz an den Unfall vom Gschwandtner Sepp und drückte auf *Play: Wiesen liegen, Frauen winken und dabei ein Vierterl trinken und wenn die Kanäle stinken, ist der Sommer nicht mehr weit …*

Anna ließ ihren jungen Kollegen bei der U6-Station Spittelau aussteigen, er wohnte irgendwo auf der anderen Seite der Donau, in Transdanubien, wie der Wiener so schön sagt. Diese Stadtteile, Bezirke wie Floridsdorf und Donaustadt, waren für Anna ziemliches Fremdland. Kurz bevor sie in die Währinger Straße stadtauswärts in Richtung ihrer Wohnung bog, entschloss sie sich doch noch, auf einen Abstecher ins Präsidium zu fahren. Florian war ja nicht zu Hause, der Kühlschrank gähnend leer und in ihrem Wohnzimmer hatte es sicher 35 Grad. Da konnte sie genauso gut noch einen kurzen Blick in Bachmüllers Unterlagen werfen.

Die Aktenordner standen in einer Reihe nach Jahreszahlen geordnet an der Wand. Einige Dokumente lagen in kleinen Stapeln auf dem Tisch, versehen mit bunten Post-its, auf denen in penibler Schulmädchenschrift diverse Zahlen notiert waren. Gabi Kratochwil war anscheinend ein ordnungsliebender Mensch, die Schrift war definitiv nicht von Robert Kolonja. Ein elegantes kleines Moleskine-Adressbüchlein, eine Brieftasche und ein schwarzer Kalender lagen daneben. Das ist alles, was von einem Leben übrig bleibt, dachte Anna und blätterte im Adressbuch, in dem sich kaum Einträge fanden. Ein paar Nummern in Salchenberg – der Pfarrer Norbert Wieser, das Gemeindeamt, ein paar Nachbarn, das Raiffeisen-Lagerhaus im Nachbarort. Kaum Nummern aus Wien, keine ausländischen Telefonnummern, keine anderen Bachmüllers, keine Frauenvornamen. Der Kalender war ähnlich unergiebig.

Anna holte sich ein Glas Wasser und schlug wahllos einen Aktenordner auf. Eingangsrechnungen von Flaschenankäufen, ein paar landwirtschaftliche Geräte, eine Rechnung über mehrere Tonnen Biomist. Plötzlich blieb ihr Blick auf einer Rechnung aus dem Jahr 2008 haften. Ausgestellt vom Biowein Bachmüller an die Weder-Noch-OHG in Berlin. Dass Bachmüller seinen Wein an dieses Lokal verkauft hatte, wusste Anna bereits, doch was sie stutzig machte, war der Betrag, den er dafür in Rechnung stellte. Sage und schreibe eine halbe Million Euro, zahlbar innerhalb von zehn Tagen. Da stimmt doch was nicht, wie viel Wein kann man denn liefern, um 500 000 Euro zu kassieren? Auch wenn es teurer Wein war, aber so viel konnte so ein kleiner Winzer doch gar nicht produzieren! Anna nahm sich noch einen weiteren Ordner und nach etwa einer halben Stunde hatte sie noch eine Rechnung ans Weder-Noch, diesmal aus dem Jahre 2007 über 300 000 Euro.

Kurz nach sechs. In Bachmüllers Bank anzurufen machte wohl keinen Sinn mehr, Kolonja ging wohlweislich nicht an sein Handy, und auch im Büro des Staatsanwaltes klingelte das Telefon ins Leere. Anna beschloss, für heute Schluss zu machen, und verließ das Büro.

In der aufgeheizten Wohnung lag Florian auf dem Sofa und schlief. Anna versuchte leise zu sein, ging in die Küche und öffnete den Kühlschrank. Für einen kurzen Moment glaubte sie sich in einem fremden Haushalt: Wo am Morgen lediglich ein paar kümmerliche Käsereste gelegen hatten, waren die Fächer wie in einem gutsortierten Supermarkt gefüllt. Man konnte wählen zwischen mehreren Sorten Schinken, Käse, sogar eine kleine Packung Lachs und mehrere Gemüsesorten waren dabei. Florian tapste verschlafen in die Küche.

»Cool, oder? Läuft alles in den nächsten Tagen ab. Ham sie mir mitgeben.«

Anna riss eine Schinkenpackung auf und öffnete die Gemüselade.

»Den Job kannst du behalten! Wie praktisch!«

»Ich bin nach den paar Tagen schon fix und fertig. Freu mich direkt schon wieder auf die Schule.«

»Ein bisschen körperliche Arbeit schadet nichts. Da kriegst ein paar Muckis.«

»Ich brauch gar nichts mehr, bin ganz zufrieden mit mir.« Florian grinste und setzte seinen schlaksigen Körper in Bodybuilderpositur. »Und was gibt's bei dir Neues?«

»Du wirst lachen, aber ich hatte mal wieder recht. Die Ermordung unseres Weinbauern ist jetzt amtlich.«

»Du bist eben echt ein Superbulle.«

»Warum klingt das bei dir nicht wie ein Kompliment?«

»Keine Ahnung. Ich geh jetzt duschen, dann treff ich mich noch mit Sebastian.«

»Komm nicht zu spät, trink nichts und schließ ordentlich ab. Ich geh früh ins Bett, hab morgen einen harten Tag.«

Florian verzog sich ins Bad, und Anna zog sich bis auf die Unterwäsche aus. Kurz schwankte sie zwischen Fernseher und Buch, als ihr die Entscheidung durch das Klingeln ihres Handys abgenommen wurde. Anna zögerte kurz, als sie die Berliner Nummer auf dem Display erkannte, der Tag war eigentlich lang genug gewesen. Schließlich nahm sie ab und zog sich gleichzeitig die Sofadecke ein wenig über ihren Körper.

»Ist dir auch so heiß?«

»Du rufst mich an, um zu fragen, ob mir heiß ist?« Anna lachte.

»Ja. Schlimm? Ich wollte hören, wie es dir geht. Gibt's was Neues mit eurem Winzer?«

»Ja, stell dir vor: Es ist jetzt amtlich, dass der Herzinfarkt herbeigeführt wurde. Überdosis Kokain, oral verabreicht, und Viagra dazu.«

»Na, toll, warum brauchte er das denn? Der war doch gar nicht so alt?«

»Weiß ich noch nicht. Vielleicht verstärkt das die Wirkung vom Koks. Oder der Sex wird eben noch besser. Keine Ahnung.«

»Na ja, wenn's hilft.«

»Was ist denn mit dir? Du wirkst so bedrückt.«

»Keine Ferndiagnosen. Ich bin okay, du hoffentlich auch.«

»*Ich* bin okay, *ich* bin gestern Abend allein ins Bett. Ist bei dir offensichtlich anders gelaufen.«

»Das war jetzt aber nicht das Thema.«

»Wenn du willst, erzähl ich dir ein paar wirklich spannende Sachen. Also, der Bachmüller hatte eine mindestens zehn Jahre alte Schussverletzung am Oberschenkel.«

»Wahrscheinlich von seinen Selbstschussanlagen im Weinberg, mit denen er die Vögel vertreiben wollte.«

»Also ich sag dir jetzt, was ich weiß, und du hörst zu oder nicht. Bis jetzt ist das ein Nobody, ein Alien, vom Himmel gefallen und in Salchenberg auf dem Boden gelandet. Der Einzige, mit dem der überhaupt geredet hat, war der Ortspfarrer, der würde dir übrigens echt gefallen «

»Bin ich mir nicht so sicher.«

»Jetzt hör doch erst mal zu. Und dann hat seine Freundin, diese Uschi Mader, noch erzählt, dass der Bachmüller im April in Berlin war, und der Pfarrer sagt, da sei er ganz verstört zurückgekommen. Irgendwie beunruhigt. Aber jetzt der Hammer: Der Bachmüller hat eurem Supergastronomen in Berlin, wie heißt der?, Otter, genau, irre Rechnungen gestellt, 'ne halbe Million für seinen Wein, so viele Flaschen kann er dem doch gar nicht verkauft haben. Irgendetwas stinkt da gewaltig. Und dann hatte der vor seiner aktuellen Freundin auch noch 'ne andere. Und plötzlich war die weg. Ich weiß, das hört sich alles ein bisschen chaotisch an.«

»Kann man wohl sagen. Aber du kriegst das mit deinem Superassistenten schon hin.«

»Jetzt mach hier nicht den Coolen. Da weist doch eine Spur nach Berlin. Ich weiß, es ist noch zu früh, euch Berliner einzuschalten, aber letztlich führt da, glaube ich, kein Weg dran vorbei.«

Thomas Bernhardt verspürte ein leichtes Kribbeln, als hätte er einen elektrischen Schlag erhalten. Seine Lust zu ermitteln, einem Geheimnis auf die Spur zu kommen, war angestachelt. Jagdinstinkt.

»... also, denk doch einfach mal drüber nach, wenn du morgen an deinem See liegst. Aber nur, wenn du willst.«

»Ja, ja, mach ich. Und wenn du was Neues von dem Bachmüller hast, ruf ruhig an.«

»Ey, ich glaub's nicht, das macht dir Spaß, komm, sei ehrlich! Da klingst du gleich, wie soll ich sagen?, belebter. Vielleicht finden wir ja wieder zusammen, berufsmäßig, meine ich.«

»Wegen mir auch nicht berufsmäßig.«

»Alter Angeber. Obwohl, wärst du mal nach Wien gekommen, dann ...«

»Dann?«

»... hätten wir uns abends treffen können. Weiße Spritzer trinken und so.« Sie lachte. Thomas Bernhardt auf seinem Balkon spürte, wie ihm das Herz ein bisschen aufging. Sie war ja beruflich mindestens so deformiert wie er. Aber wenn sie mal vergaß, dass sie auf großer Kriminellenjagd war, konnte sie richtig nett sein.

»Was machst du denn heute noch?«

»Was soll ich denn noch machen um diese Uhrzeit? Ich bin fix und fertig. Im Gegensatz zu dir hab ich ja heute gearbeitet. Mein Lieber, mach's gut, wenn du meinst, du solltest dem Otter mal auf die Finger schauen, dann tu's. Also baba.«

Anna nahm sich eine abgelaufene Buttermilch aus dem Kühlschrank und unterdrückte den Impuls, den PC anzuschalten, um sich erneut auf die Internetspuren des Toten zu begeben. Stattdessen zappte sie sich durch die vierunddreißig Kanäle und blieb bei einer Doku über eine Seebärenkolonie in Südamerika hängen.

Baba. Selbst dieser seltsame Abschiedsgruß gefiel ihm. Es war dunkel geworden. Stille. Die Kastanie bewegte sich nicht. Auf dem Platz waren die Gaslaternen angegangen und verströmten ihr weiches gelbes Licht. Die Fenster der gegenüberliegenden Wohnung von Sylvia Anderlecht waren jetzt erleuchtet. Sie saß am Schreibtisch und kehrte ihm ihren nackten Rücken zu. Ein friedliches und zugleich verführerisches Bild. Er ging in die Küche, füllte die Karaffe mit Wasser und den letzten Eiswürfeln aus dem Kühlfach. Ruhig setzte er sich wieder auf den Balkon. Wenn es so bleiben könnte, dachte Thomas Bernhardt, und zugleich nahm er, ohne dass er's recht merkte, die Ermittlungen auf: Otter, Otter und Bachmüller…

In diesem Augenblick surrte erneut das Handy. Er dachte an Anna Habel, aber es war Cornelia Karsunke. Er hörte ihre ersten Worte, und etwas verschob sich, änderte sich. Wie unterschiedlich Stimmen klingen können, sagte sich Thomas Bernhardt, Anna Habels Stimme hell, manchmal scheppernd, immer offensiv, Cornelia Karsunkes Stimme dunkel, verzögert, als wollte sie gleich verstummen.

»Hallo, was machst du?«

»Ich sitze auf dem Balkon und denke an dich.«

»Ich denke auch an dich. Das war gestern was Besonderes. Wir dürfen das nicht kaputtmachen.«

»Nein.«

»Sag ein bisschen mehr.«

»Ich wäre gerne bei dir.«

»Und warum bist du's nicht?«

»Es geht nicht, oder? Dein Freund wäre da sicher nicht begeistert.«

»Und auf die Idee, mich anzurufen und mich zu fragen, ob ich bei dir vorbeikommen will, bist du nicht gekommen?«

»Ich hab dich ja angerufen, aber du hast nicht abgehoben.«

»Weißt du nicht, dass man mehrmals anrufen kann? Und dann gibt's eine Erfindung, von der du vielleicht noch nie etwas gehört hast: SMS.«

»Entschuldige.«

»Du musst dich nicht entschuldigen. Aber wir haben nicht so viele Chancen. Und glaub mir, du brauchst keine Angst zu haben. Ich stehe nicht irgendwann schwanger mit zwei kleinen Kindern vor deiner Tür. Ich bin einfach gerne mit dir zusammen, mehr ist da nicht.«

»Das ist doch schon viel.«

»Ja, stimmt. Schlaf gut und pass auf dich auf.«

»Du auch.«

Das kurze Gespräch hatte Thomas Bernhardt auf unbestimmte Weise traurig gemacht. Er holte eine Isomatte, legte sie auf den Balkon und streckte sich rücklings darauf aus. Der bestirnte Himmel über uns, dachte er noch, dann schlief er ein.

14

Gabi Kratochwil saß krumm vor ihrem Computer, und Helmut Motzko schlug den Deckel eines Aktenordners zu, als Anna die Bürotür öffnete.

»Lassen Sie sich nur nicht stören. Haben Sie irgendetwas gefunden?«

»Nein, bis jetzt nichts. Abrechnungen, Belege, ein bisschen Korrespondenz mit anderen Winzern. Dann gibt es einen Kaufvertrag über das Haus und den Weinkeller in Salchenberg, ganz schön billig hat er das bekommen, damals vor zehn Jahren.«

»Das würde jetzt noch billiger sein, da will doch keiner mehr wohnen, in so einem Kaff. In zehn Jahren hast du da einen Altersdurchschnitt von siebzig.« Anna griff sich wahllos einen Ordner vom Boden und setzte sich an ihren Schreibtisch.

»Da ist eine Anfrage vom Finanzamt, von Anfang diesen Jahres. Hier.«

Anna überflog den Brief und verstand den Inhalt nicht ganz. Es sprang ihr nur ein Name ins Auge: Weder-Noch.

Lt. Mehrwertsteuerinformationssystem teilt das Bundeszentralamt für Steuern mit, dass u. a. für die deutsche

Fa. Weder-Noch mit der UID-Nummer DE 2547398 innergemeinschaftliche Erwerbe in Höhe von Euro 500 000 gemeldet wurden. Laut den bei der österreichischen Abgabenbehörde für Ihr Unternehmen abgegebenen zusammenfassenden Meldungen für diesen Zeitraum fehlen innergemeinschaftliche Lieferungen in dieser Höhe.

Wie erklärt sich diese Differenz? Um ausführliche schriftliche Stellungnahme wird ersucht.

»Geben Sie mal her. Das ist gut. Ich hab so das Gefühl, der hat mit mehr gedealt als mit seinem Feng-Shui-Wein. Aber Weinhandel als Geldwäsche –«

»Guten Morgen. Na, seids' ihr schon fleißig?«

Die beiden blickten auf, Kolonja stand im Türrahmen. »Hallo! Ja, ich arbeite auch hier. Schon vergessen?«

»Nein, nein, wir sind nur schon ein wenig eingetaucht in Bachmüllers Finanzen.«

»Und da ist *dir* was aufgefallen.« Kolonja hob die Augenbrauen und sah Anna abschätzig an. Die reagierte unvermittelt mit einem kleinen Wutanfall: Dass Kolonja sie mit ihrem mangelnden Verständnis für Zahlen dauernd aufzog, war eine Sache, dass er das aber vor den neuen Kollegen tat, fand Anna mehr als beleidigend.

»Wenn du nicht immer im Bad rumliegen würdest, wäre es dir ja vielleicht gestern schon aufgefallen.«

»Moment mal, Frau Kollegin. Du selbst hast mich gestern nach Hause geschickt.« Er blickte auf die durcheinandergeworfenen Aktenordner, die Schreibtische waren bedeckt von unzähligen Papieren. »Du warst gestern noch mal da?! Diesen Saustall könnt ihr unmöglich heute Morgen fabriziert haben!«

»Ja, ich hatte nichts Besseres zu tun. Ich bin ja nicht so der Badetyp, und bei mir in der Wohnung war es eindeutig zu heiß. Jetzt reg dich mal ab und schau, was wir gefunden haben.«

Kolonja beugte sich über die Zettel und erfasste den Inhalt in wenigen Sekunden.

»Das ist ja ein schöner Batzen für das bisserl Wein. Da stimmt doch was nicht.«

»Richtig. Und hier haben wir noch was Nettes aus einem Berliner Finanzamt.«

»Da haken wir doch gleich noch mal nach, oder?« Kolonja hatte seinen Ärger bereits vergessen und räumte mit ein paar schnellen Handbewegungen seinen Schreibtisch frei. »Und die Frau Hollensteiner? War das nix?«

»Nein, der übliche Nachbarklatsch. Sie mochte die Mader nicht und ist hundertprozentig davon überzeugt, dass die den Bachmüller vergiftet hat.«

»Und wenn sie recht hat?«

»Und mit welchem Motiv?«

»Bei Frauen gibt es nicht immer klare Motive.«

»Was soll denn das jetzt wieder heißen?«

»Na, vergiften ist doch eher weiblich.«

»Ich glaube nicht, dass es dem Mörder darum ging, einen weiblichen Mord zu inszenieren, sondern darum, Bachmüller unauffällig aus dem Leben zu befördern. Was ja auch fast gelungen ist …«

»Wäre die Frau Chefinspektor nicht so neugierig gewesen.«

»Man könnte auch sagen: aufmerksam. Aber jetzt mal ernst. Wir werden diese Uschi noch mal einvernehmen. Herr Motzko, Sie können sie gleich mal anrufen und einen Termin machen, sagen wir früher Nachmittag. Sagen Sie ihr, sie soll ihre persönlichen Dinge mitbringen – Notizbuch, Kontoauszüge, Kalender, Laptop, wenn sie eins hat. Und Frau Kratochwil, Sie rufen diese Frau Veronika Dingsbums an, die angeblich Kontakt mit der Exfreundin hatte.«

»Moment mal. Exfreundin? Hab ich was verpasst?«

»Ja, Robert, entschuldige, das hab ich vergessen: Unser Freund, der Pfarrer, hat was erzählt von einer Frau, mit der der Bachmüller in Salchenberg gewohnt hat. Bis sie plötzlich von heut auf morgen verschwunden ist. Sabine Hansen, eine Deutsche. So, jetzt bist du auf dem Laufenden. Dein Part besteht nun darin, deinen Freund vom Finanzamt anzurufen und dir erklären zu lassen, was sie da in Berlin für Unregelmäßigkeiten gefunden haben. Was mich betrifft, berichte ich jetzt mal dem Hofrat und versuche unsere wenigen Spuren ein bisschen aufzublasen, damit er nicht nervös wird und uns in Ruhe arbeiten lässt. In einer halben Stunde Dienstbesprechung. Und noch was. Ich glaub ja nicht, dass sich da jemand dafür interessiert, aber falls von der Presse wer anruft: Wir wissen nichts. Tod durch Herzinfarkt. Reine Routineuntersuchung.«

»Die Frau Mader hat sich fürchterlich aufgeregt. Wir seien pietätlos und respektierten ihre Trauer nicht, und ohne ihren Anwalt wird sie nichts mehr sagen.«

»Das ist ihr gutes Recht. Kommt sie freiwillig, oder müssen wir sie abholen?«

»Sie wird schon kommen.«

»Und Frau Kollegin Kratochwil, was wissen wir über Sabine Hansen?«

»Die Frau Veronika Graf aus Salchenberg hat erzählt, dass sie seit circa eineinhalb Jahren mit Frau Hansen über Facebook einen losen, aber regelmäßigen Kontakt hält. Aber …«, die junge Polizistin machte eine effektvolle Pause, »der ist seit dem Frühling gänzlich abgebrochen. Nichts mehr. Weg. Keine neuen Nachrichten, keine neuen Einträge auf ihrer Pinnwand, nichts. Verschluckt.«

»Da schau her. Wenn das kein Zufall ist. Wissen wir etwas über den Wohnort dieser Frau Hansen?«

»Das Telefonat mit Frau Graf ging ja schnell. Da hab ich noch ein wenig recherchiert über die Hansen.« Gabi Kratochwil lehnte sich vor und blickte in ihr Notizheft. »Sie ist gemeldet in Berlin, Hermannstraße. Sie wurde als vermisst gemeldet.«

Anna spürte das Adrenalin durch ihren Körper schießen. Endlich hatten sie was, einen ersten Anknüpfungspunkt. »Seit wann?« Sie flüsterte fast.

»Seit Anfang Mai. Sie hat keine Familie, keine Verwandten. Nachdem sie zwei Wochen nicht zu Hause war, kam's ihrer Nachbarin komisch vor. Die hat sie dann als vermisst gemeldet.«

»Gute Arbeit, Frau Kollegin. Und was gibt es Neues aus dem Finanzamt?«

Kolonja zuckte mit den Schultern. »Was glaubst, was

im Finanzamt in einer halben Stunde passiert? Frühestens am Nachmittag wollte mich der Orth zurückrufen.«

»Gut, dann werden wir heut noch diese ganzen Scheißpapiere durchackern. Jedes Blatt wird durchgelesen. Jedes. Uns interessiert besonders, was rund um diesen ominösen Berlin-Trip passiert ist. Alles andere aber auch. Wir müssen auch irgendeine Spur finden zu Bachmüllers Leben vor Salchenberg. Das gibt's doch einfach nicht, dass es den vorher nicht gab.«

»Und was machst du?« Kolonja wischte sich mit einem Taschentuch über die spiegelnde Glatze.

»Ich weiß nicht so recht. Wir treten ja völlig auf der Stelle.«

15

Thomas Bernhardt hatte gerade kalt geduscht, als das Telefon klingelte. Sein inneres Warnsystem schlug sofort an, als er die Stimme seines Vorgesetzten Freudenreich vernahm.

»Du wunderst dich sicher, dass ich dich anrufe.«

»Wahrscheinlich hast du Sehnsucht nach mir.«

»So kann man's auch sagen. Also ...«

»... also ihr habt einen Fall.«

»Tja, und was für einen. Und da wir im Moment einfach zu wenig Leute haben, wollte ich dich fragen ... Klar, du hast Urlaub, aber Cornelia hat mir gesagt, dass du ... na ja, nichts Besonderes machst ... dich vielleicht ein bisschen langweilst ...«

Thomas Bernhardt schwieg. Ganz so einfach wollte er es Freudenreich nicht machen, den jeder Fall in leichte Panik versetzte, weil er die Interventionen von Vorgesetzten und Politikern immer schon voraussah, die dann in der Regel auch tatsächlich erfolgten. Abgesehen von dieser Grundfurcht schätzte er Freudenreich, seinen ältesten Freund und Kollegen, sehr. Ihm fehlte das Aggressive und Bulldozerhafte, das Bernhardt in schwierigen Fällen ab einem bestimmten Punkt zu einer Art zweiten Natur wurde. Wenn's drauf ankam, blieb Freudenreich ruhig und trotz seines Harmoniebedürfnisses gegenüber allen Eingriffen von außen standhaft. Und das Wichtigste: Er war ein guter Ermittler mit erstaunlicher Intuition.

»… ich will jetzt nicht weiter drum rumreden, wir haben einen Todesfall.«

»Wo?«

»In Mitte, der Mann ist prominent, ich habe seinen Namen zwar nie gehört, aber Cellarius sagt, dass er alle wichtigen Leute aus Politik und Kultur in seinen Restaurants empfängt.«

Bernhardt hatte ein Gefühl, als haute ihm jemand die Faust in die Magengrube.

»Und der heißt?«

»Ronald Otter.«

»Kenne ich.«

»Ach ja?«

»Ja, ich habe mich am Wochenende zweimal mit ihm getroffen.«

»Du hast dich mit ihm getroffen? Wieso denn das?«

Freudenreich war alarmiert. Ein leichtes Vibrieren in seiner Stimme signalisierte: Es geht ja schon wieder los. Das gibt Ärger.

»Hm, ja, komisch. Ich kenne … kannte den von früher. Hegel-Seminar, aber da bist du schon früh ausgestiegen, wenn ich mich richtig erinnere.«

Bernhardt und Freudenreich hatten in ihren jungen Jahren ausschweifende geisteswissenschaftliche Studien betrieben und sich eine Zeitlang im Nebel politischer Utopien verirrt, bevor sie sich entschieden, als Polizisten zu arbeiten, statt fürs Gute zu kämpfen lieber das Böse bekämpften. Das war der Stand der Dinge. Ob sie's richtig gemacht hatten, fragten sie sich manchmal. Bernhardt stellte sich die Frage häufiger als Freudenreich, der mit Frau und zwei halbwüchsigen Töchtern in Nikolassee in einem engen, spitzgiebligen Häuschen wohnte.

»Katia ist im Internet und versucht eine Art Porträt von diesem Otter herzustellen, Fröhlich mit seinen Jungs und Mädels von der Spurensicherung ist schon aktiv, Cornelia und Cellarius sind am Tatort, das ist …«

»… in der Brunnenstraße.«

»Mensch, Thomas, du bist doch schon in dem Fall drin. Also jetzt klare Frage: Unterbrichst du deinen Urlaub? Wir brauchen dich!«

»Ja, ja, ich halt's hier in dieser Wohnung sowieso nicht aus, und Tag für Tag an einen anderen See fahren ist auch nicht so prickelnd. Aber du musst meinen Urlaub stornieren, damit das alles in Ordnung geht.«

»Mach ich. Fährst du gleich in die Brunnenstraße?«

»Auf keinen Fall, ich komme in die Keithstraße und hole die Waffe. Ohne die geht gar nichts mehr.«

Bernhardt spielte auf den Fall mit dem Schriftsteller an, als Cornelia und er unbewaffnet in einen Hinterhalt geraten und fürchterlich zusammengeschlagen worden waren. Seither waren sie im Dienst immer mit Waffe unterwegs.

Er ging noch einmal auf den Balkon und schaute auf die gegenüberliegende Wohnung von Sylvia Anderlecht. Die Fenster standen offen, doch in den Räumen bewegte sich nichts. Für einen kurzen Augenblick war Thomas

Bernhardt enttäuscht: Es wäre schön gewesen, wenn sie leichtfüßig durch die Zimmer gegangen wäre und ihm zugewinkt hätte.

In der Keithstraße blickte Katia Sulimma, als Thomas Bernhardt eintrat, von ihrem Computer auf und machte mit der flachen Hand Wischbewegungen vor ihrer Stirn. »Du bist ja total bescheuert, wärst du mal lieber an die Ostsee gefahren und hättest dein Handy ausgeschaltet. Obwohl: Wir haben tatsächlich nur eine Notbesetzung, ein Glück, dass die Verbrecher bei dieser Hitze schlappmachen. Außer dem Toten in dieser Schickimicki-Bude in der Brunnenstraße steht nichts an.«

»Hast du denn schon was rausbekommen?«

»Jede Menge. Dieser Otter kommt aus guter Familie, Vater Chefarzt an einem Krankenhaus in Köln, lebt noch, die Mutter, vor vier Jahren verstorben, war 'ne ziemlich bekannte Malerin. Otter hatte keine Geschwister, galt immer als hochbegabt, hat vor über einem Jahrzehnt ein paar philosophische Essays veröffentlicht, die damals angeblich in Fachkreisen großes Aufsehen erregt haben: *Konstruktion und Legitimität*, *Sakralität und Moderne*, so in der Art sind die Titel, oder, wart mal: *Das Absolute und das Relative in spätmodernen Gesellschaften*. Manche sahen in ihm, Zitat jetzt: ›eine der kommenden Geistesgrößen der Republik‹. Und dann, das ist das Komische, gibt's 'ne Lücke von zehn Jahren. Nix, definitiv nix in der Zeit. Als sei der abgetaucht.«

Sie ging auf ihn zu und klopfte ihm auf die Schulter. »Thomas, schön, dass du wieder da bist.«

In der Brunnenstraße ging Thomas Bernhardt zögernd auf das Weder-Noch zu. Warum lag er nicht an einem See? Warum schaute er nicht in einen blassblauen Himmel und träumte? Stattdessen: Mord. Vor dem Lokal hingen schlaff die Absperrbänder, hinter denen sich das übliche Publikum versammelt hatte: Neugierige, Müßiggänger, Sensationslustige, Touristen, die ihre Kameras und Handys hochhielten und schwenkten, Reporter mit kleinen Blöcken und Aufnahmegeräten. Alle unter einer gnadenlosen Sonne, deren Strahlen von den Fensterscheiben des Lokals grell reflektiert wurden und Thomas Bernhardt blendeten.

Die *Lokalschau* hatte eine Kamera aufgebaut, vor der sich der Reporter für alle Lagen gerade für einen Aufsager hinstellte. Er erkannte Thomas Bernhardt und winkte ihm zu: »Sagen Sie uns nachher für die Mittagsnachrichten was?«

Thomas Bernhardt schüttelte den Kopf, drängte sich mürrisch durch die Schaulustigen, die ihn wie üblich nervten, zeigte dem Polizisten an der Absperrung seinen Ausweis und begab sich ins Lokal. An einem Tisch saß Cornelia Karsunke und sprach mit einem verschreckten jungen Mädchen, das Bernhardt erst nach ein paar Sekunden erkannte: Gerlinde, die kecke Bedienung, die Sommelière werden wollte. An einem anderen Tisch redete Cellarius auf einen Mann ein, der eine blaue Latzhose trug, deren Träger in seinen nackten Oberkörper einschnitten. Bernhardt musste unwillkürlich lächeln: Cellarius in seinem Leinen-Maßanzug und der Berliner Arbeiter waren einfach ein schönes Pärchen.

Das Lokal, das auf Bernhardt am vergangenen Sonnabend mit seinen plaudernden und trinkenden Gästen so elegant und weltläufig gewirkt hatte, verströmte jetzt Trübsinn. Die weißen Tischdecken waren abgezogen, die Stühle aufeinandergestapelt, Staub tanzte in den einfallenden Sonnenstrahlen. Cellarius kam auf Bernhardt zu.

»Schön, dass du da bist. Obwohl ich ja finde …«

»Ist schon gut. Was habt ihr denn bis jetzt?«

»Nicht viel. Der Mann in der blauen Latzhose, den ich gerade vernommen habe, ist der Chef der kleinen Putzkolonne, die hier morgens saubermacht. Die sind so ungefähr um sieben Uhr gekommen, haben angefangen zu arbeiten, und irgendwann gegen acht Uhr haben sie im Büro einen Toten entdeckt. Den Besitzer, Otter. Zuerst dachten sie, der schliefe, aber dann hing der so schief im Sessel … Aufgesetzter Schuss, direkt ins Herz. Fröhlich mit seinen Leuten ist da noch aktiv. Und der neue Gerichtsmediziner auch. Gegen neun ist dann die junge Frau gekommen, Gerlinde Berns, eine Mitarbeiterin, wollte mit Otter angeblich eine neue Weinkarte zusammenstellen. Die wechselt monatlich, sagt sie.«

»Was ist dein Eindruck?«

»Schwer zu sagen. Das Büro ist nicht verwüstet, keine Spuren eines Kampfes, Safe nicht aufgebrochen, ein kleiner Imbiss auf dem Tisch, eine teure Flasche Wein, zwei Gläser …«

»Woher weißt du, dass der Wein teuer ist?«

»Weil der Winzer sehr berühmt ist: Bachmüller.«

»Bachmüller? Du sagst das so, als sei dir der Name vertraut, als müsste man den kennen?«

»Als Weinkenner ist der einem bekannt.«

»Und du bist Weinkenner?«

»Was ist das hier? Verhörst du mich? Bachmüller ist in den letzten Jahren mit seinen Weinen weltberühmt geworden, sehr teuer und sehr gut.«

Thomas Bernhardt sah vor seinem geistigen Auge, wie Cellarius mit genießerischem Kennerblick in seinem Garten in Dahlem den Wein im Glas schwenkte, ihn an seine schmale Nase führte, daran roch, dann das Glas hob, den Kopf nach hinten bog und einen nicht zu kleinen und nicht zu großen Schluck nahm, ihn langsam im Mund kreisen und dann die Kehle hinabfließen ließ.

»Und du trinkst den?«

»Ja, selten. Man kommt nur schwer ran. Aber das ist doch jetzt nicht unser Thema?«

»Wer weiß. Und sonst?«

Cornelia Karsunke trat zu ihnen. »Die Kleine kann einem leidtun. Völlig durch den Wind. Hat sich wohl ausgerechnet, dass sie hier Karriere machen kann. Und den Chef hat sie ziemlich verehrt. Thomas, ist das denn vernünftig, dass du ...«

»Wenn alles vernünftig wäre. Was sagst du zum Tatort?«

»Wenig aussagekräftig, wir müssen Fröhlich und den neuen Gerichtsarzt abwarten.«

Und schon kam die weiße Garde, Fröhlich in Begleitung einiger seiner Leute, um die Ecke.

»Na, der Meesta is ja jetzt ooch da. Also: Janz klare Sache. Kein Kampf, wat mir ehrlich jesacht wundert. Allet weitere, würd ick sarjen, morjen Nachmittag. Aber

Leute, ick könnte euch Dinger erzählen, det erinnert mich nämlich, wir hatten da mal ...«

»Ist gut, Fröhlich, beim nächsten Mal.«

Den Gerichtsmediziner hätten sie fast übersehen. Ein kleiner Mann, dicke Brillengläser, mit erstaunlich fester Stimme, der hinter dem Rücken von Fröhlich hervortrat.

»Holzinger mein Name. Nichts Besonderes: aufgesetzter Schuss ins Herz, großes Kaliber, Tod ist sofort eingetreten. Ich würde sagen, zwischen vier und fünf Uhr morgens. Wir nehmen ihn jetzt mit in die Turmstraße. Ich würde wie der Kollege Fröhlich sagen: Ergebnisse morgen, später Nachmittag.«

Tatortbesichtigung. Thomas Bernhardt sträubte sich jedes Mal gegen diesen Moment. Da noch ein Mann von Fröhlichs Mannschaft und der Fotograf an der Arbeit waren, mussten sie in die weißen Overalls steigen und sich mit Plastikhaube auf dem Kopf, Plastikhandschuhen und Plastiküberzügen an den Schuhen ausstatten. Allein dieser Mummenschanz sorgte bei Thomas Bernhardt schon für Übelkeit. Aber es war nicht so schlimm wie in vielen anderen Fällen. Das Büro nicht verwüstet, keine Verwesung, nichts, was einen tagelang oder vielleicht ein Leben lang verfolgen konnte. Dennoch atmete er unwillkürlich flach und gepresst. Er konnte sich an die brutale Begegnung mit Gewalt einfach nicht gewöhnen.

Otter, der Hegel-Spezialist, der Fußballer vor dem Reichstag, der erfolgreiche Gastronom, lag wie gekreuzigt in seinem Sessel. Als sei er K.O. geschlagen worden, nicht, als sei er tot. Das Ganze hatte etwas Kulissenhaftes, Unwirkliches, als würde Otter gleich aufstehen, ihm lachend auf die Schulter hauen und Hegel zitieren: »Die Idee ist das Absolute, und alles Wirkliche ist nur Realisierung der Idee.«

Die wenigen Papiere, die im Safe lagen, nahm Cornelia Karsunke an sich. Übersahen sie irgendetwas? Immerhin war Otter eitel genug gewesen, sich Bilder an die Wand zu hängen, auf denen er leicht ironisch lächelnd neben prominenten Gästen zu sehen war. Die Weinflasche und die Gläser waren schon abgeräumt. Jetzt kamen zwei Männer mit einem Plastiksarg und legten Otter hinein.

Draußen vor dem Lokal standen noch immer die Neugierigen. Das Gefühl des Abscheus, das sich in der letzten Stunde in Thomas Bernhardt aufgebaut hatte, verstärkte sich. Was suchten die alle hier in dieser brüllenden Hitze? Der *Lokalschau*-Reporter stürmte auf ihn zu und wollte eine Erklärung. Thomas Bernhardt winkte unwirsch ab und versuchte mit Cellarius und Cornelia Karsunke Land zu gewinnen. Gar nicht so einfach. Die Zeitung mit den großen Buchstaben in Gestalt eines eifrigen Fotografen folgte ihnen noch eine Zeitlang, dann saßen die drei endlich unter der Markise eines kleinen Cafés in der Veteranenstraße, vor sich den Weinbergspark.

»Ich würde sagen, wir durchleuchten erst mal den Otter«, meinte Bernhardt. »Katia stellt uns schon ein Dossier zusammen. Die Fragen sind natürlich: Wie hat er dieses kleine Gastro-Imperium aufgebaut? Wo kam das Geld her? Gibt's da offene oder stille Teilhaber? Hatte er Feinde? Schutzgelder, Revierkämpfe, all diese Sachen.«

Cornelia Karsunke rührte demonstrativ gelangweilt in ihrer Zitronenlimonade. Ihr Tatarenblick signalisierte Sarkasmus. »Ja, und natürlich das Private. *Cherchez la femme*, wie immer. Mache ich.«

Cellarius, der ein Mineralwasser ohne Kohlensäure trank (»Nicht zu kalt«, hatte er zur Bedienung gesagt), nickte ernsthaft.

»Da kann ich ein bisschen zu beitragen. Otter wohnte bei uns in der Nähe. Postmoderne Villa. Stilistischer Wildwuchs. War aber fast nie zu Hause zu sehen.«

Cornelia Karsunkes Augenbraue zuckte nach oben, auch ihre Lider hoben sich, was für einen Moment ihren Blick aufhellte.

»Mann, Cellarius, lad uns mal ein in diese Welt der schönen Villen.«

Cellarius errötete.

»Ja, kann ich machen.«

Cornelia Karsunke lachte und gab ihm einen leichten Klaps auf den Arm. »Komm, nicht übelnehmen, ist nur alles so fremd für mich. Ich geh halt gern ab und zu mal ins Kino. Aber in den Rollberg-Kinos funktioniert die Illusion einfach nicht richtig. Bei dir wär's bestimmt besser. Apropos Illusion: Wir sollten Cellarius nicht in der Illusion lassen, dass wir beide gar nichts wüssten, stimmt's, Thomas?«

Thomas Bernhardt räusperte sich und erzählte, dass er am Wochenende zweimal mit Otter gesprochen habe, einmal auch in Begleitung von Cornelia. Cellarius versuchte sich sein Erstaunen nicht anmerken zu lassen. Das habe sich halt ergeben, weil die Wiener Kollegin – Haferl, warf Cornelia Karsunke ein – von einem Fall erzählt habe, einem toten Winzer, Bachmüller eben – jetzt war es an Cellarius, eine Augenbraue hochzuziehen –, der vielleicht ermordet worden sei und der seine Weine in Berlin exklusiv an Otter geliefert habe. Durch ein neuerliches Telefonat mit der Wiener Kollegin wisse er nun, dass dieser Bachmüller auf sehr raffinierte Weise mit einer Überdosis Kokain umgebracht worden sei.

Cornelia Karsunke merkte an dieser Stelle süffisant an, dass sie bisher noch gar nicht gewusst habe, dass eine Standleitung zur Wiener Kollegin Haferl eingerichtet worden sei. »Also müssen wir jetzt mit der Wiener Domina zusammenarbeiten, denn wir können ja nicht ausschließen, dass es da unter- oder obergründige Verbindungen zwischen diesem Bachmüller und Otter gibt. Da freust du dich doch schon drauf.«

»Da könnt ihr euch auch drauf freuen«, meinte Bernhardt lakonisch.

Viel gab's nicht mehr zu sagen. Sie fuhren zurück in die Keithstraße und machten ihre Hausaufgaben. Cellarius begann, den finanziellen Background von Otter aufzurollen. Katia Sulimma arbeitete weiter am Personenprofil. Cornelia Karsunke ging die polizeilichen Datenbanken durch. Thomas Bernhardt rief den Vater des Toten an, der abgeklärt von einem »schweren Schicksalsschlag« sprach. Nach den Anfangsaktivitäten machte sich leise Ratlosigkeit breit. Auf die Schnelle war offensichtlich nichts zu machen. Zeit, in Wien anzurufen.

16

Frau Mader. Danke, dass Sie gekommen sind.«

»Was blieb mir denn anderes übrig? Der Anruf heute Morgen klang ja wie ein Befehl.«

Der schnauzbärtige Herr im grauen Anzug legte Uschi Mader beschwichtigend seine Hand auf den Unterarm und trat einen Schritt nach vorne. »Guten Tag. Ich bin Dr. Anzengruber, der Anwalt von Frau Mader.«

»Guten Tag, Herr Dr. Anzengruber. Es geht auch ganz schnell. Das ist mein Kollege, Robert Kolonja, er wird Ihnen ein paar Fragen stellen. Setzen Sie sich doch. Wollen Sie einen Kaffee?«

Uschi Mader griff in ihre Umhängetasche und legte ein schmales Notebook und einen abgegriffenen Taschenkalender vor sich auf den Tisch. »Kontoauszüge hab ich nicht. Ich hatte kein eigenes Konto.«

»Danke für Ihre Kooperation. Hatten Sie oft Streit mit Herrn Bachmüller?«

»Nein. Nicht öfter, als Sie mit Ihrer Frau Streit haben, wenn Sie denn eine haben.«

»Und worüber hatten Sie sich gestritten?«

»Über Belanglosigkeiten.«

»Zum Beispiel?«

»Mir fällt überhaupt nichts ein. Es ist unwichtig. Wer den Müll rausträgt zum Beispiel?«

»Eine Nachbarin sagt aus, Sie hätten häufig und laut gestritten. Sie sagt weiters aus, dass Sie krankhaft eifersüchtig waren. Wie kommt die darauf, wenn bei Ihnen alles so harmonisch war?«

»Sie haben ja keine Ahnung, wie das ist auf dem Land. Die alte Hollensteiner hat mich gehasst. Ich bin jünger, ich bin schöner, ich habe das größere Haus. Grund genug, mich fertigzumachen.«

Dr. Anzengruber saß wie eine Feder gespannt auf der Kante seines Stuhls und fixierte Kolonja. »Herr Inspektor, Sie werden doch Ihre Anschuldigungen nicht auf der Aussage einer gehässigen alten Nachbarin aufbauen? Haben Sie denn noch konkrete Fragen an meine Mandantin?«

»Herr Doktor, ich finde das sehr konkret. Dass Frau Mader zur Tatzeit angeblich allein im Haus war, wissen wir bereits ….«

»Was heißt hier angeblich? Jetzt sparen Sie sich Ihre nebulösen Verdächtigungen, Sie haben keinerlei Anhaltspunkte, um Frau Mader diesen Mord in die Schuhe zu schieben. Warum kümmern Sie sich nicht um diesen Sieberer, den Weinbauer, der ihn gefunden hat? Aber das interessiert Sie wohl gar nicht!«

»Den nehmen wir uns natürlich auch noch vor. Keine Angst.«

Anna stellte Uschi Mader einen Becher mit Kaffee vor die Nase und suchte ihren Blick. »Frau Mader, Sie müssen versuchen, sich an alles zu erinnern. Auch an unwichtige Kleinigkeiten. Wo zum Beispiel hat Freddy denn gewohnt, als er in Berlin war?«

»Ich habe Ihnen doch schon erzählt, dass ich ja offiziell nicht einmal wusste, dass er in Berlin war. Wie soll ich also wissen, wo er gewohnt hat!«

»Sagt Ihnen der Name Ronald Otter etwas?«

»Nie gehört.«

»Sabine Hansen?«

»Nein.«

»Sind Sie ganz sicher?« Kolonja stellte die Frage, bevor ihn Anna unter dem Tisch anstupsen konnte. Auch er hatte das Zögern in Uschi Maders Stimme bemerkt.

»Ich hab mal einen Brief gefunden. Der war unterzeichnet mit Sabine.«

»Von wann war der Brief? Wissen Sie das noch?«

»Der war alt. Vor meiner Zeit mit Freddy geschrieben. Ich hab ihn mal beim Aufräumen gefunden.«

»Und was stand drinnen?«

»Nix Besonderes. So Schweinkram. Was sie alles mit ihm anstellen würde, wenn sie sich wiedersehen und so.«

»Was ist mit dem Brief passiert?«

»Der Freddy, der hat bemerkt, dass ich ihn gefunden habe. Da ist er ziemlich ausgezuckt und hat ihn ins Feuer geschmissen.«

»Kam Ihnen das denn nicht komisch vor, dass Ihr Lebensgefährte nie etwas von sich erzählt hat. Von seinem Leben vor Ihnen?«

»Natürlich kam es mir komisch vor, aber so war er eben.«

»Gab es irgendwelche Besuche, Anrufe, Briefe in der letzten Zeit?«

»Nein. Es war alles wie immer.«

»Der Pfarrer hat erzählt, dass Herr Bachmüller nach seiner letzten Reise verstört war, ein wenig verunsichert.«

»Ja, er war ein bisschen nachdenklich. Und ein wenig launisch. Ich hab das eigentlich als verspätete Midlife-Crisis gedeutet.«

»Frau Mader, warum hat Herr Bachmüller Viagra genommen?«

Uschi Mader atmete heftig aus. »Das ist so gemein ... wie Sie jetzt in unserem Privatleben herumwühlen! Sie haben keinen Genierer!«

Dr. Anzengruber brachte sich noch einmal in Position. »Meine Herrschaften, wenn Sie keine relevanteren Fragen als diese Indiskretionen haben, würde meine Mandantin jetzt gerne nach Hause gehen. Sie ist schließlich in Trauer. Und ich erinnere an Herrn Sieberer.«

»Eine Frage hab ich noch. Frau Mader, Herr Bachmüller hatte eine schlecht verheilte Narbe am rechten Bein. Sie stammt von einer Schussverletzung. Wussten Sie davon?«

»Natürlich wusste ich davon Ich hab ihn schließlich des Öfteren nackt gesehen.«

»Ich wollte wissen, ob Sie etwas von der Schussverletzung wissen!«

»Nein, davon hör ich zum ersten Mal. Freddy hat mir erzählt, das war ein Unfall mit der Weinpresse.«

»Das haben Sie geglaubt?«

»Ja. Warum denn nicht? Ich hab noch nie eine Schussverletzung gesehen. Keine Ahnung, wie so etwas aussieht.«

Der Anwalt klappte seinen kleinen Schnellhefter zu und sah Anna tief in die Augen. »Frau Chefinspektor, Frau Habel, ich darf Sie doch so nennen. Schaun Sie, Frau Mader ist erschöpft. Lassen Sie sie doch in Ruhe. Sie haben nichts gegen sie in der Hand. Sie wird natürlich die Stadt nicht verlassen, für den Fall, dass Sie noch weitere Fragen haben.«

»Gut, Frau Mader, Sie können jetzt gehen. Aber halten Sie sich zur Verfügung. Wo werden Sie denn wohnen?«

»Vorerst mal bei meiner Schwester. Ich hab ja nichts. Und nach Salchenberg geh ich sicher nicht mehr zurück.«

Der Anwalt schob seinen Stuhl ordentlich zur Tischkante und reichte Anna die Hand. »Wir werden natürlich dem Erbe nachgehen. Moralisch hat Frau Mader selbstverständlich das Recht, Herrn Bachmüllers Hinterlassenschaften zu übernehmen. Zumal es bis jetzt keinerlei Verwandte zu geben scheint.«

Für Kolonja hatte er lediglich ein kleines Kopfnicken übrig. »Und wann können wir mit der Freigabe der Leiche rechnen?«

»Das kann nicht mehr lange dauern. Wir melden uns bei Ihnen.«

»Danke.«

»Und was sagst du?«

Kolonja schüttelte den Kopf. »Die war's nicht.«

»Warum nicht?«

»Die ist nicht fähig, so etwas zu tun. So von langer Hand geplant und so. Ist eher der spontane Typ, Axt am Kopf oder so, im Affekt, Eifersucht – Szene – zack, aus.«

»Vielleicht hast du recht. Zumal sie ja wirklich auch kein Motiv hat. Die steht doch jetzt ziemlich blöd da. Ist ja schließlich auch nicht mehr die Jüngste.«

»Sieht aber super aus für ihr Alter.«

»Wenn wir den Fall geklärt haben, kannst du sie ja mal zum Kaffee einladen.«

»Schau'ma mal.«

Anna war ein wenig ratlos. Sie hatte das Gefühl, rein gar nichts über den toten Bachmüller zu wissen, konnte ihn nicht fassen, nirgends einordnen. Noch einmal nahm sie sich den Stapel des Computerausdrucks mit seinen Texten aus der Kirchenzeitung zur Hand und blätterte ihn lustlos durch. »Was machen wir eigentlich mit diesem Sieberer? Der hatte doch ein Motiv?«

»Wegen einem Nachbarschaftsstreit jemanden vergiften? Erscheint mir nicht sehr plausibel. Aber wir können ihn ja zur Einvernahme herbestellen.« Kolonjas Vorschlag klang halbherzig.

»Ich glaub, das bringt nicht viel. Warte mal, ich ruf die Elfi noch mal an, die soll mir mal ein bisschen mehr erzählen über diesen Typen.«

Das Telefonat mit der Heurigenwirtin bestätigte ihre Vermutung. Nein, sie glaube nicht, dass der Sieberer zu so etwas fähig wäre, er sei zwar schon ein Hitzkopf, und ja, natürlich habe er ein Alkoholproblem, aber sie könne sich auch daran erinnern, ihn an dem Nachmittag die ganze Zeit in seinem Weinberg gesehen zu haben, er habe da irgendwelche Zäune repariert und habe ihr sogar noch erzählt, dass er in zehn Minuten zum Bachmüller ginge.

Kaum hatte Anna Habel das Gespräch beendet, klingelte erneut das Telefon. Eine Berliner Nummer. Thomas Bernhardt.

»Wir haben einen Toten.«

»Wie meinst du das? Und warum bist du eigentlich im Büro? Du hast doch noch bis Ende der Woche Urlaub, oder?«

»Urlaub unterbrochen.«

»Warum? War's dir zu fad?«

»Wenn du mich endlich zu Wort kommen lassen würdest, könnte ich es dir erklären.«

»Bitte, ich schweige.«

»Kaum zu glauben. Gut. Wir haben einen Toten. Und zu wenig Personal.«

»Und da hast du nichts Besseres zu tun, als deinen Urlaub zu unterbrechen?«

»Du hast versprochen, dass du den Mund hältst.«

»'tschuldigung.«

»Der Tote heißt Ronald Otter und ist der Besitzer des Restaurants Weder-Noch. Er wurde quasi hingerichtet, mit einem Schuss mitten ins Herz ... Anna? Bist du noch da?«

»Das ist nicht dein Ernst, oder? Das gibt es nicht. Das ist mein Fall!«

»Na, ich würde sagen: Jetzt ist es unser Fall.«

»Es kommt ja selten vor, aber ich muss zugeben, ich bin sprachlos.«

»Eigentlich sollte ich diesen Moment auskosten, aber ich brauch so rasch wie möglich alles, was ihr über die Verbindung der beiden herausgefunden habt.«

»Das ist nicht viel. Sie standen in einer Geschäftsbeziehung zueinander, und nach unseren ersten Ermittlungen waren die nicht ganz sauber.«

»Heißt genau was?«

»Na ja, der Bachmüller hat dem Otter Rechnungen gestellt, die so hoch waren, dass über diese Menge sicher kein Wein geflossen ist, habe ich dir ja schon erzählt. Wir haben hier einen Brief des Finanzamts, da wurde wohl die Firma Otter in Berlin durchleuchtet, und dabei ist man auf unseren Edelwinzer gestoßen. Die Anfrage ans zuständige Wiener Finanzamt ist aber noch am Laufen. Ich fax dir den Brief gleich mal durch.«

»Gut. Sonst irgendwelche Querverbindungen zwischen Otter und deinem Weinbauern?«

»Der war im Frühling in Berlin. Das wissen wir. Was er da gemacht hat, ob er bei Otter war, das wissen wir noch nicht, aber das können wir vielleicht mit den Fingerabdrücken vom Bachmüller rausfinden. DNA schick ich dir, sobald ich sie kriege, auf dem kleinen Dienstweg.«

»Was ist denn der kleine Dienstweg?«

»Na der, auf dem die Genehmigungen nachgereicht werden.«

»Okay. Und umgekehrt. Wir überprüfen jetzt hier mal den familiären Hintergrund, Liebesleben, Geschäftsbeziehungen und so. Seine Finanzen sind schon in Arbeit, das scheint aber nach dem ersten Überblick recht schwierig, der hatte ein ziemliches Geflecht von Firmen und Unterfirmen.«

»Jetzt wart mal, ich hab noch eine Verbindung. Mein Weinbauer hatte mal eine Freundin, die dann eines Tages einfach nicht mehr aufgetaucht ist. Sabine Hansen. Gemeldet in Berlin und seit April verschwunden und inzwischen als vermisst gemeldet. Da haben wir schon wieder den April. Also jetzt fang mal an, und sobald mein Freddy Bachmüller vorkommt, meldest du dich.«

»Ach Chefin, du bist so süß.«

»Ja komm! Sag, ist das jetzt offiziell bereits ein gemeinsamer Fall?«

»Ich glaube, für offiziell ist das zu wenig. Warten wir's ab.«

»Gut. Wir telefonieren morgen. Dann habt ihr sicher schon mehr.«

»Ebenfalls.«

»Wir haben immerhin zwei Tage Vorsprung.«

»Na, dafür seid ihr aber noch nicht sehr weit. Eine ungeklärte Steuersache hat doch jeder in der Schublade.«

»Es ist nun mal nicht so einfach mit dem Herrn hier. Ich krieg den nicht zu fassen.«

»Jetzt werd nicht schon wieder hektisch. Wir bleiben ja dran. Aber wir sind hier die Mordkommission und eigentlich nicht für verschwundene Frauen zuständig. Erst wenn sie tot sind, gehören sie uns. Aber da du dir einbildest, sie könnte was mit unserem Fall zu tun haben, überprüfen wir das mal.«

»Du bist so ein Zyniker, nie möcht ich dich als Kollegen haben!«

»Und vice versa, Frau Chefinspektor. Da ist doch gut, dass wir tausend Kilometer auseinander so vor uns hinarbeiten.«

»Also genug der Freundlichkeiten für heute. Ruf mich an, wenn du was Neues hast.«

»Mach ich. Ich wünsche dir einen wunderschönen Abend.«

»Den werd ich haben. Danke.«

Anna konnte sich selber nicht erklären, warum sie sich immer wieder auf diese Wortgefechte mit Thomas Bernhardt einließ. Jedenfalls war sie nach diesem Telefonat denkbar schlecht gelaunt und beschloss, den Abend zu Hause zu verbringen. Sie hatte mehr als zweihundert Überstunden und keine Ahnung, wie sie die abbauen sollte. Für den toten Weinbauern, bei dem sich sowieso nichts bewegte und für den sich weder ihre Vorgesetzten noch die Presse groß zu interessieren schienen, musste sie ihr Überstundenkonto nicht noch mehr belasten.

Kolonja rief noch einmal beim Finanzamt an, doch da hob nicht einmal mehr jemand das Telefon ab.

Die Luft in ihrer Wohnung roch abgestanden. Im Vorzimmer lagen Florians Chucks, die er sogar bei 35 Grad im Schatten nicht durch Sandalen zu ersetzen bereit war, und daneben ein Paar blauweiß gestreifte Flipflops, die Anna noch nie gesehen hatte. Eindeutig Mädchenschuhe. Aus der Leitung in der Küche kam nur lauwarmes Wasser. Anna setzte sich an den Küchentisch und blätterte lustlos die Zeitung vom vergangenen Wochenende durch. Plötzlich wusste Anna nicht mehr, warum sie früher vom Büro nach Hause gegangen war. Was sollte sie mit dem freien Abend anfangen? Kurz darauf stand Florian in der Küche. Hinter ihm ein schmales Mädchen in Tanktop und Shorts.

»Hi Mom, was machst du denn schon hier? Habt ihr euren Mörder schon?«

»Hallo. Nein, natürlich nicht. Ich wollte nur mal früher zu Hause sein.«

»Das ist Marie.«

»Hi Marie, ich bin die Anna.«

»Hallo.«

Ihre Lippen waren gepierct, ihre hochgebundenen Dreadlocks standen in alle Richtungen. Sie war bildhübsch.

Florian schlüpfte in seine Schuhe und griff nach dem Schlüsselbund. »Ich geh noch mal weg. Tschüss.« Miss Dreadlocks lächelte ihr schüchtern zu, und fort waren sie. Anna ertappte sich dabei, wie sie einen langen Augenblick auf die zugezogene Wohnungstür starrte. Da stand sie nun an einem heißen Sommerabend und wusste nicht, was sie mit ihrer Zeit anfangen sollte.

Das Handy riss sie aus ihren Gedanken. »Friedelhofer. Grüß Gott. Sind Sie noch im Büro?«

Anna war mehr als überrascht. »Hallo. Nein, ich bin nicht mehr im Dienst. Was verschafft mir die Ehre? Haben Sie noch was Neues zum Fall Bachmüller?«

»Nein, nein. Der ist ja längst nicht mehr mein Fall. Wobei … nachdenken tu ich schon noch über den. So ein schöner Mord. Fast perfekt.«

»Tja, aber eben nur fast. Jetzt müss'ma nur noch rausfinden, wer diesen fast perfekten Mord begangen hat.«

»Und nachdem Sie das heute wohl nicht mehr tun werden, hab ich mir gedacht, wir könnten zusammen was essen gehen? Oder haben Sie schon was vor?«

»Nein, nicht direkt. Ich wollte früh ins Bett, aber gegessen hab ich noch nichts.« Anna versuchte sich ihre Überraschung nicht anmerken zu lassen. »Und was schlagen Sie vor?«

»Bei den Temperaturen könnten wir ans Wasser gehen. Was halten Sie von der Alten Donau?«

»Ja, wenn wir da einen Platz bekommen.«

»Ich glaub schon. Sind ja eh alle weg jetzt in den Sommerferien. Soll ich Sie abholen?«

»Ich kann auch mit der U-Bahn fahren.«

»Das können Sie aber auch lassen. Wo wohnen Sie denn?«

»Im 18., beim Kutschkermarkt.«

»Gut, können Sie da an der Straßenbahnhaltestelle warten? Ich bin in zwanzig Minuten da. Gelbes Auto.«

Mein Gott. War das etwa ein Rendezvous? Mit einem Pathologen? In zwanzig Minuten? Keine Zeit mehr zum Haarewaschen oder lange Überlegen, was sie anziehen sollte. Anna sprang trotzdem schnell unter die Dusche und holte ein frisches T-Shirt und einen Sommerrock aus dem Schrank. Sie hatte bis jetzt nicht einmal darüber nachgedacht, ob sie diesen Friedelhofer attraktiv fand.

Na, einmal essen gehen ist ja noch nicht verlobt. Obwohl ab einem gewissen Alter Verabredungen dieser Art eher selten wurden.

Sie stand keine zwei Minuten an der Straßenbahnhaltestelle, als ein quietschgelbes Cabriolet vor ihr hielt. Friedelhofer lehnte sich rüber und öffnete galant die Beifahrertür. »Guten Abend.«

»Das wünsche ich auch.«

»Schön, dass Sie Zeit haben.«

»Ja, es passte ganz gut. Hatte heute wirklich zur Abwechslung nichts Besseres vor.«

»Oh, die Tanzkarte der Frau Inspektor ist voll.«

»Nein, nein, so hab ich das nicht gemeint. Normalerweise arbeite ich länger, oder ich verbring die Zeit mit meinem Sohn.«

»Sohn? Und jetzt? Wer passt auf ihn auf?«

»Sie heißt Marie und sieht schnuckelig aus. Ich hoffe, sie bringt ihn heil nach Hause. Er ist schließlich erst siebzehn.«

»Da haben Sie aber auch früh begonnen.«

»Und Sie?«

»Tja, zwei Mädels. Leben bei der Mutter. Jedes zweite Wochenende seh ich sie. Noch kommen sie freiwillig zu mir, mal sehen, wie lange noch.«

Bei einem berühmten Fischrestaurant an der Alten Donau fanden die beiden problemlos einen Parkplatz und sogar einen freien Tisch auf der unteren Terrasse direkt am Wasser. Anna bestellte einen weißen Spritzer und eine Forelle, der Pathologe einen Grünen Veltliner und einen gegrillten Zander serbischer Art.

»Und was macht der Fall?«

»Ach, wir kommen kein Stück weiter. Ich tappe im Dunkeln, hab überhaupt kein Gefühl für diesen Bachmüller. Das Seltsame ist, dass der kein Vorleben hat. Zehn Jahre Salchenberg, und davor gibt es ihn nicht. Kein Wohnsitz, keine Familie, keine Geschichte.«

»Vielleicht ein Wirtschaftskrimineller? Hat ein paar Millionen versenkt, wollte die Verantwortung nicht übernehmen und ist untergetaucht. Und hat irgendwann eine neue Identität angenommen. Oder Mafia.« Hans Friedelhofer trank einen großen Schluck von seinem Wein und lehnte sich zurück: »Aaah. Ist das nicht wunderschön hier? Diese Mischung aus Idylle am Wasser und Skyline. Das könnte jetzt auch in New York sein.«

»Was sagen Sie da?«

»New York. Idylle.«

»Nein, das mit dem Untertauchen mein ich.«

»Na ja, das könnte doch sein. Das gibt's doch. Der gehörte vielleicht zur Mafia und ist dann ausgestiegen.«

»Ach, Mafia. Doch nicht im Weinviertel. Sie haben ja eine blühende Phantasie. Allerdings, diese Hinrichtung in Berlin … das könnte schon zusammenhängen.«

»Was für eine Hinrichtung in Berlin?«

»Das dürfen Sie gar nicht wissen. Nichts Offizielles.«

»Gut. Dann will ich gar nicht weiter nachfragen. Und wenn der Bachmüller wirklich ein Wirtschaftskrimineller war, dann wird's kompliziert. Und wenn er ein Mafioso war, haben Sie den Fall eh bald los. Dann kommt der Staatsschutz, und Sie haben Urlaub. Jetzt genießen wir mal unser Essen.«

Als Anna nach einem sehr unterhaltsamen Abend gegen Mitternacht nach Hause kam, öffnete sie die Tür zu Florians Zimmer und sah seine Gestalt schemenhaft unter dem zerwühlten Betttuch. Soviel sie erkennen konnte, war er allein. Sie nahm noch eine kurze Dusche, stellte den Wecker auf halb sieben und fiel fast augenblicklich in den Schlaf.

17

Am nächsten Morgen trafen alle fast gleichzeitig im Präsidium ein. Die beiden jungen Aushilfskollegen standen ein wenig unschlüssig herum, und Anna rief noch einmal eine kurze Dienstbesprechung ein. Kolonja sah schon jetzt völlig verschwitzt aus, Gabi Kratochwil und Helmut Motzko saßen kerzengerade vor einem weißen Blatt Papier, den Kugelschreiber erwartungsvoll im Anschlag. Anna nahm einen großen Schluck Kaffee und blickte in die Runde.

»Hat irgendjemand eine Idee?«

Kolonja sah sie erstaunt an. Die zwei anderen blickten betreten auf die Tischplatte.

Schweigen. Es war sehr ungewöhnlich, dass Anna Habel das Zepter nicht sofort in die Hand nahm. Normalerweise wusste sie immer instinktiv, in welche Richtung sie ermitteln sollten, auch wenn es sich dann manchmal als falsche Spur erwies. Schließlich stand sie auf und trat vor das veraltete Flipchart. Niemand hatte sich die Mühe gemacht, nach der letzten Besprechung das Blatt abzureißen, und sie erkannte die Skizze eines Straßenzuges rund um ein Lokal am Wiener Gürtel, eines der Rotlichtviertel Wiens. Sitte oder Drogen, dachte Anna und riss das Papier mit einem heftigen Ruck ab.

»Also. Was haben wir? Einen toten Weinbauern ohne Vergangenheit. Eine Hinterbliebene, für die das Leben ohne ihn um einiges unbequemer wird. Also hat sie kein Motiv. Bis auf die üblichen Probleme einer langjährigen Beziehung dürfte es ganz rund gelaufen sein zwischen den beiden, außer sie ist eine extrem gute Schauspielerin. Einen bösen Nachbarn, den Herrn … wie hieß der noch schnell?«

»Sieberer, Josef.« Helmut Motzko hatte den Namen sofort parat.

»Ja. Also Sieberer. Ich glaub, der ist zu versoffen, um eine Ratte zu erschlagen, dem trau ich so einen ausgeklügelten Mord nicht zu. Dann gibt es noch diese Exfreundin, die aber vielleicht gar nichts mit dem Fall zu tun hat. Und nicht zu vergessen: die tote Katze von Uschi Mader. Die könnte aber auch an Altersschwäche gestorben sein. Vielleicht sollten wir die exhumieren. Herr Motzko, Sie rufen dann mal die Niederösterreicher an, die sollen das Vieh ausgraben. Lassen Sie sich vorher von Frau Mader beschreiben, wo sie die Katze beigesetzt hat. Kolonja, bist du eigentlich noch da?«

»Ja natürlich. Ich denke nach.«

»Schön. Und? Kommt was raus dabei?«

»Ich weiß nicht. Ich glaube nicht, dass wir den Mörder in Salchenberg finden. Da steckt irgendeine andere Geschichte dahinter.«

»Womit wir bei unserem Berliner Toten wären. Ist es Zufall, dass dieser Otter, der ja nachweislich in Kontakt mit unserem Winzer stand, quasi exekutiert wurde?«

Kolonja schüttelte bedächtig den Kopf. »Kann ich mir

eigentlich nicht vorstellen. Da muss es doch eine Verbindung geben. Und die Geldströme, die zwischen den beiden geflossen sind … ich weiß nicht recht.«

»Na ja, für unsereiner sind das ganz schöne Beträge, aber so die ganz große Nummer, für die man jemanden ermorden würde, doch eigentlich auch nicht, oder?«

»Vielleicht war das ja nur die Spitze des Eisberges. Wer weiß, was wir da noch finden. Ich versuch's jetzt gleich noch mal beim Finanzamt.«

»Ja, und bei der Sparkasse in Salchenberg – nein, da gibt's ja keine mehr –, also halt da, wo der Bachmüller sein Konto hatte, wahrscheinlich in Eggenburg oder Horn. So, und die Frau Kollegin Kratochwil klemmt sich noch mal hinter den Computer und hängt sich in alle verfügbaren Datennetze. Wir müssen etwas über diesen Freddy rauskriegen. Wir erweitern das jetzt auf Deutschland: Einwohnermeldeämter oder wie das dort heißt, Verkehrsdatenbank, Geburten- und Sterberegister etc. etc. Und sag mal, hast du eigentlich die Fingerabdrücke von dem Bachmüller schon in die Datenbank eingegeben? Der könnte hier nicht nur die Opferrolle haben. Vielleicht erfahren wir so etwas über seine Vergangenheit.«

»Okay, Boss, wird erledigt. Und was machst du?«

»Ich telefonier jetzt gleich noch mal mit Berlin, und dann fahren der Kollege Motzko und ich noch einmal zu dieser Wohnung in der Florianigasse.«

Wie auf Bestellung klingelte das Telefon, und ein gutgelaunter Thomas Bernhardt war dran.

»Guten Morgen, meine Liebe. Hier spricht die Berliner Außenstelle.«

»Thomas! Na, hast du was für mich?«

»So schnell geht's nun auch wieder nicht. Wir sind gestern ziemlich auf der Stelle getreten. Aber ich hatte wenigstens einen ruhigen Abend und konnte nachdenken.«

»Und deine Lieblingskollegin?«

»Die scheint dich ja sehr zu interessieren. Konnte nicht. Die Kinder. Ansonsten: Wir fangen ja gerade erst richtig an. Und ob's da wirklich einen Bezug zwischen Bachmüller und Otter gibt, abgesehen von den Weingeschäften, das müssen wir erst mal abwarten. Kokain und Pistole, das sind doch ganz unterschiedliche Herangehensweisen. Wobei mir mein Gefühl sagt – egal. Alles läuft jedenfalls: Wir kriegen heute noch die ballistische Untersuchung. Was klar ist: Es war ein großes Kaliber, wahrscheinlich neun Millimeter, spricht für einen Profi, war jedenfalls keine Waffe fürs Damenhandtäschchen. Weiter: Deine Lieblingskollegin Cornelia bewegt sich jetzt auf den Spuren von Sabine Hansen. Die Kollegen von der Vermisstenstelle sind übrigens der Meinung, sie sei der Typ, der mal schnell mit einem Lover nach Goa fliegt oder zu einem Guru nach Tibet. Aber sie wollen noch mal genauer hinschauen. Da müsst ihr übrigens noch ein offizielles Diensthilfeersuchen stellen. Kriegt ihr das in absehbarer Zeit hin mit euren Habsburger Dienstwegen?«

»O Mann!«

»Na gut. Mein Kollege Cellarius beginnt gleich Otters Finanzen gründlich zu durchleuchten. Dafür muss uns die Staatsanwaltschaft allerdings noch grünes Licht geben. Kriegen wir aber. Auf den ersten Blick scheint der Otter eine ziemlich seriöse Geschäftspolitik betrieben zu haben. Sein Restaurantimperium ist zwar ziemlich verschachtelt, aber wenn man seinem Geschäftsführer glaubt, der sich erstaunlich kooperativ und auskunftsfreudig gibt, läuft alles nach den Buchstaben des Gesetzes. Die 500 000 Euro, erklärt er, seien nicht nur für Weinlieferungen gezahlt worden, sondern auch für Gärtanks. Der Bachmüller hat angeblich ein neues Gärverfahren ersonnen, um noch mehr Aroma aus dem Wein rauszukitzeln. Da seid ihr gefordert.«

»Ja, schau mal, du kannst das aber auch ganz gut.«

»Was?«

»Aufträge verteilen.«

»Versteht sich doch von selbst.«

»Ist ja gut. Übrigens find ich das witzig, dass du jetzt geradezu vor Energie sprühst, und als du Urlaub hattest, hast du so vor dich hin gedümpelt.«

»Mit dir wär's anders gewesen.«

Anna Habel musste lächeln. Dieser spezielle Berliner Charme. Eigentlich war der viel schwerer einzuschätzen als der ganze Wiener Schmäh. Hatte Bernhardt das jetzt ernst gemeint oder gerade nicht? War er auf Distanz gegangen, oder hatte er sich rangerempelt?

»Bestimmt wär's mit mir anders gewesen.«

»Sehr nett. Also zur Sache: Ich fahr jetzt zu Otters Haus in Dahlem. Und dann sehen wir weiter. Mach's gut.«

Oh, oh, dachte Anna Habel. Starker Temperatursturz bei meinem lieben Berliner Kollegen. Sie blies eine Haarsträhne aus dem Gesicht und fuhr sich mit einem Taschentuch übers Gesicht. Sie sehnte sich nach einem alten Steinhaus im Süden, am Meer, geschlossene Fensterläden, Siesta in einem abgedunkelten Zimmer. Komischerweise bewegte sich Thomas Bernhardt in einem Nebenraum des imaginierten Hauses.

18

Katia Sulimma saß am Computer und machte sich auf einem Schreibblock Notizen.

»Komm mal her, Thomas. Ich hab versucht, dem Otter noch etwas genauer auf die Spur zu kommen.«

Er trat neben sie und beugte sich leicht vor. Wieder war er fasziniert von dem frischen Duft, den sie in dem überhitzten Büro ausstrahlte. Orange, Zitrone, Meersalz.

»Schau dir das mal an.«

Sie scrollte ein paar Seiten mit Fotos von Otter durch. Otter mit der Kanzlerin, Otter mit Madonna, Otter mit Beckenbauer, Otter mit Brad Pitt und Angelina Jolie, Otter mit dem regierenden Bürgermeister und dessen Ehegatten, Otter mit Stars und Sternchen, mit Politikern aus der ersten, zweiten und dritten Reihe. Otter, immer freundlich lächelnd, ganz nah dran an der Prominenz und doch, wenn man genau hinsah, einen halben Schritt entfernt, als wollte er gleich aus dem Bild treten.

»Thomas, weißt du, was seltsam ist? Der Otter ist eine absolut öffentliche Person, er hat jede Menge Interviews gegeben, aber wenn du harte Fakten willst, findest du nichts. Hochbegabter Student, auf dem besten Weg zum Professor, dann kommt über ein Jahrzehnt lang nichts, und plötzlich baut der sich binnen kürzester Zeit diese Kette aus unterschiedlichsten Restaurants zusammen. Woher hat er die Knete?«

»Keine Ahnung. Mir hat er erzählt, dass er auf einem Selbstfindungstrip war, ein Jahrzehnt *on the road*, weltweit.«

»Und wie hat er das alles finanziert, Selbstfindung plus Restaurants?«

»Eben. Ich fahr jetzt zu seinem Haus in Dahlem, ganz in der Nähe übrigens von Cellarius' trautem Heim. Keine Angst, wir werden dem Burschen schon auf die Schliche kommen.«

Katia Sulimma schaute ihn lächelnd an und zeigte ihre ebenmäßigen weißen Zähne.

»Thomas, versprichst du mir was? Leg nicht gleich wieder den ganz hohen Gang ein, das mit dem Otter ist schlimm, aber es gibt Schlimmeres, du weißt, der Koffermord…«

»Ich weiß, ja. Schön, dass du dich um mich sorgst. Wie 'ne Mutter.«

Katia Sulimma lachte, schüttelte ihre schwarzen Locken und warf ihren Kopf zurück, das gab ihrem Hals eine schöne Spannung.

Als er sich an der Tür umwandte, drehte sie sich einmal auf dem Bürostuhl um die eigene Achse und winkte ihm zu.

Auf dem Flur kam ihm Krebitz entgegen, Krebitz, der wie ein Nussknacker aussah, nur im Notfall sprach und von ihnen allen der Hartgesottenste war, einer, der niemals losließ und immer noch versuchte, im Fall des Koffermords eine heiße Spur zu finden.

»Bist du weitergekommen?«

»Nein, aber ich hör nicht auf.«

»Ich weiß.«

»Du bist genauso blöd wie ich.«

»Inwiefern?«

»Ich hab gehört, dass du deinen Urlaub abgebrochen hast.«

»Professionelle Deformation. Und im Übrigen sind wir im Moment schlecht besetzt. Falls das bei uns intensiver wird im Fall Otter, wär's schön, du könntest bei uns mitmachen.«

»Schau'n wir mal, sagte der Blinde.«

Krebitz war berüchtigt dafür, dass er unvermittelt solche kleinen Sprüche raushaute. Für einen kurzen Augenblick nahm Thomas Bernhardt ihn fester in den Blick. Kein erfreulicher Anblick, stellte er fest: Krebitz trug ein kurzärmeliges Hemd mit psychedelischem Muster, kleine, sich blähende Ornamente in Lila auf gelbem Grund, eine Cargohose, die in Kniehöhe einen Reißverschluss hatte, wo das untere Beinkleid abgenommen werden konnte, was Krebitz getan hatte, weiße, dünne Beine, Gesundheitssandalen, in denen die unbesockten Füße steckten, die Zehennägel hätten durchaus geschnitten werden können. Die Krönung aber: Neben dem Handy, das an den Hosengürtel geklemmt war, hatte Krebitz ein Körbchen installiert, in dem eine kleine Wasserflasche steckte.

Krebitz schaute ihn nussknackerhaft an, mit starrem

und irgendwie bedrohlich wirkendem Blick, als hätte er Bernhardts kritische Gedanken gelesen und seinen leisen Ekel gespürt. Bernhardt versuchte dem Blick standzuhalten, was ihm nicht so recht gelang. Er hob leicht die Hand zum Abschied.

»Man sieht sich, vielleicht.«

»Wir hör'n voneinander, sagte der Taube.«

Auf dem langen Flur kamen ihm wie bei einer bizarren Modenschau noch ein paar Kollegen im gewagten Casual-Look entgegen. Nun musste man ja nicht unbedingt wie die Cops in den Hollywoodfilmen der fünfziger Jahre rumlaufen, dunkler Anzug, weitgeschnittene Hosen, Hosenträger, weißes Hemd, gutsitzendes zweireihiges Jackett, steifer Hut. Aber ein bisschen Stil wäre nicht schlecht. Wobei, was trugen die Film-Cops eigentlich im Sommer? Thomas Bernhardt nahm sich vor, morgen seinen Leinenanzug anzuziehen und das einzige maßgeschneiderte weiße Hemd, das er besaß.

Dahlem. Allein der Name strahlte stille Noblesse aus. Da kamen Grunewald und Schlachtensee nicht mit. Im Dol. Auch der Straßenname hatte etwas Würdevolles. So hatte sich Thomas Bernhardt als Student großbürgerliches Leben vorgestellt. Alles im Maß: Schöne Gärten, ein bisschen Buschwerk, ein paar Bäume, ein Kiesweg, der auf eine Terrasse führte, die Häuser nicht angeberisch, nicht auftrumpfend, einfach da, von ruhiger Selbstverständlichkeit.

Früher war er oft durch diese Gegend gestreift, eben noch war er auf irgendeiner Vollversammlung bei den

Soziologen in der Ihnestraße gewesen, hatte in der *Rostlaube* seine Roth-Händle einfach auf dem Teppichboden ausgedrückt. Und dann der Gang durch die so nahe und so ferne Straße und ihre Seitenstraßen, im Winter erhaschte man manchmal den Blick in einen erleuchteten Raum, mildes Licht, eine Bücherwand, eine Schattengestalt, die nach einem Buch griff. Im Sommer blähten sich tagsüber weiße Gardinen in den Fenstern, Wassersprenger drehten sich, einmal sprang ein kleiner Hund in grazilen Sprüngen um die sich nach rechts und links neigende schmale Wassersäule, ein Bild, das er nicht vergessen hatte. Wenige Menschen bewegten sich in den Gärten und auf den Straßen. Abends leichtes Stimmengewirr auf den Terrassen, Windlichter, leises Gläserklingen. Und der würzige Duft der Kiefern, die die Straße säumten.

Auch heute überfiel ihn dieser Geruch, als er aus seinem Wagen stieg, den sie ihm im Fuhrpark angedreht hatten und dessen Klimaanlage nicht funktionierte. Die Kiefern rochen wie tief im Süden und strahlten ein intensives Aroma aus, stark harzig, fast verbrannt.

Seit seinem letzten Gang durch diese Straße hatte sich einiges verändert. Ordinäre kleine Häuser und pseudoluxuriöse Wohnanlagen waren zwischen die angestammten Anwesen gesetzt worden. Otters Haus fiel in jeder Hinsicht aus dem Rahmen: Da war nichts zu spüren von Dezenz, nichts von Mehr-Sein-als-Scheinen, nichts von preußischer Solidität und britischer Landhausromantik. Hier war ein Zeichen gesetzt worden. Unter alten Bäumen leuchtete ein großer weißer Kubus, in den riesige Fensterflächen eingelassen waren, die einerseits den Eindruck großer Durchlässigkeit vermittelten, das burgartig Massive des Gebäudes aber andererseits nicht verleugneten. Eine Mischung aus moderner kalifornischer Villa und mittelalterlicher Festung, zusammengesetzt aus unterschiedlichsten Stilrichtungen – und zugleich etwas ganz Eigenes. Thomas Bernhardt schien es, als ob das Gebäude den Charakter Otters perfekt widerspiegelte: Offenheit und Verschlossenheit, Wille zur Selbstdarstellung, gepaart mit dem Bedürfnis nach Distanz.

Auf der Terrasse bewegten sich zwei Männer in weißen Overalls. Als Thomas Bernhardt näher kam, drehte sich einer um: Fröhlich.

»Na, Meesta, bissjen Atmosphäre schnuppan?«

Thomas Bernhardt fragte sich wieder einmal, wie viel Ironie in Fröhlichs gutgelaunt herausgekrähtem »Meesta« steckte. Diese, wie ihm schien, fragwürdige Ehrenbezeigung erwies er sonst niemandem. Fröhlich von der Spurensicherung war mit seinen Leuten einer der Schnellsten und Zuverlässigsten. Aber mit seiner akribischen Arbeit veränderte er auch Klima und Aura der Orte, es war dann schwierig, den ursprünglichen Geist noch zu spüren. Wenn Thomas Bernhardt manchmal eine halbe oder sogar eine ganze Stunde an einem Tatort herumstand, ein bisschen hin und her schlurfte, dann wieder stehen blieb, um seinen Blick voraussetzungslos schweifen zu lassen, wenn er unvermittelt Fragen stellte und dann wieder fast verstockt schwieg, um sich vollzusaugen mit dem, was unsichtbar in der Luft hing, wurde das von einigen seiner Kollegen als Wichtigtuerei abgetan, von anderen als Marotte belächelt, von wiederum anderen als Eigenart, die manchmal erstaunliche Erfolge erbrachte, akzeptiert. »Alter Parapsychologe«, hatte Cornelia Karsunke einmal zu ihm gesagt und ihn in die Seite geboxt, als er an irgendeinem Tatort brummelig herumgestakst war.

»... und die Villa damals, die war noch viel jrößa, weeste, und die Besitzerin, det war so'n Serienstar aus'n Siebz'jern, und die hatte zwee Lover, 'n Jüngeren und 'n Älteren, und da jab's Streit, un' da wollte se eenen, ick wees nich mehr welchen, los wer'n. Un sie hatte noch 'n Järtner, 'n janz Jungscher, der war ihr erjeben, wie ma so sacht, un' der hatte 'ne Kettensäje, ick will det jetzt nich im Detteil erzählen, aba ...«

Thomas Bernhardt hatte das Haus mit seinem Blick konzentriert abgesucht – gescannt, hätten jüngere Kollegen wahrscheinlich gesagt – und für einen kurzen Moment Fröhlich vergessen. Und so war's geschehen: eine von Fröhlichs berüchtigten Geschichten!

»Fröhlich, ich weiß, das große Kettensägenmassaker. Ich kenne die Geschichte. Aber sag mal, habt ihr was entdeckt hier?«

Wenn's ernst wurde, wechselte Fröhlich ins Hochdeutsche, was Bernhardt immer wieder irritierte.

»Soll ich dir was sagen, Bernhardt. So'n Haus habe ich noch nie erlebt.«

»Wieso?«

»Super Schuppen, super Einrichtung, klar, aber: Es gibt nichts Persönliches. Wenn du glaubst, du könntest hier Briefe, Geschäftsunterlagen entdecken: nichts. Du findest hier keinen Notizzettel, keine Kippe. Übrigens auch keinen Festnetzanschluss fürs Telefon oder Internet, kein Notebook. Gut, einen schönen Flachbildfernseher. Aber das bringt ja nichts.«

»Aber 'ne Zahnbürste gibt's?«

»Ja, klar, und einen schönen Weinkeller und feinste Hemden und Unterhosen und so weiter. Wir haben schon noch was zu tun und nehmen natürlich Material. Aber mein Gefühl sagt mir, hier ist nichts zu holen.«

»Wie findest du das Haus denn sonst so?«

»Wie gesagt: super Schuppen, aber meine Laube an der Havel ist mir lieber. Kannst du gerne mal am Wochenende vorbeikommen, wir baden da immer nackt.«

»Aha.«

»Kannst gerne Cornelia mitbringen.«

»Wieso denn das?«

»Na ja, man hört ... Sie soll dich immer so verklärt anschauen.«

»Was soll denn das? Wenn einer nicht verklärt schaut, dann ist das Cornelia. Also red nicht so einen Mist.«

»Entschuldige, tut mir leid. Aber bevor du ins Haus gehst, komm mal mit.«

Fröhlich führte ihn zur Rückseite des Hauses. Was Bernhardt dort sah, verschlug ihm tatsächlich kurz den Atem. Einen solch riesigen Swimmingpool hatte er hier nicht erwartet. Das geradezu überirdische Blau des sanft schwappenden und leise gurgelnden Wassers, über dem die Sonnenreflexe tanzten, der weiße Marmor des Pools, das cremefarbene Sonnensegel, die quietschgelbe Liege ... endlich hatte er es: ein Bild von David Hockney, so tief, so leer, so verführerisch. Ein Hockney-Pool mitten im märkischen Sand.

Und dann belebte sich das Bild: Eine hochgewachsene Blondine in einem schwarzen schulterfreien Kleid erhob sich aus einem Sessel und ging auf ihren hohen Pumps auf Fröhlich und Bernhardt zu.

»Na, was sagst du nun?«

Fröhlich lächelte Bernhardt erwartungsfroh an. Der zuckte mit den Schultern.

»Na, was soll ich sagen: Hollywood.«

Die Blondine blieb einen Schritt vor den beiden stehen, nahm ihre Sonnenbrille ab, schob einen Fuß leicht vor und richtete einen wachsamen und abschätzenden Blick auf Bernhardt und Fröhlich.

»Noch ein Polizist?«

Bernhardt zeigte seinen Ausweis und ärgerte sich im selben Moment über seine Beflissenheit.

»Ach, ich glaube das schon. Was kann ich denn für Sie tun?«

Sie hatte eine helle, erstaunlich melodiöse Stimme, wie Bernhardt überrascht feststellte.

»Ich würde Ihnen gerne ein paar Fragen stellen.«

»Natürlich, gerne, kommen Sie.«

Sie zog die Schuhe aus und warf sie mit nachlässigem Schwung auf den Rasen. Mit festem Schritt ging sie auf eine kleine Sitzgruppe im Schatten einer hohen Hecke zu. Bernhardt folgte ihr, drehte sich kurz um und hob eine Hand in Richtung Fröhlich, der sich grinsend abwandte und zur Villa ging.

Ohne die hohen Schuhe wirkte die Blondine nicht

mehr wie ein lebendig gewordenes Bild aus einem Hochglanzmagazin, sondern wie eine normale schöne, junge Frau.

»Ich hoffe, Sie fanden meinen Auftritt nicht zu provokant. Aber Otter und ich haben in dieser Kulisse immer ein bisschen großes Kino gespielt, so à la *Der große Gatsby*. Und da habe ich gedacht, falls er mich jetzt sehen kann – lachen Sie nicht –, von irgendwoher, wer weiß das schon, dann hat er seinen Spaß, mich hier paradieren zu sehen. Und deshalb … verstehen Sie? Ich heiße übrigens Melanie Arx.«

Sie reichte ihm die Hand und drückte kräftig zu.

»Ich heiße Thomas Bernhardt, von der Mordkommission.«

»Heißen Sie wirklich so?«

»Ja, ja. Also, zunächst: Was machen Sie hier, Frau Arx?«

»Ich wohne hier …«

»Hm.«

»Passen Sie auf, ich versuche es Ihnen zu erklären. Otter, ich habe ihn nie mit seinem Vornamen angesprochen, hat es geschätzt, wenn das Haus belebt war, wenn er mal hierherkam. Oft war das nicht, meistens schlief er in einem Zimmer neben seinem Büro im Weder-Noch. Und so hat er mich in dieser Villa einquartiert. Ich war hier völlig frei, aber wenn er mal kam, dann haben wir hier unsere kleinen Inszenierungen aufgeführt.«

»Hat er Ihnen, sagen wir mal, Haushaltsgeld gegeben?«

»Ja, so hat er's wirklich genannt. Ich sei eben die Frau des Hauses, hat er gesagt.«

»Sind Sie traurig?«

»Ja, ich bin traurig, auch wenn's nicht so wirken mag.«

»Wie geht's jetzt weiter mit Ihnen?«

»Ich mache mir keine Sorgen, und Sie müssen sich« – hörte er da einen leicht aggressiven Unterton? – »auch keine machen. Ich zieh wieder in mein Zimmer zur Untermiete bei einer Professorenwitwe, hier ein paar Häuser weiter, das habe ich immer noch.«

Sie lehnte sich in ihrem Sessel zurück und erzählte, dass sie Otter beim Joggen kennengelernt hätte, dass sie beide beim Laufen eine Art Gleichklang gespürt hätten, dass sie sich eben einfach ohne viele Worte gut verstanden hätten, dass vorgesehen war, dass sie nach Beendigung ihres Medienmanagement-Studiums in Otters Firma eintreten würde, um das Profil jedes einzelnen Lokals klar zu konturieren. Ja, so sei das gewesen. Sie schwieg.

Schimmerte da eine Träne auf ihrer sanft geschwungenen Wimper? Bernhardt hörte das Glöckchen des Misstrauens, das leise in seinem Hinterkopf ertönte. Aber aufgesetzter Herzschuss? Traute er ihr nicht zu. War sie vielleicht die Komplizin von irgendjemandem? Er schaute sie an, sie blickte ruhig zurück. *Deine blauen Augen* … von wem war noch mal der Song?

»Haben Sie mit ihm mal über ein Testament gesprochen?«

»Nein, warum hätte ich das tun sollen?«

»Na ja, er hätte Sie absichern können.«

»Ich muss nicht abgesichert werden, ich will's auch nicht.«

»Wissen Sie was über Freunde, Bekannte, Verwandte, Feinde, andere Frauen?«

»Nein, hierher kam niemand. Das war sein Refugium. Er hatte noch einen Vater, von dem hat er manchmal erzählt, ein autoritärer Typ, der ihn gerne als Professor gesehen hätte. ›Wer nichts wird, wird Wirt‹, soll der immer gesagt haben. Das war so ein kleiner Stachel, den ihm der Alte reingetrieben hatte und unter dem er wohl ein bisschen litt.«

»Und hierher kam wirklich niemand?«

»Nein. Obwohl ...«, sie zögerte, »einmal ist wirklich jemand da gewesen. Aber da hat er mich weggeschickt, ich hab den gar nicht gesehen.«

»Den? War's denn ein Mann?«

»Hm, ich nehm's an.«

»Aber Sie wissen's nicht?«

»Doch. Er hat, glaube ich, gesagt, dass das ein Geschäftspartner war, nein, Moment, er hat gesagt: eine *Art* Geschäftspartner, eigentlich, jetzt fällt's mir wieder ein, eigentlich, hat er gesagt, sogar mehr als ein Geschäftspartner.«

»Wann war das?«

»Da muss ich überlegen. Es war schon warm. Könnte im Mai gewesen sein.«

»Und ist Ihnen da was Besonderes aufgefallen?«

»Ich denk da nicht so gern dran, hab's irgendwie verdrängt. Ja, komisch, danach war er, wie soll ich sagen, verstört, beunruhigt. So hatte ich ihn noch nie erlebt. Wir wollten an dem Abend noch miteinander schlafen, aber er hat dann irgendwann aufgehört. Und dann, tief in der Nacht, hat er im Traum geredet, flehentlich und ängstlich, und sich hin- und hergeworfen.«

»Fällt Ihnen sonst noch was ein?«

»Nein. Nach diesem Besuch war er jedenfalls irgendwie anders, als erwartete er ein Unheil.«

Bernhardt stellte wieder einmal verwundert fest, wie schnell sich das Bild eines Menschen wandeln konnte. Oder andersherum: Wie apodiktisch und vorurteilsbeladen ein Blick, sein Blick, sein konnte. Vor einer Viertelstunde hatte er in der blonden Schönheit, die ihm entgegengestöckelt war, ein oberflächliches Glamourgirl zu entdecken geglaubt. Nun sah er eine ernste junge Frau, auf deren Gesicht der Schatten der Trauer lag. Wollte er ihr glauben? Er schaute sie nachdenklich an.

»Und Sie ziehen jetzt also wieder in Ihr Zimmer bei der Professorenwitwe?«

»Ja, habe ich doch gesagt. Ich bleibe nicht mehr in dem Haus. Ich geh da heute noch raus. Kann ich denn meine paar Sachen mitnehmen?«

»Hm, müssen Sie mit meinem Kollegen reden. Ob der heute fertig wird, weiß ich nicht. Haben Sie einen Schlüssel?«

»Ja, einen Generalschlüssel.«

»Na, wunderbar. Dann können Sie meinem Kollegen helfen, heute Abend das Haus dichtzumachen.«

Sie lächelte. »Komisch, ich habe den Eindruck, als sei ich Teil eines Traums oder einer Fata Morgana gewesen und als würde ich jetzt wieder ins wirkliche Leben zurückkehren.«

»Fürchten Sie sich davor?«

»Nein, eher fühle ich mich befreit. Aber den Otter, den hatte ich wirklich gerne, der war irgendwie so allein, und hinter seinem ganzen Getue war so etwas wie Angst oder Schmerz. Ich hab das nie begriffen.«

Sie schaute Bernhardt an, als könnte der das Geheimnis lüften. Aber Bernhardt wollte nicht den lieben Onkel spielen, er hatte das Bedürfnis, Klartext zu reden. Nur nicht zu viele zarte Gefühle bei einer Untersuchung, war sein Motto, und vor allem nicht am Anfang, wenn noch nichts klar, der Fall noch ganz unstrukturiert war.

»Angst hatte er ja zu Recht. Ein aufgesetzter Schuss aus einer großkalibrigen Waffe mitten ins Herz – da geht's um Geld, große Gefühle, so was in der Richtung.«

Ihr Gesicht verzog sich leicht, ihr Blick signalisierte: Wie schade, habe ich mich doch in dir geirrt. Bernhardt war zufrieden, wieder auf der sachlichen Ebene angelangt zu sein.

»Gehen wir zusammen zu Ihrer Professorenwitwe?«

»Gerne.« Knapp, sachlich. Sie war auch nicht schlecht, fand Bernhardt.

Die Professorenwitwe trug ihr graues Haar kurz und vermittelte den Eindruck, als hätte sie ein Fitnessprogramm mit anschließender eiskalter Dusche hinter sich. Barfüßig stand sie in der Tür: im sandfarbenen Seidenkleid, schlicht und doch unwiderstehlich elegant, am kleinen Finger der linken Hand ein in Gold gefasster, großer blauer Stein. Eine Frau mit viel Stilwillen, kühl und hellwach. Bernhardt war beeindruckt von ihrer starken Präsenz.

»Hallo, Melanie, wie schön, dass du wieder mal vorbeischaust. Heute mit einem Herrn im Gefolge?«

Ein kaum wahrnehmbares Funkeln im Auge der Professorenwitwe, ein ganz leiser ironischer Klang. Eine Dame der Nuancen, konstatierte Bernhardt. Sie gefiel ihm. Wie alt mochte sie sein? Schwer zu schätzen. Achtzig?

Melanie benahm sich ihr gegenüber wie eine liebreizende Enkelin. »Ich freu mich so, dich zu sehen, Elisabeth. Das ist Hauptkommissar Thomas Bernhardt.«

Die Professorenwitwe zog gekonnt eine Augenbraue hoch.

»Ein *Haupt*kommissar? Da müsst ihr mich aber aufklären.«

Melanie Arx erzählte die Geschichte von Otters schrecklichem Ende, die Professorenwitwe verbarg geschickt ihr Erstaunen, konnte einen leichten Anflug von Begeisterung aber doch nicht verhehlen.

»Also haben wir jetzt hier einen Tatort. Und sogar einen echten *Haupt*kommissar mit einem vielversprechenden Namen. Das tut mir natürlich leid, liebe Melanie, dass deine Beziehung mit dem Restaurateur auf diese Weise zu Ende gegangen ist, aber, wenn wir ehrlich sein wollen, sie musste ja mal zu Ende gehen. Du warst, verzeih mir, wenn ich so offen bin, ja nicht mehr du selbst. Nun, es ist trotzdem ein Schlag für dich, mein Beileid. Aber jetzt stellst du mich deinem Begleiter vor, bitte.«

»Ja, entschuldige. Das ist Elisabeth Gutjahr, Herr Bernhardt.«

Der kühle und feste Händedruck der Professorenwitwe überraschte Bernhardt nicht. Die hatte eben alles im Griff. Mit einer leichten Handbewegung bat sie ins Haus. Eine geräumige Diele, Eichenparkett, eine geschwungene Treppe aus honigfarbenem Holz, die ins Obergeschoss führte, linker Hand eine offene große Flügeltür, die den Blick auf einen geräumigen Salon freigab, an den Wänden Jugendstilornamente, rankende Blumen, schmale Schwanenhälse, rechter Hand eine halbgeöffnete Tür zur Terrasse, auf der ein Tisch und ein paar Stühle standen.

Bernhardt sah vor seinem inneren Auge sich selbst als jungen Mann, der Häuser wie dieses einst von außen sehnsuchtsvoll betrachtet hatte. Nun saß er auf der Terrasse und staunte, ja, worüber? Über den schönen Garten, in dem sich der Rasensprenger ruhig drehte, über die geschmeidige Redekunst der Professorenwitwe, deren Neugier sich aber in nichts unterschied von der Neugier der einfachen Leute (Wer war's, wie geschah's, was war los?), staunte über die Wohlerzogenheit von Melanie Arx, staunte über sich selbst, wie er dasaß und von den Himbeeren aß, die die Professorenwitwe, wie sie sagte, morgens »vor Tau und Tag« aus dem Garten geholt hatte. Er trank von dem kühlen Wasser, das, wie die Gastgeberin anmerkte, mehrere Stunden über Halbedelsteine aus den Alpen gelaufen und deshalb energetisch aufgeladen war.

Er versank immer mehr in der Trägheit dieses Mittags, hörte mit halbem Ohr zu, sagte selbst etwas, das er wieder vergaß, fragte sich, warum er sitzen blieb, er wusste doch genug, trank vom energetischen Wasser, zog sich immer mehr in sich zurück. Er kannte den Zustand. Er überkam ihn immer, wenn er befürchtete, dass er den aktuellen Fall nie werde lösen können. Die zwei an dem Tisch: Was war mit ihnen? Spielten sie ihm eine Komödie vor? Musste er die überhaupt ernsthaft ins Visier nehmen, oder konnte er sie schon morgen vergessen?

Er konnte nichts erzwingen, das wusste er seit vielen Jahren, einfach weitersuchen und -sammeln, alles sich setzen und sedimentieren lassen, abwarten, bis sich alles fügt, das war der Weg. Er musste es sich nur immer wieder ins Gedächtnis rufen.

Langsam tauchte er wieder auf, vernahm die Stimme von Melanie Arx.

»... und deine Zeit bei Gret Palucca, die hat dich eben sehr geprägt. Ich weiß nicht, Herr Bernhardt, ob Ihnen der Name was sagt?«

»War das nicht diese Schlagersängerin in den Fünfzigern?« Bernhardt grinste.

Jetzt zeigte sich die Geistesgegenwart der Professorenwitwe.

»Melanie, ich bitte dich. Jetzt hast du Herrn Bernhardt verstimmt. Natürlich weiß er, dass Gret eine der größten Tänzerinnen des 20. Jahrhunderts war. Herr Bernhardt ist intelligenter, als du denkst.«

»Danke, Frau Professor, das ist das schönste Kompliment, das ich in diesem Jahr empfangen habe.«

Sie neigte den grauen Schopf und lächelte ihn an.

Nur schwer konnte er sich schließlich von den beiden losreißen, so sehr hatten sie ihn in ihren Bann gezogen. Würde er sie wiedersehen, als Tatverdächtige, als Täter? Er drehte sich noch einmal um, als er ging, noch spürte er den Händedruck der Älteren, immer noch kühl und zupackend, den Händedruck der Jüngeren, warm und seltsam zögerlich. Da standen sie, die Gret-Palucca-Schülerin und die Medienmanagement-Studentin. Ein spezielles Paar, sagte sich Bernhardt, als er sich in das aufgeheizte Auto setzte und nur mühsam einen Fluch unterdrücken konnte, als er das glühende Lenkrad umfasste.

Er fuhr ein Stück, bog nach rechts in eine Seitenstraße ein und hielt nach hundert Metern an. Wenn er schon hier war, konnte er bei den Bewohnern in den umliegenden Häusern auch einmal auf den Busch klopfen. Sozusagen ein erster, oberflächlicher Durchgang. Morgen könnte dann Krebitz in seinen Cargohosen in diesem Geviert noch einmal rumschnüffeln.

Auf der Schattenseite der Straße näherte er sich langsam Otters weißem Kubus. Er klingelte am Haus im englischen Landhausstil schräg gegenüber. Es dauerte, bis ein älterer Herr mit hochrotem Kopf hinter einer Taxushecke hervorkam. Er litt offensichtlich unter der Hitze, verzichtete aber nicht auf elegante Kleidung: braune Slipper, weiße Leinenhose, rosa Hemd. Bernhardt kam er bekannt vor. War er nicht mal Senator, Minister, Gerichtspräsident, Professor, Industrielobbyist, Regierungssprecher oder irgendetwas in der Richtung gewesen?

Der Mann im rosa Hemd schaute Bernhardt unwirsch an. »Ich habe Ihnen doch gestern schon gesagt, dass wir nichts kaufen.«

Bernhardt antwortete nicht und hielt dem Mann seinen Ausweis vor die Nase. Dessen Gesicht wurde, wenn das überhaupt möglich war, noch röter.

»Was soll das sein? Ein Spendenausweis? Bis Weihnachten ist ja wohl noch etwas Zeit. Also belästigen Sie mich nicht länger, sonst werde ich andere Saiten aufziehen.«

Bernhardt hatte plötzlich richtig gute Laune. »Polizei.«

Der Mann verstand nicht. Bernhardts Stimmung auf der nach oben offenen Bernhardt-Skala stieg noch ein bisschen. »P-o-l-i-z-e-i!«

Der Mann zuckte zusammen und setzte seine Brille, die er an einem Band um seinen Hals trug, auf die Nase. Grimmig stellte Bernhardt fest, dass es eins dieser Angeber-Modelle mit halben Gläsern in einer Schildpattfassung war. Der Mann ließ die Brille wieder auf die Brust fallen. »Das hätten Sie ja gleich sagen können. Worum geht's denn?«

Das Gartentor blieb geschlossen.

»Um Ihren Nachbarn Ronald Otter aus dem wunderbaren weißen Ufo, der gestern erschossen worden ist.«

»Habe ich gehört, aber mit dem hatte hier niemand was zu tun.«

»Reicht mir, wenn Sie mir sagen, dass *Sie* nichts mit ihm zu tun hatten.«

»Also: Ich hatte nichts mit ihm zu tun.«

»Und Ihre Familie?«

»Was soll das denn?«

»Ich will's halt wissen.«

»Jetzt hören Sie mir mal zu: Ich finde das reichlich seltsam, wie Sie Ihre Ermittlungen führen.«

»Ich bin nun mal so. Familie?«

»Meine Frau und meine beiden Söhne hatten mit diesem Otter natürlich auch nichts zu tun.«

»Natürlich. Wie alt ist denn Ihre Frau?«

»Das tut doch überhaupt nichts zur Sache. Zeigen Sie mir noch einmal Ihren Ausweis!« Er zwickte sich die Brille auf die Nase und studierte den Ausweis wie ein wichtiges und aussagekräftiges Dokument. Dann starrte er mit halb zugekniffenen Augen Bernhardt an, der sich selbst ermahnte: Jetzt übertreib's nicht, es ist unprofessionell und wirklich Blödsinn, sich von Sympathie oder Antipathie leiten zu lassen.

»Meine Frau ist 35, meine Söhne sind 7 und 5 Jahre alt. Reicht das jetzt?«

»Ihre wievielte Frau ist das denn?«

Der Mann schnappte nach Luft.

»Meine dritte.«

»Na ja, geht doch noch. Ist Ihnen denn irgendetwas aufgefallen im Zusammenhang mit Otter?«

»Gar nichts. Wir hatten mit dem nichts zu tun, wie ich bereits gesagt habe.«

»Gut, belassen wir's erst einmal dabei. Kann sein, dass noch mal jemand vorbeikommt, Herr …?«

»Griffel.«

»Gut, Herr Griffel. Sollte Ihnen doch noch etwas Sachdienliches einfallen, rufen Sie mich an.«

Bernhardt reichte ihm über das Gartentor seine Karte und vermied einen Händedruck. Dann wandte er sich ab und ging die paar Schritte zum nächsten Haus, als ihn Herr Griffel mit dem roten Kopf noch einmal zurückrief. Jetzt öffnete er das Gartentor. Bernhardt stellte eine leichte Verwandlung bei seinem Gegenüber fest.

»Lohnt sich's denn reinzukommen? Haben Sie denn plötzlich so viel zu erzählen?«

»Nein. Es tut mir leid, ich wollte nicht unhöflich sein. Aber Sie sind so überraschend hier aufgetaucht.«

»Na ja, ist so unsere Art. Was gibt's denn noch?«

»Ich weiß nicht, ob's wichtig ist. Hier ist in den letzten Tagen auf der Straße eine Frau rumgestreift, die nicht hierhergehört. Und die hat immer wieder mal an Otters Haus geklingelt. Aber es ist nie geöffnet worden. Nach meinem Eindruck war Herr Otter auch sehr selten hier. Und die junge Frau, die er da einquartiert hatte, die hat sich auch nur selten gezeigt.«

»Und die Frau auf der Straße?«

»Die war schon älter, so Ende vierzig, Anfang fünfzig würde ich sagen, lockiges braunes Haar, Brille mit so einem dunklen Horngestell, buntes Kleid, so à la Hippie. Ganz attraktiv eigentlich, aber irgendwie unruhig. Kam, klingelte, ging, kam wieder, klingelte. Seltsam. Mehr kann ich nicht sagen.«

»Na, wer weiß, vielleicht war's wichtig. Wiedersehen.«

Jetzt schüttelten sie sich die Hand und gingen halbwegs versöhnt auseinander.

Ein paar Umfragen später, nachdem er noch in drei oder vier angrenzenden Häusern geklingelt hatte, begriff

Bernhardt: Der Phänotypus »bedeutender Mann« war hier verbreitet. Und zwar in seiner pensionierten Ausgabe. Es umgab ihn eine Aura von immer noch dominanter Selbstgewissheit, in die sich aber eine Art unklarer Missmut mischte. Wahrscheinlich ertrugen diese Knaben ihren Bedeutungsverlust nur schwer, sagte sich Bernhardt. Einer von ihnen lud ihn zu einem frühen Drink ein (»Die Sonne ist zwar noch nicht untergegangen, aber wir sind ja auch keine englischen Kolonialoffiziere, ha ha«), ein anderer drehte den Spieß um und wollte Bernhardt über Otter und die junge Frau ausfragen, ein Dritter schwärmte über Otters Lokal in der Brunnenstraße, und eine strenge Lady teilte ihm mit, dass in dieser Straße letztlich jeder verdächtig sei, sie wolle sich da gar nicht ausschließen, und schließlich hatte ihn noch ein dunkelhäutiges Dienstmädchen angelächelt und mitgeteilt, dass Mann und Frau »in Urlaub« seien. Zu Otter: nichts.

19

Sie waren noch keine zweihundert Meter gefahren, als Helmut Motzko sich vorbeugte und auf den CD-Player deutete. »Darf ich?«

»Klar, zahlt sich aber kaum aus, wir fahren ja nur in die Florianigasse.«

»Wie weit ist das denn?«

»Im achten Bezirk. Keine zehn Minuten. Wie lange sind Sie denn schon in Wien?«

»Knapp zwei Jahre. Viel hab ich noch nicht gesehen.«

»Und woher kommen Sie?«

»Südburgenland.«

»Das hört man aber nicht.«

»Ja, meine Eltern haben immer Wert darauf gelegt, schön zu sprechen. Die sind aber auch keine Burgenländer, die sind so Aussteiger, die irgendwann beschlossen haben, einen auf Biobauern zu machen.«

»Und dann wird der Sohn Polizist?«

»Ja, das fanden sie auch nicht so toll. Ihr Polizistenbild ist nicht unbedingt das vom Freund und Helfer.«

»Aber Sie haben's trotzdem gemacht. Find ich gut.«

Helmut Motzko murmelte verlegen etwas aus dem Fenster und drückte auf *Play. In Sankt Elisabeth/feiern die Kranken/und in Sankt Rochus/steht schon lang eine*

Uhr/in Sankt Marx dort droben/stirbt uns ein Bettler/drunten am Heumarkt/lacht eine Hur/die Polizisten/ordnen Verbrecher/und die Verbrecher/ordnen das Geld …

»Dass mir das einmal gefällt, hätt ich nicht gedacht.«

»Ich kann Ihnen die CD mal brennen.«

»Das ist illegal.«

»Verraten Sie mich einfach nicht.«

In der Florianigasse fanden sie direkt vor der Haustür einen Parkplatz. Anna sah aus dem Fenster auf die gegenüberliegende Straßenseite. »Hier hab ich mal gewohnt.«

Motzko fragte aus reiner Höflichkeit: »Wann?«

»Ach, das ist schon lange her.« Anna blieb noch einen kurzen Moment sitzen und betrachtete die Fassade des grauen Hauses. Sie war damals gleich nach der Matura nach Wien gegangen, hatte keine Wohnung und wenig Geld. Die Rettung war eine Annonce an der Anschlagtafel in der Uni. *Zimmer mit Bad und WC. Gegenleistung: drei Stunden Hausarbeit und Kinderbetreuung pro Tag*. Sie zog damals bei der Aristokratenfamilie ein, putzte täglich Klo und Bad, bügelte Hemden, saugte einst teure, in die Jahre gekommene Perserteppiche und spielte mit den beiden Kindern. Doch das war gar nicht so schlimm. So hatte sie in ihrer Orientierungslosigkeit wenigstens einen Grund, am Morgen aufzustehen. Schlimmer war die Einsamkeit. Damals gab es in Wien in den meisten Häusern noch keine Gegensprechanlage, sie hatte keinen eigenen Telefonanschluss, und das Handy war noch nicht erfunden. Nie würde sie das Gefühl der Beklemmung vergessen, das sie jeden Abend überkam, wenn um neun Uhr das Haustor abgesperrt wurde und sie da ganz oben im vierten Stock allein in ihrem Zimmer saß und wusste: Jetzt konnte keiner mehr zu ihr. Bald gewöhnte sie sich an, die Abende bis spät in die Nacht im Tunnel, einer verrauchten Studentenkneipe, zu verbringen, da war sie wenigstens nicht alleine.

»Können wir?« Helmut Motzko war bereits ausgestiegen, um das Auto herumgegangen und öffnete Anna die Wagentür.

»Ja, klar, entschuldigen Sie bitte. Ich hab kurz nachgedacht.«

Sie fuhren mit dem Lift hoch ins Dachgeschoss, und Anna öffnete das Polizeisiegel.

»Und was glauben Sie, was wir hier finden? Die Spurensicherung ist doch schon fertig.«

»Ich weiß es auch nicht. Ich möchte einfach ein Gefühl dafür bekommen, was das hier war. Ein Abschreibobjekt? Eine Flucht vom Landleben? Ein Liebesnest? Wie kommt es Ihnen denn vor? Seien Sie einmal intuitiv.«

»Ich weiß nicht.« Motzko hob die Schultern. »Wie eine unbewohnte Musterwohnung?«

»Genau. Kommt mir auch so vor. Was wollte er damit? Warum leistet man sich so etwas, wenn man es nicht braucht? – Warten Sie mal kurz.« Anna kramte ihr Handy aus der Handtasche und wählte die Kurzwahl für Kolonja. »Sag mal, Kolonja. Haben wir in seinen Unterlagen schon irgendetwas gefunden zu dieser Wohnung in der Florianigasse? Mietvertrag? Kaufvertrag?«

»Nein. Bis jetzt nichts. Keine Florianigasse aufgetaucht.«

»Gut. Sucht mal danach.«

»Yes, Ma'am.«

»Und sonst?«

»Der Computer-Kurti hat die Sommergrippe.«

»Was soll das denn! Den berühmten Donauinsel-Virus? Und wann kriegen wir die Daten aus dem Laptop von Uschi Mader?«

»Schon gut, die sind ja dran in seiner Abteilung. Aber ohne den Chef geht das nicht so schnell. Und bei euch?«

»Wir suchen uns jetzt mal ein paar Nachbarn hier im Haus. Vielleicht hat ja wer etwas beobachtet.«

Anna lehnte sich über das Stiegengeländer und blickte abschätzend nach unten. »Sie fangen unten an, ich oben. Viele werden eh nicht da sein. Die üblichen Fragen, Sie wissen schon: Kennen Sie den Mieter der Wohnung im Dachgeschoss? Wie oft war er da? Mit wem? usw.«

Während Motzko mit dem Lift ins Erdgeschoss fuhr, ging Anna einen Treppenabsatz runter in den vierten Stock. Zwei Türen, sie klingelte links. Kein Lebenszeichen. Sie wollte sich schon umdrehen, als sie hinter der Tür Nummer 15 schlurfende Schritte hörte. Ein junger Mann im weißen Feinrippunterhemd und dekorativ zerstrubbeltem Haar öffnete die Tür. Augenscheinlich hatte sie ihn geweckt.

»Guten Tag. Entschuldigen Sie die Störung. Ich bin Chefinspektor Anna Habel, Kriminalpolizei, ich habe eine Frage zu einem Ihrer Nachbarn.«

Der junge Mann stieß die Wohnungstür auf, drehte sich wortlos um und verschwand im Halbdunkel der Wohnung. »Kommen Sie rein. Kaffee?«

»Nein, danke. Ich bin auch gleich wieder weg.«

Anna trat in einen schmalen Flur und folgte den Geräuschen, bis sie in einer kleinen, geschmackvoll eingerichteten Küche stand. Der junge Mann hantierte an einer Espressomaschine.

»Um wen geht es denn?«

»Um Ihren Nachbarn oben drüber. Freddy Bachmüller. Kannten Sie den?«

»Wieso kannten? Na ja, kennen ist übertrieben. So oft ist der nicht da. Einmal im Monat.«

»Herr Bachmüller ist leider tot. Er wurde ermordet.«

»O mein Gott. Ist das hier passiert?«

»Nein, nein. In seinem Weinkeller in Niederösterreich.«

»Also, ich hab in den drei Jahren, die ich nun hier wohne, vielleicht vier-, fünfmal mit ihm geredet. Ich bin Barkeeper, komme immer spät nach Hause und schlafe lange, da seh ich nicht viel Leute.«

»Und wie war der so, der Bachmüller?«

»Eh nett. Unauffällig. Aber halt selten da.«

Im selben Augenblick trat eine verschlafene junge Frau in die Küche und murmelte ein »Guten Morgen«. Sie schien sich nicht sonderlich zu wundern, dass ihr Freund mit einer Fremden am Küchentisch saß, und setzte sich dazu. Er schob ihr wortlos seinen Kaffeebecher hin und stand auf, um sich einen neuen zu machen. Anna legte ihren Dienstausweis auf den Küchentisch und wiederholte ihre Fragen. Die junge Frau studierte den Ausweis lange und sorgfältig, betrachtete dann Anna, blickte wieder auf die Plastikkarte. »Sie schauen in Wirklichkeit viel jünger aus als auf dem Bild. Ist das in der Zukunft gemacht worden?«

»Das wär schön, wenn wir jünger werden würden.«

»Ach, ich weiß nicht, ich hab mal ein Buch gelesen, da ging es um einen Mann, der immer jünger wurde. War auch nicht so das Wahre.«

»Ja, das kenn ich. *Benjamin Button* von Fitzgerald. Tolle Geschichte, aber da altere ich lieber in Würde.«

Die junge Frau lächelte sie verschmitzt an, und Anna fiel es nicht leicht, in einen professionellen Ton zurückzufinden. Sie kramte das Foto von Freddy Bachmüller aus ihrer Tasche und schob es dem Mädchen hin. »Kennen Sie den?«

»Klar, das ist unser Nachbar. *Er* sieht übrigens in Wirklichkeit älter aus als auf dem Bild.«

»Mensch, Natalie, jetzt hör doch mal zu blödeln auf! Der Typ ist tot!« Der Barkeeper lehnte an der graphitgrauen Küchenzeile.

»Wie? Tot? Der Typ von oben? Und mit Polizei? Das heißt unter *ungeklärten Umständen*, das heißt doch so, oder?«

»Na ja, die Umstände sind nicht ganz ungeklärt. Er wurde quasi vergiftet. Kannten Sie ihn denn?«

»Nicht richtig, man sah sich halt manchmal im Stiegenhaus.«

»Wie oft war er denn da, der Herr Bachmüller?«

»Nicht so oft. Ein paarmal im Monat. Und übernachtet hat er selten hier.«

»Und kam er alleine?«

»Nein, immer in Begleitung.«

»Wie sah die Begleitung denn aus?«

»Na, da gab es zwei. Eine, mit der blieb er manchmal über Nacht, die war – wie soll ich sagen – in Würde gealtert. Und die andere war höchstens so alt wie Sie, aber sehr auffällig, schillernd.«

Anna legte ein Foto von Uschi Mader auf den Tisch. »Ist das die in Würde Gealterte?«

»Ja.«

»Okay. Und die andere? Wissen Sie, wie sie heißt? Können Sie sie beschreiben?«

»Keine Ahnung, wie die heißt. Rote, lange Haare. Ein bisschen zu gestylt. Ein bisschen zu schlank, ein bisschen zu viel Oberweite, ein bisschen zu lange Fingernägel, ein bisschen zu hohe Stöckelschuhe.«

Anna verkniff sich ein Grinsen. Gute Beschreibung – sie hatte ein vollständiges Bild der Unbekannten vor ihrem inneren Auge. »Würden Sie sie wiedererkennen?«

»Klar. Jederzeit.«

»Und was glauben Sie, hat die schillernde Dame mit Bachmüller verbunden?«

»Na, die hatten was miteinander. Kleine Lazy-Afternoon-Ficks. Das hat sie verbunden.«

»Woher willst du das denn wissen?« Natalies Freund war sichtlich irritiert angesichts der Informiertheit seiner Freundin.

»Frauen sehen so etwas. Was sagen Sie, Frau Kommissar?«

»Chefinspektor heißt das, und – ja, vermutlich haben Sie recht: Frauen bemerken so etwas eher. Ich lasse Ihnen meine Karte da. Wenn Ihnen noch was einfällt, rufen

Sie mich an. Und sollten Sie die Dame irgendwo sehen, dann bitte sofort. Auch wenn es mitten in der Nacht ist.«

»Ist sie die Mörderin?«

»Ich habe keine Ahnung, wer die Dame ist. Aber wir müssen sie dringend sprechen.«

Als Anna kurz darauf Helmut Motzko in der Mitte des Treppenhauses traf, wirkte er ein wenig genervt. »Entweder ist niemand zu Hause, oder sie haben nichts gesehen und nichts gehört. Die im ersten Stock hatten überhaupt keine Ahnung, wem die Dachwohnung gehört. Ich glaub, der Bachmüller war hier fast nie.«

»Nur ab und zu mit seiner Geliebten.«

»Wie? Wo haben Sie das denn her?«

»Tja, ich hab halt die richtigen Nachbarn getroffen. Eine sehr gut informierte junge Dame. Die hätte Ihnen gefallen.«

»Das nächste Mal fang ich oben an.«

»Jetzt seien Sie nicht so ungeduldig, Ihre große Stunde kommt auch noch.«

»Na, schau'ma mal.«

Die kurze Fahrt ins Präsidium legten sie schweigend zurück. Als Anna den Motor abstellte und aussteigen wollte, sagte Helmut Motzko leise: »Durch die Geliebte wird alles anders.«

»Wie meinen Sie das?«

»Weil doch die Mader jetzt ein Motiv hätte, nämlich Eifersucht.«

»Ja, schon. Aber ich glaube nicht, dass sie etwas wusste von seinen nachmittäglichen Schäferstündchen. Ich kann es mir jedenfalls nicht vorstellen.«

»Werden Sie sie noch mal einvernehmen?«

»Wahrscheinlich kommen wir nicht drum herum. Auch wenn es mir leidtut, wenn sie im Nachhinein erfahren muss, dass er sie betrogen hat. Wir warten noch ein bisschen.«

Helmut Motzko lächelte sie an. »Gut.«

»Frau Habel, ich glaub, ich hab da was gefunden. Das ist zumindest sehr, sehr seltsam.« Gabi Kratochwil saß noch genau so an ihrem Schreibtisch, wie Anna sie am Morgen verlassen hatte. Ihre Bluse hatte keinerlei Schweißflecken, und aus ihren zusammengebundenen Haaren hatte sich nicht die kleinste Strähne gelöst. Lediglich der Wasserkrug neben ihr deutete an, dass sie irgendwann ihren Platz verlassen hatte. Auf dem Tisch lag ein Stapel Papier. Als Anna sich vorbeugte, um zu sehen, was sie meinte, flogen die Finger der jungen Kollegin in atemberaubender Geschwindigkeit über die Tastatur, und am Bildschirm klappten nacheinander unzählige Fenster auf.

»Schau'n Sie mal. Ich hab da einen Alfred Bachmüller gefunden. Der ist allerdings im August 1999 bei einem Unfall ums Leben gekommen.«

»Wie alt war der denn damals?«

»Dreiundvierzig.«

»Den Namen gibt es wahrscheinlich öfter.«

»Nicht wirklich. Ich hab nur den einen gefunden.«

»Wie ist er denn gestorben?«

»Das war so eine Sportskanone, bergsteigen, segeln, tauchen. Ist bei einem Segelausflug am Traunsee in ein Unwetter geraten und nicht mehr zurückgekommen.«

»Verdacht auf Fremdverschulden?«

»Nein, er war allein an Bord.«

»Ist seine Leiche gefunden worden?«

»Nein, aber das ist nichts Ungewöhnliches, der See ist fast 200 Meter tief. Aber eines war doch seltsam im Zusammenhang mit seinem Tod.«

»Und das wäre?« Anna war schon etwas ungeduldig, Gabi Kratochwil machte sie mit ihrer langatmigen Art nervös.

»Drei Tage nach dem Unfall wurde in seine Wiener Wohnung eingebrochen.«

»Und was wurde gestohlen?«

»Nichts. Bis auf die Dokumente – Geburtsurkunde, Pass, Meldezettel, eigentlich alles bis auf den Führerschein, den hatte er wahrscheinlich dabei.«

Gabi Kratochwil zog ein paar Seiten aus ihrem Papierstapel und überreichte sie Anna. Sie sah ihr dabei forsch in die Augen, und einen kurzen Augenblick meinte Anna, ein triumphierendes Lächeln zu sehen.

»Na, dann schau'ma mal. Gute Arbeit, Frau Kollegin. Sehr gut. Und bei dir, Kolonja, gibt's was Neues aus dem Finanzsektor?«

»Er hatte ein Konto in Eggenburg, so für den täglichen Bedarf. Ganz wohlhabend, aber im Rahmen. Allerdings gibt es da noch ein Sparbuch bei der Wiener Raiffeisenkasse. Gerade sind mir die Transaktionen zugeschickt worden – da geht es um ganz schön hohe Beträge. Außerdem wurde des Öfteren hin- und herüberwiesen zwischen diesem Berliner Restaurantbesitzer und unserem Weinbauern.«

»Ja, der hat ihm wohl Geld überwiesen für irgendwelche Gärtanks, die der Bachmüller kaufen wollte.«

»Und jetzt sind sie beide tot. Wem gehört denn dann das viele Geld eigentlich?«

»Uns leider nicht.«

»Was machen wir jetzt?«

»Ich weiß es auch nicht genau. Wir müssen eine Geliebte suchen. Ich habe eine Personenbeschreibung, die auf ein Drittel aller Wienerinnen zutrifft.«

»Dann holen wir uns doch die trauernde Witwe noch einmal!«

»Dazu fehlt mir heute die Kraft. Lad sie für morgen vor. Und übernimm du das. Machst einen auf Frauenversteher, das kannst du doch so gut. Erzählst ihr behutsam vom Pantscherl ihres Freddys und versuchst rauszufinden, ob sie was wusste. Frau Kollegin Kratochwil, Sie unterstützen ihn dabei, Sie können gerne die Rolle des strengen Bullen übernehmen, das dürfte Ihnen ja nicht allzu schwerfallen. Und geben Sie mir den Akt von dieser Wasserleiche.«

Die junge Beamtin legte Anna schweigend einen schmalen Schnellhefter auf den Schreibtisch, als die Türe schwungvoll aufgestoßen wurde und ein uniformierter Beamter eine große Styroporbox ins Zimmer trug. »Habt ihr was zu essen bestellt?«

Tatsächlich sah der Behälter aus wie eine Lieferung

von *Essen auf Rädern.* Kolonja öffnete eilig den Deckel und ließ ihn mit einem Schrei auf den Boden fallen. »Pfui, das ist ja grauslich.« Anna ahnte schon, was in der Kiste war, und konnte sich das Lachen kaum verkneifen. »Herr Motzko, Sie sind doch hier das Kind vom Land, ich glaub, das ist was für Sie.« Motzko griff in die Box und zog ein durchsichtiges Plastiksackerl heraus. Die große Tigerkatze, die vor ein paar Tagen noch Bachmüllers Einrichtung aufgepeppt hatte, sah bereits ziemlich mitgenommen aus. Erde verklebte das stumpfe Fell, die Zunge hing geschwollen aus dem offenen Maul.

»Was machen wir damit?« Kolonja war blass um die Nase und leerte sein Wasserglas in einem Zug.

»Obduzieren, was sonst?«

»Und was soll das bringen?«

»Wir finden raus, ob ihr jemand Kokain verabreicht hat.«

»Wie kommst du denn darauf?«

»Ich weiß auch nicht, ist einfach so ein Gefühl. Ist doch komisch, dass seine Katze einen Tag nach ihm stirbt, oder?«

»Die Obduktion kriegst du nicht genehmigt.«

»Keine Sorgen, ich bring sie eh nicht zum Schima, ich geh den kleinen Amtsweg, lass mich nur machen. Motzko, packen Sie das Vieh wieder ein und stellen Sie die Schachtel in den Kühlschrank.«

»Das ist ja so was von unappetitlich.« Kolonja verließ das Büro, nicht ohne die Tür geräuschvoll zuzuschlagen.

Den Rest des Nachmittags verbrachten sie an ihren Schreibtischen. Anna jagte den Namen Freddy Bachmüller erneut durch sämtliche Datenbanken, musste sich aber rasch eingestehen, dass Gabi Kratochwil sehr sauber gearbeitet hatte.

Für den frühen Abend verabredete sie sich mit einer alten Freundin, die eine Tierklinik in der Peter-Jordan-Straße betrieb. Und wenn Elisabeth überrascht war, dass Anna ihr eine Katze zum Obduzieren vorbeibringen wollte, ließ sie es sich zumindest nicht anmerken.

Kurz bevor Anna das Büro verließ, rief sie noch einmal Bernhardt auf seinem Mobiltelefon an, erreichte aber nur die Mobilbox. »Hallo. Ich bin's. Was Neues? Sag mal, gibt es eigentlich schon irgendeine Spur bezüglich dieser Sabine Hansen? Das kann doch nicht so schwierig sein. Melde dich bitte.«

Sie griff sich die Styroporbox aus dem Kühlschrank, und während sie auf dem Parkplatz den Schlüssel suchte, deponierte sie die Schachtel auf dem Autodach. Kurz stellte sie sich vor, was passieren würde, wenn sie sie da oben vergessen und einfach losfahren würde. Bei dem Gedanken, dass die schon leicht verweste Katze auf der Kühlerhaube des Staatsanwalts-Mercedes landen könnte, musste sie lachen.

Als sie durch das Servitenviertel in die Liechtensteinstraße bog, bemerkte sie, dass der Himmel sich verdunkelte. Das Liechtenstein Museum war in dramatisches Licht getaucht und wirkte dadurch noch imposanter, als es ohnehin schon war. Im Mai hatte Anna zusammen mit einer Freundin aus Italien fast einen ganzen Sonntag in diesem Museum verbracht, und beide waren schwer beeindruckt von Palais, Park und Kunst gewesen.

Anna konnte es kaum fassen, dass all die Rubens, van Dycks und Rembrandts im Privatbesitz des Fürsten von Liechtenstein waren – der Wert dieser Privatsammlung überstieg ihr Vorstellungsvermögen. Und dieser Fürst war nicht etwa eine historische Figur, verewigt in einem düsteren Ölschinken, nein, er war eine lebende Person mit Familie, was von einem Schwarzweißporträt im Treppenhaus bezeugt wurde. Wie ungerecht die Welt doch sein konnte …

Anna wurde aus ihren Gedanken gerissen, als dicke Tropfen auf die staubige Windschutzscheibe platschten. Kurz bevor sie den Gürtel überquerte, setzte heftiger Wind ein.

Als Anna die paar Stufen zur Tierklinik ins Souterrain hinunterging und an den Empfangstresen trat, ertönte Elisabeths Stimme aus dem Behandlungsraum: »Einen Augenblick, bitte! Ich komme gleich.« Anna setzte sich – die Styroporschachtel auf den Knien – in das kleine Wartezimmer, das von unzähligen Tierfotos mit Dankesworten ihrer Besitzer geschmückt war. Kurz darauf hörte sie einen Hund aufjaulen, dann ein wütendes Kläffen. Fünf Minuten später kam Elisabeth aus der Praxis und freute sich sichtlich, Anna zu sehen.

»Mensch, altes Haus! Wie schön, dich mal wieder zu sehen!«

Anna stellte die Schachtel neben sich auf einen Stuhl, und die beiden umarmten sich.

»Hier ist die tote Katze. Vermutlich ein Gewaltverbrechen … Und da dachte ich, du könntest sie dir mal anschauen?«

»Die Wiener Mordkommission ermittelt jetzt bei toten Katzen?« Elisabeth machte sich erst gar keine Mühe, ihre Belustigung zu verbergen.

»Sagen wir mal so: Sie ist Teil einer Ermittlung bei einem echten Toten, ich meine, bei einem menschlichen.«

»Na, dann gib mal her, das gute Stück.« Elisabeth warf den Kadaver schwungvoll auf den Behandlungstisch und zog sich weiße Latexhandschuhe über. Sie schob der toten Katze die Lefzen hoch und betrachtete das Zahnfleisch. »Ui, das sieht nicht gut aus. Wahrscheinlich nicht an Altersschwäche gestorben. Ich schneid die jetzt mal auf, willst du zuschauen oder machst du uns inzwischen draußen einen Kaffee?«

Anna hatte es ziemlich eilig, den Behandlungsraum zu verlassen, und trödelte lange an der kleinen Espressomaschine herum.

»Anna. Kommst du mal? Schau, ich zeig dir was.«

Elisabeth hatte – wohl aus Rücksicht auf Anna – den Kadaver mit Tüchern abgedeckt und zeigte nun triumphierend auf das klaffende Loch am Bauch des Tieres. »Eindeutig Mord. Kein natürlicher Tod. Wie ich es mir gedacht habe.«

»Woran erkennst du das?«

»Schau her. Alles voller Blut da drinnen. Das Tier ist innerlich verblutet, und das bedeutet eines: Rattengift.«

»Wirklich?«

»Todsicher. Klarer Fall von Vergiftung. Kommt leider öfter vor, obwohl das Streuen von Rattengift an öffentlich zugänglichen Stellen natürlich verboten ist.«

»Wie schnell wirkt das?«

»Wann wurde sie denn gefunden?«

»Vor zwei Tagen.«

»Dann hat sie das Gift ein paar Stunden vorher gefressen. Das wirkt ziemlich schnell. Ein paar Stunden qualvolles Sterben, dann ist es vorbei. Eine Frechheit ist das – so ein schönes Tier. Wo hast du sie denn her?«

»Aus dem Weinviertel. Sie war die Katze eines Mordopfers.«

»Ein Doppelmord also. Na, dann viel Spaß. Willst du sie wieder mitnehmen?«

»Nein, eigentlich nicht. War ja nichts Offizielles, hat mich einfach nur interessiert. Kannst du sie entsorgen?«

Elisabeth packte den toten Tierkörper in einen großen Plastiksack, und Anna versprach ihr ein gemeinsames Abendessen, wenn sie den Fall aufgeklärt hatte.

20

Als Bernhardt das Büro in der Keithstraße betrat, hingen seine Mitarbeiter in den Seilen. Nur Katia Sulimma machte einen relativ munteren Eindruck.

»Ey, Thomas, schön, dass du auch noch reinschaust. Wir kommen hier keinen Schritt weiter.«

»Okay, lasst uns mal alles zusammenfassen. Wenn wir heute wirklich nicht weiterkommen, dann müssen wir wenigstens wissen, wo wir morgen ansetzen. Cellarius, machst du den Anfang?«

Cellarius rückte sich zurecht, versuchte wieder Spannung in seinen Körper zu bringen, was ihm auch ansatzweise gelang.

»Also, ich habe mir dieses kleine Gastronomie-Imperium von Otter noch mal genauer angeschaut. Der erste Eindruck hat sich bestätigt: Der hat erstaunlich solide gewirtschaftet. Keine Verluste, aber auch keine hohen Gewinne. Immer nur knapp im Plus. Wie der sich allerdings diese Villa in Dahlem bauen konnte, ist nicht ganz klar. Und wie er sich dann zusätzlich eine gar nicht so billige Wohnung in Wien leisten konnte, das müsste noch mal überprüft werden.«

»In Wien?«

Bernhardt spürte dieses kleine nervöse Prickeln, das

ihn immer dann überfiel, wenn sich in einem Fall eine Wendung ankündigte. Cellarius schaute ihn überrascht an.

»Ja und, warum nicht?«

Jetzt mischte sich Cornelia Karsunke ein: »Habel, ich sage nur Habel.«

Bernhardt reagierte zu seiner eigenen Überraschung verärgert.

»Ach, jetzt hör doch auf damit. Wien ist interessant, weil dieser Ösi-Winzer –«

Cornelia Karsunke schnitt ihm gereizt das Wort ab. »Die Habel und der Ösi-Winzer, darum geht's doch bei uns hier gar nicht. Meinst du, der hat seinen blöden Biowein hinterm Stephansdom gepantscht und dann die Fässer in Otters Wiener Wohnung gelagert?«

Bernhardt stellte fest, dass er sie so gar nicht kannte: kämpferisch und wütend. Eine neue Seite, die ihm gefiel.

»Also gut, ich weiß auch nicht, was da genau läuft, etwas ist jedenfalls faul. Aber erzähl mal weiter, Cellarius.«

»Na ja, der Otter hat die Sozialabgaben korrekt abgeführt. Ist in dem Gewerbe angeblich nicht selbstverständlich. Die hygienischen Verhältnisse waren immer einwandfrei, sagt die Lebensmittelkontrolle. Dann habe ich noch mit Jutta von der organisierten Kriminalität gesprochen. Sie hat nichts vorliegen in Sachen Schutzgelderpressung und meint auch, es sei unwahrscheinlich, dass in dieser Richtung was gelaufen sei. Da gibt's vorher Warnungen, sagt sie, kurzum: keine Verdachtsmomente.«

Bernhardt schaute in die Runde.

»Was gibt's noch? Was ist mit der Obduktion, was mit dem ballistischen Befund?«

Es meldete sich Krebitz, den Bernhardt noch gar nicht richtig wahrgenommen hatte. Er hatte die Gabe, sich mehr oder weniger unsichtbar zu machen, quasi als eine Art Schatten seiner selbst zu agieren. Was insofern schwer nachzuvollziehen war, weil er mit seinem ganzen Auftreten, seiner lächerlichen Garderobe, mit seiner Cargohose und seinen schrecklich bunten Hemden und dann noch den ausgelatschten Sandalen eigentlich wie ein bunter Hund hätte wirken müssen. Wie üblich gab sich Krebitz als Underdog, der nicht erwünscht ist.

»Freudenreich hat gesagt, dass ich bei euch mitmachen soll, aber wenn ihr nicht wollt, wenn das auf eure *Ablehnung* stößt, dann –«

Bernhardt brach der Schweiß aus. »Hör auf, Krebitz, du bist willkommen.« In seinem Kopf formte sich das Wort »Lügner« und wurde immer größer. »Erzähl einfach.«

Krebitz schniefte und schnaufte, als müsste er einen erheblichen inneren Widerstand überwinden.

»Es gibt nicht viel zu erzählen. Die Obduktion hat genau das ergeben, was zu erwarten war. Aufgesetzter Schuss aus einer großkalibrigen Waffe, die üblichen Verletzungen, Exitus. Davon abgesehen war der Typ in guter Verfassung. Etwas anders steht es mit der ballistischen Untersuchung …« Krebitz straffte sich und schien um ein paar Zentimeter zu wachsen. »… 9mm-Geschoss, so weit klar, wahrscheinlich eine Walther, aber angeblich ist da noch irgendwas nicht abgeklärt. Da müssen noch Zusatzuntersuchungen gemacht werden.«

»Zusatzuntersuchungen?«

Bernhardts Stimme klang schroff. Krebitz zuckte mit den Schultern, sank wieder in sich zusammen und schaute seinen Vorgesetzten vorwurfsvoll an.

»Ja, Zusatzuntersuchungen. Weil ... ich weiß es nicht. Die Kollegen waren seltsam, als wollten sie einfach nicht mit den Ergebnissen rausrücken.«

»Warum sollten sie das nicht wollen?«

»Weil etwas faul ist, wenn du mich so fragst. Wir hatten das schon einmal, vielleicht kannst du dich erinnern?«

Bernhardt konnte sich erinnern, wollte sich jetzt aber nicht näher auf die damaligen Ereignisse einlassen. Er schaute in die Runde. »Was sagt ihr dazu?«

Cellarius, der Musterschüler, antwortete als Erster. »Könnte Zufall sein. Vielleicht gab's wirklich irgendwelche Schwierigkeiten. Warten wir bis morgen früh.«

Auch Cornelia Karsunke und Katia Sulimma waren der Meinung, man solle einfach abwarten. Die Kollegen seien eben manchmal langsam.

Schließlich berichtete noch Cornelia von ihrer Suche nach Sabine Hansen. Die Wohnung in der Hermannstraße, übrigens ganz bei ihr in der Nähe, sei ordentlich verschlossen gewesen. Andrea von der Vermisstenstelle habe ihr gesagt, dass sie damals alles untersucht hätte. Sie habe auch mit den Bewohnern des Hauses gesprochen. Niemandem sei was Besonderes aufgefallen, außer man fände es verdächtig, dass die Hansen ihre Wohnung so unvermittelt verlassen habe, als sei sie Hals über Kopf geflohen: Benutzte Teller und Tassen auf dem Tisch, die zwei Zimmer in einem, wie Andrea meinte, schöpferischen Chaos. Die Miete würde weitergezahlt, per Dauerauftrag, aber damit sei bald Schluss, weil das Konto schon in den Miesen sei. Von den Nachbarn habe sie heute keinen erwischt, aber morgen werde sie es noch einmal versuchen. Sie könne sich aber gut vorstellen, dass die Hansen einfach aufs Land gefahren sei. Wahrscheinlich sei da gar nichts dran an der Hansen-Geschichte. Andrea sehe das auch so.

Viel mehr war nicht zu tun, und Bernhardt war zufrieden, dass er noch ein paar Aufträge für den nächsten Tag ausgeben konnte.

»Krebitz, wirklich gut, dass du da bist.«

Krebitz schaute ihn vorwurfsvoll an.

»Du gehst morgen nach Dahlem. Frag noch mal im weiteren Umkreis um Otters Palais, ob jemand diese mysteriöse Frau gesehen hat, die da laut Aussage eines Anwohners namens Griffel rumgeirrt ist. Du bist der Richtige für solche Nachforschungen.«

Krebitz schaute ihn noch vorwurfsvoller an.

»Und Cellarius, kümmere du dich um Otters Wiener Wohnung. Mach dich bei Anna Habel der Schrecklichen sachkundig, Cornelia will ich das nicht zumuten.«

Ein wütender Blick von Cornelia Karsunke.

»Ich setze mich mit Cornelia auf die Spur der abgetauchten Sabine Hansen, und du, Katia …«

»… ach, komm, Thomas, ich will auch raus ins brausende Leben.«

»Du kümmerst dich weiter um Sabine Hansen, auf deine Art. Das ganze Register, geboren, zur Schule gegangen, geheiratet, wo gewohnt, mit wem gelebt, wen geliebt, kurzum: Was hat die für ein Leben geführt?«

Katia Sulimma lächelte ihn ironisch an. »Und das alles, weil die Habel das wissen will?«

»Wir wollen's auch wissen.«

»Und warum?«

»Weil mit dem Otter und dem Bachmüller irgendwas gelaufen ist, und weil die Hansen mit drinhängt. Und weil es eine Lücke in der Akte der Vermisstensache Hansen gibt. Das erinnert mich … Egal …«

Thomas Bernhardt spürte, was die anderen dachten: Bernhardt und die Intuition, da kann man nichts machen. Und endlich gingen alle ermattet in den Feierabend.

Thomas Bernhardt erwischte Cornelia Karsunke gerade noch, als sie in ihrer verbeulten Kleinwagenkiste losfahren wollte.

»Nimmst du mich mit?«

»Ich fahr nicht nach Schöneberg.«

»Dann komm ich eben mit nach Neukölln.«

»Und was willst du da?«

»Mit dir reden?«

»Reden?«

»Ja, sprechen, unterhalten, plaudern.«

»Du hast seltsame Wünsche. Aber wenn du willst. Ich gehe mit den Kindern noch schwimmen, das schaffe ich gerade noch, du kannst gerne mitkommen.«

»Mache ich.«

Cornelia schaute ihn aus ihren Tatarenaugen lange und nachdenklich an.

»Du bist der komischste und seltsamste Vogel, der mir je über den Weg gelaufen ist.«

»Das ist doch schon was.«

Sie hatten die beiden Mädchen in der Boddinstraße abgeholt. Die Größere hatte glatte rotblonde Haare, die Kleinere einen Haarberg aus weißblonden Locken. Scheu hatten sie ihm die Hand gegeben und sich dann auf der Rückbank in ihre Kindersitze gezwängt, in die Cornelia wegen der Hitze Handtücher gelegt hatte. Auf Thomas' Frage, wie es denn in der Schule oder im Kindergarten gewesen sei, kicherten sie leise. Es waren doch große Ferien, Dummkopf, hieß das. Und was hatten sie den ganzen Tag gemacht? Mit Reyhan waren sie unterwegs gewesen, Reyhan, der Tänzerin, aber die hatte keins ihrer Kostüme angehabt mit den vielen Perlen. Die trug sie nur, wenn sie tanzte oder ihre Tänze übte. Was machte Reyhan denn? Tanzen und mit dem nackten Bauch wackeln. Bauchtänzerin? Jaaa! Jetzt lachten die beiden. Nora hieß die Größere, Greti die Kleine.

Als Cornelia den Wagen vor dem Schwimmbad am Columbiadamm parkte, stand die Sonne schon tief. Keine schlechte Lage für ein Bad, fand Bernhardt, gegenüber dem Grün des Volksparks Hasenheide und vor dem weiten Feld des Flughafens Tempelhof. Am Eingang stand ein kahlrasierter Riese, dessen muskulöse Arme tätowiert waren mit mythischen Figuren, Schlängellinien, roten Herzen, grünen Schlangen. Er schaute im Vollgefühl seiner beeindruckenden Körperlichkeit auf Bernhardt herab.

»Na, junger Mann, ma die Beene spreizen und die Arme schön auseinander.«

Bernhardt war verblüfft.

»Sind wir hier auf dem Flughafen oder was?«

»Nee, wir sind hier im Schwimmbad, det hamse schon richtich erkannt. Aba wat jestern los war: Ham wa jelesen, inne *B.Z.*, oder?«

Der Riese klärte den unwissenden Bernhardt auf. Am vorhergehenden Tag waren 8000 Leute im Bad gewesen. Und irgendwann gab's Streit, am Nachmittag, bei 36 Grad, als die Hitze die Gehirne ausgedörrt hatte. Haben sich ein paar Jugendliche eben beschimpft, geschubst, geschlagen. Ein paar Mädchen waren die Ursache oder haben das Ganze erst richtig angeheizt. Und dann war's 'ne Massenschlägerei. Da konnten er und seine Kollegen von der ›Security‹ und die Bademeister sowieso nichts mehr machen. 60 Polizisten waren gekommen, in voller Montur, und drei Krankenwagen. So schlimm war's dann allerdings auch wieder nicht gewesen. Aber um kurz nach 17 Uhr wurde das Bad geräumt und geschlossen. Schade für die friedlichen Leute, meinte der Riese. Und jetzt gibt's eben richtige Personenkontrollen, fügte er hinzu.

»Na, Sie sind clean, junger Mann. Keen Messa, aber da hinten, in die Eimer, wenn Se det sehen könnten, da liecht so einijet drin.«

Thomas Bernhardt sparte sich den Blick und folgte Cornelia Karsunke, die mit den beiden Mädchen ohne Kontrolle ins Bad gekommen war. An einem Shop kaufte er sich eine Badehose im Bermudastil und ging sich umziehen. Draußen erwarteten ihn Cornelia im blauweißgestreiften Badeanzug und die beiden Mädchen, die kleine Blümchen-Bikinis trugen und jedes ein Hütchen auf dem Kopf hatten.

»Ey, ihr seht aber echt klasse aus.«

Nora und Greti kicherten, aber Cornelia Karsunke konnte es nicht lassen.

»Na und du erst. Du passt dich ja voll an, wahrscheinlich bist du einer der ältesten Jugendlichen hier.«

»Na komm, Mutti, hättest du gern etwas Seriöseres?«

Sie mussten beide lachen.

Aufgedrehte Jugendliche streiften über die Liegewiesen, rempelten sich durch die Menge und plusterten sich auf wie Kampfhähne, Großfamilien saßen im Kreis, ein paar stille Leser fristeten ein kärgliches Dasein am Rande der Wiese im schütteren Schatten der Bäume.

Nora und Greti liefen zielstrebig zu einem Wasserpilz im Kinderbecken und drängten sich zu den anderen Kindern unter das niederprasselnde Nass. Lachend und schreiend warfen sie die Arme hoch, machten einen Buckel, versuchten ihren Platz zu behaupten, wurden zur Seite geschoben, kämpften sich zurück, fielen um, tauchten unter, standen prustend wieder auf. Wie die anderen Mütter und Väter passte Cornelia auf sie auf, schob sie vorsichtig unter den Wasserschirm, zog sie aber auch zurück, wenn der Andrang zu groß wurde. Die beiden Mädchen wollten gar nicht aufhören, es dauerte lange, bis sie zitternd und mit blauen Lippen endlich aus dem Wasser kamen.

Aber es war noch nicht genug. Jetzt ging es zur Riesenrutsche, vor der sich eine lange Schlange gebildet hatte. Nur Nora, die Große, durfte sich mit Cornelia einreihen und endlich, fest umfasst von der Mutter, die knapp hundert Meter runterrutschen. Bernhardt hatte Greti, die Kleine, auf seinen Arm genommen. Eine Zeitlang schaute sie ihn skeptisch an, dann legte sie ihren Kopf mit den nassen Locken an seine Schulter. Kurz danach war sie eingeschlafen.

Bernhardt stand wie betäubt in der tiefstehenden, blendenden Abendsonne, eingetaucht in einen Nebel aus Gerüchen: Chlorwasser, Schweiß, Sonnenöl, verbranntem Gras, Fettdunst von den Imbissbuden. Konnte man denn an solch einem Ort, ganz und gar unerwartet, glücklich sein?, fragte er sich.

»Hallo! H-a-l-l-o!!! Eine schläft, und einer träumt. Oh, wie süß, ich glaub's ja nicht.«

Cornelia und Nora lachten ihn an. Greti auf seinem Arm räkelte sich, blinzelte und schaute um sich. Erst schien es, als wollte sie weinen, aber dann lächelte sie und streckte die Arme zu ihrer Mutter aus, die sie mit beiden Händen fasste, ihr einen flüchtigen Kuss gab und ein bisschen kitzelte.

Bernhardt löste die Idylle auf.

»So, jetzt trinken wir noch alle zusammen eine eiskalte Cola.«

Cornelia schüttelte den Kopf.

»Cola gibt's bei uns nicht, höchstens eine Brause.«

Bernhardt war begeistert. »Brause, ist ja toll, ich dachte, das Wort sei längst ausgestorben. Eine Brause, ja, so klingt der Berliner Sommer. Brause, Fassbrause für die Kinder, und für die Alten eine Weiße, rot oder grün. Los, Kinder, jetzt ist Zeit für eine Sause mit einer Brause.«

Und so saßen sie noch vor der Imbissbude, die Kinder mit einer Fassbrause, die Alten tatsächlich mit einer Weißen. Anschließend fuhren sie die kurze Strecke mit dem Auto zur Boddinstraße. Eine kurze Zeit saßen sie noch am Boddinplatz, aber die beiden Mädchen wollten nicht mehr spielen. Cornelia nahm eins rechts und das andere links an die Hand, die große Tasche mit den Badesachen hatte sie über die Schulter geworfen.

»War schön.«

Sie legte ihm leicht die Hand auf die Schulter und küsste ihn auf den Hals.

»Mehr ist hier nicht drin. War wirklich schön im Culle.«

»Im Culle?«

»So sagen wir zu dem Bad. Früher als Kind bin ich mit meinen Eltern und Geschwistern am Wochenende immer da hingegangen. Mit Kartoffel- und Nudelsalat in Tupperware-Töpfen und Plastikgeschirr und -besteck. Und mit selbstgemachter Brause aus Sirup. Tritop. Kannst du dich erinnern?«

»Klar, gab's in allen Geschmacksrichtungen. Schwarze Johannisbeere fand ich gut.«

»Ich war immer für den Klassiker: Orange. Na gut, weißt du, wie du zurückkommst?«

»Du bist wirklich 'ne fürsorgliche Mutter. Ich weiß schon: U7, Karl Marx, Richtung Spandau, bis Eisenacher. Stimmt's?«

»Ja, du bist ein richtiger Großstadt-Cowboy, mach's gut.«

Das kleine Mädchen wollte noch einmal auf seinen Arm und küsste ihn auch auf den Hals, das große gab ihm die Hand und schaute ihn ernst an. Thomas Bernhardt blieb auf der Straße stehen und blickte den dreien nach, bis sie durch die geöffnete Tür in ihr Haus traten und im Schatten des Flurs verschwanden.

21

Anna war kaum länger als eine halbe Stunde in der Tierklinik gewesen, doch die Welt draußen hatte sich vollkommen verändert. Ein heftiger Sturm zerrte an den hohen Bäumen, und kaum saß Anna im Auto, ging ein heftiger Platzregen nieder. Die engen Straßen waren übersät von herabgefallenen Ästen, sie fuhr im Schritttempo, das Wasser schoss an ihr vorbei, und die Scheibenwischer richteten rein gar nichts mehr aus gegen die Regenmassen, die sich über ihre Windschutzscheibe ergossen. Das Währinger Cottage hatte plötzlich nichts mehr vom lieblichen Vorstadt-Villenviertel, in dem Anna an ihren freien Abenden so gerne spazieren ging und sich in die Leben der einst berühmten Bewohner träumte. Plastiksäcke wirbelten durch die Gegend, eine umgestürzte Mülltonne kullerte am Straßenrand hin und her, vom Haus neben ihr waren bereits einige Dachziegel in den Vorgarten gestürzt. Die Gentzgasse glich einem reißenden Fluss, ein Auto hatte es aus einer Parklücke gespült, es stand quer auf der Fahrbahn. Ein paar Passanten standen fast bis zu den Knien im Wasser, das wie ein brauner Gebirgsbach die leicht abfallende Straße entlangschoss. Anna lenkte ihr Fahrzeug an den Straßenrand und stellte den Motor ab. Nach etwa zehn

Minuten wurde der Regen schwächer, und mehrere Leute kamen aus ihren Häusern, um die überschwemmte Straße zu fotografieren. Anna überlegte, ob sie das Weiterfahren riskieren konnte, als ihr Handy klingelte. Harald.

»Hallo. Bist noch im Dienst?«

»Nein, eigentlich schon fast zu Hause, aber ich sitz hier im Weltuntergang fest.«

»Um Gottes willen, bist du draußen?«

»Ja, aber mach dir keine Sorgen. Ich bin im Auto. Es hört eh bald auf.«

»Das ist Irrsinn. Klimakatastrophe! Das Eisgeschäft und der Buchladen sind überschwemmt. Die Martinstraße ein brauner Fluss. Wo bist du denn?«

»Ecke Cottagegasse Gentzgasse. Hier wird's schon besser, ich glaub, ich fahr bald weiter.«

»Schon was vor heute?«

»Nicht direkt. Mal sehen, wie es dem Kind geht, und ein bisschen nachdenken über meinen toten Winzer.«

»Das Kind ist groß, und nachdenken kannst auch bei mir. Ich hab zwei wunderbare Schnitzerl vom Mangalicaschwein gekauft. Viel zu schade, die allein zu essen. Einen guten Wein gibt's auch, zwar keinen Bachmüller, aber auch nicht schlecht.«

»Klingt gut. Ich geh mal schnell nach Hause und schau, was Florian vorhat. Und dann schwimm ich rüber. Stunde?«

»Wunderbar. Ich deck schon mal den Tisch und dekantiere den Wein.«

»Okay, bis später, du Snob.«

Langsam fuhr Anna die Gentzgasse runter, und der Regen hörte so plötzlich auf, wie er angefangen hatte. Als sie in der Nähe der Wohnung einen Parkplatz fand, war der Wasserstand noch immer beträchtlich, das Wasser schoss allerdings nicht mehr in der Geschwindigkeit dahin wie noch vor ein paar Minuten. Anna zog ihre Schuhe aus und krempelte die Hosen hoch. In der Kutschkergasse traf sie auf den verzweifelten Signor Rocco, der versuchte, sein Eisgeschäft trockenzulegen. Auch im Friseurladen daneben war der frischrenovierte Parkettboden von Wasser bedeckt. Anna war heilfroh, dass sich ihre Wohnung im zweiten Stock befand, und als sie den Flur betrat, stellte sie fest, dass das Gewitter keinerlei Abkühlung bewirkt hatte.

In Haralds Wohnung duftete es verführerisch, er hatte den Tisch auf dem schmalen Hinterhofbalkon gedeckt, drückte Anna ein Glas Rotwein in die Hand und befahl ihr, sich zu setzen und zu entspannen. Ein bunter Salat stand in der Mitte, ein Korb mit frischem Baguette, und aus dem Wohnzimmer drang leise Musik.

»Was ist das?«, rief Anna in die Küche.

»Was denn?«

»Die Musik.«

»Velvet Underground.«

»Schön.«

Harald stellte Anna einen Teller mit einem kleinen Stück Fleisch, ein paar winzigen Kartoffeln und Fisolen vor die Nase, setzte sich ihr gegenüber und prostete ihr zu.

Anna wurde ein wenig verlegen. »Haben wir was zu feiern?«

»Nein. Nicht direkt. Ich meine, man braucht ja nicht immer einen Grund zum Feiern, oder? Lass dich doch einfach mal ein bisschen verwöhnen.«

Anna hatte selten ein so zartes Fleisch gegessen, der Salat war knackig und mit frischen Kräutern angemacht, und der Rotwein schmeckte so, als könne man davon eine ganze Flasche trinken, ohne am nächsten Tag mit Kopfschmerzen aufzuwachen. Sie unterhielten sich über dies und das, diskutierten über einen Roman von Paul Auster, den sie beide gelesen hatten, und Anna war froh, dass Harald nicht nach ihrem aktuellen Fall fragte. So konnte sie ein wenig abschalten.

Die Kerzen am Tisch flackerten ein wenig, und Anna wurde schlagartig bewusst, dass sie entweder schnell gehen sollte oder aber wohl die Nacht hier verbringen würde. Sie war nicht sicher, ob sie das wollte. Als Harald vorschlug, nach drinnen zu wechseln, erhob sich Anna abrupt und stieß ihr Weinglas um.

»Oh, Entschuldigung. Ich werd dann mal schlafen gehen.«

Harald nahm sie an den Händen und zog sie an sich. »Hey, warum bist du so nervös. Ist doch alles gut.«

»Ich muss morgen früh aufstehen. Harter Tag.«

»Harte Tage haben wir immer. Ich hab morgen drei Kieferoperationen, aber da denk ich doch heute noch nicht daran.«

»Ich sollte aber wirklich besser gehen.«

»Wer wartet denn auf dich?«

»Niemand. Aber es ist nicht gut, wenn ich hierbleib.«

»Du machst es dir ganz schön schwer, weißt du das?« Harald küsste sie zart auf die Nasenspitze, und Anna bekam ein wenig weiche Knie. Warum war nur immer alles so kompliziert? Oder war nur sie kompliziert?

»Ja, ich weiß. Aber ich – «

»Psst. Ja, du willst keine Beziehung, du willst mich als Freund nicht verlieren. Das weiß ich doch alles. Ist ja auch alles richtig. Kannst aber trotzdem bleiben.«

Anna straffte die Schultern und gab sich einen Ruck. »Tut mir leid. Vielleicht ein anderes Mal. Ich geh jetzt nach Hause. Danke für den schönen Abend, und danke für das Wahnsinnsessen. Das nächste Mal koch ich.« Sie küsste Harald sachte auf den Mund und warf sich ihre Tasche um.

»Das klingt wie eine gefährliche Drohung. Na, dann mach's gut. Schlaf schön.«

22

Bernhardt fuhr früh in die Keithstraße, wo Cellarius immer noch Papiere aus Otters Geschäftsunterlagen wälzte, Katia Sulimma eifrig auf den Tasten ihres Computers klapperte und sich Krebitz gerade aus der Tür schlängeln wollte, als Bernhardt eintrat. Wie in einem Slapstick wichen beide voreinander zurück: Bloß keine Berührung, schien ihr unausgesprochenes Motto zu sein.

Krebitz blieb widerwillig stehen. Ja, der ballistische Befund sei da. Warum das so lange gedauert habe, sei wirklich unklar. Alles ganz normal, wie gestern schon gesagt, 9 mm, eine Walther, bei der Geschossuntersuchung keine Hinweise auf vorhergehende Fälle. Nach einem undeutlichen Gemurmel, das Bernhardt wohlwollend als Abschiedsgruß deutete, schlich Krebitz von dannen. Bernhardt spürte geradezu körperlich den Widerwillen des alten Spürhundes: Dahlem, was soll ich denn da?

Bernhardt sah Cellarius an, der sich mit einem Achselzucken von seinen Papierbergen abwandte.

»Ich bin noch nicht fertig, habe immer noch die Hoffnung, was zu finden. Obwohl das alles völlig unspektakulär ist, was schon wieder verdächtig ist. Mal sehen, ob ich nachher aus Otters Personal noch was rauskitzeln kann. Die Lokale sind nämlich nicht geschlossen. Der Vater hat dem Geschäftsführer gesagt, alles soll so weiterlaufen wie bisher, außer natürlich in der Brunnenstraße. Und du?«

»Sabine Hansen.«

»Meinst du, das bringt was?«

»Du weißt doch: Die Summe der Nachforschungen bringt's. Wenn Quantität in Qualität umschlägt.«

»Sind wir aber noch ein bisschen von entfernt, oder?«

Thomas Bernhardt fuhr mit dem Auto von Schöneberg nach Neukölln und kam kurz vor neun Uhr in der Bodinstraße an. Um Viertel nach neun trat Cornelia Karsunke endlich aus der Tür ihres Wohnhauses. Sie sah aus, als hätte sie schon einen langen Arbeitstag hinter sich: geschwollene Lider, Ringe unter den Augen, die Haare mit einem Gummi nachlässig zusammengebunden.

»Entschuldige. Tut mir leid. Die Kinder waren, glaube ich, gestern zu lange im Wasser. Nora hat Ohrenschmerzen, und Greti hat Fieber. Ich habe sie die ganze Nacht in meinem Bett gehabt, aber sie konnten einfach nicht richtig schlafen. Und jetzt sollen sie ja heute zu Licht, Luft und Sonne.«

»Licht, Luft und Sonne?«

»Kennst du nicht? Ist eine ganz alte Erfindung, wurde so Ende der Vierziger eingerichtet, nehme ich an. Da dürfen Kinder in den Sommerferien eine Woche in ein Ferienheim am Wannsee, kostet 50 Euro, wurde früher vom Bezirksamt organisiert, jetzt machen das private, wie sagt man, Träger? War ich früher als Kind auch dabei. Das ist schön. Nachher werden die beiden abgeholt, hoffentlich geht da alles klar. Aber Reyhan wird das schon schaffen.«

Auf dem Balkon im dritten Stock stand eine dunkelhaarige Frau, neben sich die beiden Mädchen, die die Arme schwenkten und juchzten. Thomas Bernhardt winkte ihnen zu, die Mädchen reagierten mit Gehüpfe und Geschrei.

»Na, die sind doch topfit. Hatten einfach ein bisschen Reisefieber.«

»Wollen wir's hoffen. Also zur Hermannstraße, können wir zu Fuß machen.«

Thomas Bernhardt ging neben Cornelia im Schatten der Häuser. An der U-Bahn-Station Boddinstraße besprengte ein türkischer Gemüsehändler seine Auslage mit Wasser. Cornelia griff sich im Vorbeigehen einen Apfel und drückte dem Jungen an der Kasse einen Euro in die Hand. Der wollte was sagen, klappte dann aber seinen Mund abrupt zu.

Cornelia trug eine weite weiße Bluse, die locker über die verwaschene blaue Jeans fiel, ihre nackten Füße steckten in Sandaletten mit Korkabsatz. Irgendwie 'ne lässige Mutter Courage, sagte sich Bernhardt.

»Übrigens: Korkabsatz, echt fünfziger Jahre.«

»Ach komm, so alt bist du doch gar nicht.«

Cornelia biss herzhaft in den Apfel.

»Na gut, dann sechziger Jahre. Nur zu deiner Information: Der Apfel ist gespritzt, und du hast ihn nicht gewaschen.«

»Deshalb kriegst du ja auch nichts ab, alter Hypochonder. Nur gut, dass du nicht in allen Dingen so bist.«

»Was willst du denn damit sagen?«

»Denk einfach mal in 'ner stillen Stunde drüber nach.«

Sie waren vor dem Haus in der Hermannstraße angekommen. Sabine Hansens Wohnung befand sich im Hinterhaus oder, wie man in Berlin sagte, im Gartenhaus. Thomas Bernhardt hatte dieser Hang zur Beschönigung überrascht, als er als neunzehnjähriger Student nach Berlin gekommen war und sich auf Wohnungssuche begeben hatte. Gartenhaus. Und die in der Regel uringelben Kachelöfen in den Hinterhauswohnungen wurden als Ofenheizung bezeichnet.

Wohnung im Gartenhaus mit Ofenheizung. Die Kluft zwischen Beschreibung und Wirklichkeit hatte den jungen Bernhardt fasziniert. Und im Laufe der Jahre hatte er sich als Quasi-Ethnologe und Quasi-Philosoph ein paar Meinungen über Berlin und die Berliner gebildet. Eine seiner Grundüberzeugungen: Der Berliner ist schüchtern und ein großer Romantiker, was bedeutet, dass er sich nur unter ständiger Anstrengung in der Welt und in Berlin zurechtfinden und einrichten kann. Seine Schüchternheit überwindet er, indem er einen Fremden erst einmal verbal anrempelt. Kontert der so Angesprochene und rempelt zurück, kann sich der Berliner vor Überraschung und Freude kaum halten: ›Der hat 'n juten Humor, jenau wie icke, lässt sich die Butta nich vom Brot nehmen, wa?‹ Und als verkappter Romantiker muss der Berliner sich seine Welt eben schön und vielversprechend reden: Wohnung im Gartenhaus mit Ofenheizung.

Die Sonne streifte nur die Wohnungen im vierten Stock und schuf dort scharfe Konturen. Doch ab dem dritten Stock sackte selbst an diesem hellen Tag die Dämmerung in den Hinterhof, tauchte ihn in ein diffuses Licht. Die Geräusche von der Straße waren nur gedämpft zu hören, ein Fenster im vierten Stock wurde lautstark geschlossen. Für einen Sekundenbruchteil wurde der Sonnenstrahl, der sich in der Scheibe brach, wie ein Blitz aus purer Energie durch den Hof geschleudert. Bernhardt wurde von dem speziellen Geruch angeweht, den er manchmal mochte und manchmal scheußlich fand: dieser Mischmasch aus uraltem Staub, Küchengerüchen, Schweiß und dumpfer Kellerluft, die aus den unterirdischen Verschlägen und Gängen heraufdrang. Für Sekundenbruchteile schien ihm, als hörte man ganz leise, wie ein letztes Echo, immer noch die Schreie der Bombennächte.

»... und ich fange oben an, okay?«

»Was?«

»Träumst du?«

»Nein, nein, ich habe nicht geträumt, ich habe mich gefragt ...«

»... ob du unten anfangen sollst. Sollst du. Ich fange oben an. Und wir treffen uns zwischen dem zweiten und dritten Stock.« Jetzt war ihre Stimme wieder fest und entschieden.

Viel Arbeit war es nicht. Bis auf zwei Ausnahmen blieben die Türen geschlossen. Allerdings hörte Bernhardt zwei- oder dreimal ein leichtes Rascheln und Schlurfen in den Wohnungen, einmal meinte er, hinter dem Spion ein dunkles Auge zu sehen. Musste man hier noch mal hingehen? Dann wäre aber Krebitz dran. Für den wäre das sowieso die richtige Aufgabe gewesen, sozusagen ein Heimspiel, stellte Bernhardt leicht verärgert fest. Sein Platz war eigentlich am Schreibtisch, Freudenreich würde ihm das heute sicher wieder einmal erklären. Aber das war genau das, was er nicht brauchte.

Immerhin öffnete der Bewohner einer Parterrewohnung. Aus dem Flur wehte intensiver Haschischgeruch. Der nicht mehr ganz junge Mann trug einen grauen Pferdeschwanz und ansonsten nur eine ebenfalls ziemlich graue, einst weiße Feinripp-Unterhose. Philosoph und Taxifahrer, tippte Thomas Bernhardt.

»Das darf doch nicht wahr sein. Jetzt hab ich die ganze Nacht auf meinem Bock gesessen, will mich gerade hinlegen, und dann steht ihr vor der Tür, wegen der Hansen, oder?«

»Wer ist denn ›ihr‹, und was ist mit der Hansen, Herr Gretler?«

»Na, ihr von der Polizei, ihr sucht doch die Hansen. Und wieso kennen Sie meinen Namen?«

»Ihr Name steht ja erfreulicherweise an der Tür, und von der Polizei bin ich tatsächlich.«

»Na eben, sag ich doch, sieht man auf den ersten Blick, brauch ich nicht Ihre komische Marke, die Sie mir übrigens gleich zu Beginn hätten zeigen müssen.«

»Und was ist nun mit Sabine Hansen?«

»Na ja, die soll vermisst sein, haben doch die beiden Polizistinnen gesagt, die hier waren. Mann, dass ihr so'n Aufriss wegen der macht. Die ist doch immer wieder mal monatelang weg gewesen, bei ihrem Guru in Goa oder so. Wahrscheinlich hat die Hausverwaltung sie vermisst gemeldet, wegen der Miete.«

»Es waren zwei Polizistinnen hier?«

»Ja eben, zwei Bullizistinnen wegen so 'ner Sache, muss man sich mal vorstellen, erst die eine und ein paar Tage danach die andere, das ist doch zum Lachen.«

»Wie sahen die denn aus?«

»Na, die eine, echt Bulli. Die andere, das war irgendwie komisch, die sah mehr wie 'ne alte Hippie-Schnalle aus, als wär sie gerade aus Indien eingeflogen. Aber von wegen: ganz entspannt im Hier und Jetzt, die war nervös und stotterte, und als ich ihr bisschen auf'n Zahn fühlen wollte, hat sie'n Abgang gemacht.«

»Würden Sie sagen, die eine war gar keine Polizistin?«

»Wenn Sie mich so fragen, ja, das war keine Po-li-zis-tin.«

»Danke, Herr Gretler.«

»Aber *sehr* gerne. Wenn in den nächsten Tagen noch mal einer von euch kommt, dann krieg ich echt einen Lachkrampf.«

»Müssen Sie nicht von ausgehen. Eine letzte Frage: Was haben Sie vor dem Taxifahren gemacht?«

»War ich Metzger in Oberschwaben. Das reicht jetzt aber. Wär schön, wenn wir uns mal am 1. Mai sehen würden.«

»Ist ja noch ein bisschen hin.«

»Leider.«

Gretler knallte die Tür zu.

Im ersten Stock öffnete dann doch noch eine Frau mit enggebundenem Kopftuch die Tür, schaute ihn mit ängstlich aufgerissenen Augen an und schüttelte auf alle seine Fragen nur den Kopf. Als Bernhardt merkte, dass nichts zu machen war, verabschiedete er sich mit einem Diener. Das schien die Frau zu verwirren, sie schüttelte noch einmal den Kopf und zog die Tür leise ins Schloss.

Als Bernhardt im zweiten Stock ankam, erwartete ihn dort schon Cornelia und gab ihm mit einem Kopfnicken zu verstehen, er solle mitkommen.

Ein Stockwerk höher stand eine Frau in der Tür. Sie mochte Anfang vierzig sein, wirkte auf den ersten Blick energisch und auf den zweiten Blick ein bisschen erschöpft. Auf das Äußerliche legte sie offensichtlich nicht viel Wert und hatte doch einen lässigen Schick. Sie hatte beide Hände in die Taschen ihrer weißen Leinenhose gesteckt, die Schultern leicht hochgezogen, den Kopf schief gelegt, eine Locke ihres blonden Haares fiel ihr verwegen in die Stirn. Lebensmut, fiel Thomas Bernhardt dazu ein.

Sie tat, als empfinge sie Freunde, und bat sie in die Wohnung. In den beiden Zimmern, die ineinander übergingen, gab es außer einem großen Diwan und einem alten Holztisch nichts. Schöne Leere, in die das Cello, das an der Wand lehnte, wie ein exquisites Kunstwerk eingepasst war. Cornelia Karsunke setzte sich an den Tisch, als sei sie hier zu Hause.

»Das ist Heidi Köllner. Sie ist Musikerin und Bewegungstherapeutin und arbeitet zurzeit an der Volkshochschule Neukölln in der frühmusischen Erziehung. Sie war lange mit Sabine Hansen in Indien in einem Ashram. Frau Köhler hat einen Hinweis für uns.«

»Ja, ich hab's Ihrer Kollegin schon gesagt. Sabine verschwindet immer wieder mal. Man könnte sagen, sie ist sozusagen auf Zeit vermisst. Aber bevor sie weggeht, sagt sie mir Bescheid. Allerdings sagt sie nie, wohin sie geht. Irgendwann taucht sie wieder auf. Dann erzählt sie von ihren Reisen, meistens nach Indien. Diesmal hatte sie es eilig, sie wirkte irgendwie beunruhigt. Sie hat mir einen Zettel hinterlassen, den ich aber erst jetzt, als Ihre Kollegin nachgefragt hat, rausgesucht habe. Hier.«

Auf dem zerknitterten Zettel stand: »Vitzmannsfelde, Nr. 11«.

Bernhardt schaute ihre Gastgeberin an. »Und was bedeutet das?«

»Keine Ahnung. Sie hat immer wieder mal gesagt: ›Wenn's mir hier zu gefährlich wird, gehe ich aufs Land.‹«

»Und wo könnte das sein?«

»Ich weiß es wirklich nicht. Sie fand die Uckermark immer so schön. Toskana des Nordens, da hat sie wie ein Werbemanager geredet. Vielleicht hat sie einen Freund da.«

»Aber sie hat nie etwas Konkreteres gesagt?«

»Nein, wir mussten uns nicht alles erzählen.«

Jetzt mischte sich Cornelia Karsunke ein. »Was heißt denn: wenn's hier zu gefährlich wird?«

»Ach, nur eine Redensart. Wenn's hier zu anstrengend

wird, sollte das eher heißen, wenn man hier nicht mehr entspannen kann, weil man nur noch angemacht wird.«

»Ist das denn so?«

»Na ja, mal so, mal so. Demnächst wird das hier ein schickes Viertel, muss man befürchten. Boddin-Kiez oder wie es die Journalisten dann nennen. Ob's dann besser wird? Kann man bezweifeln. Jedenfalls werden dann die Mieten steigen.«

»Stimmt, kann ich mitreden. Ich wohne in der Boddinstraße. Gibt's denn noch irgendeinen Hinweis im Zusammenhang mit Sabine Hansens Verschwinden?«

Heidi Köllner stützte ihr Kinn in die Hand.

»Na ja, eine Sache war seltsam. Hier ist zweimal eine ziemlich schrille Frau aufgetaucht, die nach ihr gefragt hat. So 'ne Art Spät-Hippie. Beim ersten Mal war Sabine sogar, glaube ich, noch da. Ja, die war seltsam, irgendwie wirr.«

Sonst fiel ihr nichts mehr ein. Thomas Bernhardt und Cornelia Karsunke verabschiedeten sich, fast bedauerte es Thomas Bernhardt, die Wohnung verlassen zu müssen, sie war so ruhig und erstaunlich kühl. Wohnungen, in die nie ein Sonnenstrahl fällt, haben ihre Vorteile, wenigstens im Sommer, ein paar Wochen lang, sagte er.

Auf der Hermannstraße. Hitze, Staub, Plastiktüten und Zeitungsfetzen, Hundekot, braune Bananenschalen, das Rauschen des Straßenverkehrs. Am Schwengel einer Pumpe mühten sich ein paar kleine schwarzhaarige Jungs ab und schafften es, dass ein dünner Wasserstrahl aus dem Schlangenmaul des gusseisernen, grün gestrichenen Monstrums lief. Die Jungs, die gerade nicht pumpten, drängten sich um den Ausfluss, hielten die Hände auf und spritzten das Wasser wild um sich her. Für einen kurzen Augenblick verspürte Thomas Bernhardt eine unbändige Lust, sich selbst an der kleinen Wasserschlacht zu beteiligen. Aber er wusste, es war wohl ein paar Jahrzehnte zu spät. Er wandte sich Cornelia Karsunke zu.

»Und jetzt?«

Cornelia kniff die Augen zusammen.

»Und jetzt? Tu nicht so harmlos, ich weiß, was du vorhast.«

»Was denn?«

»Du willst auf der Stelle nach Vitzmannsfelde fahren.«

»Wieso nimmst du das an?«

»Weil du aus irgendeinem Grund davon ausgehst, dass Sabine Hansen ein wichtiges Verbindungsglied zwischen Otter und dem Ösi-Winzer ist. Und weil du glaubst, dass Otter und der Ösi mehr miteinander zu tun haben, als wir bis jetzt wissen, stimmt's?«

»Hm, ja.«

»Aber du sagst mir nicht, welchen Verdacht du hast?«

»Ich hab eine Vermutung, mehr nicht, aber ich sag's dir noch nicht, ich will, dass du unbefangen bleibst.«

Cornelia lachte und legte ihre Hand kurz auf seine Schulter, eine vertraute Geste. »Du bist süß. Vielleicht habe ich ja genau wie du eine Vermutung. Aber ich sag's dir auch nicht. Ist doch schön, wenn wir beide unbefangen sind. Aber dass wir nicht einfach nach Brandenburg reinfahren können, in irgendein uckermärkisches Dörfchen, und dort dann eine mehr oder weniger harmlose Aussteigerin befragen, das ist dir aber nach ein paar Jahren im Polizeidienst klar?«

»Danke für den Hinweis. Aber ich könnte versuchen, einen Kollegen in Templin anzurufen, den kenne ich schon lange, der würde uns dann erst mal sagen, ob's tatsächlich ein Dorf Vitzmannsfelde gibt, und wenn ja, könnte er offiziell die Ermittlungen übernehmen, und wir wären einfach dabei. Das haben wir früher schon mal gemacht. Und wir könnten hinterher gegenüber Freudenreich auf *kurzer Dienstweg*, *Gefahr im Verzug* oder *unmittelbare Gefahrenabwehr* verweisen, so was in der Richtung. Und er stellt dann nachträglich den Antrag.«

»Na ja, sehr kurzer Dienstweg. Und Gefahr im Verzug oder unmittelbare Gefahrenabwehr, das ist natürlich Blödsinn. Aber rausfahren aufs Land und vielleicht sogar in einem See baden, das wär gar nicht so schlecht. Ärger mit Freudenreich kriegst du auf jeden Fall, aber egal, ruf ihn an, wahrscheinlich ist er ja sowieso nicht da.«

Zunächst rief er Maik Müller an, »den alten Vopo«, wie ihn Thomas Bernhardt nannte. Und der hatte Zeit: Ja, warum nicht nach Vitzmannsfelde fahren? Klar kennt er das Dorf. Er hat nichts gegen einen kleinen Ausflug. Und nach der Befragung beim Biobauern einkaufen, gibt's da nämlich, ist auch nicht schlecht. Er ist dabei. Also in zwei Stunden?

Auf dem Weg zum Auto ging Bernhardt an den rangelnden Jungs an der Pumpe absichtlich so nah vorbei, dass er nass gespritzt wurde.

Er rief bei Katia Sulimma an, meldete sich und Cornelia Karsunke ab. Katia reagierte beunruhigt.

»Wohin? In die Uckermark? Sabine Hansen? Es wäre besser, du würdest das mit Freudenreich bereden. Der ist schon ziemlich aufgedreht. In der *B.Z.* machen sie dich wieder an: Bernhardt, der der Öffentlichkeit wichtige Informationen vorenthält, Bernhardt, der Schweiger, diese Tour, kennst du ja. Aber du hast Glück, er ist gerade in einer Sitzung, in der es wieder mal um irgendeine Reform geht. Ist er ja Spezialist für.«

»Ja, ja. Und sonst? Cellarius?«

»Er hat was in den Unterlagen von Otter entdeckt, so 'ne Art verschlüsseltes Tagebuch, will er unbedingt heute Abend mit dir besprechen. Jetzt ist er schon unterwegs und geht noch mal durch Otters Lokale.«

»Und Krebitz in Dahlem?«

»Nichts gehört. Wahrscheinlich hat er sich so 'n paar Zwergflaschen mit Kindl-Pils gekauft, sitzt irgendwo auf 'ner Bank und leert die genüsslich. Kennen wir ja. Aber noch was anderes, Thomas: Ich ackere mich ja durchs Internet, um ein Profil unserer beiden Toten zu erstellen. Das ist erst mal wie ein Gang durch ein Labyrinth, du läufst gegen Wände, drehst dich im Kreise, kommst nicht vorwärts, und wenn du dann doch weitergekommen bist, weißt du oft gar nicht mehr, wie du da hingelangt bist...«

»Und das heißt?«

»Ich hab einen Artikel entdeckt über die siebziger, achtziger Jahre an den Berliner Unis, mit einem Bild von ein paar jungen Typen, darunter stehen nur die Vornamen, und einer heißt Ronald.«

»Na, das ist doch mal ein Anhaltspunkt, ich glaube, du bist da auf einer richtig guten Spur.«

»Meinst du? Na, ihr hoffentlich auch. Grüß Cornelia.«

»Mach ich, bis dann.«

Die Fahrt durch die Stadt war ätzend gewesen. Stau am großen Stern, Stau in Moabit in der Perleberger Straße, Stau im Wedding in der Prinzenallee, Stau in Pankow an der Kirche. Die leicht asthmatische Klimaanlage blies unablässig die Abgase der Müllwagen, Betonmischer, Teerlaster und aller anderen Dreckschleudern ins Wageninnere. Einmal standen sie minutenlang neben einem Arbeiter mit schweißüberströmtem, nacktem Oberkörper, der verbissen seinen Presslufthammer immer wieder auf den Asphalt prallen ließ. Wie hielt der das aus, wie hielten sie selbst das aus?

Als sie endlich auf der Bundesstraße 109 nach Norden unterwegs waren, atmeten sie auf. Nach einiger Zeit gab es keine Baumärkte mehr, keine Blumencenter, keine Einkaufsparadiese. Sie durchfuhren kleine Dörfer mit breiten Straßen, die einst so großzügig angelegt worden waren, damit die preußischen Soldaten jederzeit exerzieren konnten, wie ihm einmal ein Historiker erzählt hatte. Lange her. Am Straßenrand standen niedrige Häuser aus dem 19. Jahrhundert, deren Erbauer bemüht gewesen waren, ihren bescheidenen Wohlstand zu demonstrieren. Die Eingangstüren waren oft von zwei Säulen mit Kapitell eingefasst, und über den recht großen Fenstern thronte ein dreieckiger Aufsatz.

Von den Siedlungshäuschen des 20. Jahrhunderts an

den Rändern der Dörfer waren nur noch wenige im DDR-Einheitsgrau verputzt. Ein helles Blau und ein keckes Rosa wurden neuerdings bevorzugt, und ein Carport gehörte offensichtlich zur Grundausstattung. Die Neubauten auf der grünen Wiese, die nach der Wende entstanden waren, strahlten in hässlicher Protzigkeit, die Balkone waren von weißen Gipsgeländern mit schwellender Ornamentik eingefasst, die Dächer mit giftig glänzenden Plastikziegeln in Rot oder Blau gedeckt.

Cornelia seufzte.

»Dann doch lieber Boddinstraße, oder? Kriegt man ja Atembeschwerden, wenn man diese neuen Häuser sieht.«

»Na ja, ein Garten für die Kinder, die Natur, das musst du auch einrechnen.«

»Stimmt, man könnte abends mit den Kindern zum Schwimmen an einen See fahren. Schöne Radtouren am Wochenende, wär schon nicht schlecht.« Sie schwieg eine Zeitlang. Die Gegend wurde einsamer, sie fuhren durch ausgedehnte Wälder. Grelles Sonnenlicht und Wälderschatten wechselten in Sekundenschnelle. Ein permanentes Flackern.

Thomas Bernhardt hatte den Kollegen Maik Müller übers Handy über ihre baldige Ankunft informiert. Als sie auf Vitzmannsfelde zufuhren, sahen sie ihn hundert Meter vor dem Dorf an seinem Polizeiauto lehnen.

Maik Müller war Thomas Bernhardt bei einem der Treffen aufgefallen, die 1990 zur Eingliederung der DDR-Kollegen in die Gesamtberliner Polizei stattgefunden hatten. Müller hatte sich in der neuen Welt innerhalb weniger Tage zurechtgefunden und begegnete dem Untergang seiner alten Welt mit fröhlicher Unverfrorenheit: »Mörder und Betrüger gibt's überall, und meine Datsche werden sie mir schon nicht wegnehmen«, lautete seine Devise.

Aber das vereinigte Berlin war ihm dann auf Dauer doch zu heftig gewesen. Es zog ihn in die Nähe seiner Datsche am Polsensee, und so landete er in Templin. »Dorfpolizist ist das Beste, was es gibt«, sagte er gerne zu Thomas Bernhardt und lud ihn immer wieder einmal aufs Land ein. Gerne meldete er sich am Freitagmittag und krähte die alte DDR-Lebensregel ins Telefon: »Freitag ab eins macht jeder seins – kommste?«

Und ein paarmal war er rausgefahren, einmal im Winter, als der See zugefroren war. Sie hatten ein Loch ins Eis gehackt, Müller hatte seine Angel ins Wasser gesteckt und innerhalb kurzer Zeit ein paar Fische herausgezogen. Sie hatten sie ausgenommen, auf Holzstöcke gespießt und auf dem Steg, der in den See führte, auf den Grill gelegt. In Bernhardts Erinnerung war dieser graue Winternachmittag, der früh in eine tiefe und stille Dunkelheit übergegangen war, zum Mythos eines gelungenen Lebens geworden. Mit viel Bier und Wodka hatten sie sich über die heißen, knusprigen Fische hergemacht. Als sie endlich mit dem Essen fertig waren, hatten sie sich in der Hütte neben den alten glühenden Eisenofen gesetzt und sich unter Zuhilfenahme weiterer Biere ein paar Ereignisse aus ihrem Leben erzählt, nicht viel, aber doch genug, um ein Bild voneinander zu haben.

Die anderen Male war er im Sommer bei Maik gewesen. Da hatten sie wortkarg auf dem Steg gesessen, ab und zu eine Flasche Bier aus dem Kasten geholt, den sie ins hüfthohe Wasser gestellt hatten. Zu bereden gab's da nichts, ab und zu schnellte ein Fisch aus dem Wasser und tauchte dann mit einem leisen Platschen wieder ab. Abends waren sie dann von Mücken zerstochen, hatten einen gewaltigen Sonnenbrand und immer noch Durst auf Bier.

Beim letzten Mal war Müllers Freundin da gewesen, jung und klein, kurzer Haarschnitt. Sie hatte sich stundenlang nackt gesonnt, von vorne und von hinten, sitzend und liegend und auf die Seite gedreht, bis sie am Sonntagabend bis in die letzte Falte schokobraun war. Ab und zu ließ sie sich vom Steg ins Wasser plumpsen, nicht ohne zu verkünden: »So, ich muss wieder mal pinkeln.« Wenn sie zurückkehrte, hievte sie sich genussvoll stöhnend auf den Steg und lag wassertropfengesprenkelt wieder still und träge auf den Planken.

Nach diesem langen Wochenende war Thomas Bernhardt nicht mehr zu Maik an den See gefahren. Es hatte sich einfach nicht ergeben. Den Namen des Mädchens hatte er nicht vergessen: Maschenka.

Jetzt gingen die beiden aufeinander zu, umarmten sich, und als sie auseinandertraten, boxten sie sich mehrmals spielerisch auf die Brust. Wie geht's, wie steht's? Was macht Maschenka? Ach, das ist eine Wanderin, keine Ahnung, wo die ist.

Cornelia stand ein paar Schritte beiseite, ihr Blick signalisierte deutlich: Ey, es reicht mit dem Männergetue!

Thomas Bernhardt spürte die kleine Vibration ihres Missmuts.

»Entschuldige, das ist Maik Müller, der Sheriff in dieser Gegend.«

»Wo sich Fuchs und Hase gute Nacht sagen und Billy the Kid schon lange nicht mehr vorbeigeschaut hat, dafür haben wir ein paar rechtsradikale Jugendliche.«

Maik Müller lachte, und Cornelia lächelte leise zurück. Thomas Bernhardt las ihre Gedanken: Dieser Maik mit ai, der ist echt *too much*.

»Ja, ihr zwei, der weite Weg hierher hat sich, glaube ich, nicht wirklich gelohnt. Ich hab mir das Haus schon mal angeschaut. Abgeschlossen. Die Nachbarn sind zwar zwei- oder dreihundert Meter entfernt, habe aber doch mal nachgefragt. Einer meint, er hätte Licht gesehen in den letzten Tagen. Aber das Haus ist ja fast ganz von Bäumen und Büschen zugewuchert, vielleicht hat sich da auch nur der Mondschein in den Fensterscheiben gespiegelt. Ansonsten wissen die wenig von eurer Frau. Die hat das Haus von einem Wessi gemietet, der das nach der Wende ziemlich aufwendig renoviert hat, aber angeblich nie drin gewohnt hat. Sie war dann irgendwann einfach da. Hat sich vorgestellt, war freundlich bei Begegnungen, hat gegrüßt, war wohl mal sogar bei einem Grillfest auf dem Dorfplatz, hat sich aber nicht wohl gefühlt, das ist der Eindruck der Einheimischen. Besuch? Angeblich ist nie jemand gesichtet worden, aber das heißt nicht viel. Das Haus liegt einfach weitab von den Nachbarn, und wenn du dich hier still verhältst, wirst du in Ruhe gelassen. Allgemeine Einschätzung: Die kommt und geht, und ob sie da ist oder nicht, weiß man nicht. Fahren wir mal hin, oder?«

Durch die dicht gestaffelten Bäume blitzte ein Landarbeiterhaus aus roten Ziegeln, langgestreckt und einstöckig, wie es viele bis hin zur Ostsee gibt.

Beim Näherkommen zeigte sich, dass das Haus sorgfältig restauriert war, marode Stellen in den Hauswänden waren neu aufgemauert worden, mit Originalsteinen, die wahrscheinlich von einer abgebrochenen Kate stammten. Die Devise: Aus Alt mach Neu, mach Alt. Nach diesem Verfahren war man hier vorgegangen. Zwei schöne Stufen aus rötlichem Sandstein führten zur Eingangstür, der Windschutz aus Plastik, der in diesem Landstrich gerne seitlich der Tür angebracht wurde, fehlte natürlich. Die Tür war verschlossen, trockenes Laub hatte sich vor dem Eingang in den Ecken angesammelt.

Sie spähten durch die Fensterscheiben und sahen neue Dielen, einen gemauerten Kamin, eine lange Bücherwand, eine breite Holzleiter, die unters niedrige Dach führte. Eine stille Idylle, wäre da nicht der Tisch in der Mitte des größten Raumes gewesen, der von einem überstürzten Aufbruch kündete. Eine umgeworfene Kanne, ein angebissenes Brötchen, offene Marmeladengläser, eine Milchtüte, die wohl in der Hitze geplatzt und deren Inhalt über den Tisch geschwappt war.

Wer immer hier gewesen war, er musste das Haus schon vor längerem verlassen haben. Die üppig wuchernden Blumen rund um das Haus und das Gemüse im akkurat angelegten Beet waren sicher seit mehreren Tagen nicht gegossen worden. Brokkoli, Kohlrabi und die Kartoffeln machten einen erbärmlichen Eindruck und waren kurz vor dem Vertrocknen. Das einst üppige Kräuterbeet war schon nicht mehr zu retten. Sie schauten sich an, Maik Müller zuckte die Achseln.

»Was sagt uns das? Wenn jemand hier war, dann hat er das Haus wahrscheinlich schon vor ein paar Tagen verlassen. Genau wissen wir's nicht, da müssten wir mal schauen, wie viel Schimmel auf dem Käse und auf der Marmelade ist und ob die Milch schon ganz angetrocknet ist, na ja, und so weiter. Aber lohnt sich das? Ihr wisst doch gar nicht, ob die Hansen hier war, oder?«

Thomas Bernhardt schniefte, auf dem Land spürte er die letzten Nachwehen seines Heuschnupfens.

»Nein, wissen wir nicht, wir wissen nur, dass irgendetwas faul ist. Drinnen umschauen geht halt nicht. Wenn's von uns in den nächsten Tagen ein Diensthilfeersuchen gibt, solltet ihr euch die Hütte auf jeden Fall mal genauer anschauen. Ist denn der Besitzer von diesem Prachthäuschen bekannt?«

»Keine Ahnung, irgendein Wessi, hab ich ja schon gesagt, wenn ihr's genau wissen wollt, müsste ich im Grundbuchamt nachfragen.«

»Ja, mach mal, obwohl…«

Thomas Bernhardt spürte, wie Missmut langsam in ihm hochstieg und er sich fragte, was ihn überhaupt in die uckermärkische Pampa getrieben hatte. Wenn ihm Freudenreich nachher Vorwürfe machen und ihn auffordern würde, nah am Fall Otter zu bleiben und sich gefälligst nicht auf eine Landpartie zu begeben, würde er ihm nicht widersprechen können. Andererseits gab's einfach dieses Dreieck Ösi-Winzer, Otter und Hansen, auch wenn er noch nicht genau nachweisen konnte, was, wann, wo, wie …

»Du bist sauer, weil wir nur mühsam vorankommen. Sag dir doch einfach, so ist's immer gewesen, und so ist's auch diesmal.«

Cornelia Karsunke blickte Thomas Bernhardt von der Seite an und versuchte ihn dazu zu bringen, sich ihr kurz zuzuwenden. Aber er hielt seinen Blick starr geradeaus gerichtet und tat so, als müsse er sich aufs Autofahren konzentrieren. Nach der Verabschiedung von Maik Müller (»Ich behalte hier alles im Auge, wär schön, wenn ihr wieder mal vorbeischauen würdet, einfach so, wir könnten angeln und Bier trinken, Cornelia, du auch, und vielleicht kommt Maschenka wieder mal vorbei«) hatte Bernhardt kein Wort mehr geredet. Nicht jeder hielt dieses sture Schweigen aus, das er manchmal unvermittelt über sich und seine Umgebung wie eine Strafe verhängte. Kollegen, die ihn lange kannten, behaupteten steif und fest, dass dieses furchterregende Schweigen sich immer dann aufbaue, wenn ein Fall kurz vor einer entscheidenden Wende stehe. Cornelia kannte dieses Heldenmärchen, und sie hatte es schon immer lächerlich gefunden. Jedenfalls tat sie ihm nicht den Gefallen, weiter auf ihn einzureden und ihn damit in seinem Schweigen zu bestärken.

Still und verstockt saßen sie nebeneinander und fuhren unter dem grünen Blätterdach dahin in Richtung Berlin.

Die Windräder, die es in der Gegend überreichlich gab, standen still, kein Lüftchen wehte.

Als sie am Summter See vorbeifuhren, hielt es Cornelia Karsunke dann doch nicht mehr aus. »Komm, halt mal, wir wollten baden.«

Jetzt endlich schaute er sie an, schwieg aber weiter.

»Komm.«

Er sagte immer noch nichts, lenkte das Auto auf einen Waldweg, hielt schließlich an und zog den Zündschlüssel ab. Cornelia stieg aus, ging ums Auto zu seiner Tür, öffnete sie und zog ihn an einer Hand aus dem Auto.

»Komm.«

Sie gingen durch den Wald und fanden einen stillen Platz zwischen dichtem Schilfrohr. Cornelia zog sich schnell und entschieden aus und ging nackt ins Wasser.

»Ey, ich denke, du badest nicht nackt.«

Als sie bis zur Hüfte im Wasser stand, drehte sie sich um, breitete die Arme aus und lachte. »Wunderbar, du hast deine Stimmlähmung überwunden, hab ich nicht mehr dran geglaubt. Komm!«

Er schwamm zu ihr, sie umarmte ihn, küsste ihn und drückte ihn dann mit einer entschiedenen Bewegung unter Wasser. Er ließ sich sinken, schoss dann hoch und drückte nun sie unter Wasser. Als sie wieder auftauchte, spuckte sie ihm einen kleinen Strahl Wasser ins Gesicht.

»Mann, wie zwei junge Hunde. Komm, wir schwimmen zurück.«

Unter einem Baum ließen sie sich einfach fallen. Ihre Körper waren kühl, es ging ganz schnell, ganz unromantisch. Und gerade deshalb erinnerte sich Bernhardt später mit schmerzender Sehnsucht an diese eine Minute, viel mehr war es wohl nicht gewesen.

Auf dem Weg zurück zum Auto schwiegen sie. Als Bernhardt das Auto aufschloss, klingelte sein Handy.

»Mist, das ist ja wie in einem schlechten Film. Freudenreich.«

Freudenreich brüllte, Freudenreich ließ sich nicht durch Einwände von Bernhardt bremsen, Freudenreich war stinksauer. Bernhardt hielt das Handy zu Cornelia hin. Freudenreich war laut genug.

»Deine Eigenmächtigkeit … hast du hier zu sein … sofort kommen … Sabine Hansen, ja … im Bunker am Humboldthain, angekettet … fast tot … nein, nicht vernehmungsfähig … unbedingt, so schnell wie möglich …«

Cornelia schaute Bernhardt an.

»Hab ich das richtig verstanden? Sabine Hansen ist gefunden worden, sie war in einem Bunker angekettet, sie ist fast tot?«

»Genau, Mann, o Mann, und wir machen da im Wasser rum.«

»Und noch ein bisschen mehr, oder? Fast zu schön, um wahr zu sein.«

23

In Wien hatte der Tag ruhig begonnen. Nach und nach waren alle eingetrudelt, hatten ihre Kaffeebecher auf den Schreibtischen installiert, sogar Gabi Kratochwil hatte einen Becher Latte in der Hand, als sie das Büro betrat.

Anna schaltete ihren PC an, als plötzlich Robert Kolonja völlig verschwitzt die Tür aufriss. »Das gibt Ärger!«

»Was denn?«

»Schau dir das an!« Er wedelte mit einer Illustrierten vor Anna herum. »Schlag auf! Seite 92.«

Anna blätterte fahrig in dem österreichischen Boulevardmagazin, und da sprang ihr schon das Gesicht entgegen: zu rote Haare, zu stark geschminkte Augen, zu volle Lippen. Sie wusste, auch ohne die Schlagzeile zu lesen, wer die Dame war. »Ich war die Geliebte des toten Winzers« prangte in Dreißig-Punkt-Schrift neben dem Foto. Und etwas kleiner darunter: »Mysteriöse Todesursache bei Nobel-Weinbauern. Polizei tappt völlig im Dunkeln.« Auf weiteren kleinen Bildern erkannte man den Eingang des Weinkellers in Salchenberg und das Portal des Hauses in der Florianigasse. Anna war fassungslos. »Jetzt hör mal auf, vor mir herumzuhüpfen, Kolonja! Lass mich doch erst mal den Artikel lesen.«

Anscheinend wusste man im Magazin *Hot* nicht wirklich viel, das hinderte den Redakteur aber in keinster Weise, die Geschichte groß aufzublasen. Bachmüllers Tod wurde – wie bereits in der Überschrift – als *mysteriös* bezeichnet, die Todesursache durch Kokain schien noch nicht bis in die Redaktionsräume von *Hot* gedrungen zu sein. Die Weinkritikerin Monika S. sei seit einigen Jahren die wahre Freundin des Toten gewesen. Seine Lebensgefährtin habe natürlich von ihrem Verhältnis gewusst, es aber nicht verhindern können.

»Hier hat Uschi M. der Geliebten ihres Lebensgefährten mehrmals aufgelauert und sie bedroht«, stand als Bildunterschrift neben dem Foto der Florianigasse. Und natürlich bekam auch die Polizei ihr Fett ab: Die Mordgruppe Habel tappe im Dunkeln, es gebe keine Spur, die Lebensgefährtin sei zwar einvernommen worden, aber bereits wieder auf freiem Fuß etc.

»Na, servus!« Anna lehnte sich zurück und atmete tief durch. »Jetzt geht's also los. Kolonja, du fährst mit zwei Uniformierten zu unserer Uschi und bringst sie zur Einvernahme her. Frau Kratochwil, Sie rufen bei dieser blöden *Hot* an, lassen sich mit dem Schmierfink verbinden, der diesen Artikel verfasst hat, und wenn der nicht innerhalb von zehn Sekunden den vollständigen Namen und die Telefonnummer dieser Schlam–, entschuldigung, dieser Monika rausrückt, dann stellen wir die gesamte Redaktion auf den Kopf.«

»Entschuldigung, Frau Habel. Ich hab schon alles. Da: Ich hab sie gegoogelt. Wenn man Monika + Wein + Wien als Suchbegriff eingibt, dann kommt man auf die Homepage der Dame. Monika Schmidtgrabner, Sommelière und Weinkritikerin. Aber wohl nicht ganz erste Liga, ihre Kolumnen schreibt sie für das Hausmagazin eines Einkaufszentrums am Gürtel.«

»Vorladen! Sofort!«

»Und du? Was hast du jetzt vor?«

Kolonja sprach ganz leise, er kannte Anna zu gut, um zu wissen, dass sie in so einer Situation sofort explodieren konnte.

»Ich nehm mir mal für die nächste halbe Stunde nichts vor, denn es kann sich nur um Sekunden handeln, bis mich der Hofrat zu sich zitiert. – Da ist er schon.« Anna nahm den Hörer ab und deutete mit schiefem Grinsen eine Verbeugung an. »Jawohl, Herr Hofrat. Ja, sofort, Herr Hofrat, ich bin schon unterwegs.« Sie warf den Hörer auf die Gabel. »Mein Gott, wie ich das hasse! Jetzt haben es natürlich alle vorher gewusst. Die eifersüchtige Lebensgefährtin hat ihn umgebracht – und wir? Wir erfahren es aus der Zeitung. Na gut. Ich bring's hinter mich.«

Hofrat Hromada saß hinter seinem riesigen, leeren Schreibtisch. Mitten auf der Tischfläche lag das aufgeschlagene Magazin. Er bedeutete Anna, Platz zu nehmen.

»Liebe Frau Kollegin. Da ist ja wohl gründlich was schiefgelaufen.«

»Da kann ich Ihnen nicht widersprechen, Herr Hofrat.«

»Wie kann denn so etwas passieren? Wieso weiß die

Presse wieder mal vor uns Bescheid? Hatten Sie denn gar keine Hinweise auf dieses Eifersuchtsdrama?«

»Doch, Hinweise schon. Zumindest weiß ich seit gestern, dass das Mordopfer eine Geliebte hatte. Für heute wäre eine weitere Befragung seiner Lebensgefährtin anberaumt gewesen. Doch *Hot* ist uns leider zuvorgekommen.«

»In welche Richtung haben Sie denn ermittelt? Gab es auch noch andere Verdachtsmomente?«

»Ja, wissen Sie, das ist sehr seltsam mit dem Herrn Bachmüller. Der hat nämlich keine Biographie. Den scheint es erst seit zehn Jahren zu geben ...«

»Papperlapapp, was soll das denn heißen? Der war halt im Ausland. Da recherchieren Sie noch mal in den internationalen Datenbanken.«

»Haben wir. Und außerdem gibt es in Berlin einen Mord, der eventuell mit unserem hier zusammenhängt.«

»Inwiefern?«

»Ein Restaurantbesitzer, der in engem Kontakt zu Bachmüller stand, wurde vorgestern ermordet.«

»Wie?«

»Erschossen. Mit aufgesetzter Pistole. Mitten ins Herz. Quasi hingerichtet.«

»Und was soll das mit dem vergifteten Weinbauern zu tun haben? Vergiftet – das war doch eindeutig eine Frau. Die fährt doch dann nicht nach Berlin und erschießt seinen Freund. Frau Habel, ich muss schon sagen, manchmal haben Sie eine blühende Phantasie. Jetzt laden Sie bitte diese Uschi Mader, oder wie sie heißt, vor und schauen Sie, dass sie heute noch ein Geständnis ablegt.

So eine Frau im Eifersuchtswahn, das kann sich ja nur um ein paar Stunden handeln, dass die geständig wird. Und ich kümmere mich um *Hot*, die bekommen bald mal Schwierigkeiten.«

Anna Habels Laune war nicht besser, als sie das Zimmer ihres Vorgesetzten verließ. Gabi Kratochwil und Helmut Motzko blickten sie erwartungsvoll an, als sie sich mit einem Seufzer in ihren Drehsessel fallen ließ. »Na, was schaut ihr so? Gefeuert hat er mich nicht. Habt ihr diese Wein-Tussi schon angerufen? Wo ist denn der Kolonja?«

»Den haben Sie doch zu Frau Mader geschickt.«

»Ah ja, stimmt. Und diese Monika? Schon erreicht?«

»Ja, die saß quasi neben dem Telefon. In einer halben Stunde ist sie da.«

»Gut. Bis dahin beschäftigt euch still, ich muss nachdenken.«

Die beiden jungen Beamten blickten betreten in ihre Bildschirme und vermieden jegliche Bewegung. Anna malte gedankenverloren Strichmännchen auf ihre Schreibunterlage.

So einfach? Ein Eifersuchtsmord? Uschi Mader hatte nichts vom Tod ihres Lebenspartners, nichts außer Schereien und eine ungesicherte Zukunft. Warum also sollte sie ihn umbringen? Und dann auch noch auf so eine perfide Art und Weise, nicht im Affekt. Sie hat ihn weder in Rage von hinten erstochen, noch ihm das Bügeleisen über den Schädel gezogen. Nein, Bachmüller war mit Vorsatz vergiftet worden. Und woher sollte sie eigentlich das Kokain haben? Uschi Mader war nicht gerade der Typ, dem man zutraute, sich schnell eine nicht unbedeutende Menge an Kokain zu besorgen. Die mal eben samstagnachts in der Disco ein wenig einkaufen ging. Anna suchte in ihren Unterlagen die Handynummer des niederösterreichischen Kollegen.

»Herr Kronen... äh... Kronburger. Hier spricht Anna Habel. Ich weiß, Sie bauen gerade Ihren Wintergarten, aber ich hätte da noch was für euch.«

»Kronberger. Grüß Sie, Frau Inspektor. Ich hab ja gesagt, Sie können mich jederzeit anrufen. Was gibt's denn?«

»Könntet ihr bitte einen Drogenhund durch das Haus und den Weinkeller vom Bachmüller jagen? Ich hab so ein Gefühl, als wär da noch was. Habt ihr so ein Vieh da?«

»Nein, haben wir nicht. Aber das holen wir uns vom Flughafen aus Schwechat. Da gibt's inzwischen ja einen pro Dealer. Kein Problem.«

»Wie schnell schaffen Sie das denn?«

»Ich ruf gleich mal die Kollegen an. Wenn die nicht gerade die Riesenrazzia haben, müsste es morgen schon gehen.«

»Wunderbar. Ich dank Ihnen vielmals. Und wie geht's mit dem Wintergarten?«

»Ach ja, das Gerüst steht schon. Es dauert immer alles länger als geplant.«

»Bis zum Winter habens' ja noch ein paar Wochen. Das geht sich schon aus.«

»Ich ruf Sie an, sobald wir was wissen.«

»Gut. Und: Herr Kollege?«

»Ja?«

»Danke.«

»Aber bitte, jederzeit. Habt ihr denn schon eine Spur?«

»Ich weiß auch nicht. Deutet doch vieles auf einen Eifersuchtsmord hin.«

»Die trauernde Witwe?«

»Ja. Frau Mader. Uschi Mader.«

»Ich hab's mir eh gleich gedacht. Die war viel zu wenig fertig. Frauen machen doch viel mehr Theater bei so was. Und die? Die war irgendwie so ... so ... abgebrüht.«

»Also, in ein paar Stunden wissen wir hoffentlich mehr. Bis dann.«

»Wiedersehen.«

Das war wieder mal so ein Fall, wo die Männer ganz genau wussten, was in den beteiligten Frauen vorging, dachte Anna und malte ein großes Fragezeichen auf ihre Schreibtischunterlage.

Monika Schmidtgrabner wurde von einem uniformierten Beamten ins Büro begleitet. Es kostete Anna einiges an Überwindung, eine halbwegs professionelle Freundlichkeit an den Tag zu legen. Sie nickte ihr lediglich kurz zu, bedeutete Helmut Motzko, mit ihr mitzukommen, und öffnete die Tür zu dem kleinen Vernehmungsraum.

»Bitte nehmen Sie Platz. Ich bin Chefinspektor Habel, mein Kollege, Herr Motzko.«

»Freut mich. Monika Schmidtgrabner. Kann ich bitte ein Glas Wasser haben?«

»Jetzt beantworten Sie erst einmal unsere Fragen.« Anna konnte sich nicht mehr zurückhalten. »Was fällt Ihnen eigentlich ein?«

»Was meinen Sie?«

»Warum sind Sie mit Ihrer Geschichte erst zu den Medien gegangen und nicht zu uns gekommen, wie das jeder halbwegs intelligente Mensch gemacht hätte?«

»Jetzt bin ich doch da!«

»Werden Sie nicht frech. Wir könnten Sie ganz schön drankriegen, wegen Irreführung der Behörden, Behinderung der Ermittlungen in einer Straftat.«

»Ach, hören Sie doch auf, mir zu drohen. Sie können mir gar nichts.«

»Also. Dann bitte alles noch mal für uns. Die ganze Geschichte. Leider können wir kein Honorar bezahlen. Wie war das denn nun mit dem Bachmüller? Wie lange lief das schon?«

»Seit drei Jahren.«

»Und seit wann wusste Frau Mader von der Affäre?«

»Das weiß ich nicht genau, nachspionieren tut sie uns seit circa einem Jahr.«

»Hat sie Sie auch bedroht?«

»Mich nicht. Aber dem Freddy hat sie mehr als eine Szene gemacht. Und dabei war sie nicht zimperlich.«

»Und wie war Ihr Verhältnis zueinander?«

»Ich war seine Geliebte!«

»Ja, aber sonderlich gebrochen scheinen Sie nicht zu sein.«

»Sie haben keine Ahnung, wie es in mir drin aussieht. Ich bin wie gelähmt.«

»Hatten Sie Streit?«

»Haben Sie einen Partner?«

»Frau Schmidtgrabner, Sie vergreifen sich ein wenig

im Ton. Könnte es sein, dass Sie Ihre Lage ein wenig falsch einschätzen?«

»Wie ist denn meine Lage? Mein Freund wurde feige vergiftet, und die Polizei tut nichts, um den Mörder zu finden. Besser gesagt, die Mörderin. Lässt sich einfach täuschen von ein paar Tränchen.«

»Sie sind genauso verdächtig wie Frau Mader.«

»Ja, genau. Und deswegen bin ich an die Medien gegangen, damit Sie mich gleich finden. Und um Ihre nächste Frage zu beantworten: Ja, ich habe ein Alibi.«

»Und das wäre?«

»Ich war bei einer Weinverkostung in der Südsteiermark. Weingut Germuth, in Glanz. Sie können gerne anrufen.«

»Das werden wir. Von wann bis wann waren Sie da?«

»Hingefahren bin ich am Donnerstag, am Abend war die Verkostung, und dann habe ich gleich da übernachtet. Am Freitagabend wäre ich dann mit Freddy verabredet gewesen. Ich hatte mich aber kurzfristig entschlossen, noch das Wochenende in Glanz zu verbringen.«

»Haben Sie versucht, ihn anzurufen?«

»Das wissen Sie doch genau. Sie haben doch sein Handy überprüft. Nein, ich habe ihn nicht angerufen. Ich war sauer auf ihn und hatte keine Lust, Rechenschaft abzulegen.«

»Wir werden das überprüfen.«

»Davon geh ich aus.«

Je länger Anna sich mit Monika Schmidtgrabner beschäftigte, desto unsympathischer wurde ihr diese Person. Der Bachmüller hatte es auch nicht leicht gehabt mit seinen zwei Frauen.

Und wie erwartet, wusste auch Frau Schmidtgrabner nichts über sein Leben vor Salchenberg. Sie hatte ihn vor drei Jahren bei einer Weinprobe kennengelernt, da hatte er auch schon die kleine Wohnung in Wien, und sein Weinbau lief hervorragend.

»Und warum hatten Sie Stress miteinander?«

»Ach, wie das halt so ist, wenn die Routine einzieht. Und weil er sich nicht festlegen wollte.«

»Festlegen auf Sie?«

»Überhaupt. Halt einmal eine Entscheidung treffen. Aber darin sind Männer ja prinzipiell schlecht. Man könnte ja etwas verlieren, wenn man sich für etwas entscheidet.«

»Was wissen Sie über seine Geschäfte?«

»Soll ich Ihnen jetzt die Finessen des Weinbaus erklären? Da müssten Sie sich aber schon ein wenig mehr Zeit nehmen.«

»Ich habe Zeit ohne Ende. Aber ich will hier keine Vorlesung über Spontangärung und Kräuteraufgüsse. Mich interessieren Geschäftspartner, Konkurrenten. Vielleicht wissen Sie ja auch etwas über diesen Nachbarn, mit dem er da im Clinch lag?«

»Den Sieberer? Ha. Ein harmloser Saufkopf. So ein typisch sturer Weinviertler halt.«

»Was halten denn Sie von der Weinmarke *Bachmüller*? Sie sind doch eine Frau vom Fach.«

»Die Qualität hat sich massiv verschlechtert im letzten Jahr.«

»Aha. Und warum?«

»Er hat zu viel produziert. Das ewige Spiel: Die Nachfrage ist massiv gestiegen, und selbst Freddy konnte den Verlockungen des schnellen Geldes nicht widerstehen.«

»Und da hat er der Natur ein wenig nachgeholfen?«

»Vielleicht. Ich hab ihn im letzten halben Jahr öfter darauf angesprochen, aber da hat er völlig gemauert. Nichts hat er erzählt. Aber ich hatte so ein Gefühl… als wär das alles nicht mehr ganz so bio…«

Plötzlich wurde die Tür des kleinen Vernehmungsraums geöffnet. Die Szene, die sich nun abspielte, hätte besser in eine amerikanische Vorabendserie als in ein Wiener Polizeikommissariat gepasst. Eskortiert von einem uniformierten Beamten, betrat Uschi Mader mit Anwalt Anzengruber das winzige Zimmer. Als ihr Blick auf Monika Schmidtgrabner fiel, wich sie kurz zurück, Anzengruber hinter ihr stolperte und riss sie fast zu Boden. Wer von den beiden Damen zuerst zu kreischen begann, konnte man später nicht eruieren, Monika Schmidtgrabner war aufgesprungen, hatte sich behende an Anna vorbeigedrückt und Uschi Mader an ihrem Kleid gepackt. »Schlampe«, »Nutte«, »Mörderin«, »Betrügerin«, »alte Vettel«… die beiden standen sich in ihrer Ausdrucksweise in nichts nach. Anna stand mit offenem Mund vor dem Schauspiel, doch innerhalb von Sekunden hatte Helmut Motzko die Furien getrennt und Uschi Mader samt Anwalt aus dem Zimmer bugsiert. Der uniformierte Beamte stammelte Entschuldigungen, doch Anna vernichtete ihn mit einem Blick.

»Das ist so eine Frechheit! Mich mit der Mörderin

hier zusammentreffen zu lassen. So was von unsensibel! Die würde mich doch am liebsten auch noch umbringen!«

»Na, na, na, jetzt regen Sie sich nicht so auf. Sie haben doch keine Ahnung, ob Frau Mader die Täterin ist. Sie gehen jetzt schön nach Hause, beruhigen sich und halten sich zur Verfügung. Und wenn ich morgen wieder irgendwelche Neuigkeiten in diesem Schmierblatt lese, dann lernen Sie mich kennen, und das wird nicht lustig.«

»Hui, da fürcht ich mich aber.«

»So, Motzko. Schon mal eine Vernehmung durchgeführt?«

»Nein, natürlich nicht.«

»Dann schnappen Sie sich jetzt mal Ihre toughe Kollegin und beginnen Sie, der Mader ein wenig auf den Zahn zu fühlen.«

»Aber, ich – «

»Nichts aber. Sie machen das schon. Ich geh mit Kolonja nur rasch was essen, und ihr fangt schon mal an.«

»Aber was soll ich sie denn fragen?«

»Einfach alles noch mal von vorne. Wo genau sie sich zum Zeitpunkt der Tat aufgehalten hat, wie sie ihn gefunden hat, wie sie ihre Verhältnisse geregelt hat. Es geht darum, sie mürbe zu machen. Wenn sie es war, dann gesteht sie, aber wahrscheinlich erst nach mehreren Stunden. Also ist es nicht so wichtig, was ihr sie fragt, sondern dass ihr es schön in die Länge zieht und euch alle Details erzählen lasst. Also fangt ihr schon mal an, und Kolonja und ich übernehmen dann.«

Sie öffnete die Tür zu Kolonjas Büro, deutete auf ihren Magen und der Kollege sprang sofort auf die Beine. »Zum Bären?«

»Ja, ich brauch eine Pause.«

Das Verhör von Uschi Mader schien an einem schwierigen Punkt angelangt zu sein. Als Anna Habel und Robert Kolonja nach ihrer Auszeit im Bären den kleinen Vernehmungsraum betraten, machte Helmut Motzko den Eindruck, als würde er ihnen am liebsten vor Erleichterung um den Hals fallen, und Gabi Kratochwil saß mit steinerner Miene der Verdächtigen gegenüber. Sie hob nicht mal die Augenbrauen, als Kolonja die Tür ins Schloss fallen ließ. Dr. Anzengruber sprang von seinem Plastikstuhl, das Haar klebte feucht an seiner Stirn, und sein kurzärmeliges Hemd hatte große Schweißflecken unter den Armen.

»Frau Chefinspektor! Ich muss schon sehr bitten! Was erlauben Sie sich, meine Mandantin hier so lange festzuhalten? Wo waren Sie denn die ganze Zeit? Uns diese … diese … Polizeischüler hier auf den Hals zu hetzen, das ist doch eine Frechheit. Ich werde mich bei Ihren Vorgesetzten beschweren!«

»Machen Sie das ruhig. – Herr Motzko, Frau Kratochwil? Wir machen eine kurze Pause. Frau Mader, darf ich Ihnen einen Kaffee anbieten?«

»Ich pfeif auf Ihren Kaffee. Ich will nach Hause. Ich habe alles erzählt.«

»Ja, Frau Mader, alles zu seiner Zeit. Sie kommen schon noch nach Hause. Jetzt erzählen Sie mir noch mal ganz genau, wie das war mit Frau Schmidtgrabner. Warum haben Sie bis jetzt nichts von ihr erzählt?«

»Ich weiß auch nicht. Ich glaub, ich will mich an das Gute erinnern in meinem Leben mit Freddy.«

»Das ist ja sehr verständlich. Aber Sie wollen doch auch wissen, wer ihn umgebracht hat.«

»Ich weiß nicht, ob ich das wissen will ... Es macht doch keinen Unterschied. Er ist nicht mehr da, allein das zählt.«

»Aber Sie machen sich doch verdächtig, wenn Sie uns nicht alles erzählen.«

»Wie oft soll ich es noch sagen? Ich hab nix von seinem Tod. Außer eine völlig ungesicherte Zukunft.«

»Die hätten Sie auch, wenn Herr Bachmüller Sie verlassen hätte.«

»Hätte er aber nicht.«

»Und da sind Sie ganz sicher?«

»Ganz sicher. Dieses Flittchen hat ihn ja eh schon völlig genervt. Ich war seine Lebenspartnerin, seine Seelenverwandte, nur bei mir konnte er richtig zu Hause sein.«

»Jetzt erzählen Sie noch einmal ganz genau von letzter Woche. Hier haben Sie einen Kalender, schauen Sie sich jeden Tag genau an und versuchen Sie sich zu erinnern, was Sie gemacht haben, was Herr Bachmüller gemacht hat, mit wem Sie gesprochen haben, wen Sie getroffen haben.« Kolonja schob Uschi Mader einen aufgeschlagenen Kalender hin und nickte ihr aufmunternd zu.

Es folgte eine Aufzählung von Tätigkeiten des beschaulichen Landlebens. Anna Habel hörte förmlich die Bienen summen, roch die feuchte Kühle des Weinkellers, spürte den lauen Sommerwind in den Haaren. Nichts, aber auch gar nichts sei passiert in dieser Woche. Eine Woche voller Sonnenschein, Natur und Harmonie. Hin und wieder unterbrochen von Sieberers Stänkereien und den bösen Blicken der alten Nachbarin. Alles wie immer. Am Mittwochabend hätten sie noch bei der Elfi unterm Nussbaum gesessen, eine Jause zu sich genommen und sich mit der Heurigenwirtin über den Zustand der Weinreben unterhalten. Ja, sie hätten mit ein paar Leuten gesprochen, nein, nur Belangloses, später sei der Pfarrer noch dazugekommen und habe ein Viertel getrunken.

»Da fällt mir doch was ein.«

»Ja?« Anna wurde jäh aus ihren Tagträumen gerissen.

»Ja, wir wollten schon fast gehen, da hat sich eine fremde Frau zu uns an den Tisch gesetzt. Also eine, die nicht aus dem Ort ist und auch keine der bekannten Wochenendler.«

»Haben Sie mit der gesprochen?«

»Nein, sie hat nur gefragt, ob bei uns noch frei ist – alle anderen Tische waren voll besetzt, nur wir saßen zu dritt. Wir haben ja gesagt, und sie hat sich ein Glas Wein bestellt, aber nichts gegessen.«

»Wie hat die denn ausgesehen?«

»Mittelalt. So alternativ, lange Haare, weiße Flatterbluse, kurze Jeans. Eine Deutsche.«

»Warum wissen Sie das? Sie haben doch nicht mit ihr gesprochen!«

»Nur Deutsche bestellen sich beim Heurigen *ein Glas Wein.*«

»Hatten Sie das Gefühl, dass sie und Herr Bachmüller sich kannten?«

»Warum sollten sie?«

»Bitte beantworten Sie meine Frage!«

»Nein. Ich glaube nicht. Ein bisschen g'schaut hat er schon, sie war ja nicht unattraktiv. Außerdem bemerkt es jeder, wenn ein Fremder im Ort ist.«

»Warum fällt Ihnen das dann so spät ein?«

»Mein Gott, das ist doch nicht wichtig. Glauben Sie, da kommt so eine Flatterbluse, trinkt ein Glas Wein und ermordet dann den Nächtbesten, der ihr über den Weg läuft?«

»Frau Mader, Sie haben's immer noch nicht kapiert: Jedes Detail ist wichtig. Und Sie müssen mit uns kooperieren, sonst –«

»Sonst was?« Der Anwalt war mit einem raschen Satz auf die Beine gesprungen. »Drohen Sie meiner Mandantin nicht! Und außerdem verlange ich eine Pause!« Er sah demonstrativ auf seine protzige Armbanduhr.

»Gut. Eine halbe Stunde Pause. Ich lasse Ihnen etwas zu trinken holen. Wollen Sie ein Brötchen, Frau Mader?«

»Ja, bitte. Mit Käse. Ich bin Vegetarierin.«

Nachdem Robert Kolonja und Anna Habel den Raum verlassen hatten, schwiegen sie mehrere Minuten. In der kleinen Kaffeeküche mit dem Tisch in der Mitte, die ihnen immer wieder als inoffizieller Besprechungsraum diente, holte Kolonja eine Mineralwasserflasche aus dem

Kühlschrank, während Anna begann, hektisch alle Schubladen und Schränke zu öffnen.

»Was suchst du denn?«

»Ich brauch eine Zigarette.«

»Du hast doch aufgehört!«

»Ich will jetzt aber trotzdem eine. Das gibt's doch nicht, da müssen doch noch irgendwo welche sein.«

Anna fand eine halbe Packung vertrockneter Camel light, zündete sich eine an und ließ sich neben Kolonja auf den Plastikstuhl fallen. »Und?«

»Ich weiß nicht. Ich glaub nicht, dass sie's war.«

»Ich bin mir nicht mehr sicher. Die ist nicht so naiv, wie sie tut.«

»Wir haben nichts gegen sie in der Hand. Wir können sie nur so lange befragen, bis sie sich verrät.«

»Auch das geht nicht unendlich. Wir können nur hoffen, dass der Drogenhund was findet. Dann würd's schlechter aussehen für sie.«

»Aber für einen Haftbefehl würde auch das nicht reichen.«

»Nein. Aber wenn sie es war, bricht sie irgendwann zusammen. Machst du dann mal weiter, ich muss noch mal telefonieren.«

»Gut, aber lass mich nicht zu lange allein. Mir fallen schon keine Fragen mehr ein.«

Anna hatte die Nummer der Heurigenwirtin im Handy gespeichert. Hin und wieder rief sie an, etwa wenn schwere Unwetter durchs Weinviertel zogen und sie wissen wollte, ob ihr Haus Schäden davongetragen hatte.

»Hallo, Anna, na, hast Sehnsucht nach dem Landleben?«

»Ja, auch. Aber leider muss ich arbeiten. Du, sag mal, letzte Woche, bevor der Bachmüller gestorben ist, da war eine fremde Frau im Ort, angeblich auch bei dir im Heurigen. Erinnerst du dich an die?«

»Sicher. Die hat doch bei mir übernachtet.«

»Was? Und das sagst jetzt erst?«

»Du hast mich nicht gefragt. Bei mir übernachten öfter Fremde.«

Elfi hatte die einzige Zimmervermietung im Ort. Vier rustikal eingerichtete Mansardenzimmer, für all jene Urlauber, »die was ihre Ruh haben wollen und deswegen nach Salchenberg kommen«, wie Elfi immer wieder betonte. »Die kam am – wart' schnell, lass mich nachschauen im Gästebuch – am Dienstag. Geblieben ist sie bis Donnerstag nach dem Frühstück. Eingetragen mit Karin Förster, wohnhaft in Köln.«

»Und was wollte sie?«

»Das, was alle wollen bei uns. Ruhe. Kein Stress. Hat nicht viel gemacht, ein bisschen wandern, viel geschlafen.«

»Hast du dich denn mit ihr unterhalten?«

»Ein bisschen. Sie war mal kurz im Stall. War wohl früher Reiterin. Wir haben jedenfalls nur über Pferde geredet. Was ist denn mit der?«

»Ich weiß es nicht genau. Würdest du sie denn wiedererkennen?«

»Klar. Eine Deutsche war's.«

»Wie war sie denn unterwegs?«

»Mit dem Zug. Hatte ganz wenig Gepäck dabei. Angenehmer Gast. Ruhig, ordentlich, keine Extrawürst, bar bezahlt.«

»Danke, Elfi. Bis bald.«

»Bitte schön. Was gibt' s denn Neues?«

»Nichts, was ich dir erzählen kann. Und bei euch draußen?«

»Dass die Mader gleich weg ist, wirst ja eh wissen. Ansonsten alles wie immer. Eigentlich unglaublich, wie schnell das alle wieder vergessen.«

»Vielleicht komm ich noch mal in den nächsten Tagen. Bis bald.«

»Ja, baba. Und grüß den Florian.«

Sie schafften es, Uschi Mader noch zwei weitere Stunden festzuhalten, dann fielen weder Kolonja noch Habel neue Fragen ein. Und die alten hatten sie zigfach wiederholt, Frau Mader blieb bei all ihren Aussagen, wich in keinem Detail von den zuvor getätigten ab und wirkte alles in allem ziemlich authentisch.

Dr. Anzengruber drohte wiederholt, Beschwerde einzulegen, und schließlich entließen sie ihre einzige Verdächtige in die unerbittliche Spätnachmittagssonne.

»Jetzt stehen wir wieder am Anfang.« Kolonja war völlig entnervt. »Wir könnten doch Schluss machen für heute, oder? Fällt dir noch was ein?«

»Ich weiß auch nicht. Ich weiß einfach nicht, wonach wir suchen könnten. Also ich check jetzt mal diese ominöse Deutsche mit der Flatterbluse. Vielleicht ist das ja auch eine Exgeliebte, die sich rächen wollte.«

»Wie viele Weiber wollen wir denn jetzt noch verdächtigen? Mag ja ein ganz gutaussehender Typ gewesen sein, dieser Weinbauer, aber übertreibst du's nicht ein bisschen?«

»Fällt dir was Besseres ein?«

24

Kaum hatten Thomas Bernhardt und Cornelia Karsunke das Büro betreten, schoss Freudenreich wie ein geölter Blitz aus seinem Zimmer.

»Wisst ihr, was hier läuft? Ihr macht 'ne Sause aufs Land, und hier ist die Hölle los!«

Thomas Bernhardt machte eine Demutsgeste, versäumte dann aber nicht, darauf hinzuweisen, dass er mit Cornelia Karsunke immerhin auf der Spur Sabine Hansens gewesen sei. Eine kriminalistische Instinkthandlung sozusagen. Freudenreich schnaufte und warf ihm einen wütenden Blick zu, den sich Bernhardt ungefähr so übersetzte: Noch einmal, dann werden hier andere Saiten aufgezogen.

Wie immer, wenn Freudenreich erregt war, rang er um Worte, was in früheren Fällen die Klarheit seiner Ausführungen oft ziemlich beeinträchtigt hatte. Aber dieses Mal war seine Rede doch ausreichend deutlich: Gegen Mittag war eine magere verwahrloste Frau in zerfetzten Lumpen durch den Humboldthain im Wedding getaumelt und im blühenden Rosengarten zusammengebrochen. Spaziergänger hatten sofort einen Notarztwagen gerufen. Die Frau war schwer dehydriert in die Charité transportiert worden und hatte, bevor sie ins künstliche

Koma versetzt worden war, auf Befragen des Arztes ihren Namen »Sabine Hansen« und mehrmals »Bunker« gemurmelt.

»Flakbunker im Humboldthain«, sagte Thomas Bernhardt. Freudenreich schaute ihn wütend an. »Kennst du den?«

»Vom Sehen kenne ich den. Das sind die Reste von einem Flakbunker aus dem Zweiten Weltkrieg. Den haben sie zwar gesprengt, aber da gibt's noch unterirdische Gänge und Verliese.«

»Wieso weißt du das?«

»Allgemeinbildung.«

»Ich gratuliere! Zum Glück waren Cellarius und Krebitz gerade zurückgekommen, als die Nachricht hier einlief. Ich hab sie gleich losgeschickt zu diesem Bunker, mit zwei Leuten aus der Abteilung IV. Und Fröhlich und seine Jungs sind auch schon zugange.«

»Gutes Management.«

»Solche Bemerkungen kannst du dir sparen. Du gehst mit Cornelia jetzt auch da hin. Du kannst dir vorstellen, was demnächst durch die Presse gehen wird. Aber bevor ihr loszieht, erzählt dir Katia noch ein paar Sachen.«

Katia Sulimma hatte sich bis jetzt bescheiden im Hintergrund gehalten, was sonst gar nicht ihre Art war.

»Ja, ihr zwei, ihr seid hier vermisst worden. Wie war's denn in der Uckermark? Was ist denn mit deinen Haaren passiert, Cornelia?« Sie lächelte, zeigte ihre weißen Zähne und fuhr sich mit der Zunge über ihre Oberlippe. Der Paradiesvogel in seinem luftigen Sommerkleidchen gab zu verstehen, dass er sich gut vorstellen konnte, was alles möglich war an einem heißen Sommertag im ländlichen Grün. Cornelia Karsunke und Thomas Bernhardt sagten nichts.

»Okay, könnt ihr später erzählen. Hier hat sich sicher mehr getan. Also, zunächst Krebitz: Er hat sich die Überwachungskameras in den Häusern rund um Otters Traumvilla vorgenommen, Kameraüberwachung scheint da zur Grundausstattung zu gehören. Mehrmals taucht in den Aufzeichnungen eine hektische, irgendwie hysterische Frau auf, die wie ein aufgescheuchtes Huhn durch die Gegend flattert, ein Ufo sozusagen, *unidentified fluttering object*. Krebitz war fleißig, hat schon ein paar Standfotos von den Mitschnitten anfertigen lassen. Wenn er will, ist er wirklich klasse, muss man sagen. Und dass er die Leute in seiner trotteligen Art dazu bringt, ihm die Kassetten auszuhändigen – wirklich nicht schlecht.«

Sie drückte Bernhardt ein paar Fotos in die Hand. Er warf einen schnellen Blick auf die verwaschenen Abbildungen.

»Hm, eine mittelalte Frau im Hippie-Look, entspricht also erst einmal den vagen Beschreibungen, die wir von ihr haben. Müssen wir uns aber genauer ansehen. Jedenfalls ist das was für eine Fahndung in den Medien. Würde mich allerdings nicht wundern, wenn's 'ne harmlose Verrückte wäre.«

Cornelia widersprach. »Die taucht zu oft auf, wie so ein rächendes Gespenst, fehlt nur noch, dass sie eine Sense in der Hand hat. Aber du hast noch mehr, Katia?«

»Genau. Cellarius ist ja noch mal durch Otters Restaurants gezogen. Otter war ein guter Chef, mehr fiel denen einfach nicht ein. Übrigens, bevor ich's vergesse, Otter wird nächste Woche in Köln im Familiengrab beerdigt, die Gerichtsmedizin hat ihn freigegeben. Keine Verletzungen, die auf einen Kampf hinweisen würden, keine Drogen im Blut, alles in Ordnung, halt nur die Schusswunde. Wird im Krematorium Wedding in ein handliches Format gebracht, und dann geht's ab nach Köln. So, jetzt aber zu den wirklich heißen Neuigkeiten.«

Thomas Bernhardt runzelte die Stirn. »Komm, Katia, du musst das nicht dramaturgisch aufpeppen. Sag's uns einfach, kurz und knackig.«

»Also gut, mein lieber Chef, Cellarius hat von einer Angestellten, die für Weinempfehlungen zuständig ist …«

»… der Sommelière Gerlinde –«

»Woher kennst *du* die denn?«

»Von einer Vorrecherche, könnte man sagen. Die Kollegin Habel aus Wien hatte mich gebeten, mal bei Otter reinzuschauen, wegen dieses Ösi-Winzers. Haben wir eigentlich von der Habel wieder mal was gehört?«

»Nein, das große Wiener Schweigen ist ausgebrochen. Kommt mir schon ein bisschen seltsam vor, gar keine Aufträge.«

»Was ist jetzt mit Gerlinde, der jungen Weinkennerin?«

»Gerlinde …« Katia Sulimma sang den Namen, »… die junge Weinkennerin. Tja, die hat Cellarius einen guten Tipp gegeben. Sie hatte irgendwie mitgekriegt, dass Otter eine kleine Kladde hatte, genauer: ein Moleskine-Büchlein, in das er immer wieder mal was reinschrieb. Und als Gerlinde, die junge und schöne und begabte Weinkennerin« – sie warf Bernhardt einen süffisanten

Blick zu –, »ihn einmal fragte, was er denn da notiere, vielleicht Anmerkungen zu einer neuen Wein- oder Speisekarte, antwortete er ihr, nein, das sei eine Art Gedankenbüchlein, in dem er einfach festhalte, was ihm so durch den Kopf gehe. Und einmal sah sie, wie er das Büchlein unter eine lose Diele hinter seinem Schreibtisch schob. Als hielte er es doch gerne versteckt. Ja, und da hat's Cellarius rausgezogen, mit Hilfe der jungen und schönen und aufmerksamen ...«

»Komm, ist gut. Wo ist es?«

»Auf deinem Schreibtisch.«

»Und habt ihr schon reingeschaut?«

»Ja, Cellarius, aber er wird nicht richtig schlau draus. Einerseits banales Alltagsgeschwätz, meint er, andererseits so philosophische Erörterungen über Schuld und Vorherbestimmung, so was. Er hat's nicht verstanden. Cellarius meint, das sei was für dich.«

»Hat er wahrscheinlich recht. Aber Katia, du hast doch noch was. Was war mit dieser Gruppe an der Uni in den achtziger Jahren?«

»Stimmt. Katia, die Wundertüte, hat noch was. Im Internet habe ich den jungen Otter entdeckt, im Kreise seiner lieben revolutionären Knaben und Mädchen.«

Sie drückte Bernhardt ein paar Blätter in die Hand.

»Musst du dir in Ruhe anschauen. Aber hier, dieses Bild ist am interessantesten, ich les dir das mal vor: ›Sinnliche Erfahrung und wissenschaftliche Arbeit, Geduld und Leidenschaft: Ronald O. (21) ist der Kopf der Roten Zelle, einer Gruppe, die von der Theorie zur revolutionären Praxis gelangen will. Zu den wichtigsten Köpfen gehören (v.l.) Gerhard K. (22), Volker R. (22), Paul T. (24) und (im Hintergrund) Sabine H. (19).‹ Stark, oder? Sabine H., das könnte doch unsere sein, oder?«

Thomas Bernhardt verschlug's erst einmal die Sprache. Dann kramte er eine Lupe aus Katias Schreibtisch und schaute sich die Gesichter an. Otter im Mittelpunkt, wie von einer Gloriole umgeben, lange Haare, Nickelbrille, eine Reiseschreibmaschine auf den Knien. Die anderen um ihn wie um den Erlöser geschart, gläubige Jünger, die das Erscheinungsbild der großen Vorbilder angenommen hatten: Volker R. sah wie Trotzki aus, Paul T. wie Stalin (war das wirklich Tannert, der 25 Jahre später als Professor für Verwaltungswirtschaft und Parteihistoriker der SPD durch die Welt lief?, fragte sich Bernhardt). Lederjacken, Bärte, Schirmmützen, Sabine H. trug den Rosa-Luxemburg-Look. Was für eine Truppe, dachte Bernhardt und spürte ein schmerzliches Ziehen. Bernhardt hatte sich lange genug im linksradikalen Milieu aufgehalten, um die Hoffnungen und die Übersteigerungen nachvollziehen zu können, die in dem Bild aufleuchteten.

»Das ist wirklich eine Entdeckung, Katia. Danke erst mal. Müssen wir alles genauer überprüfen. Aber zuerst steht der Flakbunker im Humboldthain an. Mach's gut.«

Als sie die Treppe runtergingen, schaute Bernhardt Cornelia an.

»Bist du sauer?«

»Du merkst wieder mal alles. Dass Katia nur dich anspricht und dir alles anvertraut, ist wirklich 'ne Sauerei.«

»Na ja, komm. Sie hat's uns beiden erzählt. Ich hatte sie angesprochen, und da hat sie sich an mich gewandt. Nimm das doch nicht persönlich.«

»Ich nehm halt vieles persönlich.«

Als sie auf die Straße traten, fegte ein kurzer heißer Windstoß Staub und Unrat auf. Cornelia drehte sich wütend zur Hauswand um.

»Wie ich diese Hitze satthabe. Ich will Regen, ich will strömenden Regen, tagelang. Ich will Ruhe, ich will ... O Mann!«

Sie schniefte. Thomas Bernhardt war beunruhigt über ihren plötzlichen Stimmungsumschwung.

»Was ist denn?«

»Ach, nix. Ich mache mir halt Sorgen um die Kinder. Wenn die jetzt doch noch Fieber haben?«

»Dann ruf in dem Luft-Licht-Sonne-Heim an.«

»Sollen wir aber nicht. Nur im Notfall.«

»Dann ist das jetzt ein Notfall.«

Es dauerte lange, bis jemand abhob. Und dann unfreundlich war. Und schließlich die Mädchen holte. Und dann zwitscherte es ganz lieblich aus dem Telefonhörer. Und Cornelias Gesicht hellte sich auf. Und sie konnte auch wieder Thomas Bernhardt anschauen.

»Danke. Das war lieb von dir.«

Die »Weiße Brigade«, wie Bernhardt Fröhlichs Truppe nannte, war schon aktiv. Im Rosengarten, der mit Flatterbändern abgesperrt war, werkelten zwei Weißkittel, und auch in dem muffigen Verlies tief unter der Erde hatten sie sich ans Werk gemacht.

Doch bis Bernhardt und Cornelia Karsunke endlich am Ort der Gefangenschaft von Sabine Hansen waren, mussten sie die üblichen Hürden überwinden. Die Traube der Neugierigen, die Kollegen am Absperrband, die Blondine von der *B.Z.*, den Reporter von der *Lokalschau*, der seit gefühlten fünfzig Jahren seinem Job nachging (»Was sagen Sie unseren Zuschauern?«). Eine Parade, die ihn jedes Mal wütend machte.

»Wenn ihr hier nicht stehen würdet, wär alles einfacher.« Und setzte noch einen drauf: »Ihr alten Sensationsgeier.«

Der Reporter witterte den Skandal und reagierte begeistert. Bernhardt *at his best!* Seit einiger Zeit legte er es geradezu darauf an, Bernhardt zu reizen und ihn zu einem Ausbruch zu bringen. Bernhardts kleine Explosionen waren bei den Zuschauern der *Lokalschau* geradezu Kult. Gerne wurden sie im Fernsehen wiederholt, einmal gab es bei einem Jahresrückblick sogar einen Zusammenschnitt Bernhardtscher Unfreundlichkeiten. Besonders beliebt war die in Richtung *B.Z.*-Blondine gebellte Frage: »Wollen Sie nicht lieber am Miss-Germany-Wettbewerb teilnehmen?« Woraufhin sie flötete: »Wenn Sie mein Begleiter sind.« Worauf er wiederum entgegnete: »Dann gehen wir lieber zusammen ins Sonnenstudio.« Was zur Folge hatte, dass der Polizeipräsident ihn bei einer Festivität im vergangenen Jahr zum zweihundertjährigen Bestehen der Berliner Kriminalpolizei fragte: »Na, Bernhardt, heute schon im Sonnenstudio gewesen? Allein oder in Begleitung?«

Cornelia, die damals bei dem Geplänkel mit der Blondine dabei gewesen war, machte jetzt bei seinem neuerlichen Ausbruch den Scheibenwischer.

»Lass das doch, ›Sensationsgeier‹, ist doch Blödsinn, oder willst du deinen Fans wieder mal Material liefern?«

Bernhardt grinste sie an. Und der Reporter sprach in sein Mikrofon, dass Herr Bernhardt die Rechte und Pflichten der Presse, der Vierten Gewalt, zum wiederholten Male …

Es war mühsam, nach unten zu krabbeln. Das unterirdische Verlies war gleißend hell ausgeleuchtet, eine Laserkamera machte ein 3-D-Bild des gesamten Raumes. Eine Erfindung, die Bernhardt nicht besonders schätzte, weil dadurch ein Effekt von Hyperrealität erzielt wurde, der ihn bei der Betrachtung eher von der schmutzigen Wirklichkeit ablenkte.

Und hier war's wirklich schmutzig, auf eine elende Art muffig. In einer Ecke stand Cellarius mit Krebitz und Fröhlich. Letzterer begrüßte ihn auch an diesem Ort mit der ihm eigenen Nonchalance.

»Na, Meesta, hatten wa och noch nich, wa?«

»Tag, Fröhlich, hallo, Cellarius. Kommt, erzählt mal, Kurzfassung.«

Cellarius zeigte auf eine Handschelle, die in die Wand eingelassen war. »Da war sie angekettet. Sie konnte sich wahrscheinlich rauswinden, nachdem sie extrem abgenommen hatte. Kein Wasser, kein Essen, nichts. Zum Überleben hat ihr das Rinnsal geholfen, das neben ihr die Wand runterlief. Keine Frage, das sollte tödlich enden.«

Bernhardt verzog das Gesicht und atmete flach. Aus den Augenwinkeln sah er, dass Cornelia den Raum verließ. Das hätte er auch gern gemacht, er stand kurz vor einer klaustrophobischen Panik. Der sprechende Cellarius mit seinem auf- und zuklappenden Mund wirkte wie ein Zombie.

»... das ist der abgelegenste Raum, hier kommt keiner hin. In den anderen Räumen, wo die Ausstellung ist, sind ständig Leute unterwegs. Deshalb ist der Zugang für Fremde wahrscheinlich auch relativ unproblematisch. Normalerweise ist alles abgesperrt, und es gibt nur kurzfristige Öffnungen für Führungen, aber wegen der Ausstellung ...«

»Welcher Ausstellung?«

»Hier stellen junge Künstler aus, Thema: ›Es werde Licht‹, irre, oder? Und heute war die Eröffnung, deshalb ...«

»... stehen da draußen die schicken jungen Leute mit ihren Hornbrillen und trinken Prosecco und lassen sich das Fingerfood schmecken. Jetzt verstehe ich, habe ich vorhin als kleine bizarre Veranstaltung wahrgenommen. Vernissage also, und die machen einfach weiter?«

»Nein, wir haben sie gebeten hierzubleiben. Wir nehmen die Personalien auf. Martin und Luther sind da zugange.«

»Na schön, dass der doppelte Reformator dabei ist, die machen das schon.«

Martin und Luther aus der Abteilung IV hießen der doppelte Reformator, weil sie fast immer zusammenarbeiteten und Gesprächspartner gerne verblüfften, indem zuerst Martin seinen Namen übertrieben genau aussprach und Luther nach einer effektvollen Pause seinen Namen präsentierte.

»Und die Leute, die für den Zugang zum Bunker verantwortlich sind?«

»Klar, kümmern sie sich auch drum.«

»Können wir hochgehen?«

»Ja, hier müssen wir nicht bleiben.«

Martin und Luther waren die perfekten Kriminaler-Darsteller. Mit einem Blöckchen und einem Bleistift bewegten sie sich unter den jungen Künstlern mitsamt Anhang und genossen ihre Rolle. Ab und zu gingen sie zu einem kleinen Tisch und nahmen einen Schluck Prosecco.

Cornelia stand am Rande. Sie hatte wieder ein wenig Farbe im Gesicht und unterhielt sich mit der *B.Z.*-Blondine. Der Reporter von der *Lokalschau* machte gerade einen seiner berühmten »Aufsager«. Cornelia winkte Bernhardt zu.

»Komm mal her. Ich mach hier gut Wetter für dich.«

Bernhardt näherte sich ein bisschen widerstrebend dem Frauenpärchen. Die Blondine kam ihm entgegen. Da war nichts mit Flucht. Also ging er in die Offensive.

»Eigentlich bin ich ganz anders, nur komme ich so selten dazu.«

»Ödön von Horváth, oder?«

»Ach.«

»Ja, ach! Ich bin nicht die blöde Blondine, für die Sie mich halten.«

»Mach ich gar nicht, ich erlebe Sie ja nur in Ihrer Funktion, und da sind Sie halt anstrengend. Davon abgesehen sind Sie wahrscheinlich der supernette Typ, nehme ich mal an.«

»Liegen Sie gar nicht so falsch. Aber zur Sache, was ist mit der Frau im Bunker? Ich muss irgendwas Handfestes in der Zeitung haben.«

»Es geht ihr den Umständen entsprechend gut. Sie wird medizinisch betreut und kann noch nicht vernommen werden. Mehr wissen wir selbst nicht, das müssen Sie aber nicht unbedingt schreiben. Schreiben Sie, wir verfolgen eine Spur, nein, mehrere Spuren. Wir halten alles für möglich. Und schließen nichts aus. Sie können außerdem noch schreiben, dass Kommissar Bernhardt sehr nett war, dass er mit seinen Kollegen eine Nachtschicht einlegen wird und dass er zuversichtlich ist, morgen der verdienstvollen Berliner Presse wichtige Informationen liefern zu können.«

»Na toll, so ein Larifari kann ich mir auch selbst zusammenreimen, das müssen Sie mir nicht diktieren. Da muss ich halt spekulieren, nur würden Sie halt besser drin wegkommen, wenn Sie ein wenig kooperativer wären.«

Cornelia sah eine kleine Bernhardtsche Gewitterfront aufziehen und mischte sich schnell ein. »Komm, Sina, übertreib's nicht.«

Bernhardt merkte auf.

»Man kennt sich?«

»Ja, Sina und ich machen zusammen Judo.«

»Wieso erfahre ich das jetzt erst?«

»Weil Sina erst letzte Woche in unseren Polizeisportverein eingetreten ist und du das nicht wissen musst. Ist ja wohl nicht ermittlungsrelevant.«

»Na ja, wenn so 'n U-Boot in den PSV einfährt, finde ich das schon interessant.«

Die *B.Z*-Blondine strich sich mit einer widerborstigen Bewegung die Haare hinter die Ohren. »Anders kriegen Sie's nicht hin, was? Misstrauen und Ruppigkeit. Professionelle Deformation, nenne ich das. Wenn Sie Lust haben, führ ich Sie demnächst mal in die Anfangsgründe des Judos ein.«

Sina, die rasende Reporterin, war wütend, und selbst Cellarius, in seinem Leinenanzug Gentleman vom Scheitel bis zur Sohle der Maßschuhe, konnte sie mit seinen wohlgesetzten Worten, die Bernhardts Ausführungen ins Freundliche übersetzten, nur halbwegs versöhnen.

Im Westen stand die Sonne schon tief am Horizont, ein großer flammender Ball. Bernhardt, Cornelia und Cellarius gingen zu ihren Autos am Gesundbrunnen. Cornelia schaute Bernhardt erwartungsvoll an.

»Also, ihr zwei, ich hab bei der süßen Sina keine Scherze gemacht, heute wird's spät, ist ja klar. Das Überstundenkonto wird angereichert. Aber zunächst das Naheliegende. Was ist mit Sabine Hansen? Wird sie bewacht in der Charité? Klärst du das, Cellarius? Rund um die Uhr muss da jemand sein, und nicht irgendein Schnarcher, der morgens um drei ins Land der Träume abdriftet.«

»Krebitz?«

»Ich sag ihm Bescheid. Du fährst jetzt aber selbst noch

mal hin in die Charité und sprichst mit den Leuten auf der Intensivstation: Wie ist ihr Allgemeinzustand, wie lange wird sie im künstlichen Koma liegen, wann können wir sie befragen, hat sie vielleicht doch irgendwas gesagt? Du bleibst da, bis Krebitz kommt. Noch mal: Sie muss rund um die Uhr bewacht werden.«

Cellarius schaute ihn ein bisschen pikiert an. Ich bin ja wohl nicht blöd, signalisierte er Bernhardt dezent, aber deutlich. Der registrierte sofort die leise Missbilligung, die Cellarius aussandte, und Cellarius spürte, dass Bernhardt spürte … Sie lächelten sich an: Es war klar, dass sie wieder auf eine Frequenz geschaltet waren, wie immer, wenn es ernst wurde.

»Entschuldige, Cellarius, du hast recht, versteht sich von selbst. Also: Hol Krebitz aus dem Verlies und nimm ihn gleich mit in die Charité. Und sag Fröhlich, er soll seine Zentrifugen so früh wie möglich anwerfen. Das wird ihn nerven, beschleunigt aber trotzdem die Ermittlungen, ist meine Erfahrung. Wenn du in der Charité fertig bist und Krebitz auf seinem Stuhl vor der Intensiv installiert hast, kommst du in die Keithstraße. Cornelia und ich sind dann schon da. Ich nehme mir das Tagebuch vor oder was das ist. Du, Cornelia, versuchst gemeinsam mit Katia auf die Spur dieser revolutionären Jungs mit ihrem Mädel zu kommen. Also, Cellarius, mach's gut, bis nachher.«

Auf dem Weg zum Auto rief er Anna Habel an, die sich mit vollem Einsatz meldete.

»Dass es dich noch gibt!«

»Danke gleichfalls.«

»Sauer?«

»Kann ich mir nicht leisten, und auf Geplänkel verzichten wir ausnahmsweise, einverstanden?«

»So mag ich dich.«

»Dir wird das Lachen gleich vergehen.«

»Na, da bin ich gespannt.«

»Hör einfach zu: Wir haben diese Sabine Hansen gefunden. Sie war tagelang in einem alten Weltkriegsbunker gefangen, an die Wand gekettet. Halb verhungert konnte sie sich befreien und hat's ins Freie geschafft.«

Sekundenlanges Schweigen. »Das ist furchtbar. Wird sie durchkommen?«

»Ja, sieht wohl nicht so schlecht aus. Aber befragen konnten wir sie noch nicht.«

»Hier gibt's auch Neuigkeiten: Stell dir vor, ich hatte hier heut schon fast einen Ringkampf im Präsidium. Unser Toter hatte nicht nur eine Lebensgefährtin, sondern auch eine Geliebte – und die beiden Frauen sind leider aus Versehen aneinandergeraten.«

»Eine Geliebte? Ist ja interessant. Und ist sie verdächtig? Doch eine Eifersuchtsgeschichte?«

»Wir wissen es nicht. Mein Gefühl sagt, dass es keine von den beiden war.«

»Und was ist mit der Dritten?«

»Welcher Dritten?«

»Mensch, Frau Habel. Ich hatte dich doch gebeten, nach dieser herumschleichenden Frau Ausschau zu halten. Wo bist du denn mit deinen Gedanken?«

»Na, na, Herr Hauptkommissar. Jetzt werd mal nicht

gleich frech. Hab ja eh meine Hausaufgaben gemacht. Also hör zu: Die Unbekannte hat unter dem Namen Karin Förster bei Elfi übernachtet. Unauffällig, nett, ein bisschen Wanderurlaub im Weinviertel. Und kurz vor Bachmüllers Tod ist sie wieder abgereist.«

»Wer, bitte schön, ist Elfi?«

»Pension Elfi. Meine Nachbarin in Salchenberg. Zimmervermietung.«

»Gut. Hat diese Elfi noch irgendetwas über die Frau? Eine Passkopie vielleicht? Eine Adresse? Cornelia Karsunke und ich fahren jetzt ins Büro, ich schick dir gleich das Foto von diesem Phantom. Das haben wir von einer Überwachungskamera in Otters Straße. Vielleicht zeigst du das mal deiner Elfi, und wir sichern das ab. Ich hoffe, dass wir jetzt endlich ein bisschen vorankommen. Wenn ich was Neues weiß, melde ich mich. Und wenn du was erfährst, meldest du dich auch, ja?«

»Mach ich auf jeden Fall, ich muss das jetzt erst mal verarbeiten und überlegen, was das alles heißt. Mach's gut, ich habe das Gefühl, dass wir uns bald sehen werden, mein Lieber. Bis dann, ciao.«

Der nächste Anruf galt Maik Müller, den er bat, intensiver als bisher nachzuforschen, was Sabine Hansen in Vitzmannsfelde getan habe, und sich das Häuschen genauer anzuschauen. Maik Müller war begeistert, dass Bewegung in die Provinz kam (»Und wenn wir alles hinter uns haben, kommste raus, mit Cornelia, oder wie sie heißt, und wir knacken einen Kasten Lübzer Pils.«)

Dann rief er im Kommissariat an.

»Katia, hallo. Kannst du ein paar Sandwiches besorgen und 'ne Kiste Wasser mit und eine Kiste ohne Kohlensäure? Nee, besser je zwei mit und ohne. Und eine Kiste Apfelsaft und einen Beutel *crushed ice*, oder besser: zwei. Ja, genau: Es wird ein bisschen später.«

Cornelia schaute ihn mit schiefgelegtem Kopf an.

»Du wirkst irgendwie seltsam, wenn du den Chef gibst.«

»Ich gebe nicht den Chef, ich bin der Chef. Und der muss sagen, wo's langgeht. Demokratischer Zentralismus, na ja, sagt dir wahrscheinlich nichts.«

»Diese Tour von dir geht mir langsam echt auf den Senkel. Meine Lehrer, das waren so Typen wie du, angeblich fortschrittlich und in Wirklichkeit total autoritär.«

»So bin ich nicht.«

»Doch!«

»Nicht wirklich.«

»Na gut, die waren noch schlimmer als du.«

»Na immerhin.«

Sie schauten sich an. Und als sähen sie sich selbst jeweils im Gesicht des anderen, mussten sie plötzlich über ihre dunklen Mienen lachen.

»Versöhnung?«

»Versöhnung!«

25

Um 18 Uhr beschloss Anna, noch rasch schwimmen zu gehen. Sie hatte vor Wochen einen alten Sportbadeanzug und ein Handtuch in ihre Schreibtischschublade gestopft, fest entschlossen, diesen Sommer nach Dienstschluss regelmäßig zur Neuen Donau, einem Seitenarm der Donau, zu fahren, doch bisher war es bei dem Vorsatz geblieben.

In der U-Bahn fröstelte sie, die Wiener Verkehrsbetriebe hatten vor zwei, drei Jahren die Klimaanlage entdeckt, und seither kühlten sie die Züge unbarmherzig auf gefühlte sechzehn Grad. Sie beobachtete eine junge, völlig genervte Mutter, die versuchte, ihren hyperaktiven Zweijährigen daran zu hindern, aus dem Buggy zu klettern, was schließlich in einem zweistimmigen Schreikonzert endete. Fast hätte sie das dezente Klingeln ihres Handys überhört.

»Hallo, Frau Habel. Wo sind Sie denn? Holen Sie Ihren Sohn vom Kindergarten ab?«

»Herr Friedelhofer! Nein, nur in der U-Bahn. Warten Sie, ich geh mal ein Stück weg.« Anna war sicher, dass die Kaugummi kauende, blondierte junge Frau mit Tigertop nur darauf wartete, dass sie den Blick von ihr nahm, um ihrem Sprössling einen »gesunden Klaps« zu verpassen, und warf ihr einen strengen Blick zu, bevor sie durch den Wagen bis ins hintere Ende ging.

»So, jetzt kann ich Sie verstehen.«

»Haben Sie schon was vor heute?«

Na, der geht aber ran. Schon wieder ein Date? »Nein – oder eigentlich doch. Ich wollte gerade schwimmen gehen.«

»Das trifft sich gut. Ich auch. Wo sind S' denn?«

»Neue Donau. Einfach da bei der U-Bahn schnell reinspringen.«

»Da sind doch nur Jugendliche mit Migrationshintergrund und ihre Kampfhunde.«

»Die tun mir nichts. Alles andere lohnt sich nicht mehr um diese Zeit.«

»Na gut. Ich komm hin. Einer muss ja auf Sie aufpassen. Ich bin in zwanzig Minuten da.«

»Gut, ich warte auf Sie.«

Anna schlug sich links vom U-Bahn-Ausgang die Böschung runter und sah kaum ein grünes Fleckchen vor lauter Menschen. Sie ging in die kleine improvisierte Strandbar, bestellte sich eine kalte Cola und zog sich dann in der engen Toilette den Badeanzug an, peinlich darauf bedacht, nichts zu berühren. Fünf Minuten später hatte Friedelhofer sie schon gefunden, und sie suchten sich ein Plätzchen nah am Wasser. Neben ihnen versuchten mehrere Jugendliche zwei kreischende Mädchen ins Wasser zu werfen, begleitet vom aufgeregten Gebell ihrer zwei schwarzen Mischlingshunde.

Der Pathologe sah sich missbilligend um. »Romantisches Plätzchen.«

»Jetzt seien Sie doch nicht so empfindlich. Wenn das jetzt New York wäre, würden Sie's cool finden.« Tatsächlich hatte Anna ein Faible für diese seltsam improvisierte Badestelle. Im kühlen Wasser zwischen Schnellbahnbrücke und Brigittenauer Brücke mit Blick auf den Turm der Millenium-City fand sie Wien großstädtisch und urban.

Sie schwammen nicht weit hinaus, Friedelhofer hatte Angst um seine Hose, die er am Strand zurückgelassen hatte, und wunderte sich über Anna, die ihr Handy einfach unter den Klamotten versteckt hatte.

»Ich kann nicht immer nur ans Schlechte glauben«, lachte sie und tauchte prustend unter.

Am Ufer lagen ihre Sachen unberührt auf der Wiese, und einer der Jugendlichen winkte Anna zu: »Ihr Handy hat die ganze Zeit geklingelt. Sie sollten es nicht einfach so hier liegen lassen, das könnte doch jemand klauen!«

»Danke schön.« Anna lachte den Pathologen an. »Sehen Sie! Es gibt mehr gute Menschen als schlechte.«

»Sagte die Kriminalinspektorin.«

Auf dem Display des Mobiltelefons war Haralds Nummer angezeigt. Anna drückte die Rückruftaste, Harald nahm nach dem zweiten Klingeln ab. »Wo steckst du denn? Was ist das denn für ein Lärm im Hintergrund?«

»Ich bin nach der Arbeit noch rasch schwimmen gegangen. Was dagegen?«

»Warum hast du mich nicht angerufen? Ich wäre mitgekommen.«

»Weil ich keine Lust hatte. Ich bin direkt von der Arbeit hergefahren und geh auch gleich wieder. Jetzt sei doch nicht so anhänglich. – Was? Ich versteh dich gerade so schlecht. Was hast du gesagt?«

Hinter Friedelhofer und Anna Habel hatte eine türkische Großfamilie ihre Zelte aufgeschlagen, einschließlich Ghettoblaster und schreiendem Baby. Und Friedelhofer winkte ihr ungeduldig zu. Anna flüsterte: »Ich komm gleich«, und als sie das Telefon näher an ihr Ohr hielt, hörte sie nur noch: »Ach, vergiss es einfach. Viel Spaß noch …« Harald legte grußlos auf.

»Mein Gott. Männer.«

»Wen meinen Sie jetzt genau?«

»Ach, nicht wichtig. Vergessen Sie's einfach.«

»Gemma noch was trinken?«

»Nein danke, heut muss ich wirklich mal nach Hause. Ich werd mich jetzt auf den Weg machen.« Anna schlug sogar die Einladung des Pathologen aus, sie mit dem Auto nach Hause zu fahren, und er war feinfühlig genug, nicht weiter nachzubohren. Als sie in der eisgekühlten U6 saß, fand sie die ganze Szenerie plötzlich nicht mehr urban und hip, die Plastiksitze klebten unangenehm an ihren nackten Beinen, die jungen Mädchen sahen alle aus wie vierzehnjährige Nutten, und eine ältere Dame umklammerte ihre Handtasche. An der Station Währinger Straße/Volksoper stieg Anna aus und überquerte den Gürtel. Spätestens beim Gourmet-Spar hatte sie das Gefühl, in der heilen Welt der Vorstadt angekommen zu sein, und obwohl sie manchmal davon träumte, in einem Bezirk zu wohnen, in dem mehr Leben war, fand sie an Tagen wie diesen die Währinger Beschaulichkeit sehr angenehm.

26

Katia Sulimma saß in der Mitte des Büros, hatte ihre Füße in eine kleine Wanne gestellt und wedelte sich mit einem Fächer Luft zu.

»Cornelia, Thomas, hi, da seid ihr ja endlich. Das ist echt klasse, ich habe eine Tüte mit dem *crushed ice* in die Wanne gekippt. Wenn man die Füße lang genug drinlässt, denkt man, die sterben ab. Aber wenn du sie rausnimmst, ist das ein irrer Erfrischungseffekt. Das prickelt wie verrückt und macht dir den Kopf frei. Wollt ihr auch mal?«

Katia stand auf, und Cornelia streifte ihre Korksandalen ab, krempelte sich die Jeans hoch, ließ sich mit einem Seufzer der Erleichterung in den Stuhl fallen und tauchte ihre Füße ins schwappende Eiswasser.

»O Mann, das tut weh. Ist aber wirklich gut.«

Sie genoss die kleine Auszeit und zögerte das Aufstehen hinaus. Schließlich schwang sie ihre Füße auf das Handtuch, das Katia neben die Wanne gelegt hatte.

»Wow, stark, ich fühle mich wirklich besser. Jetzt du, Thomas.«

»Nee, lass mal. Das ist mir zu krass.«

»Zu krass?«

»Na ja, das lenkt mich jetzt zu sehr ab. Und ich dachte

auch, dass wir das Eis zum Kühlen der Flaschen benutzen.«

Katia legte einen Finger unters rechte Auge, zog das Lid runter und blickte Cornelia an.

»Also gut, Thomas. Cornelia und ich schleppen die Wanne jetzt ins Klo, kippen das Eiswasser aus, spülen die Wanne gut aus, füllen dann den Rest vom *crushed ice* rein, legen die Flaschen drauf, und dann fangen wir an. Du hast ja recht, wir haben ein großes Programm abzuarbeiten. Aber wir sind vor Mitternacht fertig, oder? Ich will mit meinem Freund noch zum Flughafen Tempelhof, da gibt's um Mitternacht ein chinesisches Feuerwerk. Übrigens: Die Kaffeekasse hat für den Einkauf nicht gereicht, müssen wir dann ausgleichen.«

Es war eine ungewöhnliche Atmosphäre im Büro, wie sie Thomas Bernhardt so noch nicht erlebt hatte. Katia und Cornelia liefen barfuß durchs Zimmer, in einer Ecke stand die Wanne, die mit frischem Eis gefüllt war. Obenauf lagen die Wasserflaschen, die beschlagen waren und an denen Wassertropfen abperlten.

Bernhardt griff sich eine Flasche, wollte sie sich an den Hals halten, besann sich aber rechtzeitig und nahm sich eins der Gläser, die Katia auf dem Besprechungstisch schön ordentlich aufgereiht hatte. Die Sandwiches, die man aus einer doppelt und dreifach gelegten Folie auswickeln musste, waren zwar wabbelig, aber gut mit Schinken, Mozzarella und Tomaten belegt.

Eine Frage war Bernhardt schon die ganze Zeit durch den Kopf gegangen.

»Wo ist eigentlich Freudenreich?«

Katia Sulimma zuckte mit den Schultern.

»Beim Polizeipräsidenten.«

»Beim Polizeipräsidenten? Was will er denn da?«

»Ich hab's nicht richtig verstanden. Eine neue Organisationsstruktur oder so was. Regelung von Kompetenzen.«

»Was soll das denn heißen?«

»Keine Ahnung. Er will ja noch mal vorbeischauen. Um die laufenden Ermittlungen zu koordinieren.«

»Na ja, das kann er ja besonders gut. Also, zur Sache jetzt: Katia, deine Recherche, bring uns mal auf den aktuellen Stand.«

»Ich versuch's möglichst knapp zu machen, hört genau zu: Von unserer Roten Zelle, die Anfang der achtziger Jahre gegen den Kapitalismus angetreten ist, habe ich nichts mehr gefunden. Worauf ich aber gestoßen bin und was mich stutzig gemacht hat: eine Gruppe namens Revolutionärer Kampf, die man heute gar nicht mehr auf dem Bildschirm hat, die aber damals wohl ganz schön auf den Putz gehauen hat.«

»Verstehe ich erst mal nicht. Wieso ist dir gerade diese Gruppe aufgefallen?«

»Kein Mitglied dieser Gruppe ist mit Namen oder Bild bekannt. Denen ist es wirklich gelungen, anonym zu bleiben. Nur *ein* Manifest gibt's von denen, und das ist nicht veröffentlicht worden, sondern nur durch Zufall entdeckt worden: *Die Macht der Revolution und die Klandestinität der Revolutionäre*. Und das war sozusagen das Arbeitsprinzip dieser Gruppe. Die Mitglieder sollten nicht öffentlich auftreten, sondern ein möglichst unauffälliges Leben in bürgerlichen Berufen führen, es sollten sich immer nur fünf Leute kennen, die Vernetzung im Falle von Aktivitäten sollte von Unbekannten ausgehen, die in der Hierarchie höher standen. Das Ziel war einerseits, auf sozusagen friedlichem Wege, durch Unterwanderung, Institutionen zu übernehmen und zu revolutionieren, also der berühmte ›Marsch durch die Institutionen‹, andererseits den Umsturz der kapitalistischen Repression auch mit Gewalt zu vollziehen. Die Presse hat damals von ›Terroristen ohne Gesicht‹ oder von ›Feierabendterroristen‹ gesprochen.«

Bernhardt räusperte sich. »Ich kann mich dunkel erinnern. Und geschnappt wurde niemand?«

»Nein. Der Verfassungsschutz war ihnen wohl mal dicht auf den Fersen und hat eine konspirative Wohnung entdeckt, aber die war schon ›verbrannt‹. Allerdings haben sie dort eine Kopie des Manifests entdeckt. Daher weiß man das überhaupt mit den Kleingruppen, die ein bürgerliches Leben führen sollen und so weiter. Und dann gibt's da noch einen theoretischen Teil, der kaum zu verstehen ist. Ein paar Überschriften: *Kapitalismus und Verblendung*, *Individuum und Aufstand der Massen*, *Legalität und Illegalität*, *Von der Gewalt der Kritik zur praktischen Gewalt*, ja, die Gewalt, darum kreist alles in dem Papier. Und, jetzt wundert euch nicht, Gewalt ist dem Revolutionär erlaubt, wenn's der Revolution dient. Zum Beispiel darf er Banken überfallen, um Geld für den Kampf zu beschaffen.«

Cornelia schüttelte den Kopf. »Und da ist keiner entdeckt worden?«

»Nein, eben nicht. Das ist wirklich erstaunlich. Ich meine, wie haben diese Leute gelebt, wie leben sie jetzt? Das passt doch auch ziemlich gut zu dem Otter. Thomas, du hast doch erzählt, dass es bei dem eine Lücke im Lebenslauf gibt.«

Bernhardt wiegte den Kopf. »Dass du da auf Otter schließt, ist schon eher spekulativ. Aber es hat was. Otter als Mitglied von … wie hieß die Gruppe?«

»Revolutionärer Kampf.«

»Na ja, der Name ist nicht so einfallsreich wie die Wahl ihrer Mittel. Aber, Katia, such mal weiter, was haben die genau gemacht, was wird ihnen zugeschrieben, wozu haben sie sich bekannt? Da muss es doch noch was geben.«

In diesem Moment betrat Cellarius den Raum und stürzte erst einmal mehrere Gläser kaltes Mineralwasser runter. Sie ließen ihm Zeit.

»Entschuldigt bitte. Man dörrt ja völlig aus. Erst einmal Entwarnung. Sabine Hansen scheint sich relativ schnell zu erholen. Sie geben ihr jede Menge Infusionen, der Wasserhaushalt stabilisiert sich. Von bleibenden physischen Schäden gehen die Ärzte nicht aus. Psychische Traumata seien allerdings zu erwarten, das sei aber nicht ihre Sache. Sie wollen sie schon morgen langsam aufwachen lassen. Befragungen, wenn überhaupt, dürfen nur wenige Minuten dauern. Wir sollten uns aber auf jeden Fall darauf vorbereiten. Krebitz sitzt jetzt da, und mit dem Leiter vom Polizeirevier Mitte habe ich verabredet, dass er ab Mitternacht einen Polizisten im Eingangsbereich postiert, der in Kontakt mit Krebitz steht. Um sechs Uhr Schichtwechsel, Krebitz wird durch Martin abgelöst, Luther postiert sich im Eingangsbereich. Ich denke, das läuft jetzt ganz gut. Und nun?«

Bernhardt informierte Cellarius kurz über den Stand der Dinge und gab ihm gleich eine Aufgabe.

»Die Hansen-Wohnung sollten wir uns auf jeden Fall noch einmal intensiv vornehmen. Cellarius, besorg dir einen Durchsuchungsbefehl, frag auch noch mal die Freundin, wie hieß die, Heidi Köllner, genau. Was uns interessiert, sind Bilder und solche Sachen. Ich vertiefe mich in die Kladde vom Otter, und du, Cornelia, schaust mal, wer diese Jungs waren, die sich um die Lichtgestalt Otter geschart hatten. Von dem einen kann ich dir schon den Namen sagen: Tannert. Und ist das Fahndungsfoto von unserem Hippie-Phantom schon rausgegangen?«

Wie auf ein Stichwort betrat in diesem Augenblick Freudenreich mit einem Mann an seiner Seite den Raum.

»Thomas, kommst du mal in mein Zimmer?«

»Wir sind gerade sehr beschäftigt.«

Freudenreich wirkte ziemlich erschöpft und entsprechend reizbar. »Ihr werdet gleich noch mehr beschäftigt sein, komm schon.«

Thomas Bernhardt folgte Freudenreich und seinem Begleiter mit provokativem Zögern. »Jetzt werden also endlich die Karten auf den Tisch gelegt. Das hat ja gedauert.«

Freudenreich fuhr herum und blickte ihn wütend an. »Dein ironisches Getue kannst du dir sparen.«

Bernhardt zuckte mit den Schultern. »Ihr hättet uns früher informieren müssen.«

»Was willst du damit sagen?«, fauchte Freudenreich ihn an.

»Damit will ich sagen, dass du und dein Begleiter, der geschätzte Kollege Henry Schulze vom Staatsschutz, dass ihr uns einfach an eurem Wissen hättet teilhaben lassen müssen.«

Freudenreich schob Bernhardt und Schulze in sein Zimmer, schloss die Tür mit einem Ruck und versuchte die beiden an den Besprechungstisch in der Mitte des Zimmers zu dirigieren. Doch Schulze, geschätzte zwei Meter groß und geschätzte zweihundert Kilo schwer, der vor langer Zeit bei den bundesweiten Polizeimeisterschaften Schwergewichtsmeister im Boxen gewesen war, baute sich direkt hinter der Tür vor Bernhardt auf.

»Bernhardt, warum so aufgeregt und bissig? Und warum musst du vor deinen Leuten den großen Macker spielen? Du weißt doch genau, dass wir nicht gleich alles, was wir wissen, durch alle Abteilungen streuen können. Man muss auch mal warten können, bevor man den Schlag auf den Solarplexus setzt.«

Bernhardt spürte, wie der Jähzorn in ihm hochwallte.

»Den Schlag auf den Solarplexus. Alter Angeber. Diese Revoluzzerbubis haben euch doch am Nasenring vorgeführt. Ihr seid denen über all die Jahre doch nie richtig nahegekommen. Und das bisschen, was ihr wisst, das sagt ihr uns nicht. Das sollen wir uns zusammenreimen. So kannst du vielleicht in deiner Bezirksversammlung Politik machen.«

Schulze war seit langer Zeit Fraktionsvorsitzender einer Volkspartei in einem südlichen Bezirk und galt als großer Strippenzieher. Nach Bernhardts Anwürfen wurde sein Kopf hochrot, und er hob leicht die fleischige

Hand. Wie ein Ringrichter warf sich Freudenreich zwischen die beiden und versuchte sie auseinanderzudrängen.

»Seid ihr verrückt? Verdammt noch mal, ihr sollt zusammenarbeiten. Und jetzt setzen wir uns an den Tisch.«

Da es in Freudenreichs asthmatisch röchelndem Kühlschrank keine Getränke gab, musste Katia Sulimma drei Flaschen Wasser bringen.

»Toll. Drei verschwitzte Alphatiere.« Mit einem Naserümpfen schwebte sie wieder aus dem Raum und hinterließ dabei ihren Zitronenduft.

Freudenreich ergriff das Wort, jetzt ganz um Vermittlung bemüht, wie er's wahrscheinlich in irgendeinem Führungskräfteseminar gelernt hatte: gleiche Augenhöhe, gegenseitige Wertschätzung, ergebnisoffen, zielorientiert etc.

»Also, wir sind doch alle an einer Lösung interessiert, wir müssen unsere Kräfte bündeln, und wir sollten uns gegenseitig zugestehen, dass der andere auch nur das Beste will. Thomas, ich verstehe natürlich, dass du sauer bist wegen der etwas, ich sage mal: restriktiven Informationspolitik. Also, entschuldige bitte …«

Schulze knurrte kurz wie eine gereizte Dogge. Junge, Junge, wenn der mal losmarschierte – Bernhardt schüttelte sich leicht beunruhigt.

»… aber versteh doch bitte auch Schulze und die Kollegen. Das war ja 'ne abgearbeitete Sache, kalt wie 'ne Hundeschnauze. Und dann plötzlich … aber Schulze, am besten fasst du mal zusammen.«

Schulze wirkte immer noch, als müsste er eine große Wut in sich bändigen.

»Die Revoluzzerbubis, wie du sie nennst, Bernhardt, haben uns wirklich schwer zu schaffen gemacht. Einmal waren wir ganz nah dran, aber dann waren sie schon ausgeflogen aus ihrer konspirativen Wohnung, weiß der Geier, warum. Wir hatten sogar den Klarnamen des Mieters: Karl-Heinz Poppe. Aber der ist nie mehr aufgetaucht. Tot, abgetaucht oder liquidiert – keine Ahnung. Der hatte ein kleines Antiquariat in Kreuzberg. Den Typen, der das damals übernommen hat, haben wir schwer in die Mangel genommen, aber – komplette Funkstille. Wir kamen nicht mehr an die ran, Phantome waren das, ohne Gesichter, ohne Namen. Wir haben Spuren gesammelt in der konspirativen Wohnung, in einem Erddepot, in dem Waffen gebunkert waren, bei Banküberfällen, die wir ihnen aber noch nicht mal eindeutig zuschreiben konnten. Und dann gestern der Knaller: Die Munition, mit der euer Restaurantmann erschossen worden ist, wurde auch bei einem Banküberfall vor fünfzehn Jahren benutzt, ein übereifriger Bankangestellter wurde mit einem aufgesetzten Schuss ins Herz getötet, genau wie euer Mann. Meine Leute haben sich sofort alles wieder vorgenommen, DNA-Spuren, die man damals noch gar nicht entschlüsseln konnte, da arbeiten wir dran. Und wir mussten uns natürlich beim Polizeipräsidenten und auch in Karlsruhe absichern. Es sieht jetzt so aus, dass wir mit euch zusammenarbeiten können. Also, von unserer Seite kriegt ihr alles, was ihr braucht, und umgekehrt wird's hoffentlich auch so sein.«

Bernhardt stellte verblüfft fest, dass sich Schulze während des Redens entspannt hatte, sich von der gereizten Dogge in einen knurrigen Bernhardiner verwandelt hatte.

Auch Freudenreich spürte den Klimawechsel und strahlte. »Na, also, das geht doch. Ihr seid doch Profis, ihr kriegt das hin, Thomas, oder?«

»Ich will nicht ausschließen, dass das der Beginn einer wunderbaren kollegialen Zusammenarbeit ist.«

Jetzt verdrehte Freudenreich die Augen, Schulze aber hieb Bernhardt vor den Brustkorb, so dass dem kurz der Atem wegblieb.

»Mann, Bernhardt, immer das letzte Wort.«

Komischerweise klang das wie ein Lob. Bernhardt versuchte, die Situation weiter positiv auszubauen.

»Mann, Schulze, warum bist du eigentlich nicht Profi geworden? Mike Tyson hätte seinen Spaß mit dir gehabt.«

»Kann sein. Aber jetzt musst *du* mal auf den Tisch legen, was ihr habt.«

Thomas Bernhardt war in seinem Element, als er den Stand der Dinge zusammenfasste. Also zunächst: Der Winzer in Österreich und seine Beziehung zu Otter, da gibt's Hinweise, dass das übers Geschäftliche hinausging, dann Otters linksradikale Vergangenheit in einer kleinen revolutionären Sekte, die von der Theorie zur Praxis, genauer: zur bewaffneten Aktion drängte, Sabine Hansen, die mit dem Winzer befreundet gewesen war und einst zu der Sekte um Otter gehört hatte, nicht auszuschließen, dass auch der Winzer dazugehört hatte, das wäre als Nächstes zu klären, Sabine Hansen, die im Flakbunker beinahe verhungert war und nun im Krankenhaus wieder ins Leben zurückgeführt wurde, und dann natürlich euer »Knaller«, Otter ist mit der gleichen Pistole erschossen worden wie der Schalterbeamte vor fünfzehn Jahren in der Bank.

Bernhardt atmete durch. Man könne also sagen, dass man einen vielversprechenden und absolut ausbaufähigen Zugang zu dieser abgeschotteten Sekte namens »Revolutionärer Kampf« gefunden habe. Nun gelte es wohl zu klären: Wieso wurde Otter mit genau der Waffe vom Banküberfall erschossen – hingerichtet, könne man auch sagen? Warum war er offensichtlich ganz arglos gewesen, hatte mit seinem Gast und Mörder gegessen und getrunken? Gab es damals Kämpfe in der Gruppe, war das vielleicht eine Racheaktion, ein Fememord? Ging die linke Unigruppe aus den achtziger Jahren im Revolutionären Kampf auf? Was war mit den Jahren, in denen der Ösi-Winzer und der Otter verschwunden waren? Und überhaupt: Was wurde dem RK, Bernhardt benutzte schon fachmännisch das Kürzel, alles zugeschrieben?

Bernhardt war in Fahrt, stoppte aber erst einmal ab und schaute Schulze erwartungsvoll an, der sich mit einem Stofftaschentuch übers schweißglänzende Gesicht fuhr und dann zustimmend nickte.

»Nicht schlecht, Bernhardt, Respekt. Jetzt können wir das Ganze vielleicht doch noch aufrollen und die Typen mal richtig an den Eiern packen.«

»Na ja, bringt nicht mehr so viel, die haben längst abgeschaltet, den Laden dichtgemacht und sind ins bürgerliche Leben zurückgekehrt, ist mein Eindruck. Und außer dem Banküberfall habt ihr doch nicht viel.«

»Na ja, doch, die haben einmal einem Landesminister ins Bein geschossen. Zur Belehrung, haben sie in einem seltsamen Bekenntnisschreiben gesagt. Aber ob das authentisch war oder ob sich Trittbrettfahrer wichtigtun wollten, das war nicht richtig klar. Wir haben zwar in Tatortnähe einen Wagen gefunden, der den Tätern zuzuordnen war. Eine Spur führte da sogar Jahre später in ein Ministerium, aber da sind wir nicht weitergekommen.«

»Und warum nicht?«

»Na ja, ziemlich hinhaltender Widerstand im Ministerium. Der Wagen war vom hohen Herrn, als er noch keiner war, immer wieder an andere ausgeliehen worden. Die Kiste war zwar auf ihn zugelassen, aber gefahren hat er sie selbst gar nicht, angeblich. Und so weiter und so fort. Wir wurden belehrt, dass damals eben alles ein bisschen chaotisch war, der bürgerliche Eigentumsbegriff nicht so richtig griff.«

»Und das hast du dir als Mitglied der Jungen Union damals einfach so bieten lassen?«

Freudenreich, der den beiden die ganze Zeit zufrieden lächelnd zugehört hatte, schaute Bernhardt böse an. Musste er die Harmonie wieder zerstören? Aber Schulze hatte offensichtlich entschieden, nichts mehr so schnell krummzunehmen.

»Bernhardt, vergiss es! Das war damals 'ne harte Zeit, da hatten wir ganz andere Sorgen, und der Revolutionäre Kampf, oder wie wir ihn nennen: der RK, das war zweite Liga, die haben ja nie die ganz großen, spektakulären

Dinger gedreht, und irgendwann hat man nichts mehr von ihnen gehört. Nach 'ner gewissen Zeit verlierst du die aus dem Visier, haben sich halt irgendwie resozialisiert, sagst du dir. Obwohl wir natürlich am Ball geblieben sind, aber nicht mit der letzten Energie.«

»Um im Bild zu bleiben: Jetzt sind wir aber wieder am Ball, und jetzt müssen wir ein gutes Kombinationsspiel aufziehen. Ich schlage vor, dass ihr alle Spuren noch mal durchgeht und uns ein kleines Dossier eurer alten Ermittlungen zusammenstellt. Ach, Schulze, das hast du ja gerade erzählt: Ihr wart doch mal ganz nah dran an dem Verein: konspirative Wohnung, aber die Vögel waren ausgeflogen. Was war denn da?«

»Na ja, ähm ...«

»Ist doch ganz einfach: Ihr hattet 'nen Informanten, der ja richtig gut gewesen sein muss.«

»Na ja ...« Schulze wand sich ein bisschen und schwitzte noch mehr, falls das überhaupt möglich war.

»Und den Namen des Informanten willst du mir nicht sagen?«

»Um ehrlich zu sein, nach so langer Zeit, und du weißt ja ...«

»Ich weiß, du musst ihn schützen. Aber hier unter uns ... Freudenreich verspricht auch, nichts weiterzusagen ... Also komm.«

»Nee, es geht nicht, das musst du doch verstehen.«

»Vielleicht kann ich dir ja helfen, mir fällt da gerade ein Name ein, wart mal, sagt dir der Name Tannert was?«

»Woher ...?« Schulze bremste sich ab und schüttelte den Kopf. »Nee, weiß ich jetzt nicht so genau.«

»Komm, jetzt hör auf: Tannert ist auch auf dem Bild mit den jungen Revoltionären Kämpfern. Du siehst, da kommt schon was zusammen: Otter, Hansen, Tannert, das sind schon drei, und der Ösi-Winzer, der war da auch dabei, wenn auch sein Name hier nicht genannt ist, aber seine undurchsichtige Vergangenheit, die Geschäftsbeziehungen zu Otter, die Beziehung zur Hansen, das alles weist darauf hin. Und dann noch zwei vom Foto, die wir nicht identifiziert haben: ein gewisser Volker R. und ein Gerhard K., da sind wir aber dran. Aber jetzt erst mal Tannert.«

»Moment, Moment, woher kennst du den überhaupt?«

»Von früher.«

»Von früher? Na ja, dass du nicht bei der Jungen Union warst und auch nicht bei den Jungsozialisten, das ist mir schon klar. Aber egal, da reden wir ein anderes Mal drüber.«

»Kannst ja in euer Archiv gehen. Also jetzt Tannert.«

»Okay, er war's, 'ne ganz dubiose Figur. Wir hatten ihn in der Hand wegen einer anderen Sache, er hatte mal Frauen belästigt, sagen wir's mal so, und da musste er mitmachen, sonst hätten wir ihn hochgehen lassen. Wir wissen bis heute nicht, ob er ein doppeltes Spiel getrieben hat. Jedenfalls haben wir ihn abgeschaltet, 'ne Zeitlang noch beschattet, aber er hat uns nirgendwo hingeführt.«

»Und jetzt?«

»Tja, als wir das heute mit der Waffe erfahren haben, haben wir natürlich sofort versucht, ihn zu kontaktieren. Aber an seiner Hochschule hat er vor zwei Tagen

Urlaub eingereicht, für sechs Wochen, seine Wohnung ist abgesperrt, eine Nachbarin, die da gerade zugange war, hat gesagt, dass er sich für den ganzen Sommer verabschiedet habe, ohne eine Urlaubsadresse zu hinterlassen, wie er's sonst immer gemacht hat. Ich würd mal sagen, der Typ ist überstürzt abgetaucht.«

»Na schön, dass du uns das jetzt mitteilst.«

»Komm, hör auf, du weißt genau, dass Informantenschutz wichtig ist.«

»Aber nicht bei so 'ner Lusche, die dich doch auch richtig verarscht hat. Lass uns jetzt Nägel mit Köpfen machen. Ich schlage vor, wir versuchen, weiter das Innenleben der Gruppe um den Otter auszuleuchten, meine Leute sind schon dabei. Ich werd mir dann morgen die Hansen vornehmen.«

»Einverstanden.« Schulze erhob sich ächzend und schüttelte Bernhardt die Hand. »Wir kriegen's hin.«

»Wir kriegen's hin.«

Freudenreich schob die beiden selig lächelnd zur Tür, als das Telefon klingelte. Freudenreich hob ab:

»Ja… Wie, die DNA ist gleich?! Ist ja unglaublich… beide mit dabei… ja, ich sag's ihnen.«

27

Anna duschte rasch das Donauwasser ab, machte sich ein schnelles Abendessen aus Buttermilch und trockenem Brot mit einem Stück Käse und schaltete den Fernseher an. Gerade als sie eine SMS an Thomas Bernhardt (»Telefonieren wir morgen noch mal wegen Karin Förster«) getippt hatte, klingelte das Handy: »Frau Chefinspektor Habel?«

»Ja, am Apparat.«

»Hier spricht Revierinspektor Reisinger, Kommissariat Leopoldsgasse. Haben Sie einen Sohn mit dem Namen Florian?«

»Ja. Mein Gott, ist was passiert?«

»Ja, nein. Also, es geht ihm gut. Könnten Sie ihn abholen?«

»Wie – abholen? Was ist passiert?«

»Wir mussten ihn kurzfristig festhalten. Wegen Beamtenbeleidigung.«

»Wegen was? Das gibt's jetzt nicht. Ich komme.«

Zwanzig Minuten später betrat Anna die Dienststube in der Leopoldsgasse. Sie schob einer uniformierten Beamtin mit mürrischem Gesichtsausdruck ihren Dienstausweis über das Empfangspult. »Habel, ich hole meinen Sohn Florian ab.«

Die Polizistin grinste süffisant und öffnete mit einem elektrischen Summer die Tür. »Zimmer drei. Sie können durchgehen.«

Florian saß auf einem Stuhl an der grünlich gestrichenen Wand und blickte Anna unglücklich an. Hinter dem Schreibtisch saß ein schnauzbärtiger Glatzkopf im grünen Pullover. Als er Anna bemerkte, stand er auf und kam ihr entgegen. »Frau Kollegin. Schön, dass Sie so schnell kommen konnten. Ist mir ja unangenehm, Ihr Sohn hat leider ein wenig Schwierigkeiten gemacht. Aber jetzt zeigte er sich sehr kooperativ, die Daten haben wir schon aufgenommen, und bisher hat er sich ja nichts zuschulden kommen lassen. Wir können es also wahrscheinlich bei einer Verwarnung belassen.«

»Jetzt sagen Sie mir doch erst einmal, was passiert ist.«

»Na ja, die Delikte lauten *Beamtenbeleidigung* und dann auch noch *Widerstand gegen die Staatsgewalt*. Zwei meiner Beamten waren in der U-Bahn und haben eine verdächtige Person perlustriert. Und Herr Florian Habel sowie eine uns unbekannte weibliche Person, die leider flüchten konnte, haben sich aufs Massivste eingemischt und die Kollegen beschimpft. Als wir sie ermahnt haben, fielen so unschöne Worte wie ›Nazis‹ und ›Rassisten‹. Durch die beiden Störenfriede wurden wir leider der verdächtigen Person verlustig, und meine Kollegen haben Herrn Florian Habel festgenommen. Seine weibliche Begleitung konnte, wie gesagt, leider fliehen, und Ihr Herr Sohn weigert sich, ihre Identität bekanntzugeben. Das würde seine Lage natürlich um einiges verbessern.«

»Ich weiß ihren Namen nicht. Ich kenne sie nicht. Sie saß in der U-Bahn zufällig neben mir.«

Revierinspektor Reisinger hob eine Augenbraue und sah Anna vielsagend an. »Diese Variante kennen wir bereits. Jetzt hätten wir gerne noch die richtige.«

Die Situation war ziemlich unangenehm. Anna kannte ihren Sohn gut genug, um zu wissen, dass er sich nicht eingemischt hätte, hätte es keinen Grund dafür gegeben. Gleichzeitig konnte sie es sich nicht erlauben, die Arbeit der uniformierten Beamten zu kritisieren, auch wenn es ein offenes Geheimnis war, dass manche Kollegen bei Personenkontrollen, insbesondere wenn es sich um ausländische Mitbürger handelte, des Öfteren über die Stränge schlugen. Und außerdem war sie sich sicher, dass es sich bei der flüchtigen weiblichen Person um Marie handelte. Sie blickte Florian an. »Was sagst du zu den Vorwürfen?«

»Die haben sich wirklich aufgeführt wie die ärgsten …«

»Stopp. Das sagst du nicht noch einmal. Willst du heute die Nacht hier verbringen?«

»Du hast mich gefragt, was ich zu den Vorwürfen sage.«

»Kannst du das Ganze vielleicht auch ohne diese diffamierenden Bezeichnungen schildern.«

»Ja. Nein. Das war echt eine Frechheit.«

»Junger Mann. Sie haben keine Ahnung, was auf unseren Straßen los ist. Die Menge an Drogen, die täglich in der U-Bahn umgeschlagen wird, würde dich sofort ins Jenseits befördern.« Revierinspektor Reisinger verlor sichtlich die Geduld mit dem jungen Menschenrechtsaktivisten. »Frau Kollegin, ich würde vorschlagen, Sie nehmen ihn jetzt mit nach Hause. Sie hören von uns.«

Florian stand auf und biss sich auf die Lippen. Anna sah ihn scharf an und hoffte, dass er einfach den Mund hielt.

»Wenn Sie hier unterschreiben würden, bitte.«

Anna überflog das Protokoll. »Kann ich eine Kopie haben?«

»Ja, ich druck es Ihnen noch mal aus.«

Sie traten auf die Leopoldsgasse und gingen schweigend in Richtung Karmelitermarkt. Im Werd setzte sich Florian auf eine Bank und starrte Anna herausfordernd an. Die lief ein wenig auf und ab, betrachtete die Hauseingänge, blieb lange vor einem Werbeschild in einem kleinen Fenster stehen. »Tarotwerkstatt mit einer Prise Systemaufstellung«, aus einem offenen Fenster klang Klaviermusik.

»War das notwendig?«

»Ja. War es.«

»Hast du eine Ahnung, wie unangenehm das für mich ist?«

»Ich kann's mir vorstellen.«

»Du kannst dir gar nichts vorstellen.« Anna setzte sich auf die äußere Kante der Bank und hatte das Gefühl, dass Florian von ihr wegrutschte.

»Seit ich im Kindergarten bin, erzählst du mir von Zivilcourage. Und dann komm ich einmal in so eine Situation, und du regst dich auf.«

»Es kommt doch immer auf das *Wie* an. Man muss es ja nicht gleich so drauf anlegen.«

»Was hätte ich denn machen sollen? Die Polizei rufen? Die haben dem den Arm auf den Rücken gedreht, dass er geschrien hat.«

»Könnte es sein, dass du übertreibst?«

»Nein. Könnte es nicht. Es gibt auch Zeugen.«

»Ja, finde mal einen, der da aussagt. Außer deiner Marie.«

»Woher weißt du …?«

»Ich bin doch nicht blöd. Das war doch nicht deine Idee. Sie hat dich angestachelt, und dann ist sie abgehauen.«

»Du bist so gemein. Weißt du, was du bist? Ein rückgratloser Bulle, das bist du. Kein Stück besser als diese dumpfen FPÖ-Wähler.«

»Florian, es reicht.«

»Das finde ich auch.« Abrupt stand er auf und lief in Richtung Markt. Anna ließ ihm zehn Meter Vorsprung, dann ging sie ihm nach. Sie erinnerte sich an die Zeit, als er noch klein war und alles alleine machen wollte. Auch da war sie ihm immer in einem gebührenden Sicherheitsabstand gefolgt, und wenn sie ihm zu nahe kam, bekam er einen fürchterlichen Wutanfall. Sie sah seine knochigen Schultern hinter dem rotgestrichenen Madiani verschwinden und beschleunigte ihre Schritte.

»Florian! Es tut mir leid.« Zuerst sagte sie es ganz leise, mehr zu sich selbst, doch dann rief sie es quer über den ganzen Platz. Die Leute, die vor den kleinen Lokalen des Karmelitermarktes saßen, blickten Anna erwartungsvoll an, ein Hund begann wütend zu kläffen. Anna beschleunigte ihre Schritte und rief noch einmal. Da schepperte eine leere Bierdose über den Platz, und Florian schlurfte hinterher – die Hände in den Taschen seiner Shorts, den Blick nach unten gerichtet, kam er ihr entgegen.

»Echt im Leben?« Auch so ein Spruch aus seiner Kindheit.

»Echt im Leben.« Anna grinste. »Du hast recht. Es ist gut, dass du dich eingemischt hast.«

»Du glaubst mir auch?«

»Ich glaub dir. Komm, lass uns nach Hause gehen.«

»Weißt du, Mama, es war wirklich schrecklich. Die haben den behandelt wie das letzte Stück Dreck, er konnte sich gar nicht wehren. Er hatte richtig Schiss und sprach kein Wort Deutsch. Und die Polizisten wollten sein Englisch nicht verstehen.«

Aus Florian sprach nun die Verzweiflung eines Siebzehnjährigen über die Ungerechtigkeit der Welt, fast schien es, als würde er gleich zu weinen beginnen.

»Ruf mal deine Marie an und sag ihr, dass alles in Ordnung ist.«

»Ja, mach ich.«

Florian murmelte ein paar Worte in sein Mobiltelefon: »Ja, Moment. Ja. In zwanzig Minuten, okay.«

Als Anna ihn fragend anblickte, grinste er verlegen. »Wir treffen uns noch kurz. Fahr schon mal vor, ich komm gleich nach.«

»Okay. Aber ich habe keine Lust, dich heute Nacht noch aus dem Gefängnis zu holen, also pass auf, was du sagst und zu wem du es sagst.«

Am Kutschkermarkt kaufte sie sich noch zwei Kugeln Eis bei Signor Rocco – »Wie immer, Frau Inspektor?« –, und gerade als sie die Wohnungstür aufschloss, klingelte ihr Handy, und Schoko-Vanille landete auf dem Steinfußboden. »Scheiße.«

»Ich wünsch dir auch einen schönen Abend.«

»Thomas. Mensch, du noch so spät. Ich hab gerade mein Eis fallen lassen. Warte, ich muss noch rasch die Tür aufsperren.«

»Guten Abend, meine Liebe. Na, dir geht's ja gut. So früh schon Schluss. Ich stör dich auch nur ganz kurz, wir sind hier mittendrin, aber pass auf, das ist wichtig.«

»Schieß los.«

»Hör zu. Es geht um die Laborergebnisse.«

»Welche Laborergebnisse?«

»Schon vergessen? Du hast mir doch eine DNA-Probe von deinem Wein-Freddy geschickt.«

»Ja.«

»Wir haben was.«

»Was denn?«

»Was bist du denn so zurückhaltend? Habel, so kenn ich dich ja gar nicht. Wir haben was gefunden.«

»War er beim Otter im Restaurant?«

»Wahrscheinlich auch, aber da hätten wir unter den Millionen Spuren wohl kaum so schnell eine einzelne herausdestilliert. Wir sind zwar toll, aber irgendwo hört's auch auf.«

»Also, jetzt sag schon. Was habt ihr?«

»Na, bist du jetzt doch ein wenig neugierig?«

»Wenn du jetzt nicht sofort zur Sache kommst, dann leg ich auf. Und heb heut nicht mehr ab.«

»Also, hör zu. Es gab einen Banküberfall im Dezember 1995. In Berlin.«

»Ja. Schön. Was hat das mit uns zu tun?«

»Jetzt hör doch mal zu. Damals war ziemlich viel Geld im Spiel, 4,6 Millionen Deutsche Mark, also 2,3 Millionen Euro. Weißt du, wie viel Schilling das waren?«

»Nein, weiß ich nicht, und ich hab auch keine Lust das auszurechnen.«

»Egal. Die Täter wurden nie gefasst, obwohl sie ein paar Spuren am Tatort hinterlassen haben. Damals konnte man die niemandem zuordnen, aber es wurde natürlich alles ordentlich archiviert und immer wieder mal für Vergleiche herangezogen. Und jetzt: Bingo.«

»Was denn?«

»Jetzt sei doch nicht so begriffsstutzig! Sie waren beide am Tatort. Otter und Bachmüller.«

»Mein Gott!«

»Das sag ich doch die ganze Zeit!«

»Aber könnten sie nicht auch einfach zufällig Kunden gewesen sein? Vielleicht haben sie damals schon Geschäfte gemacht und waren in der Bank, um einen – was weiß ich – Kredit abzuschließen?«

»Ihre Spuren wurden sowohl in der Bank gefunden, als auch im damals sichergestellten Fluchtfahrzeug.«

»Das ist ja echt unglaublich.«

»Es gab damals auch einen Toten. Ein Schalterbeamter, der einen auf Held machen wollte, ist erschossen worden. Und zufällig ist mit der gleichen Waffe unser Supergastronom Ronald Otter erschossen worden.«

»Ich bin sprachlos.«

»Unglaublich.«

»Was denn noch?«

»Na, dass du sprachlos bist. Aber durchaus zu Recht. Denn es war kein normaler Banküberfall. Die Täter wurden damals dem Revolutionären Kampf zugeschrieben.«

»Ach, hör doch auf. Das ist doch jetzt alles nicht wahr. Ich hab hier einen toten Weinbauern mit einer eifersüchtigen Lebensgefährtin, und jetzt soll der was mit euren ganzen Terroristen zu tun haben?«

»Die gab's auch bei euch, das sind nicht *unsere* Terroristen. In Österreich waren das wahrscheinlich genau die Gruppen, in denen du dich als Studentin bewegt hast.«

»Ja, aber bei euch war die große Hysterie, und jede Straftat, an der Menschen beteiligt waren, die zwei gerade Sätze sprechen konnten, wurden bei euch schon als ›politisch motiviert‹ bezeichnet.«

»Na, na, na. Ich wusste gar nicht, dass du Expertin für Verfassungsschutz und Terrorismusbekämpfung bist. Jedenfalls wusste man bis heute nichts über die Täter. Es waren drei, und zwei davon waren unsere beiden Freunde. Und die sind jetzt tot.«

»Mensch, Thomas. Das ist mir irgendwie alles eine Nummer zu groß.«

»Das heißt ja jetzt nicht per se, dass diese Geschichte von vor fünfzehn Jahren etwas mit unseren jüngsten Mordfällen zu tun hat.«

»Na ja, wär aber irgendwie seltsam, wenn nicht, oder? Das ist doch kein Zufall.«

»Ich weiß auch nicht. Wenn es zusammenhängt – was

ich natürlich auch glaube –, dann gehört der Fall eh bald nicht mehr uns. Dann treten die Verfassungsschützer in Aktion, und wir erfahren gar nichts mehr. Schade, dass du nicht da bist.«

»Wie meinst du das denn?«

»Na, wir könnten ein paar Biere trinken, ergebnisorientiert, versteht sich, und gemeinsam nachdenken.«

»Ich trink kein Bier.«

»Bei uns gibt's auch ›Weißen Gespritzten‹.«

»Kannst ruhig Weißweinschorle sagen.«

»Du gehst jetzt mal schön schlafen, und ich werd hier so lange rödeln, bis die Verfassungsschützer kommen und mich aus dem Fall rausboxen.«

»Und bist du dann traurig?«

»Ich bringe gern zu Ende, was ich begonnen habe. Und werde ungehalten, wenn mich jemand daran hindert.«

»Ungehalten ist ein schönes Wort.«

»Danke für das Kompliment. Grantig wäre aber auch schön. Gute Nacht. Lass uns bald wieder telefonieren.«

»Schlaf schön.« Anna hielt noch lange das Telefon in der Hand und starrte an die Wand. Was für eine seltsame Geschichte. Eigentlich passte alles zusammen, die dubiose Vergangenheit Bachmüllers, das viele Geld, die Verbindung zu Berlin. Aber Terroristen? Im Weinviertel? Untergetaucht?

Sie fand bei *Wikipedia* einen Eintrag über die sogenannte »Dritte Generation«. Sie überflog den Artikel, und da fiel ihr plötzlich wieder ein, dass vor zehn Jahren in Wien ein mutmaßlicher RAF-Terrorist erschossen worden war. Ein aufmerksamer Pensionist hatte über mehrere Wochen ein auffälliges Paar beobachtet, das sich immer an der selben Straßenecke im 22. Wiener Gemeindebezirk getroffen hatte. Bei der Ausweiskontrolle drehte der Mann durch, entwendete der Polizistin Dienstwaffe und Autoschlüssel und konnte fliehen. Anna war damals beeindruckt, dass die erst vierundzwanzigjährige Polizistin die Verfolgung auf einem Motorrad aufnahm und sofort Verstärkung herbeirief. Der Mann wurde dann bei einem Schusswechsel getötet, die Frau inhaftiert und an Deutschland ausgeliefert, obwohl sie standhaft beteuerte, nichts mit der RAF zu tun zu haben. Anna fand die Geschichte damals richtig gespenstisch, für sie war diese ganze Terrorismuskiste nichts, was sie irgendwie mit Österreich in Verbindung brachte. In Wien wurden die mehr oder weniger gesitteten Linksextremen vom Bürgermeister zum Heurigen eingeladen, und ein paar Steine werfende Opernballdemonstranten stellten für den Staat bereits die größtmögliche Bedrohung dar.

Als sie hörte, dass Florian die Wohnungstür aufschloss, schaltete sie den PC ab und fing ihn vor seinem Zimmer ab. »Und? Alles klar?«

»Ja. Eh alles okay. Tut mir leid, dass ich dir so Schwierigkeiten gemacht hab.«

»Mir tut's leid, dass ich dich so angeschnauzt hab.«

»Schon gut. Ah, hab ich ganz vergessen. Ich bin am Wochenende nicht da. Ich fahr morgen nach der Arbeit gleich zu Reinhard und dann übers Wochenende mit ihm Bergsteigen.«

»Wow! Was ist dem mit dem los?« Der Vater von Florian zeichnete sich sonst nicht gerade durch großes Engagement in der Erziehung seines Sohnes aus.

»Ich weiß auch nicht. Er hat am Mittwoch angerufen und mich gefragt.«

»Hoffentlich ist da nichts im Busch. Na gut, pass auf dich auf.«

»Mach ich. Du auch.«

Immerhin schaffte Anna noch zwanzig Seiten in ihrem Buch, bevor sie in einen unruhigen Schlaf fiel. Als sie aufwachte, klebte ihr T-Shirt schweißnass auf der Haut, und sie erinnerte sich an einen Traum, in dem ihre komplette Hausmauer in Salchenberg mit den schwarzweißen Fahndungsfotos der deutschen Terroristen plakatiert war. Anna dachte an die Urlaubsfahrten ihrer Kindheit, als es noch Grenzen mit Passkontrollen gab und sie und ihre Schwester von den Fahndungsplakaten völlig fasziniert waren. Damals studierte sie die Aufnahmen immer sehr genau, und manchmal stellte sie sich vor, einen der Gesuchten wiederzuerkennen. Die Belohnungen, die unter den Bildern angegeben wurden, waren schwindelerregend hohe Summen.

28

Schulze hatte Cornelia Karsunke, Katia Sulimma und Volker Cellarius noch die Hände geschüttelt, bevor er leicht schwankend seinen Abgang gemacht hatte.

Die drei schauten Bernhardt ein bisschen ratlos an. Katia Sulimma knetete ihre rechte Hand und mimte eine Verletzung. »Mann, dieser Fleischklops hat mir die Hand gebrochen. Was für eine Erscheinung!«

Thomas Bernhardt hatte noch auf dem Korridor mit Wien telefoniert und klärte jetzt seine Leute über die neue Entwicklung auf. Cellarius wirkte skeptisch. »Meinst du wirklich, das Ganze ist eine Terrorismusgeschichte? Kann doch auch sein, dass Otter, die Hansen und der Ösi-Winzer längst auf einem anderen Trip waren und dieser terroristische Hintergrund nicht mehr als ein bisschen Kolorit ist. In Wirklichkeit steckt vielleicht was ganz anderes dahinter, Geschäfte, Eifersucht oder noch was anderes? Ist vielleicht nur Zufall, dass das jetzt alles zusammenkommt?«

»Sehe ich genauso, aber das müssen wir halt rauskriegen. Seid ihr denn weitergekommen?«

Freudenreich räusperte sich.

»Tja, wenn ihr mich noch braucht. Ich könnte …«

Bernhardt hob die Hand.

»Das ist nett von dir, aber lass uns einfach mal machen. Wir halten dich auf dem Laufenden. Ich würde sagen, bis morgen.«

Freudenreich zierte sich noch ein bisschen, trollte sich aber schließlich.

Thomas Bernhardt ließ sich auf einen Stuhl fallen, griff sich eine Flasche aus dem Eisbottich, setzte sie an den Hals und trank in langen Schlucken.

»Also, wie sieht's aus bei euch?«

Die drei wirkten müde, selbst Katia Sulimma schaute ziemlich trübe aus ihrem Sommerkleidchen. Eine große Motte taumelte immer wieder gegen die Kugellampe in der Mitte des Raumes, drehte dann ab und flog direkt auf einen Halogenleuchter in der Ecke zu, wo sie mit einem hässlichen Zischen verglühte. Ein dünnes Rauchfähnchen wie von einer Opferschale stieg gegen die Decke, leichter Brandgeruch verbreitete sich.

Katia Sulimma schaffte es als Erste, den Blick von dem kleinen Schauspiel abzuwenden.

»Das ist ja echt der Hammer, was ihr da rausgefunden habt, mit dem Banküberfall. Aber wir haben auch was zu bieten. Das Internet ist wirklich eine Wundertüte. Was wir in der letzten Stunde rausgekriegt haben, da hättet ihr früher tage- oder wochenlang durch die Gegend latschen müssen und hättet euch Plattfüße geholt, um so weit zu kommen. Also, pass auf: Die Hütte in der Uckermark, in der Sabine Hansen sich aufgehalten hat, ist vor ein paar Jahren kurzfristig auch mal als Ferienhäuschen im Internet angeboten worden, das Internet vergisst eben nichts: ›Für Leute, die die Seele baumeln lassen wollen‹, war der Werbeslogan. Kontaktadresse: ›Na&Ku-Reisen‹, das steht für ›Natur und Kulturreisen‹. Das ist ein kleines Reiseunternehmen, das zu einem ziemlich großen Immobilienkonzern in Berlin gehört, der wiederum einem Mann gehört: Volker Reitmeier.«

Katia Sulimma machte eine kleine, effektvolle Pause, griff hinter sich, zog ein Foto aus einem Papierstapel und wedelte damit vor Thomas Bernhardt herum.

»Schau mal.«

»Da müsstest du mal stillhalten.«

»Okay, guck genau hin.«

»Kenne ich: das Foto mit unseren Revolutionären Kämpfern in jungen Jahren.«

»Stimmt. Siehst du den Zweiten von rechts?«

»Ja, netter Junge. Sieht am wenigsten verbissen aus.«

»Und heißt? Schau mal in die Textzeile.«

»Heißt: Volker R. Moment … Ja, hallo, und du meinst: Volker R. gleich Volker Reitmeier?«

Katia Sulimma stellte sich neben ihn und hielt ein zweites Bild neben das schon bekannte der linken Studententruppe. Ihr leichter Schweißgeruch mischte sich nicht unangenehm mit ihrem Zitronenparfüm.

»Bitte die Fotos genau anschauen, Meesta.«

»Komm, jetzt mach hier nicht den Fröhlich.«

Zunächst war er ratlos, immer wieder ließ er seinen Blick zwischen den beiden Fotos hin- und herschweifen, dann hatte er's. Das weiche Gesicht des Jungrevolutionärs erschien verwandelt im scharfkonturierten Gesicht des erfolgreichen Immobilienunternehmers Reitmeier, der auf irgendeiner Festivität stand, links eine junge Frau im Arm und rechts – Otter.

»Wahnsinn, echt starke Arbeit. Scheint so 'ne Art Führungskräfteseminar gewesen zu sein, dieser RK. Und das heißt ...«

Cellarius hob auf seine musterschülerhafte Art eine Hand.

»Das heißt, bis auf diesen Gerhard K. haben wir alle identifiziert. Über den findet Katia nichts. Aber mir kommt vor, als könnten wir das Wollknäuel aufrollen. Andererseits: Ich plädiere immer noch für optionale Vielfalt, wir sollten nicht zu früh unser Blickfeld verengen.«

Bernhardt seufzte innerlich auf: Ja, du hast recht, aber musst du uns das immer wieder in der Manier des Jahrgangsbesten demonstrieren?

»Richtig, Cellarius, wir werden unser Blickfeld nicht verengen. Aber wir kommen jetzt in die heiße Zone, und da lassen wir uns auch nicht leichtfertig auf Nebenwege abdrängen.«

Cornelia Karsunke, die sich ein paar Eiswürfel aus der Wanne geholt hatte und ihre Arme und ihren Hals abrieb, wandte sich ihnen zu. »Lass mal. Also, ich habe weiterrecherchiert, was der Gruppe noch zugeschrieben wird. Das ist gar nicht so viel: Knieschuss auf einen Minister, ein Banküberfall, und dann eine seltsame Sache. Traut man den wenigen Berichten, ist das nie richtig weiterverfolgt worden. Vor ein paar Jahren ist die Frau eines reichen Industriellen entführt worden. Sie wurde wahrscheinlich gefangen gehalten in einem Haus auf dem Land – man hat nie rausgekriegt, wo, obwohl die Entführer dem Mann Fotos geschickt hatten, auf denen sie an einen Heizkörper angekettet zu sehen war. Und dann wurde sie von ihren Entführern alleingelassen, warum, ist unklar. Sie ist fast verhungert, konnte sich dann aber im letzten Moment noch befreien. Komischerweise ist das in der Presse nie groß verhandelt worden. Keine Ahnung, wieso, es gibt allerdings ein paar vage Hinweise, dass ihr Mann die Berichterstattung mit viel Geld klein gehalten hat.«

Cornelia schwieg eine Weile, dann fügte sie zögernd hinzu: »Na ja, ich habe lange überlegt, ob ich das sagen soll. Aber ich versuch's mal: Der Otter ist mit einem aufgesetzten Herzschuss getötet worden, der Bankangestellte ist mit einem aufgesetzten Herzschuss getötet worden. Die Hansen ist in ein Verlies gesteckt worden, die Frau damals ist auch in ein Verlies gesteckt worden. Ich weiß, das klingt jetzt blöd, aber: Ist da ein Copy-Killer unterwegs?«

Bernhardt schaute sie nachdenklich an. »Was meinst du damit?«

»Dass da einer die Verbrechen kopiert.«

»Komische Idee, aber angenommen, es wäre so: Warum macht er das, was will er uns damit sagen?«

Cornelia zögerte. »Ich weiß nicht genau. Könnte doch sein, dass es sich um Rache handelt. Zum Beispiel von Opfern oder deren Angehörigen?«

Katia Sulimma tauchte ihre Hände in die Eiswanne, schöpfte ein bisschen Eiswasser und sprengte es auf ihr Dekolleté.

»Puh, wunderbar. Ist nicht so blöd, was Cornelia sagt. Aber angenommen, der Ösi-Winzer steckt mit drin. – Hast du vielleicht auch einen alten Giftmord entdeckt, der passen würde, Cornelia?«

»Nein, in der Richtung war nichts.«

Sie saßen einen Moment still da. Dann sagte Katia: »Es gibt noch was. Ich hab mehrere Blogs im Internet entdeckt, da wird seit ein paar Tagen intensiv über den RK debattiert. Ein Manifest kursiert, in dem im Namen der Gruppe das Ende des bewaffneten Kampfs erklärt wird. Manche finden das richtig, andere beschimpfen die anonymen Autoren als Verräter, die liquidiert gehörten. Besonders interessant ist da ein Blogger, der sich ›Nemesis‹ nennt. Hört euch das mal an: ›Fürchtet euch! Ich bin der Arm Gottes, der euch zerschmettern wird, der eurem gotteslästerlichen Treiben ein Ende setzen wird. Kehret um, bereut und büßt, sage ich allen, die ihre Sünde erkannt haben. Sühnt eure Verirrungen durch demütige Arbeit im Weinberg des Herren. Über euch aber, die größten Sünder, die ihr mutwillig das Blut eurer Brüder und Schwestern vergossen habt, wird die gerechte Strafe hereinbrechen: Auge um Auge, Zahn um Zahn. Die Vergeltung ist nahe, bereitet euch auf euer Ende vor. Die Strafe wird euch unerbittlich treffen.‹

Und so weiter und so weiter. Vielleicht ein Wichtigtuer, vielleicht aber auch einer, der wirklich Rache nehmen will, für was auch immer. Der wiederkehrende Tenor in diesen Blogs ist aber ungefähr dieser: ›Unser Kampf war gerechtfertigt, aber die Umwälzung der kapitalistischen Verhältnisse ist uns wegen der Repression des Staatsapparates nicht gelungen.‹ Und ein Satz taucht mehrmals auf: ›Wir hatten recht und sind dennoch schuldig geworden‹. Und jetzt Achtung: Ich habe ja vor ein paar Stunden in dem Notizheft von dem Otter geblättert, und da steht der Satz auch drin! Thomas, du wolltest das doch noch mal in Ruhe lesen.«

»Ich befürchte, heute schaffe ich das nicht mehr, mache ich nachher oder morgen früh. Aber noch mal zurück zu Cornelias Verdacht: Rache der Opfer. Könnte sein. Was aber auch nicht unwahrscheinlich ist: Kampf innerhalb der Gruppe. Solche paranoiden, abgeschlossenen Systeme produzieren eine Art Kannibalismus. Da werden Verräter an der reinen Lehre gesucht und gefunden, denen werden Schauprozesse gemacht, Urteile werden vollstreckt – die Revolution frisst ihre Kinder. Wer weiß. Irgendwie habe ich das Bild eines Ameisenhaufens vor mir, irgendjemand hat darin rumgestochert, und jetzt läuft alles durcheinander. Wir müssen begreifen, wer da welche Wege einschlägt. Aber ich glaube, für heute müssen wir Schluss machen, es ist spät. Lasst uns noch überlegen, wie wir morgen vorgehen, das wird ein harter Tag.«

Sie verteilten die Aufgaben: Thomas Bernhardt würde versuchen, Sabine Hansen zu vernehmen, er würde mit Schulze sprechen, der ihm dann hoffentlich zusätzliches Material liefern konnte, und das Haus in Vitzmannsfelde müsste spurentechnisch unter die Lupe genommen werden. Da würde er Maik, den alten Vopo, anrufen. Cellarius würde versuchen, an Reitmeier heranzukommen, und Cornelia würde die Wohnung von Sabine Hansen durchsuchen. Dann fiel Bernhardt noch etwas ein.

»Was ist eigentlich mit dem Phantom, dieser Hippie-Mieze? Haben wir da schon Reaktionen?«

Katia Sulimma hielt ihre Hände immer noch ins Eiswasser. »Fahndungsfoto steht im Internet – bis jetzt ist nichts reingekommen. Morgen kommt es in die Zeitungen, da müsste dann Bewegung in die Sache kommen. Aber da fällt mir noch ein: In den Blogs wird vor einer Verräterin gewarnt. Ob das die Hippie-Schnalle ist? Na, ich geb euch morgen ein aktualisiertes Dossier.«

Dann war auf einen Schlag die Luft raus, die vier packten ihren Krempel und verließen gemeinsam das Büro.

Es war fast Mitternacht. Nachdem der Lärm verebbt war, den Katia Sulimma und Cellarius mit ihren startenden Autos gemacht hatten, war es in der Keithstraße ganz still geworden. Thomas Bernhardt schaute Cornelia Karsunke an.

»Wollen wir noch was trinken?«

»Ich weiß nicht. Das war heute heftig. Ich frage mich, ob diese Nachtsitzung was gebracht hat.«

»Na ja, wir wissen jetzt doch ziemlich viel.«

»Und ziemlich viel auch nicht.«

»Stimmt, aber in dem Fall werden sowieso viele Leerstellen bleiben.«

»Warum?«

»Weil Schulze und Kollegen uns nicht alles sagen werden. Du wirst sehen: Da wird's Lücken in den Akten und Vermerke geben. Sie werden uns einfach nicht alles sagen wollen, manches auch nicht sagen können. Sie werden Verbindungsleute schützen – Tannert.«

»Was ist mit dem?«

»Tannert ist vielleicht aus eigenem Antrieb gegangen, aber vielleicht haben sie ihn auch aus dem Verkehr gezogen. Jedenfalls wird der nicht mehr so schnell auftauchen. Zur Not stecken sie ihn in ein Zeugenschutzprogramm. – Also trinken wir noch was?«

»Hier ist doch tote Hose.«

»Wir könnten zu mir gehen.«

»Nee, lass mal. Ich bin zu müde. Und ich muss auch nachdenken.«

»Worüber?«

»Über uns.«

»Wieso denn das? Was gibt's denn da nachzudenken?«

»Ob das weitergehen soll mit uns.«

»Warum denn nicht? Hat doch noch gar nicht richtig angefangen.«

»Du redest einfach so daher, oder? Aber ich bin für Larifari nicht mehr jung genug. Ich mach das mit uns nur, wenn es ernsthaft ist. Habe ich mir letzte Nacht geschworen, als ich wach lag.«

Thomas Bernhardt schwieg, Cornelia schaute ihn an. »Und dazu fällt dir nichts ein?«

»Na ja, ernsthaft, ernsthaft ...«

»Ist ein gutes Wort, beschreibt genau das, was ich meine. Aber ich will dich nicht unter Druck setzen, hab ich dir doch schon mal gesagt. Und weißt du was: Jetzt hab ich doch Lust, mit dir was zu trinken. Komm, wir fahren zu der Currywurstbude am Nollendorfplatz, die ist so schön hoppermäßig.«

»Hoppermäßig?«

»Edward Hopper, der Maler.«

»Ach so.«

Tatsächlich: Die Bude war hoppermäßig. Ein junges Pärchen, ein alter Süffel, zwei Mädchen vom Straßenstrich, ein smarter junger Manager, ein einsamer alter Mann. Aus dem Untergrund schob sich eine U-Bahn nach oben und fuhr dann auf den Hochbahngleisen weiter nach Kreuzberg – eine gelbe, sich windende Schlange. Aus der Gegenrichtung näherte sich eine Bahn, die schleifend und quietschend in den Untergrund abtauchte.

»Mann, Berlin.«

Cornelia lächelte ihn an, ihr Gesicht hatte sich entspannt. Im Licht der Laternen wirkte sie jünger, fast mädchenhaft.

»So gefällst du mir, wenn du so begeistert bist.«

»Bin ich begeistert?«

»Natürlich, total.« Sie umarmte ihn.

»Komm, da küssen wir uns mal.«

Die U-Bahn war längst verschwunden, als Cornelia Thomas Bernhardt von sich schob.

»Nicht schlecht – Mann, Mann, ich weiß wirklich nicht, was das werden soll mit uns. Na komm, jetzt hol ma zwee Curry ohne und zwee Schulle.«

»Ich weiß nicht, bei der Hitze 'ne Curry, da holen wir uns noch was.«

»Ach was, hier ist schneller Umschlag, die ist frisch, und dazu 'n eiskaltes Schultheiss, das haut hin.«

Die Curry war gut und scharf, das Schulle passte perfekt. Sie tranken noch ein zweites Bier und standen dann eine ganze Zeit still nebeneinander.

»Und du willst wirklich nicht mit zu mir?«

»Nee, lass mal, heute nicht, obwohl ich schon Lust hätte, aber heute ist es so schöner. Wie kommst du denn jetzt nach Hause? Soll ich dich fahren?«

»Nein, musst du nicht. Ich geh die Eisenacher runter, und dann bin ich ja schon fast da.«

Sie traten aus dem Lichtkreis der Currywurstbude und küssten sich, bevor sie sich trennten.

29

Thomas Bernhardt war nicht in seine Wohnung gegangen. Er hatte es sich anders überlegt. Das Notizheft von Otter, das wollte er sich doch noch anschauen. Morgen würde er nicht dazu kommen. Und in der Keithstraße war in einer Abstellkammer ein Klappbett verstaut, das für eine kurze Nacht durchaus brauchbar war.

Der Anblick des leeren Büros, auch ziemlich hoppermäßig, ließ ihn schlagartig in eine tiefe Melancholie verfallen. Fast schien es ihm, als hörte man noch einen leisen Nachklang ihrer Stimmen, als zitterte noch ihre Energie nach, die sie hier abgestrahlt hatten. Er stellte sich vor, wie viele Gespräche in diesem Raum geführt worden waren, die sich um Mord und Totschlag gedreht hatten. Und ermahnte sich: Jetzt nur keine allzu nächtlichen Gedanken.

Er griff sich das Notizheft von Otter, zog die Wanne, in der das nicht mehr ganz so eiskalte Eiswasser schwappte, an seinen Schreibtisch und stellte seine Füße hinein. Dann schlug er das Heft auf. Er blätterte hin und her: viel triviales Zeug, Anmerkungen zu den Geschäften, schwülstige Schilderungen der Beziehungen zu diversen Frauen. Ein ziemliches Gestammel. Er sprang weiter, bis sein Blick endlich fand, was er gesucht hatte.

Ich verstehe nicht, dass sich keiner der »revolutionären« (dass ich das in Anführungszeichen setze, zeigt meine totale Kapitulation) Kämpfer mit seinen Taten auseinandersetzt.

…

Bekennen: man muss sich bekennen zu dem, was man getan hat. Man = Ich. Zeugnis ablegen. Aber dann komme ich in den Knast.

…

Was tun? (Lenin, haha!!!) Ein neues Leben beginnen. Habe ich getan. Hilft nicht.

…

Den Begriff der Schuld klären, der historischen Schuld. Interessiert niemanden. Es geht um persönliche Schuld. Meine eigene. Müsste mit anderen darüber sprechen. Wir sind schuldig geworden und hatten doch recht.

Was ist unsere größte Schuld? Einmal Kugel, einmal Fessel.

Thomas Bernhardt durchfuhr ein kleiner elektrischer Schlag. Einmal Kugel, einmal Fessel? Sollte das heißen: einmal Banküberfall, einmal Entführung? Also waren sie's? Die Jungs und das Mädel vom Revolutionären Kampf? Hatten die untereinander denn noch Kontakt? Schwer zu sagen. War Otter der Einzige, der Gewissensbisse hatte? Hatte er sie seinen ehemaligen Mitkämpfern mitgeteilt oder für sich behalten? Wenn er zu den anderen offen über seine Probleme gesprochen hatte, dann mussten sie ihn notwendigerweise als Gefahr sehen. Wenn er wirklich etwas über seine Vergangenheit schreiben und an die Öffentlichkeit gehen würde, wären sie dran, *finito*, schönes bürgerliches Leben. Wurde Otter also sozusagen prophylaktisch getötet? Aber warum dann die Entführung von Sabine Hansen? Wollte die ganze Gruppe auspacken? Kaum zu glauben. Alle alten Kämpfer schwiegen doch, egal in welcher Gruppe sie mitgemacht hatten. Kein *mea culpa, mea maxima culpa.* War Otter die große Ausnahme? Möglich. Was man nicht vergessen durfte: Er liebte den großen Auftritt. Otter, der radikale Bekenner. Das hätte Aufsehen erregt. Er wäre eine historische Figur geworden. Der Erste, der seine Schuld bekannte. Und nicht zu vergessen: Er hätte viele in den Knast bringen können.

Bernhardt merkte, dass er zu müde wurde, die Gedanken drehten sich in seinem Kopf und verhakten sich. Er blätterte noch ein bisschen weiter.

Unsere/meine Aufgabe: Kritik der Gewalt. Rückhaltlose Offenheit. Die Berechtigung des Kampfes betonen und seine Aussichtslosigkeit. Das Motto: Wir hatten recht und sind doch schuldig geworden.

Na gut, sagte sich Bernhardt. Ich hab's begriffen. Er zog die Füße aus dem Wasser und war erstaunt, dass sie so kalt und beinahe taub waren. Er legte das Notizheft auf seinen Schreibtisch. Jetzt nur noch schlafen. Er holte das Klappbett aus der Kammer, stellte es ans Fenster und ließ sich mit einem tiefen Seufzer darauf fallen. Ein Gedanke ging ihm noch durch den Kopf: Otter, so ein heller Kopf und so flache Notizen zu solch einem großen Thema? Schon bevor er sich auf der Liege ausstreckte, war er eingeschlafen.

In Bernhardts Hirn drehten sich unablässig Gedanken und Bilder und vermischten sich zu surrealen Szenarien. Otter ritt auf einem Walfisch, Sabine Hansen baute in einem Sandkasten eine Burg, die von einer langen Mauer umgeben war, der Ösi-Winzer schichtete Kalaschnikows in eine Weinkiste, dann spielten alle drei Skat, die Karten auf dem Tisch verwandelten sich in ein Fahndungsplakat, Wasser schwappte in eine Weinprobierstube, der Wal biss Otter mit einem Grinsen den Kopf ab und spuckte ihn in eine Ecke, dann verschluckte er Sabine Hansen, Tannert trat als Polizist auf, der den Wal verhaftete und über seine Rechte belehrte, Otter trug wieder seinen Kopf auf den Schultern und verteidigte den Wal vor Gericht. Immer wieder sagte er: »Der Wal ist schuldig geworden, aber er hatte recht.«

Ein Teil von Bernhardts Bewusstsein nahm den Bilderreigen unwillig zur Kenntnis. Was sollte er damit anfangen? Schließlich zwang sich Bernhardt zum Aufwachen. Was seine Lage nicht wesentlich verbesserte. Verschwitzt saß er auf dem Rand der Liege. Die Kopf- und Rückenschmerzen waren heftig, das Wasser aus einer halbvollen Flasche schmeckte schal. Es war kurz nach vier Uhr. Der Tag hatte noch nicht begonnen, die Vögel in den Bäumen vor dem geöffneten Fenster schwiegen. Es war, als hielte die Stadt für einen Augenblick den Atem an.

Ein Gefühl leiser Verzagtheit beschlich ihn. Herzlich willkommen, hätte er gerne gesagt. Er kannte dieses Gefühl, das ihn immer kurz vor der entscheidenden Wendung in einem Fall heimsuchte. Er fragte sich dann, ob es ihnen gelänge, in der Welt ein bisschen Ordnung zu schaffen, ein paar Promille Gerechtigkeit herzustellen. Oder ob ihnen der oder die Täter entwischen würden. Er hatte ein paarmal erlebt, dass sie gescheitert waren, weil sie nicht genügend Beweismaterial gefunden oder ein paar kleine Fehler gemacht hatten, die nicht mehr korrigiert werden konnten. Wie würde es diesmal sein?

Ein erster Vogel zwitscherte, ein anderer knarrte dagegen an, immer mehr Vögel meldeten sich und fielen zeternd in das disharmonische Konzert ein. Die Stadt schien sich wieder zu regen.

Fast hätte er das Knurren seines Handys nicht gehört. Er schaute auf das Display. Eine Nummer, die er nicht kannte.

»Bernhardt.«

»Ja, hier Gundlach, der Polizist, der in der Charité ...«

»Was ist passiert?«

Bernhardt spürte seinen Herzschlag.

»Ja, also, hier ist ein Anschlag passiert, ich weiß nicht, wie ...«

»Genauer.«

»Ich bin der wachhabende Polizist in der Eingangshalle der Charité. Ihr Kollege, der das Zimmer von Sabine Hansen bewachte, ist überfallen worden. Er konnte den Angreifer abwehren und verscheuchen, ist aber verletzt worden, nicht schwer. Er sitzt hier neben mir, wollen Sie ihn …?«

»Ja, danke. Und Gundlach, sichern Sie den Tatort. Und passen Sie auf sich auf, nicht, dass da noch ein zweiter Angriff folgt. Und jetzt geben Sie mir Krebitz.«

Kurzes Stimmengemurmel, dann meldete sich Krebitz mit Grabesstimme.

»Das war knapp.«

»Ja, ich weiß, aber du bist ja noch mal davongekommen. Wie geht's?«

»Wie soll's mir denn gehen? Der Typ hat mir in den Magen gehauen, ans Kinn, überallhin, und in die Eier getreten.«

»Und wie ist es dazu gekommen?«

»Ich sitz da, kommt ein Arzt, ein anderer als der diensthabende Arzt, den ich ja kannte. Ich hab mir erst mal nichts dabei gedacht. Dann fällt mir aber auf: Der trägt kein Schild. Ich sag: ›Entschuldigung.‹ Der geht aber ganz entschieden und ohne zu antworten, auf die Hansen zu. Ich noch mal: ›Entschuldigung.‹ Da dreht er sich um und kommt auf mich zu und will mich fertigmachen.«

»Es war ein Mann?«

»Ja, ziemlich groß und kräftig. Aber ich kann ihn abwehren, die Griffe, die wir gelernt haben, sind ja wirklich nicht schlecht. Als er auf dem Boden liegt, will ich ihn fixieren, aber der Kerl kann sich irgendwie befreien, springt auf, stößt mich um, ich knalle mit dem Kopf an das Krankenbett, na ja, und das war's.«

»Krebitz, hast du gut gemacht. Kannst du noch dableiben, bis ich komme?«

»Ja, was denn sonst, muss ja wohl …«

Thomas Bernhardt überhörte den vorwurfsvollen Unterton und verabschiedete sich vom Kollegen. Dann warf er die Maschinerie an und klingelte Cellarius aus dem Schlaf. Er stellte sich vor, wie die Rasensprenger in den Dahlemer Villenvorgärten gleichmäßig hin- und herschwenkten, er sah vor seinem inneren Auge die Villa von Cellarius, das Landhaus der Professorenwitwe, den weißen Kubus von Otter. Wo jetzt wohl Melanie Arx, Otters schöne junge Gefährtin, war?

In der Toilette besprengte sich Bernhardt ausgiebig mit kaltem Wasser und schäumte sich mit der Lotion aus dem Seifenspender ein, deren süßlicher Geruch ihm leichte Übelkeit bereitete. Hoffentlich stank er nicht den ganzen Tag danach. Dann rieb er sich mit den geriffelten Papiertüchern ab, was dazu führte, dass nun sein Körper voll grauer Papierfusseln war, die er ungeduldig mit seinem Hemd abstreifte. Als er sich in seine Hose zwängte, betrat eine Putzfrau mit Kopftuch die Toilette, schaute ihn missbilligend an und schüttelte den Kopf. Als er sich entschuldigte, drehte sie ihm den Rücken zu, murmelte böse vor sich hin und begann die Wasserpfützen aufzuwischen.

In der Eingangshalle der Charité trat Thomas Bernhardt ein junger Polizist entgegen.

»Mein Name ist Gundlach, sind Sie …«

»Ja, Tag, Bernhardt«, er zeigte seinen Ausweis. »Gibt's was Neues?«

»Nein, Krebitz ist noch oben, er wurde medizinisch

versorgt und wartet. Ich hab alles abgesperrt, ein paar Leute von der Spurensicherung sind gerade gekommen. Und ein Kollege von meinem Abschnitt passt jetzt vor dem Zimmer auf.«

»Und die Hansen?«

Gundlach zögerte.

»Seltsame Frau.«

»Das heißt?«

»Die hat sich überhaupt nicht aufgeregt. Als Krebitz und ich nach ihr geschaut und sie gefragt haben, ob alles in Ordnung ist, hat sie uns nur angeschaut, fast verächtlich, würde ich sagen, hat sich dann umgedreht und uns die kalte Schulter gezeigt. Und als der Arzt ihr ein Beruhigungsmittel spritzen wollte, ist sie richtig wütend geworden und hat sich gewehrt, bis er's gelassen hat.«

Sie fuhren mit dem Fahrstuhl nach oben. Krebitz saß mit verpflastertem Kinn neben dem Absperrband und unterhielt sich mit dem dort postierten Polizisten. Ein junger Arzt kam aus einem Zimmer, stutzte kurz und ging auf Bernhardt zu. »Sind Sie der diensthabende Polizist, oder wie sagt man?«

»Ja, kann man sagen. Wenn Sie einen Moment Zeit haben, würde ich Ihnen gerne ein paar Fragen stellen.«

Bevor er sich mit dem Arzt in eine kleine Fensternische zurückzog, ging er kurz zu Krebitz, schüttelte ihm die Hand und fragte ihn nach seinem Befinden. Der sandte ihm seinen rätselhaften Nussknackerblick zu und schwieg auf die bekannte verstockte Art, als wollte er sagen: Der Arzt ist natürlich wichtiger als ich.

Es war wenig, was der Arzt zu sagen hatte. Natürlich

konnte nicht jeder einfach so in die Station hineinspazieren, aber wer es drauf anlegte, wurde auch nicht automatisch gestoppt. Ob er den falschen Kollegen gesehen habe? Nein, er sei ja kein Aufpasser, und schließlich war ja der Polizist da. Wann er denn gemerkt habe, dass etwas nicht stimmt? Als er Schreie hörte, sei er hingelaufen, aber da sei der Eindringling schon auf dem Rückzug gewesen, er habe ihn umgestoßen und sei davongerannt. Was ihm denn aufgefallen sei an dem Mann, es war doch ein Mann? Zweifelsohne ein Mann, ziemlich groß, eher so in mittleren Jahren. Gab's denn eine Kamera für den Eingangsbereich zur Station? Gab's, aber die speicherte nicht.

Cellarius war zu ihnen getreten. Der junge Kollege war in sandfarbenes Leinen gekleidet, trug elegante Slipper und duftete dezent nach einem Duschgel, das perfekt die Balance zwischen blumig und herb hielt. Bernhardt schnüffelte kurz am eigenen Hemd und atmete den ekelhaft süßlichen, desinfektionsartigen Gestank der Seifenlotion aus der Toilette ein. Kein vorteilhafter Vergleich.

Auf die Frage, ob sie die Patientin befragen dürften, reagierte der Arzt mit zögerlicher Zustimmung: Ja, aber nur kurz, der körperliche Zustand der Patientin sei noch schlecht, die psychische Traumatisierung sei nicht zu unterschätzen und könne sich noch verschlimmern. Also gut, aber nur in seiner Anwesenheit, und höchstens fünf Minuten.

Thomas Bernhardt schätzte es gar nicht, wenn er quasi unter Aufsicht agieren musste, aber das ließ sich in diesem Fall wohl nicht ändern. Wie immer hatte er Probleme, ein Krankenhauszimmer zu betreten, zumal eins, das mit hochgerüsteter Medizintechnik vollgestopft war. Sabine Hansens Gesicht war eingefallen, tief lagen die Augen in den Höhlen. Das Wort »versehrt« fiel Bernhardt ein. Ein versehrter Mensch. Auf den ersten Blick. Auf den zweiten Blick wirkte die Frau, die an diverse Schläuche angeschlossen war, erstaunlich wach und präsent. Ihr Blick fixierte die beiden Eindringlinge und gab ihnen zu verstehen, dass sie nicht erwünscht waren.

Thomas Bernhardt räusperte sich. Er stellte sich und seinen Begleiter Cellarius vor.

»Es tut uns leid, aber wir ...«

Sie schloss für einen Augenblick die Augen, öffnete sie dann wieder und signalisierte deutliche Abwehr.

»... würden gerne wissen, was mit Ihnen passiert ist.«

Sie schwieg und fixierte sie.

»Wer hat Sie in den Bunker gebracht?«

Sie schwieg.

»Der wollte Sie da offensichtlich draufgehen lassen. Und Sie wollen uns nichts sagen?«

Sie blitzte die beiden an. »Doch, ich sage Ihnen, dass ich nichts zu sagen habe.« Ihre Stimme war brüchig, aber klang doch entschieden.

»Und warum wollen Sie uns nichts sagen?«

»Weil ich dem Staatsschutz nichts sage.«

»Wir sind nicht vom Staatsschutz.«

»Ist mir egal.«

»Ist Ihnen auch egal, was mit Otter passiert ist?«

»Wer ist das?«

»Das ist Ihr alter Genosse aus der Gruppe Revolutionärer Kampf. Wir haben da ein schönes Bild. Da sind auch Tannert und Reitmeier drauf.«

Und auf die Gefahr hin, dass er schieflag, setzte er noch einen Namen hinzu.

»Und Bachmüller. Na?«

Sie schwieg und schloss die Augen. Ihr Gesicht wurde noch kleiner, die Nase noch spitzer.

»Sie wissen was. Und das sollten Sie uns sagen, damit nicht noch mehr passiert. Was ist zum Beispiel mit dem Haus in der Uckermark? Was ist da gelaufen? Ist da vielleicht einer Frau das passiert, was Ihnen jetzt widerfahren ist? Reden Sie, erleichtern Sie Ihr Gewissen, sagen Sie uns, wie's war. Schweigen ist keine Lösung, Sie müssen –«

Der Arzt, der mit verschränkten Armen am Fenster gestanden hatte, trat zum Bett und nahm die Hand von Sabine Hansen. »So geht das nicht, Sie gehen hier mit einer Rücksichtslosigkeit vor, man fragt sich wirklich –«

Ein Sommermorgen gegen sechs Uhr, Sonnenstrahlen drangen durch die schräg gestellten Lamellen der Jalousien ins Zimmer. Warum musste er hier stehen?, fragte sich Thomas Bernhardt, den unvermittelt Bitternis überfiel.

»Was fragt man sich, was fragen Sie sich?«

Der Arzt war sichtlich unangenehm berührt von der Schroffheit Bernhardts. »Na ja, Sie können doch nicht hier in dieser Art –«

»In dieser Art? Wir können noch ganz anders. Hier

geht's um Mord und versuchten Mord. Wir gehen unserem Beruf nach.«

Bernhardt befand, dass er ungefähr dreißig Sekunden seinem Jähzorn nachgeben durfte. »Wenn Ihr blödes Auto irgendwo einen Kratzer hat, wenn Ihre blöde Stereoanlage aus Ihrer Wohnung gestohlen wird, dann rufen Sie die Polizei, stimmt's, dann dürfen wir kommen, dann dürfen wir Spurensicherung betreiben und das ganze Programm abziehen. Und hier spielen Sie den Moralapostel, erzählen heute Abend Ihrer Frau und Ihren Freunden von diesen rücksichtslosen, brutalen Polizisten.«

Thomas Bernhardt atmete tief durch. Dreißig Sekunden, mehr war's ja nicht gewesen. Der Arzt blickte ihn konsterniert an. »Ich muss schon sagen … das eine ist ja wohl nicht mit dem anderen zu vergleichen, also wirklich. Und jetzt verlassen Sie dieses Zimmer, meine ärztliche Fürsorgepflicht –«

Thomas Bernhardt drehte sich in einem Schwung um und wollte aus dem Zimmer stürmen. Aber dann geschah etwas Rührendes und Schreckliches zugleich. Er hörte in seinem Rücken die dünne, wacklige Stimme Sabine Hansens.

»Der Kampf geht weiter.«

Er drehte sich um und sah den dünnen Arm, die kleine geballte Faust.

»Der Kampf geht weiter.«

Draußen auf dem Flur fühlte sich Bernhardt plötzlich leer und traurig. In einem Sekundenflash leuchteten die roten Fahnen auf, die jungen Gesichter, die Hoffnung …

und was draus geworden war. Er schüttelte sich wie ein alter Bär, der gerade aus dem Wasser gestiegen war. Wie in Zeitlupe sah er Cellarius, der in ruhigen Worten auf den Arzt einredete.

»... sollten Sie das nicht überbewerten. Er hat praktisch die ganze Nacht durchgearbeitet. Das nimmt meinen Kollegen ziemlich mit, ich bitte da um Verständnis.«

Der Arzt machte eine halb abwehrende, halb zustimmende Geste. »Na gut, aber heute wird die Patientin nicht mehr befragt, die ist ja noch gar nicht richtig aus dem künstlichen Koma raus. Und wie's morgen sein wird, das hängt von ihrem Zustand ab, machen Sie sich nicht zu viel Hoffnungen.«

Cellarius schüttelte er die Hand, Bernhardt verweigerte er den Handschlag. Bernhardt konnte nicht an sich halten. »Gutmensch!«

Der Arzt drückte den Rücken durch und verschwand um die Ecke. Cellarius legte Bernhardt einen Arm auf die Schulter und schaute ihn freundlich an. »Thomas, das muss doch nicht sein, versuch ein bisschen ruhiger an die Sache ranzugehen, diplomatischer.«

»Na gut, dann schauen wir mal ruhig und diplomatisch, ob's wenigstens unten in der Eingangshalle eine Überwachungskamera gibt, die Aufnahmen speichert.«

Bevor sie sich auf den Weg machten, verabschiedeten sie sich von Krebitz. Bernhardt schaute ihn treuherzig an. »Krebitz, du solltest jetzt nach Hause fahren, ich rufe ein Auto von der Bereitschaft.«

»Ihr braucht mich also nicht mehr?«

»Na ja, im Moment nicht. Und du solltest dich auf jeden Fall ausruhen, lass dich von deiner Frau pflegen.«

»Meine Frau ist in Westdeutschland bei unserer Tochter.«

Bernhardt hätte beinahe laut gelacht, Westdeutschland, wer sagte denn das noch?

»Krebitz, dann fahr doch zu deiner Frau nach *Westdeutschland.*«

»Ihr wollt mich also nicht.«

»Doch, wir wollen dich, ab Montag wieder. Mach's gut!«

Im Weggehen glaubte Bernhardt Zähneknirschen zu hören.

»Nee, da muss ich erst mal den Sicherheitsbeauftragten fragen.« Der Portier in seinem Glaskabuff spielte den Korrekten. Einfach die Bilder der vergangenen Nacht anschauen, das ging nicht.

»Da könnte jeder kommen. Und im Übrigen kann ick det Jerät ooch nich bedienen.«

Also kam der Sicherheitsbeauftragte, der sich erfreulich kooperativ zeigte.

»Hab schon gehört, was passiert ist. Also schau'n wir mal.«

Sie sahen sich im Schnelldurchlauf die Bilder von der Eingangshalle an. Bis Mitternacht wieselten erstaunlich viele Figuren über die weite Fläche. Danach wurde es ruhiger, bis gegen zwei Uhr morgens Stille einkehrte. Für eine Stunde: Gar nichts. Der Portier saß still und unbewegt in seiner Bude. Cellarius gab ein Zeichen: Anhalten. Dann: Näher ranfahren. Keine Frage: Der Mann schlief tief und fest. Das war also schon mal geklärt. Und von einem Polizisten in der Halle war weit und breit nichts zu sehen. Wo war der? Auf dem Klo?

Dann: 3.44 Uhr. Der Polizist ist immer noch nicht da. Eine Figur drückt sich an der Wand entlang. Näher ranfahren. Ein Mann in einem weißen Kittel. Als wüsste er, dass er gefilmt wird, verdeckt er mit einer Hand sein Gesicht. Schwer zu erkennen. Wieder Normalbild. Der Mann geht auf die Tür zum Treppenhaus zu und verschwindet.

Das Foyer liegt wieder still und leer da. Aber was war das? Eine Figur huscht durch die Eingangstür und eilt schnellen Schrittes auf die Tür zum Treppenhaus zu. Eine Frau. Näher ran. War sie's? Die Unbekannte, die schon in Dahlem aufgenommen worden war? Wie hieß die noch mal, Karin Förster? Bernhardt und Cellarius schauten sich an. Könnte sein, oder?

Sie dankten dem Sicherheitsbeauftragten, der versprach, die Bilder sofort zu schicken.

Als sie das Gebäude in der Keithstraße betraten, stießen sie beinahe mit Fleischberg Schulze vom Staatsschutz zusammen, der auf dem Weg nach draußen war.

»Ah, Bernhardt, Cellarius, gut, dass ich euch noch sehe. Bei uns brennt's. Heute Nacht sind wieder mehrere Geländewagen und Porsches in Friedrichshain angezündet worden. Und in der Nähe des Tatorts astreine linksradikale Bekennerschreiben: ›Kampf gegen Gentrifizierung‹, ›Widerstand gegen die Vernichtung preiswerten Wohnraums‹, ›Nieder mit den kapitalistischen Schweinen‹, ›Burn, Geländewagen, burn‹ usw. Die Hubschrauber, die wir eingesetzt haben, bringen nichts.«

»Ist 'ne Sauerei, Schulze, aber manchmal hab ich so 'ne gewisse klammheimliche Sympathie, wenn's um die Außerbetriebnahme dieser Autokisten geht.«

Bernhardt war auf Krach aus, die Auseinandersetzung mit dem Arzt wirkte noch nach. Schulze schnaufte empört. »Ach, und wenn dann noch der Opel Corsa von einem armen Rentner in die Luft fliegt, das findste auch gut. Kleiner Kollateralschaden, was? Und dass ein Computerterminal von der Bahn heute Nacht in Treptow in die Luft gesprengt worden ist, weil die Bahn Atommüll transportiert und deshalb die S-Bahn in den östlichen Bezirken nicht fährt, das findste auch gut, wa? Und dass Mollis auf eine Polizeiwache in Lichtenberg geworfen wurden, findste auch gut, Mann? Wird's dir da auch ganz klammheimlich warm ums Herz?«

»Nee, natürlich nicht. Du hast recht: Das ist 'ne Sauerei, keine Frage. Also, ihr habt zu tun?«

»Und wie. Und deshalb können wir euch in dieser Otter-Sache vorläufig nur am Rande unterstützen. Übrigens: Offen gesagt, sind unsere Aktenbestände ziemlich lückenhaft in Sachen Revolutionärer Kampf, wir haben das noch mal überprüft, weiß nicht warum, ist ja auch schon lange her.«

»Ja, ja, ist lange her, sehr, sehr lange, da verschwindet schon mal was. Macht aber nix, wir schaffen das auch trotz eurer geheimdienstlichen Zensur. Nur: Wenn ihr Tannert deckt, irgendwo versteckt, ihm 'ne falsche Identität gebt oder was weiß ich, dann mache ich echt Ärger. Den Typen brauchen wir, der steckt da drin, so viel ist klar.«

»Reg dich ab, Bernhardt, wir unterstützen euch so gut, wie wir können. Also, viel Erfolg.«

»Danke, gleichfalls.«

Auf dem Weg zum Büro schaute Cellarius Bernhardt nachdenklich an.

»Du meinst, Tannert ist einer der Hauptverdächtigen?«

»Ich weiß nicht, könnte sein, vielleicht aber auch nicht.«

»Vielleicht will er sich rächen, wofür auch immer, weil sie ihn aus der Gruppe gedrängt haben, weil das Geld aus den Banküberfällen in die Firmen von Otter und Bachmüller gegangen ist und er in die Röhre geschaut hat, oder die anderen haben ihm aus irgendwelchen Gründen gedroht, und er ist ihnen zuvorgekommen, um seine bürgerliche Existenz mit seinem wunderbaren Professorenpöstchen zu retten. Er könnte aber auch ein saturierter Professor sein und mit ihnen gar nichts mehr zu tun haben, jetzt Angst bekommen haben und einfach auf Tauchstation gegangen sein.«

»Ja, alles möglich. Was ich nicht ganz verstehe, was aber doch auffällig ist: Die beiden Morde an Otter und dem Ösi-Winzer wirken so inszeniert, auch diese Hansen-Geschichte. Warum so ein Theater, wer macht sich denn solch eine Mühe, wofür, was will er damit sagen?«

»Oder sie. Vielleicht sind es mehrere.«

»Kann sein.«

»Vielleicht hat Cornelia ja recht. Ein Copy-Killer, er kopiert die alten Morde der Gruppe.«

»Spricht einiges dafür. Nur, warum macht er das? Und warum riskiert er es, ins Krankenzimmer der Hansen einzudringen? Das ist alles sehr vage, diffus, nichts Handfestes. Um ehrlich zu sein: Ich habe das Gefühl, da führt uns einer vor, oder anders gesagt: Wir laufen ihm hinterher.«

Katia Sulimma saß allein im Büro vor ihrem Computer. Als sie hereinkamen, drehte sie sich schwungvoll auf ihrem Sessel herum. »Ich hab's schon gehört. Mann, ihr tut mir echt leid. Wollt ihr was trinken, Kaffee oder was Kaltes? Ich hab wieder *crushed ice* für die Wanne geholt und noch andere schöne Sachen. Guckt mal, Wasser, Säfte, Sandwiches und zwei Melonen.«

Bernhardt und Cellarius griffen sich zwei Wasserflaschen. Katia war enttäuscht. »Keine Melone, kein Sandwich?«

Bernhardt war wieder in seine missmutige Laune abgerutscht.

»Melone, kriegt man nur klebrige Hände. Und wahrscheinlich ist auf den Sandwiches Putenfleisch.«

Katia Sulimma zog eine Schnute. »Ja, und?«

»Hast du mal die Fabriken gesehen, wo zehntausend Puten reingestopft werden? Alle ohne Federn, weil sie sich die gegenseitig ausrupfen? Und viele liegen auf dem Rücken, weil ihre Brust so schwer ist, dass sie nicht mehr stehen können.«

Cellarius lachte. »Katia, du weißt doch, wenn er so ist, dann ist das ein gutes Zeichen, dann nähert sich der Fall dem Ende.«

Bernhardt versuchte, sich zusammenzureißen.

»Entschuldige, Katia. War erstens 'ne super Idee von dir, und zweitens ist Massentierhaltung immer Mist. Ist Cornelia schon in der Wohnung der Hansen zugange?«

»Ja, und die Fröhlich-Leute sind auch da.«

Bernhardt griff zum Telefonhörer. Es dauerte, bis sich Cornelia meldete.

»Ja?«

»Auch ja. Wie sieht's aus?«

»Heute kurz angebunden?«

»Ja, bin ich wirklich. Jemand hat die Hansen überfallen und Krebitz zusammengeschlagen. Ist aber nichts passiert, erzähl ich dir nachher. Jetzt sag einfach, wie's aussieht in der Hansen-Wohnung.«

»Jawohl, Chef. Wir finden nichts. Unter den Dielen lag nur 'ne tote Maus, hinter den Tapeten gibt's keine verschlüsselten Botschaften. Der Klokasten ist völlig verkalkt und so weiter. Alles in allem: tote Hose. Interessant ist allerdings ein Fotoalbum: die Hansen weltweit unterwegs. Sieht aber so aus, als seien das einfach nur touristische Fotos. Werte ich heute Nachmittag im Büro aus. Die Fröhlich-Truppe kämmt hier noch mal alles durch. Und bei euch?«

»Ich weiß nicht. Ich bin unzufrieden.«

»Merkt man.«

»Ich hab das Gefühl, es braut sich was zusammen, ich weiß nur nicht, was.«

»Wenn sich bis heute Abend nichts zusammengebraut hat, könnten wir was unternehmen. Spricht wohl alles gegen eine Fahrt an einen See?«

»Ja, das klappt vermutlich nicht. Ach, übrigens: Die Kinder. Luft, Licht und Sonne. Läuft's gut?«

»Das ist aber nun wirklich typisch für dich. Wie kommst du denn jetzt da drauf? Ja, es läuft gut.«

»Das freut mich.«

»Mich freut's auch. Ist lieb, dass du gefragt hast. Also, bis dann.«

30

Es schien ein weiterer brütend heißer Tag zu werden. Eine kurze Dusche, ein schneller Espresso und eines der unzähligen abgelaufenen Heidelbeerjoghurts, die Florian im Kühlschrank geparkt hatte, dann machte sie sich auf den Weg ins Büro.

Dort heftete Anna den Zeitungsartikel über den Banküberfall, den sie am Abend zuvor bei der Internetrecherche gefunden hatte, an die Wand, direkt neben Bachmüllers Porträt. Kolonja wirkte missmutig und trotz der frühen Morgenstunde schon ziemlich aufgelöst, Helmut Motzko sah sie erwartungsvoll an, und aus Gabi Kratochwils abweisendem Gesicht wurde Anna auch heute nicht schlau.

»Tja, ich weiß auch nicht genau, wie wir weiter vorgehen sollen.«

Motzko und Kratochwil studierten den Zeitungsartikel an der Pinnwand, die junge Frau las fast doppelt so schnell wie ihr junger Kollege und drehte sich zu Anna um. »Was hat das mit unserem Fall zu tun?«

»Freddy Bachmüller war bei diesem Überfall dabei.«

»Bei welchem Überfall?« Jetzt kam auch Leben in Robert Kolonja, und er las den Bericht halblaut vor. »›Die Täter gingen mit äußerster Brutalität vor und schienen die Filiale sehr gut zu kennen. Obwohl alle drei maskiert waren, geht die Polizei davon aus, dass es sich um zwei Männer und eine Frau handelt. Die 4,6 Millionen Mark‹ – Mensch, das sind ja 30 Millionen Schilling – waren die nicht markiert? Vom Geld fehlt jede Spur. Woher weißt du, dass der Bachmüller da dabei war?«

»Bernhardt weiß es.«

»Wir ermitteln gemeinsam?«

»Na ja, nicht offiziell. Noch nicht. Aber ich hatte ihm die DNA vom Bachmüller geschickt, und dann haben sie die Übereinstimmung gefunden.«

»Das ist ja Wahnsinn! Da hast du mal wieder Glück gehabt. Und was machen wir jetzt?«

»Glück oder den richtigen Riecher, das ist eine Definitionssache. Also, ich fahre noch einmal nach Salchenberg. Schauma mal, ob der Drogenhund was gefunden hat. Wer will mit?«

Motzko trat vor und hob schüchtern die Hand. Gabi Kratochwil blieb abwartend stehen, und Robert Kolonja ließ sich auf seinen Bürostuhl fallen. »Ich kann das nicht glauben. Terroristen, Dritte Generation, Revolution – das ist doch alles Schwachsinn. Doch nicht hier bei uns, im Weinviertel.«

»Ich glaub's ja auch nicht, aber das ist doch seltsam, diese Geschichte mit diesem Restaurantbesitzer, der jetzt auch tot ist. Frau Kollegin Kratochwil, ich hätte mal wieder eine Internetrecherche für Sie. Wir suchen nach einer Karin Förster, wohnhaft in Köln. Angeblich. Zwischen vierzig und fünfzig Jahre alt. Versuchen Sie rauszufinden, ob es diese Person wirklich gibt. Und ob es irgendwelche Verbindungen zu Freddy Bachmüller oder auch zu Ronald Otter gibt – das ist der Berliner Tote.«

»Ja, ich weiß. Gut, ich fang gleich an.«

»Und was mache ich?« Kolonja fächelte sich theatralisch mit einem Schnellhefter Luft zu.

»Du machst noch mal einen auf Witwenversteher. Lad sie beide noch mal vor. Aber bitte mit Sicherheitsabstand.«

»Schon wieder diese Weiber! Aber was soll ich sie denn noch fragen? Uns ist doch gestern schon nichts mehr eingefallen.«

»Dann überleg dir was. Sie haben ihn vielleicht nicht umgebracht, aber die müssen irgendetwas wissen. Vielleicht waren sie's ja beide?«

»Sehr witzig.«

Als sie vom Parkplatz fuhren, klingelte das Handy. Anna hatte die Freisprechanlage noch nicht aktiviert und bedeutete dem jungen Kollegen, er solle den Anruf entgegennehmen. »Motzko, Apparat Habel. Nein. Ja. Sie sitzt neben mir. Ja, Moment, bitte. – Frau Habel, das ist der Kollege Kronberger.«

»Fragen Sie ihn, wo er ist!«

»Ich soll fragen, wo Sie sind. – Er sagt, er ist in Salchenberg. Sie hätten da was gefunden.«

»Sagen Sie ihm, er soll da bleiben, wir sind in einer Stunde da.«

»Sie sagt, Sie sollen bitte warten, wir sind auf dem Weg. Ja. Gut. Danke. Auf Wiedersehen.«

»Hat er gesagt, was er gefunden hat?«

»Nein, aber Sie haben auch nicht gesagt, dass ich ihn fragen soll.«

»Das stimmt.«

»Darf ich?« Motzko deutete auf das Autoradio und wartete erst gar nicht auf die Antwort. *In der Hammerschmiedgasse steht a oide Fabrik, später wor da a Waschsalon drin. Und mittendrin die größte Stettn im Bezirk, jeden Tag um zwa sann ma hin.*

Exakt eine Stunde später parkten sie vor Bachmüllers Wohnhaus. Kronberger saß auf der Vortreppe, neben ihm ein junger Mann in Cargohosen. Unter dem Birnbaum im Schatten lag völlig regungslos ein imposanter Schäferhund, lediglich seine Ohren zuckten, als Anna Habel und Helmut Motzko den Garten betraten.

»Grüß Gott, Frau Kollegin. So bald sieht man sich wieder. Darf ich vorstellen, das ist der Hundeführer, den wir uns aus Schwechat ausgeborgt haben, Herr Voglhofer, und da hinten der Held des Tages, Benni.«

»Das heißt, Sie haben was gefunden?«

»Ja. Es war nicht leicht. Das Kokain war in einem Schränkchen versteckt, in dem eine halbe Parfümerieabteilung steht. Ein Wunder, dass Benn das gefunden hat.« Als er seinen Namen hörte, drehte der Hund den Kopf und auf ein Handzeichen seines Herrchens kam er angetrottet und setzte sich erwartungsvoll an den Fuß der Treppe. Kronberger zog ein durchsichtiges Plastiksäckchen, in dem wiederum ein braunes Papiertütchen steckte, aus der Hosentasche. »Bitte sehr.«

»Viel ist das nicht. Wohl wirklich nur für den Hausgebrauch.«

»Man weiß ja nicht, wie viel es vorher war.«

»Das stimmt. Ich werde es gleich mitnehmen und untersuchen lassen. Die können sicher feststellen, ob es der Stoff war, der den Bachmüller ins Jenseits befördert hat. Meine Herren, ich danke Ihnen vielmals.«

Kronberger war sichtlich enttäuscht, dass sein Auftrag schon wieder beendet war. »Soll ich Ihnen nicht noch zur Hand gehen, Frau Kollegin? Ich könnte doch mit Ihnen die Leute im Dorf befragen, oder wir schauen uns noch einmal im Haus um?«

»Das ist nett, Herr Kronberger, aber Sie haben doch frei. Gehen Sie mal schön zu Ihrem Wintergarten, wir haben Ihren Urlaub schon genug gestört. Und Ihnen danke ich auch, und natürlich vor allem Benni.«

Der hatte sich inzwischen dicht neben Motzkos Knie gestellt und ließ sich genüsslich hinter den Ohren kraulen. Als Voglhofer ihn rief, riss er sich nur widerwillig los und sprang in den Kofferraum des Geländewagens.

Anna trat ins Wohnhaus. Das Schlafzimmer wurde durch breite Holzjalousien dämmrig gehalten. Sie ging um das große Holzbett mit weißer Tagesdecke herum und fand in einer kleinen Mauernische ein offenes Holzschränkchen voller umgeworfener Parfümflakons und Kosmetika. Dahinter hatte wohl jemand eine zweite Wand aus einer dünnen Spanholzplatte eingezogen, die nun zur Hälfte herausgerissen war. Anna setzte sich auf das Doppelbett und kramte das Handy aus ihrer Umhängetasche.

»Kolonja? Hör zu. Wir haben Kokain gefunden. Nicht viel. Aber vielleicht war es ja mal mehr. Also zieh unserer Uschi mal die Daumenschrauben an. Wir gehen hier noch mal zum Pfarrer und besuchen diese Veronika wegen Sabine Hansen. Die hatte doch Kontakt mit ihr. Und dann zeig ich noch der Elfi das Foto von diesem Berliner Phantom.«

Im Pfarrhaus neben der Kirche war die Tür wieder nur angelehnt. Pfarrer Wieser stand in der Küche und schnitt Zwiebeln. »Hallo! Frau Habel! Gibt's was Neues?«

»Nicht direkt. Müssen Sie selber kochen? Haben Sie denn keine Pfarrersköchin?«

»Ach, die guten Zeiten sind definitiv vorbei. Zum Putzen kommt die Frau Haidinger, aber kochen muss ein moderner Pfarrer schon selber können. Nehmen Sie doch Platz!«

»Nein, nein, wir gehen gleich wieder. Ich habe noch zwei Fragen an Sie.«

»Ja bitte?«

»Wussten Sie, dass Bachmüller eine Freundin hatte?«

»Ja, aber die kennen Sie doch. Uschi Mader. Heiraten wollten sie nicht. Also, ich glaube, *sie* wollte schon, aber er wollte nicht.«

»Nein, ich spreche nicht von Uschi Mader. Ich spreche von Monika Schmidtgrabner. Eine Weinkritikerin. Hat er nie etwas von der erzählt? Haben Sie ihm denn nie die Beichte abgenommen?«

»Ich hab Ihnen doch bereits gesagt, dass der Freddy nichts mit der Kirche zu tun hatte. Und über Frauen haben wir sowieso nie geredet.«

»Über was haben Sie denn geredet?«

»Das hab ich Ihnen doch bei Ihrem letzten Besuch schon erzählt.«

»Dann erzählen Sie es halt noch mal.«

»Über die Natur, über Physik, über Philosophie. Wein, Kochrezepte, Marmeladen einkochen. Alles Mögliche halt.«

»Über Politik?«

»Der Freddy hat immer gesagt, Politik sei nichts für ihn. Das sei ihm alles zu blöd, und es sei völlig wurscht, ob die Roten oder die Schwarzen an der Macht sind. Nur die Blauen, die konnt er wirklich nicht ausstehen, und über die Grünen hat er sich manchmal lustig gemacht. Aber wir haben in unseren langen Gesprächen während der letzten Jahre vielleicht insgesamt zehn Minuten über Politik geredet. Der Freddy ist nicht mal zur Gemeinderatswahl gegangen. Aber warum fragen Sie denn?«

»Könnten Sie sich vorstellen, dass Freddy Bachmüller Mitglied einer terroristischen Vereinigung war?«

Mit einer Bewegung, die ihm Anna aufgrund seiner Körperfülle gar nicht zugetraut hätte, drehte sich der Pfarrer um und stieß dabei das Holzbrett mit der geschnittenen Zwiebel von der Anrichte. »Einer was? Einer terroristischen Vereinigung? Sie sind ja komplett verrückt.«

Anna schwieg und sah den Pfarrer nur an. Helmut Motzko begann die Zwiebelstücke aufzusammeln.

»Warum fragen Sie mich denn so etwas?« Der Pfarrer umfasste die Lehne eines Küchenstuhles so fest, dass seine Fingerknöchel weiß hervortraten.

»Sie haben doch selbst manchmal gedacht, dass mit

ihm was nicht stimmt, oder? Geben Sie's doch zu. Sie wissen doch was!«

»Meine liebe Frau Habel, ich weiß überhaupt nicht, wovon Sie sprechen. Natürlich hab ich mir ein wenig Gedanken gemacht, wo er herkommt, der Freddy, was er vorher gemacht hat. Aber es geht mich nichts an, und er wollte nicht darüber reden. Und selbst wenn er Sünde auf sich geladen hatte, dann hat er eine zweite Chance verdient.«

»Ihr macht's euch leicht, ihr Katholiken. Ein wenig beichten, ein wenig Buße tun, und alles ist vergeben. Und wenn er ein Vergewaltiger war oder ein Kinderschänder?«

»Das war er aber nicht!«

»Und woher wissen Sie das? Ich sage Ihnen, was er war: Ein Mörder! Ein Terrorist! Und das wissen Sie genau. Ich kann auch anders, mein lieber Herr Pfarrer. Wir können uns gerne auch auf dem Präsidium unterhalten. Ich lasse Sie hier abholen, im Streifenwagen mit Sirene und Blaulicht und allem Drum und Dran. Dann schaun ma mal, wie das ankommt in Salchenberg.«

Plötzlich schien alle Luft aus dem massigen Körper zu weichen. Norbert Wieser stützte sich auf den Küchenschrank und richtete seinen Blick gegen die fettbespritzten Fliesen. »Er hat sich geändert. Er hat es bereut. Jeder hat eine zweite Chance verdient.«

»Seit wann wissen Sie es?«

»Noch nicht lange.«

»Seit Mai?«

Der Pfarrer nickte. »Ja, er ist völlig verstört aus Berlin zurückgekommen. Ein paar Tage konnte er die Fassung noch bewahren, und dann ist er hier zusammengebrochen und hat mir alles erzählt.«

»Was alles?«

»Dass er früher ein anderer war. Dass er jetzt weiß, dass er sich geirrt hat, und dass er zutiefst bereut. Und dass ihn jemand verfolgt und bedroht.«

»Nannte er Namen?«

»Nein, keine Namen. Er sprach nur von einer Postkarte, die er erhalten hat, von einem, der damals dabei war und jetzt aufräumen will. Irgendwas von Nemesis.«

»Mein lieber Herr Wieser. Hätten Sie mir das letzte Woche erzählt, hätten Sie vielleicht einen Mord verhindert. Können Sie mir jetzt bitte noch sagen, wo diese Veronika Graf wohnt?«

»Neben dem Wirtshaus. Das gelbe Haus. Nummer 16.«

Auf der staubigen Straße, die durch den Ort führte, kam ihnen eine Gestalt entgegen. Anna konnte gegen die grelle Sonne nicht erkennen, wer der Mann war. Erst als er auf zehn Meter herangekommen war, sah Anna, dass es Sieberer war.

Die Hände in die Taschen seiner blauen Arbeitshose vergraben, blieb er vor Anna stehen und blickte sie an.

»Herr Sieberer. Grüß Gott. Ist Ihnen noch was eingefallen?«

»Ja, ich … ich … ich wollte ein Geständnis ablegen.«

Anna hielt die Luft an und spürte, wie Motzko neben ihr zusammenzuckte. »Und was möchten Sie gestehen?«

»Ich hab seine Katze vergiftet.«

»Wie bitte?«

»Na, die Katz. Die haben Sie doch ausgraben lassen. Das war ich.«

»Und warum?«

»Weil ich mich so geärgert hab. Über den Bachmüller und seine blöde Frau. Und die Katz hat dauernd in meinen Garten geschissen. Und Ratten hab ich eh auch im Weinkeller, da hab ich halt einen Köder gelegt.«

»Wann haben Sie das gemacht?«

»Am Donnerstag, bevor der Bachmüller tot war. Das Vieh hat das wohl erst Tage später gefressen. Und jetzt, wo das alles passiert ist mit dem Bachmüller, da hab ich mir gedacht, ich sag's lieber. Aber mit dem Bachmüller seinem Tod hab ich wirklich nichts zu tun!«

»Sie wissen, dass das strafbar ist?«

»Na ja, Sachbeschädigung, oder?«

»Und Tierquälerei. Sie fahren jetzt umgehend zum nächsten Polizeiposten und zeigen sich selbst an, sonst stell ich Ihnen Ihre ganze Hütte auf den Kopf. Haben Sie mich verstanden?«

»Ja, eh. Ich hab aber keinen Führerschein.«

»Dann fahren Sie eben mit dem Fahrrad.«

An der Eingangstür aus hellem Holz hing ein selbstgebasteltes Türschild, Anna tippte auf ein Muttertagsgeschenk aus Salzteig. *Veronika & Gernot & Laura & Tobias.* Unmittelbar nach dem Klingeln wurde die Tür geöffnet: gut erhaltene Mittvierzigerin, praktischer Kurzhaarschnitt, schwarze Shorts und pinkfarbenes T-Shirt mit Silber-

Applikationen. Anna stellte sich und Helmut Motzko kurz vor und wurde daraufhin von Frau Graf in ein tipptopp aufgeräumtes Wohnzimmer geführt. Sie freute sich sichtlich über die Unterbrechung ihres Hausfrauenvormittags.

»Sie kennen eine Sabine Hansen?«

»Ja, die hat mal hier bei uns im Ort gewohnt. Wir haben manchmal was zusammen unternommen.«

»Wann haben Sie sie denn das letzte Mal gesehen?«

»Na, seit sie weggezogen ist, nicht mehr. Das war vor ein paar Jahren schon.«

»Wissen Sie, wohin Frau Hansen gezogen ist?«

»Ja, wissen Sie, das war ganz komisch. Die war eines Tages plötzlich weg. Der Bachmüller und sie sind übers Wochenende weggefahren, und er ist allein wieder zurückgekommen.«

»Haben Sie ihn denn nicht gefragt, wo sie ist?«

»Nein. Mit dem haben wir nicht so viel zu tun, mein Mann und ich. Da wollt' ich ihn nicht fragen.«

»Ist das nicht ein wenig eigenartig? Sie waren mit seiner Lebensgefährtin befreundet, und dann verschwindet die, und Sie fragen nicht mal nach?«

»Mein Mann war eh immer dagegen.«

»Gegen was?«

»Na, dass ich mich mit den Deutschen einlass.«

»Aha. Und Sie machen immer, was Ihr Mann sagt?«

Veronika Graf lachte auf: »Nein, nein. Ich hab sie dann ja eh wiedergefunden, das weiß der Gernot nur nicht.«

»Wiedergefunden?«

»Na ja. Nicht in echt. Über Facebook hatten wir Kontakt. Aber Gernot will nicht, dass ich bei Facebook bin.« Sie beugte sich vor und fasste Anna vertraulich am Arm. »Sie sagen ihm das doch nicht, oder?«

»Dafür gibt es keinen Grund. Wo ist denn Ihr Mann eigentlich?«

»Der ist die ganze Woche über unterwegs. LKW-Fahrer. Drum bin ich ja ein wenig einsam hier, und der Tobias, das ist mein Sohn, hat mir dieses Facebook gezeigt. Und da hab ich dann irgendwann Sabine Hansen wiedergefunden.«

»Können Sie mir das zeigen?«

»Was?«

»Na, dieses Facebook. Und die Seite von Sabine Hansen.«

Veronika Graf holte von der Anrichte im Bauernstil ein schlankes Notebook und klappte es auf. Gleich darauf überreichte sie es Anna und blickte sie erwartungsvoll an.

»Sehen Sie, und das ist komisch. Nach dem 30. April gibt es keine Einträge mehr. Keine Antworten auf meine Fragen, keine Statusmeldungen und hier unten – sehen Sie –, da kann ich immer schauen, wer online ist, und die dann anchatten, da war sie auch nicht mehr. Es ist doch nichts passiert, oder? Ich hab mir gedacht, sie ist vielleicht in einen längeren Urlaub gefahren und hat vergessen, sich abzumelden. Sie hat doch nichts mit dem Tod von dem Bachmüller zu tun?«

»Das wissen wir noch nicht. Sie ist jedenfalls wieder aufgetaucht, und sie lebt. Ob sie was mit dem Tod vom Bachmüller zu tun hat, versuchen wir gerade herauszufinden. Hat sie sich denn irgendwie geäußert über ihren Weggang aus Salchenberg?«

»Nicht wirklich. Sie meinte nur mal, dass sie nicht geschaffen ist für ein Leben auf dem Land. Aber wer ist das schon?« Frau Graf seufzte und sah sich stirnrunzelnd in ihrem Wohnzimmer um.

Während sie sich unterhielten, inspizierte Helmut Motzko Sabine Hansens Facebook-Seite. Als Profilbild hatte sie ein Foto von hinten gewählt, auf dem lediglich ihre Haare zu sehen waren, und sie hatte auch nur 25 Freunde. Motzko kopierte die Namen ihrer Facebook-Freunde und schickte sie als Mail ins Büro. Sie stellten Veronika Graf noch einige Fragen zu Sabine Hansen, doch die wusste weder etwas über einen Beruf noch über den familiären Background ihrer »Freundin«.

31

In Berlin konzentrierte man sich inzwischen fast ausschließlich auf das Foto. Von Gerhard K. gab es keine Spur, keine Hinweise im Netz, keine Verbindungen zu den bereits entwirrten Fäden. Anders bei Volker R.

Cellarius hatte versucht, an Reitmeier, den Immobilienunternehmer und Besitzer des uckermärkischen Häuschens, ranzukommen. Aber Global Player Reitmeier war gerade in Macau, wo er ein großes Bauprojekt startete. Danach würde er mit chinesischen Geschäftspartnern an einem Golfturnier teilnehmen und anschließend in einem Resort auf einer kleinen Südseeinsel ein paar Tage ausspannen. Mitteilung von Reitmeiers Hauptstadtbüro: Der Chef wolle in dieser Zeit nicht gestört werden, und auch er selbst werde sich nur dann melden, wenn es von seiner Seite etwas Wichtiges gäbe.

Cellarius schüttelte den Kopf. »Der ist am selben Tag abgehauen wie dein Freund Tannert, und genau wie der ist er nicht erreichbar. Schon komisch.«

»Du meinst, man kommt wirklich nicht an den ran? Der hat doch bestimmt ein paar Bundestagsabgeordnete mitgenommen, zur Not auch einen Minister als Türöffner.«

»Da könntest du recht haben.«

Die nächsten Stunden tippte sich Cellarius an Telefon und Handy die Finger wund. Tatsächlich gab's eine richtige Delegation, die Reise war schon lange vor Otters Tod geplant und vorbereitet worden. Aber Reitmeier hatte offensichtlich gerade in diesen Stunden seine Delegation verlassen, Begründung: akuter Erschöpfungszustand. Adresse unbekannt. Ab sofort werde er von seinem Bürochef vertreten.

Cellarius lehnte sich in seinem Sessel zurück und strich sich mit beiden Händen über die Schläfen. »Thomas, was meinst du, der Reitmeier: Täter oder Opfer?«

»Ich weiß es nicht. Vielleicht ist er vor unserem anonymen Killer geflohen, vielleicht ist er aber auch der Täter, der sich in der Südsee ein schönes Leben macht oder sogar untertaucht. Dann würde hier nichts mehr passieren. Aber ich befürchte, die Geschichte geht noch weiter.«

Während Cellarius versucht hatte, Reitmeier auf seinen Wegen im Fernen Osten aufzuspüren, hatte Bernhardt sich in der Toilette kalt abgewaschen, diesmal ohne die stinkende Waschlotion, noch einmal in Otters Tagebuch gelesen und dann den alten Vopo Maik in Templin angerufen. Der war bester Laune.

»Ey, Thomas, Freitag ab eins, du weißt schon. Ich fahr gleich mit Maschenka an den See, kommst du?«

Maik war nicht begeistert, als er hörte, dass er noch arbeiten sollte. »Das Haus in der Uckermark mit allen erkennungsdienstlichen Raffinessen durchsuchen? Mein Lieber, jetzt am Wochenende wird das schon mal gar nichts. Im Übrigen muss da unser brandenburgischer Staatsschutz einbezogen werden. Das dauert. Wahrscheinlich haben wir auch nicht genügend Leute, da müsstet ihr irgendwie … Also, vor Montag läuft da nicht viel. Aber ich werd mal alles vorbereiten, vielleicht können wir das dann morgen angehen, aber mach dir da nicht allzu viele Hoffnungen.«

Bernhardt akzeptierte, dass er fürs Erste ausgebremst worden war.

»Und, Maschenka, braun gebrannt?«

»Das kannst du glauben, aber da geht immer noch was. Also, wenn du Zeit hast, komm raus in die Pampa und bring deine verträumte Kollegin mit.«

»So verträumt ist die nicht.«

»Na, umso besser. Also: Ciao.«

»Freundschaft!«

Katia Sulimma, die die ganze Zeit entweder Telefonate geführt oder verbissen auf ihrer Computertastatur herumgehämmert hatte, sich von den Aktivitäten ihrer beider Kollegen nicht hatte ablenken lassen, ausnahmsweise auch nicht zur Auffrischung auf die Toilette gegangen war und dafür lange Zeit geschwiegen hatte, was sonst nicht ihre Art war, hieb plötzlich mit der Hand auf die Schreibtischplatte. »Wow, das isses! Jungs, ihr müsst nicht so belämmert gucken. Das ist jetzt wirklich ein Hammer. Ich hab extra gewartet, aber jetzt haben es schon mehrere Leute übereinstimmend gesagt: Susanne Demuth, so heißt unsere Hippie-Frau, nicht Karin Förster – kommt her.«

Immer mehr Leute erklärten unabhängig voneinander, dass es sich auf den Fahndungsfotos im Internet und in den Zeitungen um eine gewisse Susanne Demuth handele. Und: Susanne Demuth, Kindergärtnerin aus dem Kölner Raum, Tochter eines Bankangestellten, der bei einem Überfall erschossen worden war, aufgesetzter Schuss aufs Herz von einem flüchtenden Täter.

Die Mutter von Susanne Demuth erklärte, dass ihre Tochter vor zwei Wochen ihre Wohnung verlassen habe und sie keine Ahnung habe, wo sie sich aufhalte. Warum sie keine Vermisstenanzeige aufgegeben habe? Die Tochter verschwinde jedes Jahr für zwei Wochen, kehre dann aber wieder in ihr altes Leben zurück. Nein, sie erzähle nie, wo sie gewesen sei. Insofern sei sie zuversichtlich, dass die Tochter auch diesmal zurückkehre. Susanne Demuth wurde nun auch namentlich zur Fahndung ausgeschrieben.

Thomas Bernhardt ging zurück an seinen Schreibtisch und öffnete seine Mails. Er nahm sich fest vor, heute noch ein Diagramm anzufertigen und allen Personen, die in diesem verzwickten Fall eine Rolle spielten, einen Platz zuzuweisen. Plötzlich stutzte er:

Absender: Schulze@bka.de. Betreff: DNA
Lieber Herr Bernhardt, die DNA, *die Sie am Dienstag, den 12. August, aus Wien erhalten haben und zur Untersuchung weitergeleitet haben, wurde eindeutig identifiziert. Sie gehört zu einer Person namens Karl-Heinz Poppe, geboren am 23. 7. 1953. Poppe gehörte vermutlich der terroristischen Vereinigung Revolutionärer*

Kampf an und wird seit dem 20. 3. 1995 gesucht. Seine Spuren wurden in einer konspirativen Wohnung gefunden. Poppe war nachweislich an einem Banküberfall in Berlin am 7. 12. 1995 beteiligt und wurde dabei durch eine Schussverletzung verwundet.

Bernhardt griff zum Hörer und wählte jene Wiener Nummer, die er inzwischen auswendig kannte.

Als Anna in der Berggasse angekommen war, klingelte ihr Handy. Die Büronummer.

»Hey Robert. Ich bin ja schon im Haus. Ich geh nur noch schnell aufs Klo, dann komm ich hoch.«

»Ich bin's, Kratochwil. Frau Habel, machen Sie schnell. Es gibt was Neues.« Gabi Kratochwils Stimme kam leise und verhalten aus dem Telefon. Anna spürte die Aufregung der jungen Beamtin. »Ja, gleich. Ich komme.« Anna verzichtete auf die Toilette und rannte ins Büro.

»Schauen Sie mal.« Gabi Kratochwil klebte fast an ihrem Bildschirm, und Anna zog sich einen Stuhl heran. Ein Schwarzweißfoto, darunter eine kleine Bildunterschrift. *Karl-Heinz Poppe, zur Fahndung ausgeschrieben seit dem 25. März 1995. Besitzer eines Antiquariats in Berlin, Friedelstraße 45. Es wird vermutet, dass er circa zwei Jahre nach der Gründung in die Gruppe Revolutionärer Kampf eingetreten ist.*

»Jetzt schau'n Sie doch mal genau hin.«

Anna konzentrierte sich und betrachtete das Gesicht des Mannes. Gabi Kratochwil hackte ein wenig auf der

Tastatur ihres PCs herum, das Foto wurde kleiner, und daneben klappte das Bild Freddy Bachmüllers auf. Anna fiel es wie Schuppen von den Augen. Die hohe Stirn, die geschwungenen Lippen. Karl-Heinz Poppe trug einen fusseligen Bart und lange Haare, er blickte direkt in die Kamera, und seine Haut wirkte unnatürlich blass. Daneben Bachmüller. Haare kurz, Gesicht voller, die gleichen Lippen, es war eindeutig. Gesünder und attraktiver, doch ohne Zweifel: Vor ihnen lag zweimal das Porträt von Freddy Bachmüller alias Karl-Heinz Poppe.

»Mensch, Frau Kratochwil, das ist der Hammer! Wo haben Sie das denn her?«

»Da hat ein Herr Bernhardt aus Berlin angerufen, der hat irgendwas von einer DNA gesagt und dass sie jetzt eine Identität haben. Und dann hat er dieses Bild geschickt.«

»Unglaublich. Ein untergetauchter Terrorist im Weinviertel. Ich fass es nicht. Wo ist denn Kolonja?«

»Im Verhörzimmer mit Uschi Mader.«

»Immer noch?«

»Ja, die kam erst so spät hier an. Anzengruber hat sich ein wenig quergestellt.«

»Tja, der arme Winkeladvokat hat wohl wenig Erfahrung mit Suchtgiftdelikten. Aber ich glaube, als Mordverdächtige können wir sie laufen lassen, das war ja wohl eine Nummer größer. Mailen Sie gleich mal alles, was Sie da aus Berlin bekommen haben, an Hofrat Hromada und – Frau Kratochwil?«

»Ja, Frau Habel?«

»Könnten Sie mir einen Flug nach Berlin buchen?

Heute noch? Ich weiß, das ist nicht Ihre Aufgabe, aber Frau Schellander ist schon früher weg heute.«

»Klar, kein Problem, Frau Habel.«

Fünf Minuten später stand Anna Habel bei Hofrat Hromada im Zimmer und versuchte ihm zu erklären, warum sie jetzt sofort nach Berlin fliegen müsse.

»Ich glaube, Sie steigern sich da in was hinein, Frau Kollegin. Warum müssen Sie denn jetzt nach Berlin? Das können die Kollegen doch vor Ort klären.«

»Wir waren die ganze Zeit auf einer falschen Spur! Es war kein Eifersuchtsmord. Es ist eine Terrorismusgeschichte, und alle Spuren führen nach Berlin. Herr Hromada, jetzt ist Freitagabend, am Montag steh ich wieder im Büro und dann schließen wir die Akten zu diesem Fall, ich schwör es Ihnen. Lassen Sie mich mit Bernhardt die Fäden zusammenführen, und ich präsentiere Ihnen am Montag um sechs Uhr früh eine Geschichte, die Sie eins zu eins im *Morgenjournal* erzählen können. Dagegen ist der *Tatort* am Sonntagabend nichts.«

»Gut. Ich genehmige die Reise. Aber wehe, Sie verrennen sich da wieder in was, Frau Habel. Wie heißt der zuständige Beamte?«

»Hauptkommissar Thomas Bernhardt. Aber den ruf ich selber an. Sein Vorgesetzter heißt Freudenreich. Da müssten Sie mich mal ankündigen.«

Cornelia Karsunke war überrascht, als sie das Büro betrat. Bernhardt, Cellarius und Katia Sulimma schlürften schmatzend Melonen.

»Ey, was ist denn hier los?«

Die drei berichteten, dass das Hippie-Phantom erkannt sei. Und sicher auch bald gefunden würde. Und sie mit dem Fotoalbum von Sabine Hansen?

»Ich schau mir das gleich noch mal genauer an, aber das ist nicht vielsprechend. Einfach privat.«

»Aber ich hab was.« Bernhardt lehnte sich zurück, wischte sich mit dem Handrücken den Melonensaft vom Kinn und wedelte angewidert mit den klebrigen Händen.

»Wir wissen nun, wer Bachmüller war.«

»Der Ösi-Winzer? Bist du ein wenig fixiert auf dieses hässliche kleine Land, das über und über mit Steinen bedeckt ist?« In Cornelias Stimme war deutlich ein gereizter Unterton zu hören.

»Er hängt aber mit drin. Bachmüller war ein Deckname. Eine falsche Identität. Er hieß in Wirklichkeit Karl-Heinz Poppe und ist dem Verfassungsschutz nicht unbekannt.«

Als er alle Informationen über Bachmüller alias Poppe auf den Tisch legte, herrschte Schweigen im Raum. Bernhardt wollte noch einmal mit Schulze sprechen, um herauszufinden, warum die DNA aus Wien beim Verfassungsschutz gelandet war. Und außerdem wolle er doch noch mal höflich nachfragen, wessen Fall das nun sei. Doch in dem Augenblick klingelte das Telefon.

»Bernhardt.«

»Habel.«

»Ah, bist du wieder zurück von der Landpartie?«

»Ja, bin ich. Und ihr wisst, wer Bachmüller vor seinem beschaulichen Leben war!«

»Ja. Klasse, oder?«

»Ich weiß nicht, ob ich das so klasse finde. Jedenfalls komm ich jetzt.«

»Wie, du kommst jetzt?«

»Na, zu euch. Nach Berlin. Ich lande um 18:10, Berlin-Tegel. Klasse fänd ich jedenfalls, wenn mich wer abholen könnte.«

»Warum?«

»Weil ich dann nicht mit dem Taxi fahren muss.«

»Nein, ich meine, warum kommst du?«

»Weil die Lösung meines Falles ja wohl in Berlin liegt. Mein Toter hat mehr mit Berlin zu tun als mit dem Weinviertel, und eine Person, die uns erheblich weiterbringen könnte, liegt in einem Berliner Krankenhaus. Warum sollte ich also nicht kommen?«

»Na ja. Das kannst du aber nicht auf dem kleinen Dienstweg machen.«

»Keine Angst, Mister Korrekt. Mein Hromada hat schon mit deinem Freudenreich telefoniert. Ich fahr jetzt zum Flughafen und kauf mir eine Zahnbürste und eine Unterhose zum Wechseln. Bis später.«

Bernhardt hielt noch lange Zeit den Telefonhörer in der Hand und starrte aus dem Fenster. Na, wenn das mal gutging.

Als er seinen Mitarbeitern mitteilte, dass heute noch Anna Habel aus Wien eintreffe, sah ihn Cornelia ungläubig an, und Katia Sulimma kicherte: »Na, das wird ein Spaß. Anna die Schreckliche.«

32

Als Anna vom Gate in Richtung Ausgang ging, wunderte sie sich über den kleinen Flughafen. Ein wenig wie ein Busbahnhof, nicht wie der Flughafen einer Millionenstadt, dachte sie und blickte sich nach Bernhardt um. An einer Säule lehnte ein schmalbrüstiger Uniformierter und hielt ein Schild in Bauchhöhe: *Havel.*

»Meinen Sie mich?«

Der Mann – mindestens zwei Kopf größer als Anna – neigte sich zu ihr herab. »Sind Sie die Kommissarin aus Wien?«

»Ja, die bin ich. Wo ist denn Herr Bernhardt?«

»Der Herr Hauptkommissar konnte nicht weg, aber ich bring Sie ins Präsidium.«

In einem Höllentempo fuhr der Beamte über eine kurze Stadtautobahn und dann durch breite, mehrspurige Straßen. Als sie nach knapp einer halben Stunde in die Keithstraße einbogen, war Anna beeindruckt von den hohen Bäumen, die die Straße säumten. Der junge Beamte ließ sie vor einem riesigen, alten Bau, der wie eine Burg aussah, aussteigen. »Ich muss noch weiter, aber Sie können ja schon hochgehen, die warten schon auf Sie.« Anna las das Messingschild: *Landeskriminalamt Berlin, Delikte am Menschen.*

»Ja bitte?« Der Portier in der Eingangshalle sah widerwillig von seiner Zeitung auf.

»Ich möchte zu Thomas Bernhardt.«

»Und Sie sind?«

»Chefinspektorin Anna Habel aus Wien.«

»So so. Chefinspektor heißt det bei euch.«

»Jawohl. So heißt das bei uns. Hier ist mein Dienstausweis, und wenn Sie jetzt die Liebenswürdigkeit besitzen würden, mich reinzulassen.«

»Ist ja gut. Man wird doch noch fragen dürfen.«

»Darf man eh. Find ich den Weg?«

»Wenn Sie lesen können, schon. Zweiter Stock, und dann den Schildern nach.«

»Ich danke.«

»Müssen Se nich.«

Nachdem sie einige Zeit durch lange Flure mit Linoleumboden geirrt war, betrat sie – nach vergeblichem Klopfen – ein kleines Büro und stieß fast mit einer Frau in atemberaubend kurzem Flatterkleid zusammen.

»Oh, Verzeihung. Ich suche Herrn Thomas Bernhardt. Bin ich hier richtig?«

»Goldrichtig, meine Liebe. Der Portier hat gerade durchgeklingelt. Nein, die Frau Haberl aus Wien, da freu ich mich aber, dass wir uns auch mal kennenlernen.«

»Dann sind Sie Frau Sulimma?«

»Ja, bitte – ich heiße Katia. Ich darf doch Anna sagen, oder?«

Anna hasste diese automatische Duzerei, sie mochte die Distanz des Sie: Wenn die deutsche Sprache schon diese Unterscheidung zur Verfügung hatte, sollte man sie auch nutzen. »Ja, wenn Sie – ähh – du möchtest, gerne.«

»Na wunderbar. Dann komm mal mit rein, wir sind hier gerade so schön versammelt.«

Sie öffnete schwungvoll die Tür und rief mit fröhlicher Stimme: »Hey Leute! Hoher Besuch ist da!«

Die Gruppe, die rund um einen Besprechungstisch saß, hielt in ihren Bewegungen inne, als hätte jemand den Film auf Stand-by geschaltet. Der junge Mann, der trotz legerem Leinenhemd wirkte, als hätte er einen Nadelstreifenanzug an, fasste sich als Erster, erhob sich von seinem Schreibtischstuhl und reichte Anna mit einer angedeuteten Verbeugung die Hand. »Volker Cellarius. Freut mich, dass wir uns endlich kennenlernen, Thomas hat schon viel von Ihnen erzählt.«

»Davon geh ich aus.«

»Hallo! Hattest du einen angenehmen Flug?« Bernhardt warf den Satz in den Raum und stemmte sich langsam von seinem Stuhl hoch.

»Auch ich freue mich, dich zu sehen.«

Bernhardt stand unschlüssig vor ihr, er trat ein Stück näher an sie heran und nahm sie kurz und zögerlich in den Arm. »Wir überlegen gerade, wie wir weitermachen. Bachmüller alias Poppe, das ist natürlich ein Ding. Vielleicht doch gar nicht schlecht, wenn … na ja, wenn … du hier bist.«

»Ja, jetzt bin ich da. Und ein wenig Hilfe von außen könnt ihr schon gebrauchen, oder?« Sie grinste Thomas Bernhardt herausfordernd an.

Die junge Frau mit den schräggestellten Augen war

die Einzige, die immer noch am Tisch saß, ihre Hände hatte sie vor sich auf ihren Notizen liegen. Den Kopf leicht geneigt, sah sie Anna schweigend an. Bernhardt holte einmal tief Luft. »Darf ich vorstellen? Meine Kollegin Cornelia Karsunke. Cornelia, das ist Anna Habel aus Wien.«

Anna trat ihr einen Schritt entgegen, und nach kurzem Zögern stand Cornelia auf und drückte Anna erstaunlich fest die Hand. »Hallo. Herzlich willkommen in Berlin. Ungünstiger Zeitpunkt für einen Wochenendausflug.«

»Keine Sorge, ich mag's, wenn etwas los ist.«

Katia Sulimma löste die Situation auf und stellte Tassen auf den Tisch. »Kaffee?«

»Ja, ich probier mal, ob ihr den hier besser hinkriegt als wir in Wien.«

»Wien ist doch die Stadt des Kaffees, denk ich?«

»Das hat sich aber leider noch nicht bis zu uns ins Präsidium durchgesprochen.«

Bernhardt nahm einen tiefen Schluck aus seiner Tasse und sah Anna über den Rand hinweg an. »Mir ist nicht ganz klar, wie du uns helfen kannst. Ach übrigens, Freudenreich war wohl auch nicht so begeistert von dieser deutsch-österreichischen Achse.«

»Da kann ich ihm nicht helfen. Immerhin hat er's genehmigt. Jetzt seid halt nicht so empfindlich, ich nehm euch den Fall schon nicht weg.«

»Das sagt ja auch niemand. Es ist nur gerade so kompliziert, mit diesem Verfassungsschutzkram.«

»Mensch, Herr Hauptkommissar, seien Sie nicht

schwierig. Wir wissen doch beide, dass die beiden Morde zusammenhängen, dann können wir sie doch auch zusammen lösen. Ich würde vorschlagen, ihr bringt mich auf den neuesten Stand.«

Durch Bernhardts Körper ging ein Ruck. »Vielleicht hast du recht. Wir sind alle schon ein wenig betriebsblind mit dieser Revolutionären-Kampf-Geschichte. Vielleicht ist es ganz gut, jemand von außen schaut da noch mal drauf. Aber heut passiert eh nicht mehr viel. Wir machen hier Schluss, du gehst mit mir was essen, und ich versuch dir mal alles, was in den letzten vierundzwanzig Stunden hier passiert ist, zu erklären. Hat jemand etwas dagegen?«

Die Pause war etwas zu lang, zögerlich murmelten die Kollegen ihre Zustimmung, nur Cornelia Karsunke sah Anna leicht grimmig an.

Anna unterbrach die Stille. »Wir müssen morgen in dieses Antiquariat in der – wie heißt das noch gleich – Friedelstraße, und dann würde ich auch gerne diese Sabine Hansen einmal befragen. Können wir die vielleicht auch morgen besuchen?«

»Ich glaube nicht, dass du aus der was herauskriegst.«

»Und ich glaube nicht, dass der Arzt noch jemanden anderen zu ihr lässt, nach dem Auftritt, den du da heute hingelegt hast.« Cellarius sprach leise und verhalten, als hätte er Hemmungen, Bernhardt vor der Wiener Kollegin zu kritisieren.

Die lachte nur: »Hast du einen kleinen cholerischen Auftritt im Krankenzimmer hingelegt? Sehr diplomatisch.« Bernhardt zuckte mit den Schultern. »Wir probieren das morgen noch einmal, die Frau Habel mit ihrem Wiener Charme wird den Wachhund sicher knacken.«

»Na, dann kann ich ins Wochenende gehen, hier gibt es ja jetzt mehr als genug Personal.« Cornelia Karsunke erhob sich, ging zu ihrem Schreibtisch und warf scheinbar wahllos ein paar Dinge in ihre Umhängetasche.

»Bleibst du bitte noch?« Bernhardt sprach den Satz nicht wie eine Frage aus, und seine junge Kollegin hielt mitten in der Bewegung inne, drehte sich um und sah ihn mit halbgeschlossenen Augen an. Die Luft im Raum war zum Schneiden. Wieder war es Katia Sulimma, die die Situation rettete, indem sie anfing, die Kaffeetassen abzuräumen und ein paar Flaschen Wasser auf den Tisch zu stellen.

»Jetzt hört mal zu«, sagte Bernhardt so entschieden wie möglich. »Uns ist allen daran gelegen, dass dieser Fall so rasch wie möglich aufgeklärt wird. Wenn wir das nicht hinkriegen, sind wir in der B.Z. wieder die Trottel. Es ist überhaupt ein Wunder, dass man uns den Fall noch nicht entzogen hat, und wenn wir hier wie die Hyänen aufeinander losgehen, erreichen wir auch nichts. Ich schlage Folgendes vor: Wir machen jetzt Schluss, Anna und ich sortieren unsere Ergebnisse, und morgen um neun legen wir los.«

Mit einer energischen Bewegung strich sich Cornelia Karsunke eine Haarsträhne aus dem Gesicht. »Also, ich habe am Wochenende keinen Dienst. Ihr könnt euch von mir aus bis Montag sortieren. Wenn es einen neuen Toten gibt, könnt ihr mich ja anrufen.« Mit einem lauten Krachen fiel die Tür ins Schloss, und im Büro breitete sich Schweigen aus.

Katia Sulimma schüttelte den Kopf und sah Bernhardt vorwurfsvoll an. Cellarius murmelte ein »Schönen Abend noch« und schlüpfte aus der Tür. Thomas Bernhardt war ans Fenster getreten, er hatte die Schultern hochgezogen, sein Rücken signalisierte Abwehr. Anna fühlte sich ein wenig wie im falschen Film. Wo war sie denn da reingeraten?

Als endlich auch Katia Sulimma das Büro unter aufgeregtem Flügelschlagen verlassen hatte, trat Anna zu Bernhardt ans Fenster. Sie unterdrückte den Impuls, ihn zu berühren, und achtete auf einen Sicherheitsabstand.

»Ist gerade ein wenig schwierig hier.« Seine Stimme klang belegt.

»Hab ich gemerkt. Magst du erzählen?«

»Es gibt nichts zu erzählen. Komm, lass uns hier abhauen, ich hab Hunger.«

»Wohin gehen wir?«

»Zum Mitterhofer, Kreuzberg. Das ist das Beislhafteste, was Berlin zu bieten hat.«

»Klingt gut.«

»Wo ist dein Hotel?«

»Ich glaub, hier in der Nähe. Am Bahnhof Zoo. Ich nehm nachher ein Taxi.«

»Gut, dann fahren wir jetzt U-Bahn. Damit du ein bisschen was vom echten Berlin mitkriegst.«

Das »echte« Berlin ging Anna schnell auf die Nerven. Die Menschen im U-Bahn-Waggon rochen schlecht und schauten missmutig. Als sie an der Möckernbrücke in Richtung Rudow umstiegen, wunderte sich Anna über das rücksichtslose Gedränge und Geschiebe. Die U7 war wie eine fahrende Bühne. Wie in einem Theaterstück traten Personen auf und ab. Ein schwarzgelockter Mann spielte Akkordeon, ein Mädchen zückte seine Flöte und pfiff irgendein Barockstück, der Verkäufer einer Obdachlosenzeitung wurde kein einziges Exemplar los, ein dreister Bettler hielt seine schwartige Hand vor Annas Gesicht, ein Betrunkener rülpste unflätig, und aus seiner schief gehaltenen Bierflasche plätscherte die Flüssigkeit auf den Boden und verteilte sich in kleinen Rinnsalen.

Anna war froh, als sie ausstiegen. Die U-Bahn-Station Hermannplatz war mit gelben Fliesen gekachelt. Anna sog den Geruch ein, den Geruch der Berliner U-Bahn. Wäre ein interessanter Beitrag für *Wetten dass ... ?*, sagte sie sich – U-Bahnhöfe der Welt am Geruch erkennen.

Nachdem sie die lange Rolltreppe nach oben gefahren waren und aus dem Bahnhof traten, blendete sie die tiefstehende Sonne. Sie gingen über breite Gehsteige, Kinder spielten zwischen parkenden Autos, und Anna musste an eine Erich-Kästner-Verfilmung denken, die sie mit Florian zigmal gesehen hatte. Großstadtidylle. In einer kleinen Seitenstraße strebte Thomas Bernhardt einem kleinen Gastgarten zu und wurde augenblicklich von einem tätowierten Hünen mit Handschlag begrüßt. »Der Herr Doktor! Dass Sie sich auch mal wieder in unser Etablissement verirren? Das ist aber nett. Und heute mit Begleitung? Ich hab einen tollen neuen Cuvée vom Kalterer See: *Enosi* von Baron di Pauli.«

Thomas Bernhardt war es wohl ein wenig unangenehm, hier so begrüßt zu werden, und stellte Anna kurz vor: »Das ist Frau Anna Habel aus Wien.«

»Jö, aus Wien! Und da müssens' in Berlin zum Südtiroler gehen? Warum setzen Sie ihr nicht was Berlinerisches vor, Herr Doktor, Curry oder Buletten?«

»Wir wollen doch, dass es der Kollegin gefällt in Berlin, oder?«

»Na, das werden wir schaffen. Nehmts Platz, ich bring euch jetzt mal ein schönes Glas Wein.«

Anna bestellte den Tafelspitz, und Thomas Bernhardt konnte sich lange nicht zwischen Steinpilzknödeln und Stubenküken entscheiden. Als der Wirt die Bestellung aufgenommen hatte, murmelte der Kommissar etwas von falscher Wahl, »bei der Hitze Knödel ist doch bescheuert.«

Anna nahm einen großen Schluck vom exzellenten Wein. »Jetzt erzähl mal, was hier läuft.«

»Ach, das ist alles sehr kompliziert.«

»Es gab mal einen Bundeskanzler in Österreich, der hat das immer gesagt. Lange war der nicht Kanzler. Aber jetzt mal zur Sache. Ich meine nicht, die privaten Gschichtln, die du mit deiner jungen Kollegin hier am Laufen hast. Das interessiert mich vielleicht später. Jetzt will ich über Otter und Bachmüller und Hansen und Förster sprechen.«

»Demuth. Susanne Demuth heißt die, nicht Förster. Kindergärtnerin in Köln. Sie ist zur Fahndung ausgeschrieben. Dringend tatverdächtig. Ihr Vater kam bei diesem Banküberfall in den neunziger Jahren ums Leben, und sie ist sowohl in Dahlem als auch in der Charité gesichtet worden. Der Otter hatte in seinem Lokal leider keine Kamera installiert.«

»Ah, ja, meine Nachbarin in Salchenberg hat die Frau auf dem Foto auch eindeutig identifiziert. Sie hat unter dem Namen Karin Förster bei ihr übernachtet. Und in der Charité war sie auch, sagst du?«

»Ja, das ist wirklich seltsam. Die Überwachungskamera zeigt, dass dem Mann, den wir bis jetzt nicht identifiziert haben, eine Frau folgt. Die ist klar zu erkennen, das ist die Demuth. Natürlich stellte sich die Frage: Ist sie seine Komplizin, oder folgt sie ihm heimlich? Aber nachdem wir das Video aus der Überwachungskamera mehrmals angeschaut haben, gibt's keinen Zweifel: Die schleicht hinter ihm her, und er merkt es nicht. Aber was heißt das? Darauf haben wir bis jetzt keine einleuchtende Antwort.«

»Du weißt, dass wir Kokain beim Bachmüller im Schlafzimmer gefunden haben. Versteckt in einem Schränkchen mit Parfüms, die seiner Uschi gehört haben?«

»Das passt doch überhaupt nicht dazu – diese Kokaingeschichte. Man versucht doch nicht, perfide einen Herzinfarkt vorzutäuschen, um dann den Nächsten mit einem Schuss ins Herz zu exekutieren!«

»Darum haben wir bisher ja auch auf einen Eifersuchtsmord gesetzt.«

»Dem Bachmüller-Poppe müssen wir jetzt auf die Schliche kommen. Wir schauen uns morgen mal dieses Antiquariat an, das ihm gehört hat. Das ist zwar fünfzehn Jahre her, aber vielleicht gibt's da einen Anhaltspunkt. Obwohl diese Ecke sich total gewandelt hat. Früher kerniges Neukölln, mein Onkel hat übrigens in den siebziger Jahren da gewohnt, und heute breiten sich da die *young creatives* aus, Kreuzkölln, wenn ich das schon höre. Aber man weiß nie: Ein paar Ureinwohner überleben immer. Der hat ja einen Nachfolger gehabt, vielleicht gibt's den noch, wer weiß? Ein Problem ist aber auch, dass unsere Leute vom Staatsschutz sich nach wie vor ein wenig bedeckt halten. Da gibt es immer noch einiges, was die nicht erzählen. Von eurer Seite wäre unbedingt zu klären, wer dem Poppe in eurem süßen, kleinen Land zu dieser Bachmüller-Identität verholfen hat. Mich würde es jedenfalls nicht wundern, wenn Schulze und Konsorten von unserem Staatsschutz viel mehr wüssten, als sie uns sagen wollen.«

»Ich will das alles nicht! Ich will einen schönen Eifersuchtsmord. Von mir aus Habgier oder Erpressung. Diese ganze deutsche Terrorismusgeschichte geht mir so was von auf den Geist. Ich versteh das auch gar nicht.«

»Da gibt's nicht so viel zu verstehen. Und wie gesagt, Terrorismus hattet ihr auch in Österreich.«

»Ja, die Palmers-Entführung. Und diesen Überfall auf die OPEC. Aber so richtig ernst hat das doch damals niemand genommen. War halt die abgemilderte Österreich-Variante.«

»Du kennst wahrscheinlich sogar ein paar Leute, die da irgendwie mit dringehangen haben. Die sind nachher zu den Trotzkisten gegangen.«

»Sehr witzig. Wenn das der Fall wäre, hätte das sehr

effiziente Bundesamt für Verfassungsschutz und Terrorismusbekämpfung wohl zu verhindern gewusst, dass ich als Chefinspektorin bei der Mordkommission lande.«

Sie kauten noch einmal alles durch, Thomas Bernhardt versuchte Anna Habel wenigstens rudimentär die Strukturen der linksradikalen Gruppen und ihrer terroristischen Absplitterungen zu erklären, aber auch nach mehreren Gläsern Wein und einer Portion Kaiserschmarrn, die sie sich kollegial teilten, waren sie in dem Fall nicht weiter als ein paar Stunden zuvor.

»Und was ist sonst noch so kompliziert?« Anna erklärte das fachliche Gespräch für beendet und sah Thomas herausfordernd an.

»Das Leben.«

»Dein Leben?«

»Ja, wenn du so willst, mein Leben.«

»Und? Das ist von selber so kompliziert, oder machst du's dir kompliziert?«

»Ich mach gar nichts.« Bei diesem Satz musste er selber lachen, und Anna fühlte einen kleinen Knoten in ihrem Magen. »Hast du was laufen mit deiner Kollegin?«

»Hast du was laufen mit deinem Pathologen?«

»Ich hab zuerst gefragt.«

»Und wenn es so wäre?«

»Dann fänd ich das nicht gut.« Den letzten Satz sprach Anna ganz leise, und Thomas sagte gar nichts, fuhr nur gedankenverloren mit dem Finger über den Rand des Glases.

»Weißt du, manche Sachen kann man sich einfach nicht aussuchen im Leben.«

»Ja, ja, die passieren. Ein bisschen überschüssiges Testosteron, und schwuppdiwupp vögelst du deine Kollegin.«

»Was für eine hässliche Ausdrucksweise.«

»Warum soll ich es beschönigen? Mensch, Thomas, wie alt bist du denn? So was passiert einem vielleicht mit zwanzig, aber doch nicht in deinem Alter. Du bist doch nicht der Sklave deiner Hormone!«

»Ach, und du hast immer alles voll im Griff. Du handelst immer ganz vernünftig.«

»Zumindest vernünftiger als du. Ich hab noch nie was mit einem Kollegen angefangen, schon gar nicht mit einem, der fast zwanzig Jahre jünger ist.«

»Solltest du mal, dann wärst du vielleicht entspannter.«

»Was man an dir ja sieht. Entschuldigen Sie, haben Sie noch zwei Fluchtachterl für uns?«

Der Wirt blieb stehen und grinste Anna an. »Achterl gibt's eigentlich nicht in diesem barbarischen Land, aber hier ist ja eine kleine Insel – exterritoriales Gebiet. Noch zwei?«

Sie tranken ihren Wein, ohne viel zu reden, und als sie beim Aufstehen sachte aneinanderstießen, nahm Thomas Bernhardt Anna in den Arm und hielt sie kurz fest. »Hey, Frau Chefinspektor. Ich freu mich trotzdem, dich zu sehen. Auch wenn alles sehr kompliziert ist.«

»Du bist kompliziert. Und ich nehm mir jetzt ein Taxi und fahr in mein Hotel. Wann treffen wir uns morgen früh?«

»Acht Uhr, Keithstraße. Der Typ vom Antiquariat

taucht sicher nicht vor zehn da auf, aber vielleicht können wir noch einmal einen Blick in Otters Notizbuch werfen?«

Bernhardt ging mit ihr bis zum Südstern und hielt ein Taxi auf. Als er so an der offenen Tür stand und sich zu ihr herabbeugte, wirkte er ein wenig verloren, und Anna unterdrückte den Impuls, ihn ins Wageninnere zu ziehen.

»Du findest den Weg morgen früh?«

»Mein Lieber, ich habe eine umfassende Polizeiausbildung genossen, und da gehört im ersten Jahr Stadtplanlesen dazu. Also, bis morgen.«

Der Fahrer, der trotz Klimaanlage lediglich mit einem gelben Achselshirt und kurzen Hosen bekleidet war, sah sie durch den Rückspiegel an: »Na, junge Frau, wo soll's denn hinjehen?«

»Motel One. Irgendwo hinterm Bahnhof Zoo.«

»Na, da ham' Se's doch janz jut jetroffen.«

Zehn Minuten später stand Anna in einem schicken kleinen Hotelzimmer im achten Stock. Die Farben Blau und Braun – oder trendiger: Topas und Mahagoni – dominierten. Zwischen Bett und Fenster war gerade mal Platz für ein schmales Nachtkästchen. Ein kleines, geschmackvoll eingerichtetes Bad, aus dem Fenster sah man aufs Theater des Westens. Anna ließ sich auf das ebenfalls blau bezogene Bett fallen und stellte den Fernseher an, ein Reflex, der sie in jedem Hotelzimmer überkam. Sie switchte durch die Kanäle, verfolgte die Kurznachrichten. Bei einer Doku über griechische Landschildkröten schlief sie schließlich ein.

Sie erwachte von einem lauten Stöhnen und einer Stimme, die leise »Ja, Baby, ja, ja« flüsterte, und brauchte mehrere Sekunden, um sich zurechtzufinden: Voll bekleidet lag sie auf einem Hotelbett, die Nachttischlampe brannte, und aus dem Flachbildschirm an der Wand flimmerte ein Softporno der achtziger Jahre. Es war zwei Uhr nachts. Anna ging noch kurz unter die Dusche, stellte ihren Wecker auf sieben und fiel in einen unruhigen Schlaf.

33

Beim Frühstück studierte Anna den Stadtplan. Sie versuchte sich den Weg zum Kommissariat einzuprägen – nichts Peinlicheres, als mitten auf der Straße verzweifelt in einem Plan zu blättern, zumal die Dinger bei Anna die Tendenz hatten, bereits nach fünf Minuten völlig auseinanderzufallen.

Als Anna aus dem Hotel trat, schlug ihr die staubige Luft entgegen. Sie lief durch eine heruntergekommene Einkaufspassage, in der sich Pizza-, Döner-, China- und Currywurstbuden aneinanderreihten, aus einem Sexkabinen-24h-Shop trat ein Herr in grauem Anzug und mit Aktentasche. Vor dem Bahnhofsgebäude blieb sie kurz stehen und sah sich um: Glastürme umstellten den Platz, ein Hochhaus mit kreisendem Mercedesstern, das Europa-Center, wie sie später erfuhr, das in den sechziger Jahren die Prosperität Westberlins demonstrieren sollte, überragte die zerbombte und sorgsam restaurierte Gedächtniskirche, um die sich ein moderner schlanker Turm und ein wuchtiger Kubus, beide mit blauschimmernden Fenstern, gruppierten.

Anna fragte sich, wie das hier wohl vor dreißig Jahren ausgesehen hatte. Damals war »Bahnhof Zoo« ein Synonym für Drogensucht und Babystrich, selbst in der oberösterreichischen Provinz hatte jeder Jugendliche eine genaue Vorstellung davon gehabt, wie es da aussah. Dreizehn war sie gewesen, als sie die Geschichte der Christiane F. heimlich unter der Bettdecke gelesen hatte, und sie erinnerte sich noch gut an diese Mischung aus Abscheu und Faszination, die sie und ihre Freundinnen damals verspürten. Natürlich wollte man nicht an der Nadel hängen, träumte nicht von einer Karriere auf dem Straßenstrich, und doch war das manchmal mehr als purer Voyeurismus: Rückblickend war Anna froh, dass sie diese Lebensphase auf dem Land verbracht hatte und ihre Drogenerfahrungen sich auf Cola-Rot und ein paar dünne Haschzigaretten beschränkten. Den Gedanken an Florian, der diese heiklen Jahre in der Großstadt verbrachte, verdrängte sie rasch wieder. Obwohl es nicht auf Annas Weg lag, ging sie einmal durch den Bahnhof und wunderte sich über die Aufgeräumtheit und Helligkeit der Halle: saubere Systemgastronomie, Blumenläden und ein Buchgeschäft.

Als sie in die Keithstraße einbog, war es kurz vor acht. Auf dem Gang der Mordkommission traf sie auf Volker Cellarius: dunkelblaues Poloshirt, perfekt sitzende Leinenhose und ein paar Mokassins aus hellem Leder. »Guten Morgen. Haben Sie gut geschlafen?«

»Na ja, geht so. In meinem Alter ist Schlafen ja nicht mehr so wichtig.« Anna dachte an ihre Augenringe und die Fältchen rund um den Mund, die nach einer Nacht wie der letzten immer besonders tief erschienen.

Cellarius bereitete Anna einen perfekten Espresso und

zeigte auf einen völlig zugemüllten Schreibtisch. »Sie können erst mal hier sitzen, Cornelia kommt heute wohl nicht.«

Anna setzte sich auf den Bürostuhl und versuchte die einzelnen Zettel im Chaos zu ignorieren, als Bernhardt mit einem gemurmelten »Guten Morgen« zur Tür hereinkam. Seine Augenringe waren mindestens so tief wie die von Anna, und fast wirkte er überrascht, sie hier sitzen zu sehen. Er sah nicht gut aus. »Kommt ihr?«

Sie setzten sich an den Besprechungstisch, und jeder wartete auf ein erstes Wort des anderen. Im Nebenzimmer klingelte das Telefon.

»Kann denn da keiner rangehen? Katia! Telefon!«

»Katia ist nicht da. Es ist Samstag.« Cellarius stand auf und nahm den Hörer ab. »Frau Habel! Es ist für Sie. Ein Herr Kolonja aus Wien. Hier.«

»Mensch, Frau Kollegin, warum hast du denn dein Handy schon wieder nicht an?«

»Entschuldige. Hab ich vergessen. Was gibt's denn so Wichtiges?«

»Wir haben ein Geständnis.«

»Wer hat was?«

»Wir – haben – ein – Geständnis.«

»Jetzt? Warum?«

»Ich weiß, das passt dir nicht in den Kram, aber sie hat gestanden.«

»Sie?«

»Sag mal, Anna, hast du dein Hirn am Flughafen abgegeben? Sie. Uschi Mader. Unsere Hauptverdächtige.«

»Ach, hör doch auf! Verarschen kann ich mich selber!«

Und dann erzählte Kolonja mit Stolz in der Stimme, dass der Computer-Kurti endlich Uschi Maders hübsches kleines Notebook geknackt hätte und dass jemand ziemlich dilettantisch versucht habe, ein Megabyte an Daten zu löschen.

»Und was waren das für Daten?« Anna war leicht genervt von Kolonjas triumphierendem Tonfall.

»Ein Tagebuch.«

»Kolonja! Jetzt hör mal auf, hier so eine Show abzuziehen! Was steht denn drin in dem Tagebuch?«

»Das ist eine einzige Hasstirade. Das Zeugnis einer verzweifelten Frau, die von ihrem Mann gedemütigt wurde. Er hat sie wohl richtig schikaniert. Ihr angedroht, sie zu verlassen, sie rauszuschmeißen. Und«, Kolonja senkte die Stimme, »sie hatten wohl auch sexuelle Probleme.«

»Ja wie – und das Geständnis steht im Tagebuch?«

»Nein, natürlich nicht. Aber nachdem sie immer wieder geschrieben hat, wie sehr sie ihren Freddy inzwischen hasst und dass sie ihn am liebsten umbringen würde, hab ich ihr ordentlich die Daumenschrauben angesetzt.«

Es folgte eine detaillierte Schilderung darüber, wie sehr er die trauernde Hinterbliebene unter Druck gesetzt habe, wie hart er im Verhör aufgetreten sei und wie sie dann plötzlich völlig zusammengebrochen war. Und dass der Dr. Anzengruber fast mitgeheult habe vor lauter Verzweiflung, dass seine Mandantin einfach so aufgab.

»Bist du noch da?«

»Ja. Bin ich. Ich fass es nicht. Und warum? Ich meine, was für ein Motiv hatte sie?«

»Hass, Eifersucht – eine Mischung aus beidem. Er muss wohl wirklich grausam zu ihr gewesen sein.«

»Und wo hatte sie das Kokain her?«

»Hat sie sich über eine Freundin besorgt. Aus Tschechien. Unsere Uschi hat sich wohl hin und wieder eine kleine Linie reingezogen, zur Stimulierung. Und letzte Woche ist es wohl richtig eskaliert. Er wollte sie abservieren, sie zu ihrer Schwester bringen, und hat ihr eine Stunde zum Packen gegeben. Und da hat sie ihm das Zeug in den Hollersaft gekippt.«

»Und du bist ganz sicher?«

»Was soll das heißen, ob ich ganz sicher bin? Anna! Wir haben ein Geständnis. Auf Tonband. Getippt und unterschrieben. Warum sollte sie uns so eine Geschichte erzählen? Weil sie ins Gefängnis will? Weil sie von jemandem gezwungen wird? Also, komm nach Hause, wir haben noch ein paar schöne Sommertage vor uns.«

»Was für eine seltsame Geschichte. Es passt so gar nicht zu dem, was wir über den Bachmüller rausgefunden haben. Ich meine, der Mann war ein gesuchter Terrorist. Und wird dann völlig banal von seiner eifersüchtigen Freundin aus dem Weg geräumt. Das ist wie in einem schlechten Krimi.«

»Ja ja, das Leben schreibt eben doch manchmal die miesesten Geschichten. Wann kommst du?«

»Morgen Abend. Am Montag schließen wir den Fall ab.«

»Okay. Schönes Wochenende. Grüß deinen Berliner.«

»Ja, mach ich.«

Anna blieb noch ein paar Minuten am Schreibtisch sitzen und starrte auf die Kringel, die sie während des Gesprächs auf die Schreibtischunterlage von Katia Sulimma gemailt hatte. Dann gab sie sich einen Ruck und ging ins Nebenzimmer, wo Bernhardt sie ein wenig ungeduldig anblickte. »Kommst du auch mal wieder? Wir haben noch ein bisschen zu tun heute.«

»Meine Herren, ich bin raus aus dem Fall.«

»Soll heißen?«

»In Wien gibt es ein Geständnis.«

Anna gab ihr Telefonat mit Robert Kolonja wieder, und die Falten auf Thomas Bernhardts Stirn wurden noch ein wenig tiefer. Nach einer Minute des Schweigens stand er auf und ging ans Fenster. »Das darf doch nicht wahr sein. Es passte doch alles so schön zusammen. Und jetzt: eine klassische Beziehungstat. Aber Freddy Bachmüller war trotzdem Karl-Heinz Poppe. Und der hängt in unserer Revolutionären-Kämpfer-Geschichte so was von mit drin, ob du willst oder nicht.«

»Ja, aber eigentlich ist es ja jetzt nicht mehr meine Geschichte. *Mein* Mord ist aufgeklärt.«

»Du wirst aber nicht behaupten, dass dich das jetzt befriedigt.«

»Im Gegenteil. Jetzt will ich erst recht wissen, was der mit eurem Otter und der Hansen am Laufen hatte. Das lass ich mir doch nicht von so einer liebeskranken Tussi kaputtmachen. Komm, wir gehen jetzt in das Antiquariat in der Friedstraße.«

»Friedelstraße. Du kommst mit, aber du hältst dich

im Hintergrund. Für solche Leute braucht man viel Fingerspitzengefühl.«

»Na, da bist du ja der Richtige. Ich werde brav einen Schritt hinter dir stehen.«

»Ich meine das ernst. Das ist eine sehr heikle Geschichte. Der Typ ist vom Verfassungsschutz schon ziemlich durch die Mangel gedreht worden. Wenn man da nicht ganz vorsichtig ist, sagt der uns gar nichts. – Cellarius, du bleibst an dieser Demuth dran. Finde alles über sie heraus. Familie, Arbeitgeber, Auslandsaufenthalte. Wir müssen die so schnell wie möglich fassen, sie ist der Schlüssel zu dem ganzen Fall.«

In der Gegend südlich des Kottbusser Tores und des Landwehrkanals begann der Tag etwas später als in anderen Berliner Bezirken. Gegen zehn Uhr wurden die ersten Modeläden und Frisierstuben aufgeschlossen, Tische und Stühle auf die Straße gestellt. Die jungen Menschen, die sich träge und traumwandlerisch wie in einer Inszenierung von Sasha Waltz bewegten, ließen den Tag langsam angehen. Vor ein paar Jahren war hier noch knallhartes Arbeiter- und Migrantengebiet gewesen, doch seither hatte sich die Wanderungsbewegung der Studenten und der Kreativen über Prenzlauer Berg, Friedrichshain und Kreuzberg nach Nord-Neukölln bewegt.

Anna Habel und Thomas Bernhardt parkten ihr Auto in der Sanderstraße vor dem Sanderstüb'l, einer der letzten echten Berliner Eckkneipen, die sich beharrlich gegen all die schicken Läden rundherum behauptete und in der die letzten Einheimischen stoisch gegen die anbrandende Moderne ihr Schultheiss-Bier aus Tulpengläsern tranken. Im Fenster, das von nikotingelben Gardinen gerahmt war, standen große Gläser mit eingemachten Früchten, auf die die Morgensonne knallte. Im Hintergrund des dämmrigen Raumes blinkte der Spielautomat, an dem sich ein früher Gast versuchte, der auf dem Stehtisch sein Bierglas abgestellt hatte.

Aus der Tür drang der muffige Geruch schalen Bieres nach draußen. Thomas Bernhardt blieb kurz stehen. »Müssen wir nachher mal reingehen, die haben sicher noch Soleier und Buletten und saure Gurken. Kriegste ja heute nirgendwo mehr.«

Anna Habel schaute ihn mit hochgezogenen Brauen an. »Das meinst du doch nicht ernst, du alter Nostalgiker. Was sind denn überhaupt Soleier?«

»Na ja, hartgekochte Eier in einem großen Glasbehälter, der mit Salzlake gefüllt ist. Die schwimmen darin und halten sich lange. Und zwischen den Bieren kannst du mal eins essen, schön mit Senf.«

»Komm, hör auf, da wird mir ganz anders. Barbarische Stadt.«

»Ja, aber Hirn mit Ei und saure Nierchen und Käsekrainer und solche Sachen, das findet ihr Wiener toll, also bitte.«

»Na gut: eins zu eins.«

Sie gingen die Sanderstraße entlang. Vor einem Schild an einer Hauswand blieb Thomas Bernhardt stehen. »Guck mal, hier hat Jacky gewohnt.«

»Jacky? Wer soll das denn sein?«

»Der hatte 'ne Band, *Jacky and his strangers*, die haben in den Siebzigern so 'ne Art Rumpel-Rock gespielt. Jacky war 'n alt gewordener Halbstarker in Lederklamotten mit 'ner Tolle à la Elvis und hatte paar ähnliche Brüder um sich. Die konnten gar nicht richtig spielen, aber das mit aller Kraft. Und wir haben da in irgendwelchen kleinen Kneipen zugehört, wenn wir von David Bowie und Iggy Pop und solchen Typen die Nase voll hatten. Witzig, und jetzt hängt hier am Haus eine Platte wie für einen Dichter. Übrigens hat mein Onkel Erich hier nebenan gewohnt, die kannten sich vielleicht.«

Anna Habel schaute ihn leicht genervt an. »Toll. Jetzt komm aber wieder mal zurück in die Gegenwart. Wo ist denn das Antiquariat?«

Sie bogen in die Friedelstraße ein und gingen bis kurz vor die Pflügerstraße, wo sich ein kleines Antiquariat befand, das aussah, als sei es für einen Fernsehfilm aufgebaut worden. Auf der staubigen Scheibe stand: Antiquariat Friedelstraße, Martin Lehmann. Dahinter waren ein paar Bücher arrangiert. Nichts Besonderes: *Berlin in den Zwanzigern*, *Gartenkunst in Schottland*, ein paar alte Romane von Martin Walser, aber immerhin auch *Berlin. Wandlungen einer Stadt* von Karl Scheffler.

Thomas Bernhardt kniff die Augen zusammen und schaute genau hin: die Cassirer-Ausgabe von 1931 für 30 Euro. Seit Jahr und Tag wollte er sich die kaufen. »30 Euro, das ist nicht schlecht.«

Anna wirkte überrascht. »Du interessierst dich für antiquarische Bücher?«

»Nicht für alle, aber seit ich meinen Alphabetisierungskurs in der Volkshochschule erfolgreich abgeschlossen habe, treibt's mich manchmal zum Lesen, vor allem im Winter, aber da kann ich mich ja jetzt schon ein bisschen eindecken.«

»Jetzt sei doch nicht gleich wieder beleidigt.«

»Hat doch 'n guten Geschmack, Ihr Freund.« Der Typ mit grauem Pferdeschwanz, der mit einem Becher Kaffee aus dem Laden trat, witterte ein Geschäft.

»Ich könnte Ihnen zu dem Scheffler noch Benjamins *Berliner Kindheit um Neunzehnhundert* dazugeben, die Ausgabe der Bibliothek Suhrkamp von 1962, das Ganze für 60 Euro.«

»Muss ich handeln?«

»Nee, das ist reell. Ihr kriegt noch 'n Kaffee von mir.«

»Also gut, Bücher plus Kaffee: 60 Euro. Aber keen Latte, wa.«

»Na, zugewandert, das hört man. Ich auch. Und bei mir gibt's natürlich noch Filterkaffee. Zumindest am frühen Morgen.«

Er verschwand in der trüben Halbdämmerung seines Ladens und kam nach einiger Zeit mit zwei Bechern Kaffee und einem Teller Kuchen zurück. »Ich hab noch 'n bisschen Napfkuchen mitgebracht, schickt mir meine Mutter aus dem Schwarzwald einmal im Monat. Kriegst du in diesen Läden hier nicht, in all diesen ›Kuchenmanufakturen‹ oder wie die heißen.«

Anna Habel beobachtete erstaunt, wie Thomas Bernhardt voller Begeisterung herzhaft zubiss. »Klasse, das schmeckt wie von meiner Oma. Wie lang haben Sie denn den Laden schon?«

»Seit fünfzehn Jahren.«

»Und davor?«

»Davor war ich Langzeitstudent. Aber je länger du studierst, desto weniger weißt du mit der Zeit. Da hab ich dann gerade noch rechtzeitig aufgehört.«

»Gab's den Laden denn schon vorher, oder haben Sie den gegründet?«

»Nee, den gab's schon vorher.«

»Und den Besitzer, kannten Sie den?«

Der Antiquar Martin Lehmann kniff die Augen zusammen, schwieg einen Moment und schlug sich dann leicht mit der Hand vor die Stirn. »Och, nö, das darf nicht wahr sein. Sie sind ein Bulle, stimmt's? Seit fünfzehn Jahren macht ihr mir das Leben schwer, vorgestern waren wieder mal die Jungs vom Staatsschutz da. Von welcher Abteilung sind Sie denn jetzt? Egal, ich kann euch nichts erzählen.«

Thomas Bernhardt zeigte seinen Ausweis, aber Lehmann machte nur eine unwillige Bewegung mit der Hand. »Was soll ich euch erzählen? Den Poppe kannte ich nur flüchtig, aus irgendeinem Seminar. Ab und zu hat der in meiner WG übernachtet. Und irgendwann war der weg. Untergetaucht, hieß es. Bewaffneter Kampf. Gab's ein paar, ›Dritte Generation‹, haben die Zeitungen geschrieben, die wollten's noch mal wissen. Ob der Poppe dabei war – keine Ahnung. Jedenfalls erscheint der eines Abends in meiner WG, knallt einen Schlüssel auf den Tisch und sagt: ›Wenn du willst, kannst du das Antiquariat weitermachen.‹ Ich: ›Ey, welches Antiquariat?‹ Ich wusste gar nicht, dass der eins hatte. Und er: ›Ja, Friedelstraße, kannste haben, ich bin weg.‹ Und dann war er weg, hab ihn nie wiedergesehen.«

»Schwer zu glauben.«

»Genau, so sehen's Ihre Kollegen auch – seit fünfzehn Jahren. Aber er war weg, und ich habe ihn nie wiedergesehen, ob Sie's nun glauben oder nicht. Treudoof bin ich in dieses Antiquariat gelatscht und dachte: Welch glückliche Fügung. Aber dann ging's los: Das ganze Ding hier wurde auf den Kopf gestellt von Ihren Leuten, ich saß ein paar Wochen im Knast wegen Verdachts auf Mitgliedschaft in einer terroristischen Vereinigung. Und alle paar Jahre gab's wieder mal einen Besuch, zuletzt immer von diesem Schulze. Ziemlich furchteinflößend, der Typ, aber alles in allem fair. Ich bin ja jetzt schon seit langer Zeit Stoiker und sag mir, die müssen das eben machen. Der Poppe war halt ihr einziger Zugang zu dieser Gruppe – wie hieß die: Revolutionärer Kampf, genau, der hatte unter seinem Namen eine konspirative Wohnung gemietet. Ganz schön blöd.«

»Also gut, angenommen, der Poppe war nie wieder hier. Und Mitglieder seiner Gruppe?«

»Nein, ich glaube nicht. Danach haben Ihre Kollegen natürlich auch gefragt. Die haben meine kleine Bude hier, glaube ich, auch jahrelang observiert. Aber da war halt nichts. Und ich kannte die ja wirklich nicht. Allerdings: Ich habe gestern die Zeitung mit den großen Buchstaben gelesen, und der Typ mit den Restaurants, der jetzt tot ist – könnte sein, dass der in den letzten Jahren öfter hier war. Aber das war vielleicht Zufall, wenn er's überhaupt war. Der hat immer nach Goethe-Ausgaben aus dem 19. Jahrhundert gesucht.«

»Also ist hier gar nichts zu holen?«

»Würde ich mal sagen. Tote Hose.«

»Tja.«

»Tja.«

Bernhardt und Lehmann schauten sich an, ein bisschen ratlos und nicht ohne gegenseitiges Verständnis. Fast schien es, als hätten sie Anna Habel vergessen, die sich nach der für sie viel zu langen Schweigepause wieder ins Spiel brachte.

»Aber irgendetwas werden Sie doch wissen, Herr Lehmann, Sie haben doch mit Ihren Freunden über die Sache gesprochen, Sie haben sich Gedanken gemacht.«

Lehmann blickte Bernhardt an und gab zu verstehen: Was will die eigentlich, warum mischt die sich ein?

»Entschuldigung, das ist Anna Habel, meine Kollegin aus Wien. Die hat beziehungsweise hatte einen Mord an einem niederösterreichischen Winzer aufzuklären. Bachmüller, sehr gute Grüne Veltliner. Und dieser Bachmüller war, Achtung: anschnallen, unser Poppe.«

Anna Habel erzählte kurz die Bachmüller-Story. Herr Lehmann wackelte mit dem Kopf. »Komisch, dass die dann irgendwie weitermachen. Eigentlich gibt's da zwei Fraktionen: Zum einen die Gescheiterten, die in den Kneipen rumhängen und von ihren Taten schwärmen, ich nenn die ›die Bommis‹, zum anderen die Cleveren, die sich's im bürgerlichen Leben bequem gemacht haben und den Parzival geben: ›Der lange Lauf zu mir selbst‹, so in der Richtung.«

Thomas Bernhardt lachte. »Ja, die Protagonisten eines bürgerlichen Bildungsromans.«

Lehmann runzelte die Stirn. »Und keiner scheint auch nur einen Hauch von Schuld oder Verantwortung zu spüren. Hier zieht einer durch die Kneipen und erzählt nach dem vierten Weizenbier von der Entführung eines Politikers, eine inzwischen über sechzigjährige Frau brüstet sich mit ihren Schießkünsten und dass alle Aktionen unter dem kapitalistischen Diktat legitim gewesen seien. Keiner bekennt sich, keiner sagt aus, Motto: Unsere Ehre heißt Treue. Sind dann eben doch die Kinder ihrer Eltern. Kennen Sie den Film *Der Krieg ist vorbei* von Alain Resnais? Da geht's um was ganz anderes: spanischer Bürgerkrieg, aber was er sagen will: Irgendwann ist's vorbei. Und den Eindruck habe ich auch. Es ist vorbei. Und was ist geblieben? Dieses Soziotop hier. Ist doch das Beste, was uns passieren konnte – das ist die Dialektik der Geschichte.«

»Ich denke, Sie sind Stoiker?«

»Stoiker können auch Dialektiker sein.«

»Ach, hätte ich gar nicht gedacht.«

»Doch, doch.«

Ein älterer Herr, der schon eine Zeitlang neben ihnen gestanden hatte, räusperte sich.

»Entschuldigung, ich hatte letzte Woche schon mal nach dieser Ausgabe von Jean Pauls *Titan* gefragt.«

»Ist da, junger Mann. Ich hab's möglich gemacht.«

Herr Lehmann stand von seinem Stuhl auf und wandte sich noch einmal kurz Thomas Bernhardt zu. »Ja, die alten Zeiten. Der Krieg ist vorbei. Aber mit den Kriegsteilnehmern würde man doch ganz gerne noch mal reden, das verstehe ich. Schauen Sie doch wieder mal vorbei. Zwanziger Jahre, liege ich da richtig?«

»Nee, ich bin kein Bibliophiler. Am liebsten sind mir Taschenbücher, die ich irgendwann in der U-Bahn liegenlassen kann. Aber ich schau mal vorbei, der Kaffee war gut und der Napfkuchen klasse. Schöne Grüße an Ihre Mutter.«

»Mach ich.«

Auf dem Weg zum Auto schnaufte Anna Habel wütend. »Einen Kollegen in das Gespräch einbeziehen ist nicht deine Sache, oder? Und überhaupt: Du hättest dem viel schärfer auf den Zahn fühlen müssen. Erst schleimst du dich ein, ach, der Napfkuchen, tatütata, die Tour, und dann lässt du dich von ihm einwickeln.«

»Findest du?«

»Findest du, findest du … Ich hasse dieses süffisante Getue von dir. Du hättest da viel mehr –«

»Ist ja gut. Da war nicht mehr zu holen, kannst du mir glauben.«

Anna Habel schwieg verbissen. Beim Sanderstüb'l konnte es Thomas Bernhardt nicht lassen.

»Komm, ein Solei.«

»Idiot!«

Als sein Telefon klingelte, dachte Thomas Bernhardt: gute Dramaturgie. Es war Cornelia Karsunke.

»Hallo, wo bist du?«

»In der Sanderstraße, wir waren bei dem Antiquar.«

»Wir?«

»Ja, Anna Habel und ich.«

»Du lässt dich von der durch die Stadt ziehen? Die hat doch hier gar nichts verloren.«

»Würde ich so nicht sagen.«

»Aber ich. Treffen wir uns heute Abend?«

»Ich weiß nicht. Ich muss vielleicht –«

Ein leises Knacken. Cornelia Karsunke hatte die Verbindung unterbrochen. Und Anna Habel prompt: »Na, Fräulein Karfunkel?«

»Hör auf. Das ist nicht zum Lachen.«

»Wieso nicht?«

»Erkläre ich dir ein anderes Mal.«

Aus der Haustür neben dem Sanderstüb'l trat eine kleine junge Frau mit kurzen Haaren und einer erstaunlich krummen Nase, die aber irgendwie zu ihr passte. Sie trug eine kurze Hose und ein flattriges buntes Oberteil und schaute Thomas Bernhardt und Anna Habel fröhlich an. »Ist das nicht ein wunderschöner Tag?«

Dann schwang sie ihren kleinen Hintern auf ihr Fahrrad und fuhr davon. Anna Habel lachte. »Mann, die war ja süß. Und sie hat sogar recht.«

Die beiden beschlossen dann doch, auf ihr Solei zu verzichten, und Thomas Bernhardt schlug vor, eine Dönerbude aufzusuchen. »Wer in Berlin keinen Döner isst, der hat Berlin nicht kennengelernt. Ich zeig dir die älteste Dönerbude der Stadt.«

Nach knapp fünf Minuten parkte Bernhardt vor einem türkischen Lokal ziemlich kriminell auf dem Gehsteig. »Bitte schön. *Hasir.* Hier wurde der Döner erfunden, Entfernung nach Istanbul: 2193,85 km.«

»Ah ja, was du nicht sagst.«

»Quartett Berliner Dönerbuden. Ist bei uns im Büro ein beliebtes Spiel. So wie früher mit Autos: statt Baujahr Gründungsjahr, statt Kubikmeter Anzahl der Brüder, statt Höchstgeschwindigkeit Anzahl der Kilometer nach Istanbul.«

»Das ist super! Gibt's in Wien mit Gemeindebauten: Baujahr, Anzahl der Stiegen, Wohneinheiten.«

Der Döner schmeckte auch nicht anders als der in Wien, fand zumindest Anna Habel.

»Ich würde gerne noch zu Sabine Hansen ins Krankenhaus.«

»Das wird schwierig.«

»Warum?«

»Weil das Krankenhauspersonal nicht wahnsinnig gut auf uns zu sprechen ist und sich das durch das Auftauchen einer Wiener Kommissarin auch nicht verbessern wird. Außerdem redet die nicht mit uns. Die ist zäh.«

»Wir werden sehen. Vielleicht von Frau zu Frau?«

Sie betraten das Foyer der Charité an der Luisenstraße. Thomas Bernhardt schnüffelte kurz.

»Riecht noch ein bisschen nach DDR. Weißt du, die hatten so ein Desinfektionsmittel, das haben die einfach überall hingesprüht …«

»Ach, komm, hier riecht's einfach nach Krankenhaus. Nach Schweiß und Angst und ein bisschen halt nach Desinfektionsmittel.«

»Na gut, meinetwegen. Dieses Hochhaus hier ist sowieso uninteressant, das ist erst Ende der siebziger, Anfang der achtziger Jahre entstanden, da haben die

Medizinstudenten mit Subotnik-Arbeiten sogar selbst mitgemacht.«

»Subotnik? Was soll das denn sein?«

»Freiwillige, unbezahlte Arbeitseinsätze am Wochenende oder in den Semesterferien.«

»Ist doch nicht schlecht.«

»Wahrscheinlich nicht, dieses ganze ›Halbgott-in-Weiß‹-Getue, wie's im Westen herrschte, konnte da wahrscheinlich nicht so recht aufkommen.«

Vor dem Krankenzimmer döste ein uniformierter Beamter in einem orangefarbenen Plastikschalenstuhl. Er reagierte erst, als Thomas Bernhardt und Anna Habel zwei Meter vor ihm standen, und sprang auf die Beine. »Alles ruhig. Keine weiteren Vorkommnisse.«

»Ob Sie die bemerkt hätten, ist die Frage.«

Im dämmrig gehaltenen Krankenzimmer konnte man den schmalen Körper unter dem Laken nur erahnen. Als sich Annas Augen an die Lichtverhältnisse gewöhnt hatten, trat sie an das Bett, aus dem ihr ein paar blaue Augen aus einem erschreckend knochigen Gesicht entgegenstarrten.

»Guten Tag. Mein Name ist Anna Habel von der Wiener Mordkommission. Sie wissen, dass Freddy Bachmüller tot ist?«

Die Augen wurden kurz zugeklappt und blickten dann weiter in Annas Gesicht. Die interpretierte dies als Zustimmung.

»Wie wir erfahren haben, hatten Sie eine längere Beziehung zu Herrn Bachmüller. Können Sie mir irgendetwas über ihn erzählen?«

»Suchen Sie jetzt all seine Exfrauen auf? Viel Vergnügen.«

»Nein. Aber Sie wollte ich gerne kennenlernen. Weil ich gerne verstehen würde, was passiert ist an jenem Oktobertag 2005, als Sie Hals über Kopf aus Salchenberg abgehauen sind.«

»Und deshalb kommen Sie hierher, aus Wien? Das ist doch völlig uninteressant. Na meinetwegen. Und was heißt hier abgehauen? Rausgeschmissen hat er mich. – Was machen Sie denn mit dem Berliner Bullen hier? Trauen Sie sich nicht allein zu mir?« Sie deutete mit dem Kopf auf Thomas Bernhardt, der sich abwartend neben der Tür positioniert hatte.

»Nein, wir untersuchen den Fall zusammen.«

»Ich will, dass er geht.«

Im selben Augenblick wurde die Tür aufgerissen, und der junge Arzt, der tags zuvor Thomas Bernhardt ausgebremst hatte, stürzte ins Zimmer. Bernhardt wunderte sich, wie dieser nach achtundvierzig Stunden immer noch so energisch wirken konnte.

»Was machen Sie denn schon wieder hier? Habe ich Ihnen nicht gestern klar und deutlich gesagt, dass es ohne meine Einwilligung keine Besuche gibt?«

Bevor Bernhardt zum Gegenangriff übergehen konnte, stützte sich Sabine Hansen auf ihre knochigen Arme und meinte mit fester Stimme: »Er soll verschwinden. Aber sie kann bleiben.«

Der Arzt schwieg verblüfft und schien Anna Habel erst jetzt zu bemerken. »Und Sie sind?«

»Chefinspektor Anna Habel, Mordkommission Wien.

Ich habe lediglich ein paar Fragen zu einem aktuellen Fall in Wien.«

»In Wien? Und da kommen Sie hierher in die Charité? Was hat Frau Hansen denn damit zu tun?«

»Das würde ich sie gerne selber fragen. Ich möchte keinerlei Druck auf sie ausüben, sie steht ja nicht unter Tatverdacht, aber es scheint, als hätte sie ohnehin Lust, sich mit mir zu unterhalten.«

»Zumindest mehr als mit dem Berliner Bullen.«

»Ich geh ja schon.« Bernhardt hob abwehrend die Hände.

»Gut, Frau Habel. Fünf Minuten.« Der Arzt sah demonstrativ auf seine lächerlich kleine Armbanduhr und verließ mit Thomas Bernhardt das Zimmer.

Anna lehnte mit gehörigem Sicherheitsabstand zum Krankenbett am Fenster, Sabine Hansen sah sie erwartungsvoll an. »Wie ist er umgekommen? Musste er leiden?«

»Nein. Ich glaube nicht, es ging ganz schnell.«

»Schade. Dem hätte ich einen langsamen Tod gegönnt.«

»Warum denn?«

»Weil er ein überhebliches, eiskaltes, krankes Macho-schwein war. Einer von denen, die ganz links außen einen auf Frauenversteher machen, sich feministischer als Alice Schwarzer geben und in Wirklichkeit in einer Frau nur ein nettes Spielzeug sehen, ein hübsches Accessoire. Und wenn es ihm nicht mehr gefällt, dann weg damit. Gibt ja genügend Nachschub.«

»Da gehen Sie ein wenig hart ins Gericht mit ihm. Immerhin waren Sie ja ein paar Jahre zusammen.«

»Ja, weil ich doof bin. Bin reingefallen auf ihn. Kannten Sie ihn denn?«

»Nein, ich hab ihn erst als Toten kennengelernt.«

»Schade, dann wissen Sie nicht, was ich meine. Auch Sie wären ihm auf den Leim gegangen.«

»Eigentlich will ich wissen, was Sie mit Ronald Otter, Susanne Demuth und Freddy Bachmüller verbindet. Oder soll ich besser sagen: mit Karl-Heinz Poppe?«

Es war, als hätte jemand einen Gazeschleier über ihr Gesicht gezogen. Sabine Hansen wirkte noch fahler als zuvor, die Lippen zu schmalen Schlitzen gepresst, lediglich in ihren Augen war zu sehen, wie mühsam sie ihre Aggressionen in Zaum hielt. »Sie, Sie, Sie gemeine Schlampe.«

»Na, na, na. Beantworten Sie doch einfach meine Frage. Zwei sind schon tot, Sie sind gerade noch davongekommen, und Sie wissen genau, was da läuft.«

»Ich weiß überhaupt nicht, wovon Sie reden. Ich kenne keinen Otter. Und die anderen? Wer soll das sein?«

»Sie stecken da mit drin. Und wir wissen das. Erzählen Sie uns einfach, was da läuft, und Sie sind draußen.«

»Ich bin niemals draußen. Und du verlässt jetzt mein Zimmer, Bulle.« Sie drückte energisch den Klingelknopf neben ihrem Bett, und augenblicklich erschien der Arzt und fasste Anna am Oberarm.

»Fassen Sie mich nicht an. Ich kann alleine gehen.« Und ohne sich auch nur einmal umzudrehen, stapfte Anna aus dem Krankenzimmer, vorbei am verdutzten Thomas Bernhardt, und ging den langen Gang entlang.

Als er sie eingeholt hatte, stand sie schon beim Auto.

Die Arme vor der Brust verschränkt, signalisierte ihr Körper nur eines: Abwehr. Bernhardt lehnte sich an den Wagen und schwieg.

»Ich brauch mal eine Pause. Ich muss nachdenken. Das wird mir alles zu steil.«

»Okay.«

»Was, okay?«

»Na, okay – Pause. Können wir beide vertragen. Komm, ich bring dich in dein Hotel.«

34

Anna Habel lag, nachdem sie geduscht hatte, eine Stunde lang nackt auf ihrem Bett. Sie schwitzte und dachte nach. Dann griff sie zum Handy.

»Hallo. Ich hab genug nachgedacht. Wo bist du?«

»Keithstraße. Ich ackere mich zum hundertsten Mal durch dieses bescheuerte Notizbuch. Wo bist du?«

»Im Hotel. Ich komme zu dir.«

Als sie das Büro in der Keithstraße betrat, schaute Bernhardt auf. »Na, alles klar?« Seine Stimme klang sanft und freundlich.

»Nichts ist klar. Ich kapier das alles nicht.«

»Komm, wir fassen alles noch mal zusammen.«

Anna wies auf ihr Notizbuch: »Das tu ich schon die ganze Zeit. Aber es hilft nichts. Es kommt kein Ergebnis unten raus.«

Sie schlug ihr Notizbuch auf und las Bernhardt ihre Wissen- und Vermuten-Spalten vor. Der hörte aufmerksam zu und überlegte kurz. »Eigentlich wissen wir ganz schön viel, wir wissen nur nicht, wer Otter ermordet hat. Wenn eure Uschi nicht gestanden hätte, wäre es um einiges passender. Vielleicht hängt das alles doch nicht zusammen, und es ist purer Zufall.«

»Und Sabine Hansen? Und Susanne Demuth? Das glaubst du doch selber nicht, dass die jetzt alle zufällig hier zur gleichen Zeit aufmarschieren. Ich sag dir, die Uschi Mader ist jemandem zuvorgekommen. Hätte die nicht durchgedreht, wäre der genauso exekutiert worden wie euer Otter.«

»Und dieser Unbekannte, der durchs Krankenhaus geschlichen ist und meinen Krebitz und die Hansen angegriffen hat? Das müsste dann der Mörder sein.«

»Sieht ganz so aus. Die Frage ist: Wie tun wir weiter? Also, ich meine, wie tut ihr weiter? Ich habe ja eigentlich keinen Fall mehr. Ich flieg morgen Abend zurück nach Wien, schreib meinen Bericht und hab dann hoffentlich noch ein paar ruhige Tage auf der Donauinsel. Ich werde euch aus der Ferne beobachten.«

»Das glaubst du doch selber nicht. Du hängst da mit drin, ob du willst oder nicht.«

»Also, wie tun wir weiter?«

»Ihr sprecht vielleicht ein komisches Deutsch … – Also: als Erstes müssen wir diese Demuth finden. Wir haben in Köln ein paar Kollegen zu ihrer Mutter geschickt. Die Tochter wohnt zwar im elterlichen Haus, hat sich das Dachgeschoss ausgebaut, aber die Mutter weiß von nichts. Was übrigens echt spooky ist: Susanne Demuth hat sich da so ein kleines privates Museum aufgebaut – die Geschichte des deutschen Terrorismus – ganze Schränke voll Material hat die da gehortet. Ich glaube, die hat ein echtes Trauma, aber ob sie die Täterin ist – ich weiß nicht.«

»Die anderen Mitglieder dieser Gruppe müssen gefunden werden. Was weiß man über die?«

»Wissen ist zu viel gesagt. Wir vermuten noch drei Personen im Dunstkreis der Gruppe, ich hab dir ja von dem Foto aus den achtziger Jahren erzählt. Nach allen dreien wird gesucht, aber die sind wie vom Erdboden verschluckt.«

»Und dein Verfassungsschutz? Der muss doch mehr wissen!«

»Vielleicht, vielleicht auch nicht.«

»Hilft alles nichts, komm, wir gehen raus, ich hab Hunger. Auf eine Eckkneipe mit Soleiern kann ich verzichten, aber ich hätte jetzt Lust auf ein nettes Berliner Lokal. Österreichisch und Türkisch hatten wir ja schon.«

Sie kurvten durch die glutheiße Stadt, Anna schaltete den CD-Player ein, und es ertönte Musik, die Anna bekannt vorkam.

»Was ist das denn?«

»Tom Waits – *You're innocent, when you dream.*«

»Das ist ja genauso morbid wie das, was ich zurzeit immer hör.«

»Was hörst du?«

»Ernst Molden. Ein depressiver Wiener Liedermacher. Ich schick dir eine CD mit Übersetzung.«

Immer wieder erklärte er ihr einzelne Häuser, wies auf Straßenzüge, fuhr kleine Umwege, um ihr ein bestimmtes Bauwerk zu zeigen. Anna sah ihn von der Seite her an. Er hatte die Hände fest ums Lenkrad gelegt, den Blick konzentriert und gleichzeitig entspannt – sie fühlte seinen Stolz, in dieser Stadt zu wohnen, sein Bedürfnis, sie an der Üppigkeit und Geschichtsträchtigkeit dieses

Ortes teilhaben zu lassen. Genau so ging es ihr, wenn sie Fremden Wien zeigte, nur dass sie bei weitem nicht so viel über ihre Heimatstadt wusste wie der Berliner Kollege.

»Du sollst nicht mich anschauen, sondern Berlin. Schau mal, der Landwehrkanal. Weißt du, was da war?«

»Rosa Luxemburg und Karl Liebknecht, Herr Professor.«

»Sehr gut, setzen. Aber das war ein paar Kilometer von hier entfernt. Wir sind gleich da, jetzt gibt's was zu essen.«

Das *Café am Ufer* war gut gefüllt, und sie fanden gerade noch einen letzten freien Tisch.

Bevor sie sich setzten, blickte Thomas Bernhardt starr in den hinteren Teil des Gartens. Anna Habel fragte sich, was oder wen er suchte. Etwa Cornelia Karsunke?

»Ist was?«

»Nein, nein, alles okay. Ich dachte, ich kenn jemanden.«

Es dauerte lange, bis die Bedienung kam.

Anna überflog die Speisekarte und war schnell entschlossen. »Ich nehm das Schweineschnitzel und eine Weißweinschorle.«

Die Kellnerin mit nachlässig geflochtenem flachsblonden Zopf fixierte Thomas Bernhardt mit strengem Blick. Der kam sichtlich ins Schwitzen.

»Dann nehm ich ein paar von den Tapas, aber nur wenn die von heute sind.«

Die Kellnerin betonte, dass sie ganz frisch seien, aber Anna Habel konnte Bernhardts Misstrauen geradezu körperlich spüren. »Leichte Küche bei den Temperaturen?«

»Ach, Mist, das war das Falsche. Ich hätte doch das Ofengemüse nehmen sollen.«

»Bist du immer so?«

»Wie bin ich denn?«

»Na, so, dass du dich nicht entscheiden kannst oder dass du dich entscheidest und dann sofort das Gefühl hast, es war die falsche Entscheidung.«

»Ich finde, du überinterpretierst das.«

»Das finde ich nicht. Wir essen jetzt zum dritten Mal zusammen. Und jedes Mal das gleiche Spiel.«

»Ja, aber das kann man doch nicht so verallgemeinern, das ist vielleicht beim Essen so, aber nicht im Leben.«

»Na, ich weiß nicht so recht.«

Bernhardt schwieg verstimmt und schaute in den Himmel. Anna hielt sein Schweigen nicht lange aus.

»An was denkst du?«

»An nichts.«

»Das geht nicht.«

»Doch, das geht. Ich bin Buddhist.«

»Ha, ha.«

»Heute zumindest.«

»Und das heißt?«

»Dass ich mich voll und ganz dir zuwende.«

»Und was ist mit Cornelia?«

»Tja, das ist nicht so einfach …«

»Na toll, das ist ja wirklich beeindruckend, wie du dich mir voll und ganz zuwendest.«

Sie studierten noch einmal einträchtig die Speisekarte,

machten sich lustig über Annas Schnitzel vom *Flämischen Landschwein aus Strohhaltung ohne Wachstumsförderer & genmanipulierte Futtermittel* und bestellten sich noch einen Wiener Apfelstrudel mit zwei Gabeln. Es war schon spät, als Bernhardts Handy klingelte, er sah auf das Display und drückte den Anruf weg.

Anna konnte nicht aufhören. »Du bist ganz schön feig, weißt du das?«

»Wovon sprichst du?«

»Du weißt genau, wovon ich spreche. Ich meine, du flirtest hier mit mir rum, und zu Hause sitzt das Fräulein Karfunkel und weint sich die Augen aus.«

»Hör auf. Ich flirte nie, weiß gar nicht, was das ist. Im Übrigen kennst du Cornelia Karsunke schlecht, die weiß genau, was sie will, und mich will sie sicher nicht.« Wie auf Bestellung piepste Thomas Bernhardts Handy, und als er die Kurzmitteilung öffnete, beugte sich Anna Habel, ganz eifrige Ermittlerin, schnell vor. Problemlos konnte sie das eine Wort in Großbuchstaben entziffern: »IDIOT«.

»Wie kommst du eigentlich auf die Idee, dass ich mit dir flirte?« Er steckte das Handy in die Hosentasche.

»War nur so ein Gefühl.«

»Frauen und ihre Gefühle.«

»Ah, kommt jetzt wieder so ein Machospruch?«

»Du weißt genau, dass ich kein Macho bin.«

»Natürlich weiß ich das. Mit echten Machos würd ich mir niemals die halbe Nacht um die Ohren schlagen.«

»Apropos halbe Nacht. Wollen wir aufbrechen?«

»Müssen wir wohl. Obwohl es hier sehr schön ist.«

»Ich hab ja nicht gesagt, dass wir schon schlafen gehen müssen.«

»Es ist viel zu heiß zum Schlafen.«

Der Berliner Kommissar ließ es sich nicht nehmen, die Rechnung zu bezahlen und der strengen blonden Kellnerin ein üppiges Trinkgeld zu geben. »Das Auto lass ich lieber stehen, sonst nimmt mir noch einer den Führerschein ab. Wir können ja noch ein Stück laufen.«

Sie gingen am Paul-Lincke-Ufer entlang, hin und wieder kam ihnen ein Liebespaar entgegen, oder junge Männer in Trainingshosen, die ihre gefährlich aussehenden Hunde an der kurzen Leine führten. Sie kämpften ein wenig mit den Mücken, die sie in einer dunklen Wolke umschwirrten, und als sie sich auf eine Bank setzten, schlug Anna Thomas Bernhardt ins Gesicht.

»Au! Spinnst du?«

»Da war eine fette Gelse.«

»Eine was? Die leben doch in den Bergen!«

»Du meinst *Gemse*. Ich sagte *Gelse*.«

»Was soll das sein?«

»Ein Tier, das dich sticht. Wie heißt das denn bei euch?«

»Mücke, nehme ich mal an.«

»Was für eine undifferenzierte Sprache ihr hier habt. Mücken gibt es doch tausend verschiedene!«

»Tja, so sind wir nun mal, wir Deutschen. Sprachlich völlig unterentwickelte barbarische Machos ohne Humor.«

»Genau. Komm, lass uns hier verschwinden, bevor wir aufgefressen werden.« Anna zog ihn an der Hand, und plötzlich war es ganz normal, dass sich ihre Hände nicht mehr voneinander lösten. Sie verschränkten die Finger ineinander – Anna spürte den Schweißfilm zwischen ihren Handflächen. Am Kottbusserdamm hielt Bernhardt ein Taxi auf, und ohne Anna Habel anzusehen, sagte er zum Fahrer: »Merseburgerstraße, bitte.«

»Ist das wirklich eine gute Idee?«

»Es ist zu spät, um gute Ideen zu haben.« Er zog sie an sich und küsste sie sanft.

Die Wohnung in der Merseburgerstraße sah aus, als wäre sie unbewohnt. In einem der beiden Zimmer lag lediglich eine schmale Matratze auf dem Boden, ein weißes Laken darüber, daneben ein ansehnlicher Stapel Bücher. Im kleineren Raum lag quer über zwei Holzböcken eine Tischplatte, darauf ein Laptop, daneben Bierflaschen.

»Ich hab auch eine Veranda, komm, wir setzen uns noch raus.«

Die »Veranda« war ein winziger Balkon, auf dem ein paar vertrocknete Geranien traurig ihre Köpfe hängen ließen. Thomas Bernhardt stellte zu dem Klappstuhl noch den einzigen Küchenstuhl und drückte Anna ein Glas in die Hand.

»Ui, ein Weinglas in so einer puristischen Wohnung?«

»Man muss sich eben auf das Wesentliche konzentrieren. Ich hab sogar einen Veltliner vom Bachmüller da. Hab ich mir zugelegt, zu Recherchezwecken.«

»Wie gründlich. Und wie geht's jetzt weiter?«

»Mit Otter und Bachmüller?«

»Nein, mit dieser Nacht?«

»Wir sitzen jetzt hier schön gemütlich aufm Balkon und lassen den Geschmack des Weines an unserem Gaumen explodieren. Und dann schaun ma mal, würde der Wiener sagen.«

»Und wie würde der Berliner sagen?«

»Der sagt jetzt erst mal gar nichts.«

Sie tranken einen Schluck, Anna zog ihre Schuhe aus und stemmte die Füße gegen das Balkongeländer, gemeinsam blickten sie auf die dunklen Fenster des Hinterhauses. In der Wohnung gegenüber war es dunkel, die hellen Vorhänge flatterten ein wenig in der milden Brise, die aufgekommen war.

Irgendwann zog Bernhardt dann die schmale Matratze zur offenen Balkontür, sie setzten sich drauf und küssten sich ein zweites Mal, es fühlte sich um einiges vertrauter an. Anna dachte an ihren verschwitzten Körper, als Thomas langsam seine Hand unter ihr T-Shirt schob und es ihr über den Kopf zog. Er fuhr mit einem Finger ganz langsam ihren Hals entlang, zwischen ihren Brüsten durch, bis knapp unter den Nabel. Anna fühlte sich ein wenig wie ein Teenager – einerseits ging ihr das alles viel zu schnell, andererseits hätte sie sich am liebsten auf ihn gestürzt –, und sie flüchtete sich erst einmal in eine lange Umarmung.

Zuerst reagierte keiner von beiden, als es in Annas Handtasche zu singen begann. Die beiden saßen auf der Matratze und umklammerten sich, trotz der Hitze, wie Ertrinkende auf einem Floß.

»Entschuldige, ich muss da rangehen. Es ist fast zwei Uhr, da ist etwas passiert.« Anna war fast erleichtert, als sie Kolonjas Nummer auf dem Display sah – Gott sei Dank nicht Florian.

»Kolonja! Weißt du eigentlich, wie spät es ist?«

»Ein Uhr fünfundvierzig. Und du schläfst wie ein Bär.«

»Ja, ja. Und warum schläfst du nicht wie ein Bär?«

»Hier ist die Kacke am Dampfen, wie dein Berliner Freund wohl sagen würde. Wir haben einen Toten.«

»Messerstecherei unter Junkies? Eifersucht? Raubüberfall? Könnt ihr nicht achtundvierzig Stunden ohne mich auskommen?« Anna griff sich ihr T-Shirt und versuchte, es sich über den Kopf zu ziehen, ohne das Telefon fallen zu lassen.

»Anna. Wir haben hier einen toten Ministerialrat. Aus dem Fenster gefallen. Sechster Stock. Und wir haben hier eine Frau aufgegriffen, die völlig desorientiert ums Ministerium schlich. Und sie sagt, sie heißt Karin Förster.«

»Was sagst du da?«

»Leiche: Ministerialrat. Frau: Karin Förster. Keine Papiere.«

»Wo bist du jetzt?«

»Im Büro. Der Tote wurde so gegen 22 Uhr 30 gefunden, die Frau haben wir hierhergebracht. Hromada ist völlig aufgelöst. Ich hab dir einen Flug gebucht, 9 Uhr 20. Motzko holt dich ab.«

»Kolonja? Schau mal in die Vermissten-Datenbank. Unsere Karin Förster heißt Susanne Demuth und wird dringend gesucht im Fall Otter/Bachmüller.«

»Es gibt keinen Fall Bachmüller mehr.«

»Ja, ich weiß. Aber manchmal ist es eben nicht so einfach, wie man glaubt.«

»Du wirst es mir erklären. Verpass bloß den Flieger nicht! Lass mich nicht allein hier.«

»Keine Angst, ich komme.«

Thomas Bernhardt war inzwischen aufgestanden und drückte Anna ein Glas Wasser in die Hand, das sie in großen Schlucken austrank. Sie fasste kurz das Telefonat zusammen, Bernhardt lehnte am Türrahmen und sah sie schweigend an.

»So, Herr Hauptkommissar. Und jetzt?«

»Jetzt fliegen wir nach Wien. Ich wollte schon immer mal einen Ministerialrat sehen.«

»Du kommst mit?«

»Ich komme mit. Ich will diese Demuth sprechen, und zwar sofort. Du siehst, ich hatte wieder mal recht. Es ist nicht vorbei mit unserem gemeinsamen Fall.«

»Dann fahr ich jetzt wohl besser in mein Hotel. Damit wir noch ein paar Stunden Schlaf bekommen.«

»Ich hol dich um sieben ab.«

»Um sieben? Das ist in vier Stunden!«

»Ja, das Leben ist grausam, Frau Inspektor. Ich ruf dir ein Taxi.«

An der Tür umarmten sie sich kurz, Thomas strich ihr sacht übers Haar. »War ein schöner Abend.«

»Find ich auch.«

Im Hotel stellte sich Anna lange unter die Dusche. Sie streifte das T-Shirt über, dass sie sich am Tag zuvor irgendwo in Kreuzberg gekauft hatte, und legte sich aufs

Bett. Obwohl sie viel zu aufgedreht zum Schlafen war, stellte sie ihren Handy-Wecker auf halb sieben, verschränkte die Arme hinter dem Kopf und starrte an die Decke. Irgendwann musste sie dann doch eingenickt sein, denn als das Piepen sie weckte, erinnerte sie sich an einen Traum, in dem Bernhardt sie schweigend angesehen hatte und sie in ein kaltes Wasser gefallen war.

Er saß schon in der Hotellobby, vor sich eine Tasse Kaffee, und blickte sie erwartungsvoll an. »Guten Morgen.« Er stand auf, kam ihr aber nicht entgegen. Von der Nähe der vergangenen Nacht war nichts mehr zu spüren.

35

Als sie in Wien aus dem Ankunftsbereich des Flughafens traten, fiel Annas Blick sofort auf Helmut Motzko, der wie ein erwartungsvolles Kind direkt an der Absperrung stand. »Guten Morgen, Herr Motzko. Darf ich vorstellen: Hauptkommissar Thomas Bernhardt aus Berlin.«

»Guten Morgen, Frau Habel, guten Morgen, Herr Hauptkommissar.« Motzko schlug die Hacken zusammen, und wenn er überrascht war über die Berliner Begleitung, ließ er es sich zumindest nicht anmerken. »Wollen Sie zuerst nach Hause oder gleich ins Präsidium?«

»Weder noch. Ich will an den Tatort. Sind die Spurensicherer noch zugange?«

»Ich glaube schon. Herr Kolonja kommt auch gleich noch mal. Die aufgegriffene Frau schläft, man hat ihr ein Beruhigungsmittel gegeben.«

»Wo hat man den Toten gefunden?«

»In einem Innenhof des Lebensministeriums.«

»Des was?« Bernhardt konnte ein Grinsen nicht verkneifen.

»Bundesministerium für Land- und Forstwirtschaft, Umwelt und Wasserwirtschaft, kurz Lebensministerium genannt. Unser Toter, Werner Tollinger, 62, Ministerialrat, wurde gestern um circa 22 Uhr 30 von einem Wachmann im Ministerium am Stubenring aufgefunden. Er ist aus dem sechsten Stock gestürzt und war laut Dr. Schima sofort tot.«

»Und Susanne Demuth?«

»Wer?«

»Na, Susanne Demuth oder Karin Förster, wie sie sich nennt.«

»Die irrte in den Gängen des Ministeriums umher. Völlig unter Schock.«

»Wie ist sie da reingekommen?«

»Das überprüfen wir noch.«

»Und was wollte der Ministerialrat an einem Samstag um 22 Uhr an seinem Arbeitsplatz?«

»Das war wohl nichts Ungewöhnliches. Seine Frau ist zur Sommerfrische in Bad Aussee, da hat er wohl mehr im Ministerium gelebt als zu Hause.«

»Und für was war der zuständig, der Herr Tollinger?«

»Unter anderem für das Weinrecht. Wir haben die gesamte Berichterstattung über Freddy Bachmüller in seiner Schreibtischschublade gefunden.«

Bei der Urania überquerten sie den Donaukanal, die Kuppel der Sternwarte leuchtete grellweiß in der Sonne, der künstlich aufgeschüttete Strand am Kanal war schon gut besucht. Als sie am Gebäude des Ministeriums ankamen und durch eine Schranke in einen der Höfe gelotst wurden, machte sich Bernhardt auf dem Rücksitz wieder bemerkbar. »Das ist ja unglaublich! Was ist das denn für ein Riesenteil?«

»Da schaust du, was? So ein kleines Land und solche

Ministerien. Das war früher mal das k.-u.-k.-Kriegsministerialgebäude. Früher – das heißt, als Österreich noch riesig war. Also brauchte man auch ein riesiges Kriegsministerium. Jetzt sind da gleich drei Ministerien untergebracht, soviel ich weiß.«

»Das Wirtschafts-, das Sozial- und das Lebensministerium.« Motzko hatte seine Hausaufgaben gut gemacht.

Anna war froh, dass es Sonntagmittag war. Das Gebäude war fast menschenleer. Morgen früh würde es hier von Leuten wimmeln. Alle würden versuchen herauszufinden, was mit ihrem Kollegen passiert war, niemand würde mehr in Ruhe arbeiten können. Der Gedanke, aus den über tausend Beschäftigten in diesem Haus diejenigen zu finden, die etwas zu dem Fall zu sagen hatten, trieb Anna Habel den Schweiß auf die Stirn.

Sie fuhren mit einem Aufzug in den sechsten Stock: Dort wartete schon Martin Holzer von der Spurensicherung. »Na schön, dass du auch noch kommst! – Oh, ein neuer Kollege?«

»Das ist Hauptkommissar Thomas Bernhardt aus Berlin.«

»Ein Berliner? Für einen toten österreichischen Ministerialrat? Na gut, ihr müsst es wissen.«

»Habt ihr schon was?«

»Ich kann mit fünfundneunzigprozentiger Wahrscheinlichkeit sagen, dass der nicht freiwillig gesprungen ist. Der Schreibtischstuhl ist umgestoßen, der Inhalt des Papierkorbs verstreut im Raum, und außerdem hatte er einen unberührten Kaffee auf dem Tisch stehen. Wer kocht sich denn noch einen Kaffee, bevor er Selbstmord begeht?

Auf seinem Bildschirm war übrigens die Youporn-Seite offen, auch das würde man doch eher beenden, bevor man seinem Leben ein Ende setzt.«

»Klingt plausibel. Abschiedsbrief?«

»Natürlich nicht. Ob er irgendwelche Druckstellen am Körper hat, wird uns der Dr. Schima bald mitteilen. Der war gar nicht erfreut, als er aus dem Wochenende gepfiffen wurde.«

»Danke erst mal. Schickst du mir den Bericht ins Büro?«

»Jawohl. Mach ich.«

Anna hörte schon von weitem, wie ihr Kollege Robert Kolonja den langen Gang entlangschnaufte. »Hallo, Anna, du, wir haben was rausgefunden – grüß Gott, Herr Bernhardt. Sie auch hier?«

»Ja, es hat sich so ergeben, hallo, Herr Kolonja.« Die beiden kannten sich flüchtig aus einer früheren Zusammenarbeit und beäugten sich argwöhnisch.

Kolonja sank erschöpft auf einen Stuhl. »Diese Hitze bringt mich um. Also hörts zu. Es gab schon mal einen Typen aus der Regierung, der aus dem Fenster ›gefallen‹ ist. Ich konnte mich dunkel daran erinnern, und die Gabi hat's im Internet recherchiert. Der hieß Klaus Wotawa, war Wohnbaustadtrat unter Helmut Zilk. Kam aus dem linken Flügel der SPÖ, weißt eh – Sozialistische Jugend, Fackelzug, das ganze Programm. Als er dann ein Amt bekam, hat er das ein wenig vergessen und wurde ein ganz scharfer Hund. Er war unter anderem dafür verantwortlich, dass ein besetztes Haus von einem Sondereinsatzkommando gestürmt wurde. Dabei wurde tragischerweise eine schwangere junge Frau schwer verletzt. So, und jetzt kommt's: Herr Wotawa stürzte im Juli 1996 aus dem Fenster des Wiener Rathauses. Es gab damals Hinweise auf einen terroristischen Akt, sogar ein Bekennerschreiben wurde gefunden, hat sich aber rasch als Fälschung rausgestellt. Die Ermittlungen wurden eingestellt.«

»Und Sie glauben, unser Ministerialrat hat was damit zu tun?« Thomas Bernhardt war es jetzt anscheinend egal, dass er hier gar nicht gefragt war.

»Ist doch nicht ganz abwegig. Zumal unser Herr Tollinger hier ebenfalls aus dem linken Eck kommt. Der war früher bei so einem Anarcho-Blättchen – *TATblatt* hieß das.«

»Kenn ich.« Anna brachte sich wieder ins Spiel. »Das war ein harmloser Haufen Anarchisten, die zwar eine kleine Bombe in ihrem Logo hatten, aber gefährlich waren die nie.«

»Na, das sehen die Kollegen vom Verfassungsschutz aber anders. Die hatten die schon immer auf dem Schirm: Verdacht auf Gründung einer terroristischen Vereinigung, Nähe zu deutschen Gruppierungen und so weiter.«

Anna blätterte noch ein wenig in den Unterlagen des toten Beamten, schrieb sich aus seinem Telefonverzeichnis den Namen der Sekretärin heraus und gab den Kollegen von der Spurensicherung die Anweisung, alles so früh wie möglich ins Büro zu schicken.

»Wer hat ihn denn gefunden?«

»Herr Maderhuber vom Wachdienst. Der hat von der

gegenüberliegenden Seite des Hauses das offene Fenster gesehen und ist raufgegangen. Und am Gang ist ihm dann die Frau entgegengekommen.«

In dem abgedunkelten kleinen Pausenraum saß zusammengesunken ein älterer Herr mit grauem Schnauzbart. Dunkelblaue Stoffhose mit scharfer Bügelfalte, graues Poloshirt. Unter seiner sonnengebräunten Haut wirkte er fahl.

»Herr Maderhuber? Guten Tag. Wir sind Anna Habel und Thomas Bernhardt von der Mordkommission. Könnten Sie mir noch einmal kurz erzählen, was geschehen ist?«

»Ich hab dem Kollegen doch schon alles erzählt. Na gut, wenn es hilft. Also ich bin meine übliche Nachtrunde gegangen. Ich geh immer gleich nach den Nachrichten. Immer die gleiche Runde, ich beginne im hinteren Teil des Hauses. Und wie ich da so aus dem Fenster schaue, über den Hof, wo der Herr Minister seinen Parkplatz hat, da seh ich ein Fenster offen stehen. Ganz oben, im sechsten Stock. Und weil die ja im Wetterbericht gesagt haben, es gäbe vielleicht wieder so ein heftiges Gewitter heut Nacht, bin ich gleich rüber, um es zuzumachen. Und im Treppenhaus – ich gehe immer über die Stiege, nie mit dem Lift – kommt mir eine Frau entgegen. Können Sie sich das vorstellen? Am Samstag mitten in der Nacht? Also manchmal arbeiten schon auch die Leute so lange hier, aber die, die ist geschlichen, wie eine Katze. Ich hab sie erst bemerkt, als sie unmittelbar vor mir stand. Und wie sie mich gesehen hat, hat sie mich plötzlich am Arm gepackt und zum Treppenhausfenster gezogen.

Ganz schnell hat sie es aufgemacht und dann rausgezeigt, so mit einer Hand, als wolle sie mir was präsentieren. Und da lag er. Mit dem Gesicht nach oben. Eigentlich hat er gar nicht so tot ausgesehen. Nur das Blut um seinen Kopf sah nicht gut aus.«

»Die Frau hat Ihnen den Toten gezeigt?«

»Ja. Ich weiß gar nicht, ob ich den sonst gesehen hätte. Ich schau ja nicht immer aus dem Fenster.«

»Können Sie sich erklären, wie die Frau ins Gebäude gekommen ist?«

»Keine Ahnung? Aber da gibt es schon Möglichkeiten. Putztruppe, Baustelle, Essensanlieferung. Und hier im Haus gibt es Hunderte von Büros, da kann man sich am Wochenende ganz gut verstecken.«

»Hat sie was gesagt, die Frau?«

»Sie war völlig durcheinander, hat wirres Zeug geredet, ich hab nichts verstanden. Da hab ich sie in ein Putzkammerl gesperrt und die Polizei gerufen.«

»Das haben Sie gut gemacht, Herr Maderhuber. Sie können jetzt gehen. Hat der Kollege Ihre Personalien aufgenommen?«

»Ja, alles notiert. Mein Gott, bin ich fertig. Wissen Sie, ich war früher bei der Post. Dann haben sie mich wegrationalisiert. Ich war so froh, dass ich diese Umschulung machen konnte. Aber dass ich so etwas mal erleben muss …«

Anna graute vor dem Gedanken, das gesamte Umfeld des Ministerialrats zu durchwühlen. Sämtliche Mitarbeiter, Kollegen, Sekretärin, vielleicht musste sie sogar den Minister befragen. Sie spürte eine große Müdigkeit in sich und hatte das dringende Bedürfnis, zu schlafen und dann nachzudenken – und zwar in dieser Reihenfolge.

Thomas Bernhardt riss sie aus ihren Träumen und nahm sie sanft am Arm. »Komm, lass uns diese Susanne Demuth endlich in die Zange nehmen. Ich weiß zwar nicht, wie eine Frau alleine das alles schaffen soll, aber irgendwie hängt sie drin, und irgendwohin führt sie uns. Immerhin hat sie doch ein starkes Motiv. Mal als Arbeitshypothese: Die will ihren Vater rächen und richtet einfach alle hin, die damals mit dabei waren.«

»Und Bachmüller?«

»Der wär wohl auch dran gewesen. Da ist ihr nur leider die liebeskranke Uschi zuvorgekommen.«

»Ich weiß nicht. Das sind so gar keine Frauenmorde. Mitten ins Herz schießen, jemanden in einen Bunker ketten, einen aus dem Fenster stoßen.«

»Du bist doch Feministin! Frauen können das inzwischen alles.«

»Vielleicht hast du recht.«

Als sie mit dem Auto aus dem Hof des Ministeriums in den Stubenring einbogen, drehte sich Bernhardt noch einmal um und blickte aus dem Fenster. »Wahnsinn, dieses Gebäude. Einfach unglaublich!«

»Allein der Adler da oben hat eine Flügelspannweite von fünfzehn Metern und wiegt etliche Tonnen. Und da drüben, schau mal, da gegenüber, da ist die Postsparkasse, gebaut von Otto Wagner. Ist das nicht ein irrer Gegensatz?«

»Und der Typ da vor dem martialischen Ministerium?«

»Johann Joseph Wenzel Graf Radetzky von Radetz.« Helmut Motzko war sichtlich stolz auf sein Schulwissen. »Kurz Radetzky genannt.«

Anna saß auf dem Beifahrersitz und schaltete das Autoradio an. »Ist denn schon was an die Medien gegangen?«

»Ich glaube, wir haben Glück – es ist Sonntag. Es ist noch nichts durchgesickert.«

»Mist, die Nachrichten sind gerade wieder vorbei.«

»Schalten Sie trotzdem mal an!«

»Warum?« Anna schaltete auf *Play* und erkannte es nach den ersten zwei Akkorden. »Hey, wo haben Sie die denn her?«

»Ganz legal gekauft.« Helmut Motzko grinste, und zusammen sangen sie leise die ersten Zeilen mit.

»Es tut nimmer weh, gar nix tut mehr weh, wenn i di triff in der U-Bahn oder im 77B.«

»Was ist das denn?« Bernhardt beugte sich nach vorne, saß wie ein Kind in den Zeiten vor der Gurtpflicht zwischen den beiden Vordersitzen.

»Das ist so etwas wie Tom Waits, nur wienerisch. Ich hab dir davon erzählt, schick ich dir.«

»Ich versteh zwar nichts, klingt aber gut.«

Im Präsidium angekommen, wartete Gabi Kratochwil bereits mit einem ansehnlichen Berg Computerausdrucken im Büro. Sie hatte zwei Stapel gemacht, einen hohen für den toten Werner Tollinger und einen kleineren für den Wohnbaustadtrat, der in den neunziger Jahren aus dem Fenster gefallen war. »Der Herr Kolonja meint, die haben vielleicht etwas miteinander zu tun, ich hab mal über beide was rausgesucht.«

»Danke, Frau Kratochwil. Zeigen Sie mal her.«

»Können wir nicht zuerst mit Frau Demuth sprechen?« Bernhardt ging ungeduldig im Büro auf und ab und warf einen kurzen Blick auf Annas Terroristen-Collage an der Pinnwand.

»Ja, gleich. Aber, mein lieber Kollege, darf ich dich daran erinnern, dass du hier gar nicht zu Hause bist? Also, halt dich ein bisschen zurück.«

Die letzten Worte kamen zu scharf über Annas Lippen, und Bernhardt blickte sie erstaunt an. »Ist ja gut. Reg dich nicht so auf, man wird ja noch fragen dürfen.«

»Darf man eh. Man wird ja noch antworten dürfen.«

Kolonja grinste zufrieden und drehte sich demonstrativ zu Anna. »Also, ich finde die Parallelen zwischen diesen beiden Fensterstürzen schon sehr seltsam. Das könnte doch echt zusammenhängen.«

»Ja, aber es kann auch Zufall sein. Haben Sie schon irgendwelche direkten Verbindungen zwischen den beiden gefunden, Frau Kratochwil? Zusammen studiert, zusammen gewohnt, zusammen was weiß ich?«

»Zusammen beim Verfassungsschutz aktenkundig.« So wie Kratochwil das sagte, klang es völlig humorfrei. »Sie haben beide einen Stapo-Akt. Ruht aber seit den Neunzigern. Also, beim toten Wotawa sowieso, aber auch beim Ministerialrat Tollinger gab es wohl nichts mehr zu beanstanden.«

»Geben Sie mal her.« Als die junge Kollegin ihr den

Schnellhefter reichte, klopfte es, und ein Uniformierter teilte mit, dass die »Frau aus dem Lebensministerium« jetzt wach sei.

Bernhardt sprang auf und hielt sofort inne, als Kolonja ihm einen Blick zuwarf. Anna Habel erhob sich betont langsam und lächelte Thomas Bernhardt an: »Herr Kollege, wollen Sie mit mir die Befragung durchführen? Robert hat sicher nichts dagegen, oder?«

Der murmelte nur etwas vor sich hin, und die beiden gingen in den kleinen Vernehmungsraum.

Am Tisch saß in sich zusammengesunken die Frau, die sie schon seit Tagen suchten: die Haare fettig, die ursprünglich weiße Sommerhose grau und schmutzig. Es ging ein unangenehmer Geruch von ihr aus. Sie blickte nicht auf, als Anna Habel und Thomas Bernhardt den Raum betraten.

»Frau Susanne Demuth?« Annas Stimme war jetzt wieder sanft, und sie spürte, wie Bernhardt sich angespannt zurückhielt. Keine Reaktion.

»Frau Demuth, sagen Sie uns, was Sie im Ministerium gemacht haben?«

Die Frau blickte auf, sie sah mehr durch die beiden hindurch, als dass sie sie ansah.

»Und in Berlin? Was haben Sie in der Charité gemacht? Und in Salchenberg? Bei Freddy Bachmüller?«

»Nichts. Ich habe nichts gemacht.« Sie flüsterte mehr, als dass sie sprach.

»Ich kann Sie sehr schlecht verstehen, Frau Demuth. Überall, wo Sie waren, gab es einen Toten. Und Sie haben nichts gemacht?«

Schweigen.

»Frau Demuth, kannten Sie Ronald Otter?«

Die Frau nickte.

»Und Sabine Hansen?«

»Ja.«

»Und Sie waren auch bei Freddy Bachmüller im Weinviertel?«

»Ja.«

»Und den Werner Tollinger? Den kannten Sie auch, oder?« Anna wartete nicht auf die Antwort. »Die haben Ihren Vater umgebracht, stimmt's? Damals, als Sie ein kleines Mädchen waren, da haben die Ihren Vater erschossen.«

Anna spürte, wie die Stimmung im Raum sich veränderte. Thomas Bernhardt lehnte sich in seinem Stuhl zurück, als wolle er sich aus der Schusslinie bringen.

»Warum haben Sie so viele Jahre gewartet? Was war mit Werner Tollinger? War der auch dabei, damals beim Banküberfall?«

»Sie haben einfach weitergelebt, wie wenn nichts geschehen wäre.« Ihre Stimme war emotionslos, sie sprach nach wie vor leise und sah starr vor sich auf die Tischplatte.

»Und da haben Sie sie einfach umgebracht? Warum sind Sie nicht zur Polizei gegangen?«

»Polizei! So ein Schwachsinn! Die hat doch nie etwas gemacht!«

»Und da haben Sie gedacht, Sie nehmen das selbst in die Hand!«

»Irgendwer muss doch was tun! Ich wollte endlich verstehen.«

»Und um zu verstehen, haben Sie Otter erschossen, die Hansen fast verdursten lassen und Tollinger aus dem Fenster gestoßen?«

Susanne Demuth sah sie mit großen Augen an, plötzlich schweifte ihr Blick ab, und sie fixierte einen unsichtbaren Punkt neben dem Fenster. »Ich habe ihnen den Tod gewünscht, immer und immer wieder. Ich habe sie in meinen Gedanken wieder und wieder getötet. Und als es passiert ist, war's mir nichts mehr wert. Ich habe immer weniger verstanden. Es war fürchterlich. Aber jetzt ist alles vorbei. Ich nehme die Schuld auf mich.«

Bernhardt konnte sich nicht mehr zurückhalten. »Sie nehmen die Schuld auf sich? Was soll das heißen?«

Der Tonfall war eindeutig zu scharf für die verwirrte Frau, sie zog die Schultern hoch, ihr Blick verschattete sich noch mehr. »Ich wollte sie töten. Und jetzt sind sie tot. Ich nehme die Schuld auf mich.«

Thomas Bernhardt blickte Anna Habel zweifelnd an, die zog ihren Stuhl ganz dicht vor Susanne Demuth. Anna versuchte durch den Mund zu atmen, der Gestank, der von der Frau ausging, nahm ihr fast die Luft. »Wollen Sie uns damit sagen, dass Sie Ronald Otter und Werner Tollinger ermordet haben? Und Sabine Hansen im Bunker eingesperrt?«

Doch Susanne Demuth legte die Arme auf den Tisch, bettete ihren Kopf darauf, mit dem Gesicht nach unten, und schwieg. Anna machte dem uniformierten Beamten ein Zeichen, der nahm die Frau behutsam am Arm und führte sie nach draußen.

»Glaubst du das?«

»Hm, sie hat's gesagt, und sie hat ein starkes Motiv. Aber da bleibt noch viel zu tun … Vor allem, was ist mit dem Phantom in der Charité? Das war ein kräftiger Mann, keine Frau, und der wollte Sabine Hansen ins Jenseits befördern. War das ein Komplize? Eher nicht, würde ich sagen, diese Frau ist definitiv eine Einzelgängerin.«

»So ein Schuldeingeständnis kann vieles bedeuten. Vielleicht fühlt sie sich moralisch schuldig?«

»Aber warum war sie an jedem der Tatorte?«

»Vielleicht wollte sie wirklich nur verstehen, mit den Mördern ihres Vaters reden.«

»Reden. Und danach waren sie tot?« Bernhardt schüttelte den Kopf. »Also die kommt als Täterin schon in Frage, auch wenn man sich das jetzt nicht vorstellen kann, wenn sie hier so sitzt. Sie wollte ihren Vater rächen, und das hat ihr eine ungeheure Energie gegeben, die jetzt total verpufft ist. Deshalb können wir sie uns so schlecht als rächende Mörderin vorstellen. Aber sie kann's sein. Jetzt müssen wir die Kleinarbeit machen, ihre Kleidung untersuchen, den ganzen Kram.«

»Aber ganz geht das nicht auf. Außerdem sieht sie nicht aus wie eine Mörderin.«

»Na komm, das ist jetzt aber unter deinem Niveau. Wie sieht denn eine Mörderin aus?«

Kolonja war höchst zufrieden, als die beiden ihm vom Geständnis der Verdächtigen erzählten, und packte in Windeseile seine Tasche. »Na dann! Da bleibt ja noch was vom Sonntag. Den Bericht können wir auch morgen schreiben, und das mit dem Hromada und der Presse machst du, oder? Du bist eh besser in diesen Dingen.«

Anna fehlte die Kraft, sich gegen Kolonjas Abgang zu wehren, und sie hielt ihre Hände unter den kalten Wasserstrahl.

»Das war's jetzt? Die verrückte Rächerin? Und Uschi Mader hat einfach Pech gehabt? Hätte sie noch ein paar Tage gewartet, dann säße sie jetzt nicht als Mörderin in Haft. Dann hätte die Demuth das für sie erledigt.«

»Tja, das ist allerdings wirklich ein seltsamer Zufall. Und was machen wir nun? Ich meine, schließlich haben wir jetzt Susanne Demuths Geständnis.«

»Ich weiß nicht, ob man diesen Satz wirklich als Geständnis deuten kann.«

»Sie war an jedem der Tatorte. Dafür gibt es Zeugen. Sie hat ein Motiv. Und sie spricht von Schuld. Lass sie erst mal schlafen. Wer weiß, vielleicht legt sie morgen ein umfassenderes Geständnis ab.«

Anna blätterte geistesabwesend in den Computerausdrucken, die vor ihr auf dem Tisch lagen. »Schon der Hammer, dass dieser Tollinger auch in dieser Gruppe gewesen sein soll. Ich meine, das ist selbst für Österreich ein wenig seltsam, dass sie den so weit nach oben haben kommen lassen.«

»Vielleicht solltest du noch mal mit deinen Kollegen vom Verfassungsschutz reden. Ihr müsst doch auch so einen Schulze haben.«

»Ja, aber ob die mir gegenüber sehr auskunftsfreudig sein werden? Das bezweifle ich.«

Als das Telefon klingelte, zuckten sie beide zusammen. Nach einem kurzen »Jawohl, sofort« legte Anna wieder auf. »Hromada. Ich muss zu ihm. Der ist ein bisschen nervös wegen der Presse. Ich geh schnell rüber, das wird nicht lange dauern. Du kannst ja schon mal runtergehen und auf mich warten.« Anna zeigte aus dem offenen Fenster zur Rossauer Summerstage, die sich langsam zu füllen begann. »Wir müssen dir ja auch noch ein Hotel suchen für eine Nacht.«

»Ach, wir werden sicher keines finden. Ich kann auch auf dem Sofa schlafen.«

»Auf meinem Sofa liegt die Wäsche der vergangenen Tage, da hast du keinen Platz.« Annas Lächeln fiel ein wenig schief aus.

»Deine Wäsche stört mich nicht im Geringsten.«

Anna betrat das Büro des Hofrats. Hromada kam mit offenen Armen auf sie zu. »Frau Habel. Kommen Sie, kommen Sie.« Erst als er neben der Tür an die Wand wies, sah sie die schmale Gestalt, die dort stand.

»Darf ich vorstellen, das ist Andreas Müller vom Bundesamt für Verfassungsschutz und Terrorismusbekämpfung.« Ein etwa fünfundvierzigjähriger schmächtiger Mann trat aus dem Schatten und reichte Anna eine schlaffe Hand. Es war eines jener Gesichter, die man bereits am nächsten Tag vergessen hatte.

»Guten Tag, Frau Habel. Ich habe schon viel von Ihnen gehört. Es freut mich, dass wir uns endlich einmal kennenlernen.«

»Guten Tag.« Anna blieb abwartend.

»Hat die festgenommene Person gestanden?«

»Ah, das wissen Sie schon? Ja, mehr oder weniger.«

»Das ist gut. Sehr gut. Dann ist der Fall ja klar.«

»Gar nichts ist klar.«

»Meine Herrschaften, bitte setzen Sie sich doch. Wollen Sie etwas zu trinken? Es ist ja wieder eine Affenhitze heute.« Hromada war sichtlich nervös und dirigierte Anna Habel und Andreas Müller zu der kleinen Sitzgruppe in seinem Büro.

»Frau Habel, wir wollten mit Ihnen besprechen, was wir an die Presse weitergeben.« Obwohl es Hromadas Büro war, hatte hier eindeutig Müller das Sagen.

»Und was geben wir weiter an die Presse?«

»Dass eine geistig verwirrte Person sich in das Lebensministerium eingeschlichen hat und von Herrn Ministerialrat Tollinger überrascht wurde. Es kam zu einem Handgemenge, und dabei ist dieser tragische Unfall passiert.«

»Wie bitte? Tragischer Unfall? Das ist jetzt nicht Ihr Ernst!« Anna war aufgesprungen und sah auf die beiden Männer hinab.

Müller versuchte sie zu beschwichtigen. »Frau Habel, beruhigen Sie sich doch. Es gibt Dinge, die besser nicht an die Öffentlichkeit kommen. Sie haben die Täterin doch gefasst, ist doch alles in bester Ordnung.«

»Nichts ist in Ordnung. So einfach ist es nicht. Sie wissen doch sicher auch, dass Frau Demuth wegen zwei anderer Verbrechen in Berlin gesucht wird. Dass da ein Zusammenhang besteht, ist ziemlich wahrscheinlich. Aber dass Frau Demuth es wirklich war, ist noch lange nicht erwiesen. In Berlin wurde an einem der Tatorte nämlich auch noch ein Mann gesehen. Und außerdem müssen wir doch rausfinden, was Werner Tollinger mit diesen Revolutionären Kämpfern zu tun hatte!«

»*Sie* müssen gar nichts rausfinden, denn *Sie* sind von der Mordkommission, und der Mord ist aufgeklärt. Und was das alles mit Berlin zu tun haben soll – also, Frau Habel, ich glaube, da hören Sie ein wenig die Flöhe husten. Wir verstehen uns doch, Frau Habel, oder?«

»Ich glaube, ich beginne zu verstehen.« Anna blickte Andreas Müller voller Verachtung an. »Sie wollen also nicht, dass die Öffentlichkeit von den politischen Zusammenhängen erfährt?«

»So könnte man es ausdrücken.«

»Sie wollen nicht, dass man darüber berichtet, dass eine Gruppe ehemaliger Terroristen nach und nach exekutiert wurde.«

»Das ist aber ein hässliches Wort.«

»Und Sie wollen vor allem nicht, dass die Öffentlichkeit erfährt, wie Mitglieder einer terroristischen Gruppe hier unbehelligt Karriere machen konnten!«

»Jetzt hören Sie mal gut zu, Frau Chefinspektor. Dass es sich bei dem toten Beamten um einen ehemaligen Terroristen handelt, entspringt Ihrer Phantasie. Dafür gibt es keine Beweise. Und selbst wenn es welche geben würde, würden Sie sie nicht finden. Und dass es sich bei dem toten Winzer um ein Eifersuchtsdrama gehandelt hat, hat Ihre eigene Abteilung bravourös herausgefunden. Wenn auch gegen Ihren Widerstand, wie ich gehört habe. Sie geben bitte morgen Ihren Endbericht ab und nehmen sich dann am besten eine Woche Urlaub.«

»Ich wusste gar nicht, dass das Bundesamt für Verfassungsschutz und Terrorismusbekämpfung für meinen Urlaub zuständig ist.«

Jetzt schaltete sich der Hofrat wieder ein: »Das geht schon in Ordnung, Frau Kollegin. Nehmen Sie eine Woche Sonderurlaub, ich regle das für Sie. Es waren doch anstrengende Tage.« Für Hromada war das Gespräch anscheinend beendet, und er hofierte Anna zur Tür hinaus.

Als sie auf dem Gang des Kommissariats stand, ging sie erst einmal auf die Toilette, klappte den Klodeckel runter und setzte sich drauf. Sie stützte das Kinn auf die Hände und starrte an die lindgrüne Plastikwand. Das durfte doch alles nicht wahr sein. Eine Kurzmitteilung von Thomas Bernhardt schreckte sie aus ihren Gedanken: »Wo bist du?«

»Am Klo« schrieb sie zurück. »Komme gleich.«

Er saß an einem der Tische, vor sich ein großes Soda-Zitron und eine zugeklappte Speisekarte. Noch waren die vier ineinander übergehenden Lokale spärlich besucht, die Leute waren anscheinend noch in den Bädern. Als Anna vor Thomas Bernhardt stand, fühlte sie, wie plötzlich alle Kraft aus ihr wich. Der fehlende Schlaf der vergangenen Nacht, nichts zu essen, der Schnösel vom Verfassungsschutz und der sogenannte »Urlaub« – all das machte sie fertig.

»Du siehst aus, als müsstest du dringend auf den Arm.«

»Ja, das wäre schön. Wenn das nur so einfach wäre.«

»Was ist daran kompliziert?« Er stand auf, zog sie an

sich und hielt sie fest. Als sie ihre Nase in sein nicht mehr ganz frisches Hemd grub, stiegen ihr die Tränen in die Augen.

»Hey, was ist denn los. Frau Habel, so kenn ich dich ja noch gar nicht!«

»Was kennst du denn schon von mir? Da gäb's noch einiges.«

»Wie schön. Ich freu mich drauf.« Er wischte ihr die Träne mit dem Daumen weg und drückte sie sanft auf den Stuhl neben sich. »Jetzt gibt's erst mal einen Teller Nudeln. Machen ja bekanntlich glücklich.«

Eigentlich wollte Anna bis nach dem Essen warten, um die Szene, die sich im Büro des Hofrats abgespielt hatte, zu erzählen, aber kaum hatte sie einen Schluck von ihrer eiskalten Cola getrunken, brach es aus ihr heraus. »Ich hab Urlaub. Sonderurlaub.«

»Na, das ist doch wunderbar! Dann fliegst du wieder mit nach Berlin, ich setze meinen unterbrochenen Urlaub fort, und wir fahren an die Ostsee.«

»Du bist so ein Depp! Die wollen mich raushaben aus dem Fall. Der Mord ist aufgeklärt, eine Verrückte festgenommen, und alles andere wird unter den Teppich gekehrt.« Sie fasste das Gespräch kurz zusammen und bemühte sich, dabei halbwegs sachlich zu bleiben. »Verstehst du? Es ist vorbei. Es interessiert kein Schwein, wie die Morde zusammenhängen. Dass die allesamt Revolutionäre Kämpfer waren, dass die gemeinsam diese Bank überfallen haben, dass sie nachher Karriere gemacht haben, das geht uns alles nichts an.«

»Ja, wenn du mich fragst, ist es sowieso ein Wunder,

dass sie uns den Fall nicht schon viel früher aus der Hand genommen haben. Unglaublich ist nur, dass sie es jetzt bei dieser offensichtlich falschen Lösung des Falls belassen wollen. Ich bin nämlich hier draußen, während ich auf dich gewartet habe, zum Schluss gekommen, dass es unmöglich die Demuth war. Es geht definitiv nicht auf. Und bei aller Gleichberechtigung, die Frau hätte das doch nie hinbekommen. Ich glaube, jemand hat sie benützt.«

»Wie benützt?«

»Die hatte doch zu Hause in Köln dieses kleine Privatmuseum. Die hat jedes Fitzelchen gesammelt, alles archiviert. Wahrscheinlich ist sie in ihrem Wahn den Mitgliedern der Gruppe gefolgt, und jemand ist ihr gefolgt. Nämlich der Täter.«

»Und wer soll das sein? Und wie willst du das beweisen?«

»Das könnte schwierig werden. Aber eigentlich müssen deine feinen Kollegen die Demuth nach Deutschland überstellen. Und da werden wir sie ordentlich in die Mangel nehmen.«

»Wenn sie dich lassen.«

»Glaubst du etwa, ich lasse mir von einem Ösi-Terror-Müller vorschreiben, in welche Richtung ich weiterermittle?«

»Wart erst mal ab, bis du wieder zu Hause bist. Wahrscheinlich sitzt dann schon der teutonische Terror-Schulze an deinem Schreibtisch und packt deine Unterlagen zusammen.«

Nach einer Riesenportion Spaghetti Carbonara fühlte

sich Anna schon besser. Sie drehten und wendeten den Fall, der ja eigentlich keiner mehr war, und Anna Habel gab sich rasch wieder kämpferisch. »Niemand kann mir verbieten, im Urlaub ein wenig zu recherchieren. Internet gibt's auch zu Hause.«

»Ja, und sogar in Berlin.«

»Ich kann nicht einfach so mit dir nach Berlin kommen.«

»Warum denn nicht?« Der Kellner hatte die Teller abgeräumt, und die beiden bestellten sich jeweils ein Glas Wein. Als Thomas Annas Hand umfasste, zog sie sie nicht weg.

»Weil, weil, na ja, ich muss mich um Florian kümmern. Und du, du wirst in Berlin sicher schon sehnsüchtig erwartet.«

Thomas Bernhardt zögerte ein paar Sekunden, und als er zu einer Antwort ansetzte, tönte vom Rand des Gastgartens eine laute Stimme: »Frau Habel! Anna! Das ist ja nett. Ich hab gestern mehrmals versucht, Sie anzurufen, aber Sie gehen ja nie ran!« Hans Friedelhofer pirschte sich an Anna und Thomas heran, und als er bemerkte, wie Anna die Hand wegzog, blieb er stehen. »Oh, ich störe wohl. Entschuldigung.«

»Thomas, darf ich vorstellen? Das ist Herr Dr. Friedelhofer, der aufmerksame Pathologe vom Wilhelminenspital. Wenn er nicht gewesen wäre, wäre aus dem toten Weinbauern vielleicht gar kein Fall geworden. Und das ist mein Kollege, Hauptkommissar Thomas Bernhardt aus Berlin. Wir ermitteln in einer gemeinsamen Sache.«

»Guten Tag. Aha, Sie ermitteln, na, dann will ich nicht

länger stören. Wenn der Fall abgeschlossen ist, dann könnten wir ja mal wieder schwimmen gehen?«

»Ja, gerne. Ich ruf Sie an.«

Friedelhofer rauschte ab, und Anna bemerkte auf Thomas' Stirn eine kleine Falte. Sie tippte mit dem Finger drauf. »Die ist vorher aber nicht da gewesen!«

»Was ist das denn für ein blöder Affe? Mit solchen Leuten gehst du zum Schwimmen?«

»Sag mal, bist du etwa eifersüchtig?«

»Rasend.«

»Du spinnst wohl.« Und bevor Thomas Bernhardt antworten konnte, küsste ihn Anna Habel mitten auf den Mund.

»Was hältst du davon, wenn wir dir jetzt mal ein Zimmer besorgen und dann noch ein Fluchtachterl trinken gehen?«

»Erster Teil des Plans: nicht so gut, zweiter Teil: gut.«

»Ja, komm, ich weiß ein Hotel, das liegt nicht weit von hier und quasi auf meinem Heimweg.«

»Da könnten wir doch gleich heimgehen.«

»Mein lieber Herr Bernhardt. Das geht mir alles ein bisschen zu schnell. Du schläfst heute schön im Hotel Regina, und dann sehen wir weiter.«

»Jawohl, Frau Inspektor.«

Sie liefen Hand in Hand die Berggasse hoch, studierten die üppigen Schaufenster einer Buchhandlung, und Thomas Bernhardt blieb für eine kurze Gedenkminute am Sigmund-Freud-Museum stehen. Als sie in den Eingangsbereich des Hotels traten und an der Lobby nach einem Zimmer für eine Nacht fragten, zog der Portier die Augenbrauen hoch. »Sie haben kein Gepäck?«

»Nein, und wir möchten auch kein Doppelzimmer.«

»Ich bin mir nicht sicher, ob wir etwas frei haben. Einen Moment bitte.« Er blickte angestrengt in seinen Computer, und Anna flüsterte Bernhardt zu: »Der glaubt, wir suchen ein Stundenhotel.«

In dem Augenblick, in dem der Hotelangestellte sich ihnen wieder zuwandte, begann Annas Handy zu klingeln. Auf dem Display: Hromadas Handynummer. Sie stellte sich ein wenig abseits, machte Thomas ein Zeichen und nahm den Anruf entgegen.

»Frau Habel!« Hromada brüllte ihr ins Ohr. »Frau Habel! Es ist etwas Schreckliches passiert! Es gibt schon wieder einen Toten!«

»Herr Hofrat. Ich hab Urlaub, haben Sie schon vergessen? Rufen Sie doch Kolonja an, oder Ihren tüchtigen Herrn Müller.«

»Der ist schon da. Sparen Sie sich Ihren Zynismus und kommen Sie sofort hierher!«

»Sagen Sie mir, wo ›hier‹ ist, dann kann ich kommen.«

»Kärntner Straße. Mitten auf der Kärntner Straße. Kommen Sie schnell, nehmen Sie sich ein Taxi!« Anna hörte im Hintergrund die Polizeisirene und aufgeregte Stimmen und warf das Handy in die Handtasche. Sie lief am verdutzten Thomas Bernhardt vorbei und rief dem Hotelportier zu: »Vergessen Sie das mit dem Zimmer, rufen Sie uns lieber ein Taxi!«

Zwei Minuten später saßen sie in einem muffigen Mercedes-Taxi, und Anna versprach dem Fahrer, dass das

Übertreten der Geschwindigkeitsbeschränkung nicht geahndet werden würde. Der ließ sich das nicht zweimal sagen und raste die Zweier-Linie entlang.

»Kannst du mir mal sagen, was eigentlich los ist?«

»Genau weiß ich es auch nicht. Ein Toter in der Kärntner Straße, der Hofrat in Panik, und unser Verfassungs-Müller ist wohl auch da – ich verwette meinen Kopf, dass unser Fall doch nicht abgeschlossen ist.«

»So, hier ist Schluss. Weiter kommen wir nicht rein, zumindest nicht ohne Polizeieskorte.« Der Taxifahrer hielt direkt am Beginn der Kärntner Straße und warf die beiden kurzerhand aus dem Wagen.

»Mensch, schau doch mal! Die Oper! Und das Sacher! Gehst du da mal mit mir frühstücken?«

»Ja, mach ich. Komm, wir haben jetzt keine Zeit für Sightseeing.« Anna zog ihn durch die bummelnde, Eis essende Touristenmasse, und rasch erreichten sie die Polizeiabsperrung der Tatortgruppe. Sie drängten sich durch die Schaulustigen, schlüpften durch das rotweiß gestreifte Band, und da fiel ihr Blick auch schon auf die in eine Aludecke gehüllte, leblose Gestalt, die im Eingangsbereich einer Bank lag. Daneben Hromada mit bleichem Gesicht und Andreas Müller, der ganz geschäftig mit ein paar Kollegen sprach und Anna keines Blickes würdigte.

Wortlos reichte Hromada ihr ein DIN-A4-Blatt in einer Klarsichthülle. Anna hielt das Papier so, dass Thomas Bernhardt mitlesen konnte.

Meine Name ist Gerhard König. Ich war dabei und lege Zeugnis ab. Wir waren leichtfertig, wir haben gespielt. Wir waren verblendet. Wir haben uns selbst erhöht und zu Richtern gemacht. Wir gaben vor, der Menschlichkeit zu dienen, und haben dafür Menschen getötet. Was kann uns retten, was kann uns von unserer Schuld befreien? Es muss Gerechtigkeit hergestellt werden. Auge um Auge, Zahn um Zahn, Hand um Hand, Fuß um Fuß, Brand um Brand, Wunde um Wunde, Beule um Beule. Das ist der einzig wahre Täter-Opfer-Ausgleich. Ich war dabei. Und jetzt bin ich die Nemesis. Ich strafe euch, ich strafe mich. Ich beende den Schrecken mit dem Schrecken. Ich habe Schuld auf mich geladen und lade noch einmal Schuld auf mich. Aber dann beginnt das Zeitalter der Unschuld, und ich bin sein Prophet. Ich habe das Blut der Opfer mit dem Blut der Täter gerächt. Ich bin der Schlimmste und der Beste. Und jetzt vergieße ich mein Blut…

Anna las nicht weiter, sie ließ den Zettel sinken, bückte sich und hob die Aludecke, mit der man den Toten bedeckt hatte, ein wenig an. Die blutige Masse hatte wenig mit einem Gesicht zu tun, und Anna zuckte unwillkürlich zurück. Andreas Müller war von hinten an sie herangetreten und hielt eine durchsichtige Plastiktüte mit einer Pistole vor Annas Gesicht.

»Wir haben natürlich noch keine ballistische Untersuchung, aber es ist eine 9mm-Walther, und die spielt ja eine wichtige Rolle, wie wir von Schulze aus Berlin wissen. Wir können davon ausgehen, dass das die Waffe ist, mit der Ronald Otter erschossen wurde.«

»Wir? Mein lieber Herr Müller, Sie haben mich doch beurlaubt!«

»Ja, hab ich. Ich dachte nur, Sie wollten Ihren Fall noch zu Ende bringen.«

»Und warum ist das jetzt wieder mein Fall? Sie hatten doch schon ein passendes Geständnis.«

»Ach, Frau Habel. Fühlen Sie sich nicht immer so persönlich angegriffen. Manchmal ist die Welt halt nicht so einfach, wie wir sie uns wünschen.«

Bevor Anna antworten konnte, fühlte sie eine Hand in ihrem Rücken. »Gerhard König – das ist doch Gerhard K.! Mit der Gruppenaufnahme werden wir ihn allerdings nicht mehr vergleichen können, oder?« Thomas Bernhardt wedelte mit dem bekannten Foto vor Annas Gesicht herum.

»Und Sie sind?« Andreas Müllers Augenbrauen hoben sich, und er streckte seine Hand nach dem Foto aus.

»Thomas Bernhardt, Mordkommission Berlin. Wir ermitteln auch in dem Fall.«

»Das dachte ich mir schon. Sind Sie denn offiziell hier?«

»Na, zumindest bin ich nicht illegal eingereist.«

»Was haben Sie da für ein Foto?«

»Ach, das kennen Sie doch längst: Unsere jungen Revolutionären Kämpfer. Und das ist der fehlende Teil in unserem Puzzle: Gerhard K.« Er deutete auf den abgedeckten Körper. »Er hat den Kampf beendet. Die Nemesis.«

»Nemesis?«

»Tja, das hat etwas mit der Bibel zu tun. Aber um das zu verstehen, sind Sie zu jung.«

Anna brachte sich wieder ins Spiel: »Wir erklären euch die Nemesis, und ihr erklärt uns, was es mit dem toten Ministerialrat auf sich hat.«

»Sie meinen wohl, Sie können sich alles erlauben?«

»Alles nicht. Aber ich glaube, es wäre auch für Sie von Vorteil, wenn wir zusammenarbeiten würden.«

»Na gut. Also, unser toter Ministerialrat war wohl am Rand der Gruppe. Er hat in den neunziger Jahren ein wenig Geld für die Revolutionären Kämpfer beschafft. Man konnte ihm aber nie etwas nachweisen, und außerdem zeigte er sich äußerst kooperativ in der Zusammenarbeit.«

»Das heißt, er hat für euch gearbeitet?«

»Na, gearbeitet wäre wohl übertrieben ausgedrückt. Er kannte die Gruppe auch nur über einen Strohmann. Viel geholfen hat er uns nicht, aber er war immerhin bemüht. Und was bedeutet jetzt Nemesis?«

Bernhardt holte tief Luft und begann zu dozieren: »Nemesis ist eine Gestalt aus der griechischen Mythologie – die Göttin des gerechten Zorns. Sie bestraft vor allem die menschliche Selbstüberschätzung.«

Andreas Müller schaute ihn fragend an, und Thomas Bernhardt hatte sichtlich Spaß an der Unwissenheit seines Gegenübers. »Unser Gerhard König hielt sich für die Nemesis. *Allem lauschend, alles entscheidend. Dein ist der Menschen Gericht.* Der wollte einen Schlussstrich ziehen, und das ist ihm gelungen.«

Müller bemühte sich, das Gespräch wieder auf eine

für ihn verständliche Ebene zu bringen: »Das heißt, der war auch in der Truppe?«

»Ja, da schauen Sie, was? Und er war ganz offensichtlich der Radikalste von allen.«

»Und er hat seinen Plan bis zum bitteren Ende durchgezogen.« Anna nahm noch einmal das Blatt Papier in die Hand und las halblaut weiter. Gerhard König erzählte alles: nannte die Namen der Täter, die Tatorte, die Unterstützer. Was sie noch nicht wussten, erfuhren sie hier. Dass die verrückte Susanne Demuth, die mit den Mördern ihres Vaters sprechen wollte, ihm den Weg gezeigt hatte. Dass das Haus in der Uckermark damals tatsächlich als Gefängnis genutzt worden war. Thomas Bernhardt dachte an Maik, den alten Vopo. Jetzt würde wieder Ruhe in dessen Leben einkehren. Er sah ihn auf dem Steg am See, mit der nackten Maschenka, die sich träge auf den Planken räkelte und sich ab und zu ins Wasser plumpsen ließ, Maik, der das dritte kühle Lübzer öffnete und beim Trinken sein Gesicht in die Sonne reckte.

Wie immer am Ende eines Falls spürte er eine unendliche Müdigkeit und eine bleierne Melancholie. Er schaute Anna an, um deren Mund sich zwei tiefe Falten gegraben hatten. Sie starrte missmutig und angeekelt auf den schmutzigen Zettel. »Furchtbar. Er ist der Schlimmste von allen.«

»Aber ist doch nett von ihm, dass er uns so viel Ermittlungsarbeit erspart hat. Und ansonsten, wir sind doch in Wien: Das Hässliche verdrängen wir, sonst könnten wir sowieso nicht weitermachen. Ist doch unser Prinzip schon seit Jahrzehnten.«

»Deins vielleicht.«

»Deins auch.«

»Ich weiß nicht. Gerade bin ich wieder mal an dem Punkt angekommen, wo ich aufhören will.«

»Kannst du doch gar nicht.«

»Ich geh aufs Land und werd Winzerin.«

»Keine schlechte Idee. Da komm ich mit. Wir übernehmen einfach Bachmüllers Klitsche. Vielleicht schaffen wir's ja, Arnie Schwarzenegger als Werbeträger zu gewinnen, der hat ja bald viel Zeit.«

Sie lachten, und Bernhardt gab sich einen Ruck.

»Aber bevor wir aufs Land fahren, ärgern wir noch einmal den netten Portier vom Hotel Regina.«

»Ich bin sicher, der hat das letzte Zimmer gerade vergeben.«

*Bitte beachten Sie
auch die folgenden Seiten*

Bielefeld & Hartlieb im Diogenes Verlag

Auf der Strecke

Ein Fall für Berlin und Wien

Roman

Der erfolgsverwöhnte junge Autor Xaver Pucher hatte noch viel vor. Doch unterwegs zu seinem Agenten, dem er sein neues Manuskript überreichen wollte, wird er im Schlafwagenabteil auf der Strecke zwischen Wien und Berlin ermordet.
Zwei Kommissare kümmern sich um den Fall: auf der österreichischen Seite Anna Habel, Ende dreißig, temperamentvoll und unermüdlich, auf der deutschen Thomas Bernhardt, Mitte fünfzig, sarkastisch und manchmal zur Melancholie neigend. Mit ihren unterschiedlichen Temperamenten geraten sie schon bald aneinander. Doch im Dienst der Sache und unter dem Druck der Öffentlichkeit müssen sie sich zusammenraufen. Ihre Recherchen führen sie in Wien auf den Zentralfriedhof, in den Prater und in die Gassen der Inneren Stadt, in Berlin zu den hippen Büros am Prenzlauer Berg, in die Hinterhöfe von Schöneberg und die Kneipen Neuköllns.

»Bielefeld & Hartlieb liefern eine fesselnde Spurensuche mit Einblick ins Berliner und Wiener Leben – und eine amüsante Persiflage auf den Literaturbetrieb.«
Babina Cathomen / Kulturtipp, Zürich

Bis zur Neige

Ein Fall für Berlin und Wien

Roman

Freddy Bachmüller, Edelwinzer im österreichischen Weinviertel, produzierte erstklassigen Wein – jetzt ist er »a Leich«. Kurz darauf wird Szenelokalbetreiber

Ronald Otter in Berlin erschossen – er hatte Bachmüllers Weine im Angebot. Wenn das kein Fall für Berlin und Wien ist!
Kommissar Bernhardt und Chefinspektorin Habel ermitteln wieder zusammen. Bernhardt kannte das Berliner Opfer, in den Siebzigern hatten sie zusammen studiert. Schlagworte von damals kommen ihm in den Sinn: Pflicht zum Ungehorsam, Kampf dem System… Die Schlüsse, die Bernhardt daraus zieht, stimmen allerdings nicht mit den Vermutungen von Anna Habel überein. Die wittert im Fall des toten Winzers weibliche Eifersucht.

»Das Autorenteam spielt ironisch-amüsant mit den Eigenheiten der zwei Metropolen sowie ihrer Bewohner.« *Britta Helmbold / Ruhr Nachrichten, Dortmund*

»Ein flotter Krimi, glaubhafte Charaktere, unterhaltsam und gut aufgebaut.«
Monika Janosch / Wiener Zeitung

Nach dem Applaus

Ein Fall für Berlin und Wien

Roman

Der dritte Fall für das streitbare Ermittlerpaar Thomas Bernhardt und Anna Habel führt ins Theatermilieu von Berlin und Wien. Sophie Lechner war ein Star am Wiener Burgtheater, nun wollte sie auch in Berlin Beifall ernten – doch der letzte Akt kommt für die junge Schauspielerin schneller als gedacht: Sie wird in ihrer Wohnung erstochen.

»Ein spannender Krimi, sorgfältig konstruiert und erzählt, mit großem Realitätsbezug und einem Ermittlerpaar, das sich endlich auch menschlich näherkommt.« *Wolfgang Bortlik/20 Minuten, Zürich*

»So intelligente Unterhaltung hat Seltenheitswert.«
Marie-Louise Zimmermann / Berner Zeitung

Im großen Stil

Ein Fall für Berlin und Wien

Roman

Im Kunsthandel trifft man auf interessante Figuren: besessene Sammler und geldgierige Agenten, großspurige Mäzene und eitle Kuratoren, dreiste Fälscher und einfache Diebe. Als ein Wiener Kunstgutachter und ein Berliner Sammler fast zeitgleich ermordet werden, müssen Inspektorin Anna Habel und Kommissar Thomas Bernhardt dieses schillernde Ambiente gemeinsam durchleuchten. Hier weiß keiner mehr, was echt und was falsch ist. Ob es sich um Bilder oder um Gefühle handelt: Niemandem ist zu trauen. Und dabei ist Frühling – die Sonne strahlt, und die Welt zeigt sich so verführerisch, dass es Anna Habel und Thomas Bernhardt schwerfällt, ihre sieben Sinne beisammenzuhalten.

»Die temperamentvoll-chaotische Anna Habel und der melancholisch-zynische Thomas Bernhardt: ein zänkisches und humorvolles Gespann.«
Märkische Allgemeine, Potsdam

Hansjörg Schneider im Diogenes Verlag

Hansjörg Schneider, geboren 1938 in Aarau, arbeitete nach dem Studium der Germanistik und einer Dissertation unter anderem als Lehrer und Journalist. Seine *Hunkeler*-Krimis führen regelmäßig die Schweizer Bestsellerliste an und sind mit Mathias Gnädinger in der Hauptrolle verfilmt worden. 2005 wurde er mit dem Friedrich-Glauser-Preis ausgezeichnet. Er lebt als freier Schriftsteller in Basel und im Schwarzwald.

»Es ist ein wunderbarer Protagonist, den Hansjörg Schneider geschaffen hat: knorrig, kantig und sympathisch.« *Volker Albers / Hamburger Abendblatt*

Das Wasserzeichen
Roman

Nachtbuch für Astrid
Von der Liebe, vom Sterben, vom Tod und von der Trauer darüber, den geliebten Menschen verloren zu haben

Nilpferde unter dem Haus
Erinnerungen, Träume

Lieber Leo
Roman

Die *Hunkeler*-Romane:

Silberkiesel
Hunkelers erster Fall. Roman

Flattermann
Hunkelers zweiter Fall. Roman

Das Paar im Kahn
Hunkelers dritter Fall. Roman

Tod einer Ärztin
Hunkelers vierter Fall. Roman

Hunkeler macht Sachen
Der fünfte Fall. Roman

Hunkeler und der Fall Livius
Der sechste Fall. Roman

Hunkeler und die goldene Hand
Der siebte Fall. Roman

Hunkeler und die Augen des Ödipus
Der achte Fall. Roman

Hunkelers Geheimnis
Der neunte Fall. Roman

Bernhard Schlink im Diogenes Verlag

»Bernhard Schlink gehört zu den größten Begabungen der deutschen Gegenwartsliteratur. Er ist ein einfühlsamer, scharf beobachtender und überaus intelligenter Erzähler. Seine Prosa ist klar, präzise und von schöner Eleganz.«
Michael Kluger / Frankfurter Neue Presse

»Makellos-schlichte Prosa. Schlink ist ein Meister der deutschen Sprache.«
Eckhard Fuhr / Die Welt, Berlin

Selbs Justiz
Roman
Gemeinsam mit Walter Popp
Auch als Diogenes Hörbuch erschienen, gelesen von Hans Korte

Die gordische Schleife
Roman

Selbs Betrug
Roman

Der Vorleser
Roman
Auch als Diogenes Hörbuch erschienen, gelesen von Hans Korte

Liebesfluchten
Geschichten
Sämtliche Geschichten unter dem Titel *Liebesfluchten* auch als Diogenes Hörbuch erschienen, gelesen von Charles Brauer; außerdem die Geschichte *Seitensprung* als Diogenes Hörbuch, gelesen von Charles Brauer

Selbs Mord
Roman

Vergewisserungen
Über Politik, Recht, Schreiben und Glauben

Die Heimkehr
Roman
Auch als Diogenes Hörbuch erschienen, gelesen von Hans Korte

Vergangenheitsschuld
Beiträge zu einem deutschen Thema

Das Wochenende
Roman
Auch als Diogenes Hörbuch erschienen, gelesen von Hans Korte

Sommerlügen
Geschichten
Auch als Diogenes Hörbuch erschienen, gelesen von Hans Korte

Gedanken über das Schreiben
Heidelberger Poetikvorlesungen

Selb-Trilogie
Selbs Justiz · Selbs Betrug · Selbs Mord
Drei Bände im Schuber

Die Frau auf der Treppe
Roman
Auch als Diogenes Hörbuch erschienen, gelesen von Charles Brauer

Erkundungen
zu Geschichte, Moral, Recht und Glauben

Jakob Arjouni im Diogenes Verlag

Jakob Arjouni, geboren 1964 in Frankfurt am Main, schrieb mit neunzehn seinen ersten Kayankaya-Roman. Für *Ein Mann, ein Mord* erhielt er 1992 den Deutschen Krimi-Preis, und seine Veröffentlichung *Idioten. Fünf Märchen* stand monatelang auf den Bestsellerlisten. Arjouni lebte mit seiner Familie in Berlin und Südfrankreich. Er starb am 17. Januar 2013 in Berlin.

»Seine Virtuosität, sein Humor, sein Gespür für Spannung sind ein Lichtblick in der Literatur jenseits des Rheins, die seit langem in den eisigen Sphären von Peter Handke gefangen ist.« *Actuel, Paris*

»Seine Texte haben Qualität. Sie sind ambitioniert, unaufdringlich-provokativ, höchst politisch.«
Barbara Müller-Vahl / General-Anzeiger, Bonn

Happy birthday, Türke!
Kayankayas erster Fall. Roman
Auch als Diogenes Hörbuch erschienen, gelesen von Rufus Beck

Mehr Bier
Kayankayas zweiter Fall. Roman
Auch als Diogenes Hörbuch erschienen, gelesen von Rufus Beck

Ein Mann, ein Mord
Kayankayas dritter Fall. Roman
Auch als Diogenes Hörbuch erschienen, gelesen von Rufus Beck

Magic Hoffmann
Roman
Auch als Diogenes Hörbuch erschienen, gelesen von Jakob Arjouni

Ein Freund
Geschichten

Kismet
Kayankayas vierter Fall. Roman

Idioten. Fünf Märchen

Hausaufgaben
Roman

Chez Max
Roman
Auch als Diogenes Hörbuch erschienen, gelesen von Jakob Arjouni

Der heilige Eddy
Roman
Auch als Diogenes Hörbuch erschienen, gelesen von Jakob Arjouni

Cherryman jagt Mister White
Roman

Bruder Kemal
Kayankayas fünfter Fall. Roman

Die Kayankaya-Romane in einem Band im Schuber
Happy birthday, Türke / Mehr Bier / Ein Mann, ein Mord / Kismet / Bruder Kemal

Esmahan Aykol im Diogenes Verlag

Esmahan Aykol wurde 1970 in Edirne in der Türkei geboren. Während des Jurastudiums arbeitete sie als Journalistin für verschiedene türkische Zeitungen und Radiosender. Darauf folgte ein Intermezzo als Barkeeperin. Heute konzentriert sie sich aufs Schreiben. Sie ist Schöpferin der sympathischen Kati-Hirschel-Romane, von denen weitere in Planung sind. Esmahan Aykol lebt in Berlin und Istanbul.

»Wer von der Schwermut skandinavischer Krimiautoren genug hat, ist bei Esmahan Aykol an der richtigen Adresse: Nicht in Eis, Schnee und Regen, sondern unter der sengenden Sonne Istanbuls deckt ihre herzerfrischend sympathische Heldin Kati Hirschel Mord und Totschlag auf.« *Deutsche Presseagentur*

»Esmahan Aykol ist eine warmherzige, vor allem aber kenntnisreiche Schriftstellerin.«
Angela Gatterburg / Der Spiegel, Hamburg

Goodbye Istanbul
Roman. Aus dem Türkischen von
Antje Bauer

Die Fälle für Kati Hirschel:

Hotel Bosporus
Roman. Deutsch von Carl Koß

Bakschisch
Roman. Deutsch von Antje Bauer

Scheidung auf Türkisch
Roman. Deutsch von Antje Bauer

Istanbul Tango
Roman. Deutsch von Antje Bauer